ullstein

SUSANNA LEONARD wuchs in Karlsruhe und in Paris auf und liebt bis heute das französische Savoir-vivre. Ihre Bewunderung für mutige Frauen und ihre Liebe zu Paris brachten sie auf die Idee, einen Roman über eine der bekanntesten Persönlichkeiten, die in Paris gewirkt haben, zu schreiben: Marie Curie. Mit der Veröffentlichung von *Madame Curie und die Kraft zu träumen* geht für die Autorin ein Herzenswunsch in Erfüllung.

SUSANNA LEONARD

MADAME CURIE

und die Kraft zu träumen

Roman

Ullstein

Besuchen Sie uns im Internet:
www.ullstein.de

MIX
Papier
FSC FSC® C083411

Originalausgabe im Ullstein Taschenbuch
1. Auflage September 2020
3 .Auflage 2020

Umschlaggestaltung: bürosüd° GmbH, München
Titelabbildung: © www.buerosued.de
Gesetzt aus der Quadraat Pro powered by pepyrus.com
Druck und Bindearbeiten: CPI books GmbH, Leck
ISBN 978-3-548-06386-7

»Es geht darum, aus dem Leben einen Traum und aus dem Traum eine Wirklichkeit zu machen.«

Marie Curie

Personen

Maria »Mania« Skłodowska	Madame Marie Curie
Wladislaw Skłodowski	ihr Vater
Sofia	ihre älteste Schwester
Bronia	ihre zweitälteste Schwester
Josef	ihr älterer Bruder
Helena »Hela«	ihre drittälteste Schwester
Jósef	ihr Cousin
Pierre Curie	ihr Mann
Irène Curie	ihre Tochter
Frédéric Joliot	ihr Schwiegersohn
Eve Curie	ihre jüngere Tochter
Katharina Antonowa*	Eves Freundin
Kasimir Dluski	Marie Curies Schwager
Monsieur Lamotte	Marie Curies Verehrer
Kasimir Zorawski	Marias Geliebter
Jeanne*	Maries Kommilitonin
Paul Langevin	Pierre Curies Assistent
Tupcia	Maries Lehrerin
Madame Sikorska	Vorsteherin ihrer Schule
Witold Romocki	ein Schüler von Maries Vater
Jean Perrin	Freund und Nachbar der Curies

Henri Becquerel	Physiker
Gabriel Lippmann	Maries Doktorvater
Jadwiga Szczawińska	Lehrerin und Frauenrechtlerin

Personen mit * sind fiktiv

I

VERGISSMEINNICHT AUF WEISSER SEIDE

1
Säugling

Sceaux bei Paris, 8. Oktober 1926

Die Luft ist mild, kein Windhauch regt sich. Auf der Friedhofsmauer singt eine Amsel ihr Abendlied, und nicht weit entfernt quäkt ein Kind. Die Schatten der Zypressen sind schon so lang, dass sie bis fast an die Mauer reichen, und der des Rhododendrons bedeckt bereits das Grab, vor dem eine kleine grauhaarige Frau steht. Sie trägt einen dunklen Sommermantel über schwarzem Kleid und einen schwarzen Tafthut.

»Wir haben wirklich Glück, Pierre«, murmelt die Frau. »Du glaubst ja nicht, wie freundlich sich der Herbst in diesem Jahr zeigt. Die Oktobersonne tut der Seele so gut.« Ein müdes Lächeln spielt um ihre blassen Lippen. »Irène und Frédéric hätten sich keine günstigere Zeit für ihren großen Tag aussuchen können.«

Hier, hinter dem Rhododendron, ist sie den Blicken der Friedhofsbesucher entzogen, hier kann sie sprechen, ohne dass jemand verwundert die Stirn runzelt. Die weißen Alpenveilchen, die das Grab bedecken, sind inzwischen grau vom Schatten des Rhododendrons, doch dafür leuchten die oberen gelben Blüten des Rosenstocks vor dem Grabstein nun auf, denn ein Sonnenstrahl hat den Weg durch das Gehölz gefunden. Noch immer quäkt das Kind. Was für ein dünnes Stimmchen, denkt die Frau, es muss noch sehr klein sein.

Plötzlich raschelt und rauscht es, als würde jemand einen Kübel Wasser in den Holunder hinter den Grabsteinen schütten, und dann bebt das Gebüsch vom Tirilieren eines Spatzenschwarms. Wie eine Sturmböe ist er in den herbstlichen Busch gefahren, sodass nun überall rote und gelbe Blätter ins Gras schweben. Die Frau neigt den Kopf und lauscht eine Zeit lang dem wilden Palaver der gefiederten Bande.

Ein Schmetterling flattert herbei, senkt sich dem Grab entgegen und landet auf einer Blüte des Rosenstocks, der vor dem Grabstein wächst. »Ein Zitronenfalter!«, entfährt es der Frau. »Ein Zitronenfalter im Oktober – das würde dir gefallen, Pierre!«

Der Falter fliegt von Rosenblüte zu Rosenblüte, flattert dann vor den drei Namen auf dem Grabstein hin und her und landet schließlich auf den letzten beiden Ziffern des Todesjahres hinter dem untersten Namen. Die Frau betrachtet ihn, betrachtet die sichtbaren Ziffern, denkt an jenes Jahr zurück, an jenen bösen Tag und jene bittere Stunde. Wehmut schnürt ihr die Kehle zu.

Doch im nächsten Augenblick schon geht ein Ruck durch ihre zierliche Gestalt, sie strafft sich und klatscht zweimal fest in die Hände. Das Vogelgezwitscher verstummt, und es raschelt und rauscht, als der Spatzenschwarm sich aus dem Holunder erhebt und zur Mauer hin davonschwirrt. Der Zitronenfalter aber bleibt auf den Ziffern des Todesjahres sitzen und klappt die gelben Flügel auf und zusammen.

»Morgen also«, sagt die Frau in Schwarz und atmet tief ein. »Morgen also ist es so weit, Pierre – unsere Große heiratet. Und du bist nicht dabei.« Das Gemurmel erstirbt ihr auf den Lippen, sodass sie nur noch seufzen und flüstern kann: »Wie sehr wünsche ich mir, es wäre anders.«

Noch einmal muss sie seufzen, und dann beginnt sie zu erzählen: von den spärlichen Hochzeitsvorbereitungen des Brautpaars; von der kleinen Feier, die es für heute Abend geplant hat; von Irène, für die ihr »großer Tag« nicht annähernd so wichtig zu sein scheint wie für sie, ihre Mutter. Erst flüsternd, dann murmelnd erzählt sie schließlich auch von ihrem künftigen Schwiegersohn.

»Monsieur Frédéric Joliot«, sagt sie und dehnt jede Silbe wie die Silben des fremdartigen Namens eines neuen Elementes, das ein Konkurrent entdeckt haben will und dessen Existenz sie bezweifelt. »*Frédéric* – werde ich Monsieur Joliot jemals mit seinem Vornamen ansprechen können? Oder ihn gar duzen?«

Als würde sie einer fernen Stimme lauschen, neigt die Frau den Kopf zur Schulter. »Ich höre dich lachen, Pierre, doch es fällt mir wirklich schwer. Schließlich nimmt der Bursche mir meine beste Assistentin weg!« Sie macht eine unwillige Geste. »Wenigstens im Labor hat Irène dich ein wenig ersetzen können. Und dann ist Joliot so ...« Sie unterbricht sich, zuckt mit den Schultern, sucht nach einem Wort. »So unernst.«

Immerhin, das muss sie zugeben, ist Frédéric Joliot mit dem nötigen Ernst bei der Sache, wenn es um die Arbeit geht. »Da steht er Irène in nichts nach, das stimmt schon«, murmelt die Frau, »da ist der Junge ein wahres Feuerwerk an Eifer und Geistesblitzen.«

Sie hört den Glockenschlag einer Kirche und stöhnt. »Schon halb sieben? Ob die beiden sich heute Abend pünktlich aus dem Institut losreißen werden für die Feier? Ich bezweifle es.«

Der Zitronenfalter gibt die letzten beiden Ziffern des Todesjahres wieder frei und flattert in den Abend hinein. Die Amsel auf der Friedhofsmauer singt noch immer ihr Abendlied, das Kind hat aufgehört zu schreien. Die kleine Frau mit dem schwarzen Hut und in dem schwarzen Kleid murmelt einen zärtlichen Abschiedsgruß, dreht sich um und tritt zwischen einer Zypresse und dem Rhododendron hindurch auf den Pfad, der zum Hauptweg führt.

Auf ihm geht sie ohne Eile dem Friedhofstor entgegen, wohin sie für Viertel vor sieben Uhr den Chauffeur bestellt hat, in dessen Kraftdroschke sie nach Sceaux und hierhergefahren ist. An nur wenigen Gräbern sieht sie noch Menschen stehen, denn die Sonne wird in einer halben Stunde untergehen.

Die Aussicht auf die kleine Festgesellschaft in ihrer Wohnung am Quai de Béthune behagt ihr ganz und gar nicht, denn größere Menschenansammlungen sind ihr zuwider. Doch zu Hause werden längst die ersten Gäste eingetroffen sein. Eve wird sich um alles kümmern, beruhigt sie sich selbst, und voller Dankbarkeit denkt sie an ihre jüngere Tochter. Auf Eve kann sie sich verlassen. Immer.

Plötzlich hört sie jemanden ihren Namen rufen. »Guten Abend, Madame Curie!« Von einem Grab, auf dessen prachtvollem Grabstein ein großer Marmorengel aufragt, winkt eine Frau. »Wie geht es Ihnen, Madame le Professeur?« Es ist die Witwe des erst kürzlich verstorbenen Bürgermeisters von Sceaux. »Irène heiratet morgen, oder? Marguerite hat es mir gerade erzählt!«

Marguerite ist die jüngste Tochter der Witwe. Halb verdeckt von einer blumengeschmückten Stele mit der Marmorbüste von Victor Hugo und dem schmiedeeisernen Zaun, der sie einfriedet, sitzt sie drei Schritte vor dem Grab ihres Vaters auf einer Bank und stillt ihr neugeborenes Mädchen.

»Das stimmt.« Madame Curie bleibt vor dem Denkmal stehen. »Um zehn Uhr auf dem Rathaus des vierten Arrondissements. Doch eine große Feier wird es hinterher nicht geben, zu viel Arbeit im Institut. Wir feiern heute Abend ein wenig.« Was sein muss, muss sein, fügt sie in Gedanken hinzu.

Marguerite winkt ihr zu und bedeutet ihr mit behutsamer Geste, doch zu ihr zu kommen und ihr Kind anzuschauen. Am Dichterdenkmal vorbei geht Madame Curie also zur Bank und beugt sich zur stillenden Mutter hinunter, um den Säugling zu betrachten. Behutsam schiebt Marguerite ihre wollene Jacke ein Stück zur Seite, mit der sie ihre Brust und das Köpfchen ihres saugenden Töchterchens bedeckt hat. Die Zufriedenheit einer ganzen Welt liegt auf den rosigen Zügen des Säuglings.

»Ist sie nicht wunderschön?«, flüstert Marguerite.

»O ja, das ist sie.« Madame Curie nickt, und ein Lächeln huscht über ihre sonst so ernsten Züge. Ihr Blick fällt auf das gebundene Manuskript, das neben der jungen Mutter auf der Bank liegt – eine Untersuchung zu Albert Einsteins *Gesetz des photoelektrischen Effektes*. Madame Curie kennt Titel und Inhalt – Marguerite hat bei ihr an der Sorbonne studiert, und sie hat die Forschungsarbeit der vielversprechenden jungen Frau betreut.

»Am zweiten November werde ich meine Doktorarbeit verteidigen«, sagt die junge Mutter, als sie Madame Curies Blick bemerkt.

»Ich weiß.« Madame Curie richtet sich auf. »Das wird ein guter Tag für Sie, seien Sie ganz unbesorgt.« Während sie noch einmal die Titelseite der Doktorarbeit anschaut, denkt sie an Albert Einstein, den Seelenverwandten, den Geistesbruder. Wie liebevoll er sich um sie und die Kinder gekümmert hat damals, als alle Welt sich von ihr abgewandt und sie verurteilt hat.

»Wie schade, dass Papa das nicht mehr erleben darf.« Traurig blickt Marguerite zum Grabstein ihres Vaters hin. »Anfangs ist er dagegen gewesen, dass ich studiere, doch später, als er meine guten Abschlüsse gesehen hat, ist er manchmal fast geplatzt vor Stolz.« Leise lachend wischt sie sich eine Träne aus dem Augenwinkel.

»Dass meine Marguerite so weit gekommen ist, hat sie nur Ihnen zu verdanken, Madame le Professeur.« Die Witwe des Bürgermeisters ist neben Madame Curie getreten und blickt ihr voll dankbarer Rührung ins ernste, bleiche Gesicht. »Ohne Ihr Vorbild hätte sie sich nicht einmal getraut zu studieren.« Die Frau legt die Hand auf ihren Arm. »Ahnen Sie überhaupt, was für ein Segen Sie für Frankreichs junge Frauen geworden sind?«

Madame Curie weiß nichts zu antworten, sie lächelt nur scheu und holt Luft, um sich zu verabschieden. »Maman hat recht, Madame le Professeur«, ergreift die junge Mutter wieder das Wort. »So viele Frauen meiner Generation haben nur deswegen den Weg in die Wissenschaft gewagt, weil Sie vorangegangen sind. Und alle Kolleginnen, die ich kenne, bewundern Sie. Doch es ist sicher schwer für Sie gewesen, sich gegen die Herren der Schöpfung durchzusetzen, oder?«

»›Die Herren der Schöpfung‹«, murmelt Madame Curie, und das flüchtige Lächeln, das dabei über ihre Züge huscht, hat nichts Heiteres an sich.

»Ich habe gelesen, dass Sie als junge Frau aus Polen nach Paris gekommen sind, um an der Sorbonne zu studieren«, erklärt Marguerites Mutter. »Alleinstehend und ganz ohne Familie – das ist sicher nicht einfach gewesen.«

Madame Curie spürt das ehrliche Interesse der Frauen und ist versucht zu erzählen, wie es damals war. »Nein«, sagt sie leise. »Nein, das war es wirklich nicht.«

Ihr verstorbener Mann steht ihr vor Augen, während sie nachdenklich auf das inzwischen eingeschlafene Baby hinabschaut. Wo stünde sie wohl heute ohne Pierre? Ohne seine Begleitung in den entscheidenden Jahren?

»Ehrlich gesagt, manchmal, wenn ich zurückschaue, erscheint es mir wie ein Wunder, dass ich es geschafft habe. Allerdings …« Sie wendet sich an Marguerites Mutter. »Allerdings habe ich mich damals nicht ganz ohne Familie in Paris durchschlagen müssen. Meine ältere Schwester Bronia und ihr Mann lebten hier, und ich konnte die ersten Monate bei ihnen wohnen.«

»Ich habe mich oft gefragt, welches Vorbild Sie ermutigt haben mag, so einen ungewöhnlichen und schweren Weg zu beschreiten.« Marguerite zieht ein weißes, blau besticktes Seidentuch aus ihrem umgeschlagenen Kleiderärmel, nimmt ihrem Töchterchen die Brust aus dem Mund und tupft ihm die Milch von den Lippen und sich selbst vom Busen. »Sie haben doch sicher ein Vorbild gehabt, Madame le Professeur, oder?«

»Hatte ich das?« Madame Curie hebt seufzend die Achseln und wirkt ein wenig ratlos, denn auf Fragen wie diese ist sie nicht vorbereitet. »Vielleicht die Vorsteherin meiner ersten Schule, Madame Sikorska. Und ja – auch meine Freundin Jadwiga, sie war kaum achtzehn, als sie für die Rechte von uns Frauen zu kämpfen begann. Und natürlich meine Tante Maria Rogowska. Die war anders als alle Frauen, denen ich in meiner Jugend begegnet bin. Sie trug Hosen, rauchte Zigaretten und gründete lieber eine Möbelfabrik, statt zu kochen und Kinder großzuziehen. Ja, vielleicht hat besonders ihr Vorbild mich ermutigt, von einer Laufbahn als Naturwissenschaftlerin zu träumen.«

»Von etwas zu träumen und einen Traum zu verwirklichen, sind bekanntlich zwei Paar Stiefel«, erklärt Marguerites Mutter. Sie nimmt ihrer Tochter den schlafenden Säugling ab, damit die ihr Kleid schließen und ihre Jacke zuknöpfen kann.

»Da haben Sie recht, Madame. Um zu träumen, braucht es Anregungen, Bilder und Fantasie, doch um ein erträumtes Ziel zu erreichen, braucht es äußerste Zähigkeit und viel Kraft. Wie gesagt – wenn ich zurückblicke, verstehe ich manchmal selbst nicht …«

Sie unterbricht sich jäh, als ihr Blick auf das Seidentuch fällt, das Marguerite auf ihrem Schoß ausgebreitet hat, um es zusammenzulegen – ein Mandala aus lauter ineinander verschlungenen Vergissmeinnicht ist darauf eingestickt. So unverhofft die blauen Blümchen zu erkennen, berührt Madame Curie tief, und ihr ist auf einmal, als öffne sich ein Fenster in ihrem Herzen, ein Fenster in ein anderes Leben, eine andere Zeit.

»Darf ich es mir einmal ansehen?« Sie streckt die Hand nach dem Tuch aus, und die junge Frau reicht es ihr. Madame Curie spürt die Seide zwischen den Fingern und betrachtet die kunstvoll gestickten blauen Blüten. »Vergissmeinnicht auf weißer Seide«, murmelt sie und schüttelt den Kopf, als könne sie nicht glauben, was sie sieht. Und was sie sieht, ist weit mehr als nur das Seidentuch der jungen Mutter – sie sieht ein Bild aus den Abgründen ihrer Erinnerung aufsteigen: einen Klassenraum, ihre Schwester Helena, ihre Freundin Kazia, einen uniformierten Mann, ihre Lehrerin, Fräulein Tupalska.

»Das Tuch hat meine jüngste Schwester mir bestickt und zur Geburt meiner Tochter geschenkt.« Die junge Mutter nimmt ihre Doktorarbeit von der Bank hoch. »Setzen Sie sich doch ein wenig zu uns, Madame le Professeur, kommen Sie. Ich freu mich doch so, Sie zu sehen.«

Das Seidentuch in der Hand und ganz versunken in die aufsteigenden Bilder der Erinnerung, nimmt Madame Curie neben ihrer ehemaligen Studentin Platz. Deren Mutter setzt sich mit dem schlafenden Säugling im Arm neben sie. »Sie müssen entschuldigen«, seufzt Madame Curie, »doch dieses Tuch weckt Erinnerungen an meine Kindheit in Warschau, an meine Schulzeit, genauer gesagt.«

»Bitte erzählen Sie uns, Madame«, bettelt Marguerite. »Erzählen Sie uns von Ihrer Schulzeit, von Ihrer Schulleiterin, von Ihrer mutigen Tante Maria und davon, wie Sie es geschafft haben, Ihren Traum zu verwirklichen. Bitte.«

Madame Curie schaut nach links und rechts in die Gesichter der beiden Frauen, und die Bewunderung und Anteilnahme, die sie darin lesen kann, machen sie verlegen und lassen sie zögern. Sie hat sich angewöhnt, Bewunderung zu ignorieren und menschlicher Anteilnahme zu misstrauen. Dazu kommt, dass es ihr schwerfällt, über persönliche Dinge zu sprechen.

»Wir haben doch alle unsere Geschichte«, sagt sie schließlich, während sie die Stickerei auf dem Seidentuch betrachtet. »Und ist sie wirklich so wichtig, wie wir manchmal glauben möchten?«

»Aber ja, Madame le Professeur!« Marguerites Blick hat plötzlich etwas Entschiedenes, beinahe Beschwörendes, und sie deutet auf das Baby im Arm ihrer Mutter. »Allein schon für meine kleine Tochter ist meine Geschichte wichtig! Ohne Sie, Madame le Professeur, wäre die Geschichte ihrer Mutter doch eine ganz andere geworden. Hätte ich studiert ohne Sie?« Sie hebt das Manuskript mit der Untersuchung zu Einsteins *Gesetz des photoelektrischen Effektes* hoch. »Hätte ich jemals diese Doktorarbeit geschrieben ohne Sie?«

Madame Curie weiß nicht gleich, was sie ihr antworten soll. Ihre unerschrockene und burschikose Tante Maria steht ihr vor Augen, und für einen Moment glaubt sie, den Rauch ihrer Zigarette zu riechen. Als wäre es ein zerbrechliches Kleinod, hebt sie mit beiden Händen das bestickte Seidentuch ein wenig hoch, und so deutlich, als wären sie gestern noch am Leben gewesen, sieht sie ihre Mutter und ihre älteste Schwester Sofia vor sich stehen.

»Sie haben recht, Marguerite – mit den Lebensgeschichten von uns Menschen ist es wie mit Molekülen: Führt man ihnen Wärme zu, geraten sie in Bewegung und bewegen benachbarte Moleküle. Lässt man sich von der Geschichte eines anderen Menschen erwärmen und bewegen, bewegt sich die eigene Geschichte möglicherweise in eine andere, neue Richtung.«

Sie gibt der jungen Mutter das Seidentuch zurück. »Plötzlich dieses schöne Tuch zu sehen, hat mich sehr berührt, Marguerite. Meine Mutter hat nämlich einmal ein ganz ähnliches Tuch von meiner Schwester Helena geschenkt bekommen.« Madame Curies Augen werden feucht, und ein verträumter Ausdruck legt sich auf ihre bleichen Züge. »Sie hat mich ›Mania‹ gerufen«, fährt sie mit beinahe zärtlicher Stimme fort. »Alle in der Familie haben mich ›Mania‹ genannt.« Sie senkt den Kopf. »Doch der Anblick dieser blauen Veilchen auf der weißen Seide hat mich nicht nur an meine Mutter erinnert, wissen Sie? Er hat mich auch ganz unverhofft in ein Klassenzimmer meiner Schulzeit zurückversetzt.«

»Das klingt, als dächten Sie an eine bestimmte Zeit, Madame le Professeur«, sagt die Witwe des Bürgermeisters.

»An eine ganz konkrete Unterrichtsstunde sogar.« Madame Curie lehnt sich zurück, faltet die Hände im Schoß und richtet ihren Blick auf das Blumengebinde, das Marguerites Mutter auf dem Grab ihres Mannes in einer kupfernen Blumenvase arrangiert hat. Vogelbeeren und weiße Chrysanthemen. »Es muss in der dritten oder vierten Klasse gewesen sein.« Aus einer der großen Blüten scheint ihr das blasse Gesicht ihrer eigenen Mutter entgegenzulächeln. Sie atmet gegen die Wehmut an, die sie so oft befällt, wenn sie an ihre Mutter denkt, atmet noch einmal tief, und dann erzählt sie.

»Meine Eltern waren Lehrer, müssen Sie wissen, Mesdames, und etwas anderes, als auch eine Lehrerin zu werden, ist mir lange Zeit überhaupt nicht in den Sinn gekommen. Ich glaube, ich wollte schon damals eine Lehrerin werden, als ich in jenem Klassenzimmer saß und meine Schwester Helena Veilchen auf ein weißes Seidentuch stickte. Meine Schwester Helena, die ich heute noch Hela nenne.«

»Das sind Sie ja auch geworden, Madame le Professeur.« Marguerite beugt sich zu ihr und berührt ihre Schulter. »Meine Lehrerin sind Sie geworden.«

»Das stimmt, ja.« Madame Curie lächelt, als sei der Gedanke ganz neu für sie und als würde er ihr Freude machen. »Sie müssen eines wissen, Mesdames«, fährt sie fort, »ich bin in einem Teil Polens groß geworden, der von den Russen regiert wurde. Dort hatten Frauen nicht die geringste Aussicht auf eine höhere Bildung. Wir Polen durften ja in der Schule nicht einmal unsere Muttersprache sprechen. Wehe, ein Lehrer oder eine Lehrerin unterrichtete uns auf Polnisch! Nicht wenige, die es trotz des strengen Verbotes wagten, mussten ihre besten Jahre in einem Arbeitslager in Sibirien fristen …«

2
Iwanow

Warschau, Winter 1875

Tupcia erzählte, und zwanzig Mädchen hingen an ihren Lippen. Eigentlich hieß Tupcia Fräulein Tupalska, doch die Mädchen benutzten nur ihren Spitznamen, wenn sie über ihre Lehrerin sprachen. Tupcia erzählte auf Polnisch. Und sie erzählte von polnischen Königen, polnischen Heerführern, polnischen Siegen, polnischen Rebellen.

Mania schaute hinauf zu der kleinen dicklichen Frau mit dem breiten, etwas derben Gesicht, die vor der Klasse auf ihrem Katheder thronte. Jedes ihrer Worte sog sie in sich auf, denn Tupcias Geschichtsunterricht fand sie beinahe noch spannender als ihren Mathematikunterricht. Manchmal deutete die Lehrerin von ihrem Katheder herab auf eines der Mädchen und stellte eine Frage. Auf Polnisch. Und das angesprochene Mädchen stand auf und antwortete auf Polnisch.

Draußen vor den hohen Fenstern schneite der Schnee die Bäume, die Wege und die Wiesen des Sächsischen Gartens weiß, an den die kleine Warschauer Privatschule grenzte; hier drinnen lauschten etwa zwanzig Mädchen polnischer Geschichte. Konzentrierte Stille herrschte. Das Verbotene zu tun – Polnisch sprechen, noch dazu über polnische Geschichte – schweißte die Schülerinnen und ihre Lehrerin zu einer verschworenen Gemeinschaft zusammen.

Tupcia stieg von ihrem Katheder herunter, um den Namen eines polnischen Königs an die Tafel zu schreiben. Mania schaute in das Schneetreiben vor dem Fenster, und sofort stand ihr wieder das liebe Gesicht der Mutter vor Augen. *Mutter* – ihr erster Gedanke beim Aufstehen, ihr letzter vor dem Einschlafen.

Die Mutter war nicht zu Hause. Schon seit Monaten nicht. Sie erholte sich in einer Stadt namens Nizza von einer Krankheit, deren Namen noch keiner vor Manias Ohren ausgesprochen hatte. Sosehr sie auch grübeln mochte, die Krankheit ihrer Mutter blieb ihr ein Rätsel. Damit die Mutter nicht traurig wurde vor Einsamkeit, hatte der Vater entschieden, dass Manias große Schwester Sofia sie nach Frankreich begleitete.

Mania vermisste beide. Oft so sehr, dass es wehtat und sie weinen musste.

Von der fernen Mutter mit ihrer rätselhaften Krankheit flogen Manias Gedanken zur Mutter ihrer Freundin Kazia, die sie heute Morgen auf der Vortreppe des Schulportals beobachtet hatte – die hatte ihre Tochter zum Schulhaus begleitet und Kazia zum Abschied in den Arm genommen und geküsst.

Das zu beobachten, hatte Mania traurig gemacht. Weil ihre Mutter sie nicht zu Schule bringen konnte? Wahrscheinlich auch deswegen. Vor allem aber, weil ihre Mutter sie noch nie umarmt und geküsst hatte. Jedenfalls konnte sie sich an keine Umarmung und keinen Kuss der Mutter erinnern. Tante Lucia dagegen – die Schwester des Vaters, die oft im Haushalt aushalf –, ja, die küsste und umarmte Mania und die Geschwister.

Von ihrem Fensterplatz in der dritten Reihe aus lugte sie hinüber in die Mitte der vorderen Reihe, wo ihre Schwester Helena neben der geküssten Kazia saß. Ganz bestimmt hatte Hela die zärtliche Umarmung zwischen Mutter und Tochter auch beobachtet; sie waren ja zusammen zur Schule gekommen. Ob der Anblick sie genauso traurig gemacht hatte?

Wie alle Mädchen in der Klasse trugen Hela und Kazia straff geflochtene Zöpfe und die vorgeschriebene dunkelblaue Schuluniform mit den blanken, stählernen Knöpfen. Kazia und Hela waren ein Jahr älter als Mania, viele Mädchen der Klasse sogar zwei Jahre älter sie. Mania, die noch nicht ganz Achtjährige, war dennoch die Klassenbeste. In Mathematik, in Geschichte, in allem. Manchmal gefiel ihr das, öfter jedoch war es ihr peinlich, ja unangenehm, denn manche Mädchen der Klasse ärgerten sich darüber.

»Natürlich küsst uns die Mama!«, hatte Hela behauptet, als Mania sie danach gefragt hatte. »Was denkst du denn?! Die Mama ist nur ein bisschen krank.«

Beides stimmte nicht. Sie, Mania, war noch nie von der Mutter geküsst worden. Und die Mutter war auch nicht nur ein bisschen krank, sondern sehr krank. Sonst würde sie ja nicht schon fast ein Jahr in Frankreich leben, am Meer. Zur

Kur, wie der Vater das nannte. Es war bereits die zweite Kur der Mutter. Beide hatten den Vater viel Geld gekostet. Und Mania viele Tränen.

Hoffentlich half es der Mutter im fernen Nizza, jeden Tag Manias große Schwester Sofia um sich zu haben; hoffentlich half es ihr gegen Einsamkeit und Traurigkeit. Mania half es nicht. Sie verehrte und liebte ihre große Schwester, wie andere eine Heilige liebten und verehrten. Sofia nahm sie wenigstens hin und wieder in den Arm und küsste und herzte sie.

»Was kannst du uns über diesen polnischen Herrn sagen, Maria Skłodowska?« Tupcia deutete auf den Namen, den sie an die Tafel geschrieben hatte. Hatte sie etwa gemerkt, dass Manias Gedanken abgeschweift waren?

Mania, die nur außerhalb der Familie mit ihrem richtigen Vornamen Maria angesprochen wurde, stand auf und sagte, was sie wusste: dass die polnischen Grafen und Ritter Stanislaus August Poniatowski 1764 zum polnischen König gewählt hatten, dass er ein sehr gebildeter Mann gewesen war, der die Literatur und die Musik liebte, dass er die Ordnung im Staate Polen wiederherstellen wollte und dass ihm das nicht gelungen war. Das alles sagte sie natürlich auf Polnisch.

Tupcia nickte zufrieden, stieg zurück auf ihren Katheder und nahm wieder das polnische Geschichtsbuch zur Hand, aus dem sie zitiert hatte. Mania setzte sich, und ihre Lehrerin erklärte, dass der König Stanislaus August leider kein sehr mutiger Mann gewesen sei.

In diesem Augenblick ertönte die Schulglocke.

Plötzlich herrschte Totenstille im Klassenraum. Alle saßen kerzengerade und wie erfroren. Tupcia ließ das Buch fallen und hob abrupt den Kopf. Mania hielt den Atem an, denn das derbe und sonst so rosige Gesicht ihrer Lehrerin hatte auf einmal die Farbe von Schnee.

Die Unterrichtsstunde war noch nicht einmal zur Hälfte vorüber, und dennoch läutete die Schulglocke?

Jedes Mädchen wusste, was das zu bedeuteten hatte, und Tupcia wusste es auch: eine Warnung des Hausmeisters! Ein russischer Inspektorenbesuch stand kurz bevor!

Und dann ging alles blitzschnell: Tupcia zischte ein paar Kommandos, packte ihr polnisches Geschichtsbuch, raffte auch alle anderen polnischen Bücher zusammen und sprang vom Katheder. Zwei Mädchen aus der vorderen Reihe wischten den Namen des polnischen Königs von der Tafel, während andere Hefte und Bücher von den Pulten der Schülerinnen einsammelten und zu den Mädchen schafften, die in der ersten Reihe dicht an der Tür zu den Schlafsälen saßen. Die sammelten alles in den Schürzen ihrer Schuluniformen und trugen die verräterischen Sachen aus dem Unterrichtsraum in die Schlafsäle.

Lärm und hektisches Treiben erfüllten den Raum. Türangeln quietschten, Stuhlbeine scharrten, Kleider raschelten, Schuhsohlen knallten über den Boden, geflüsterte Anweisungen schwirrten durch die Luft, Pultdeckel knarrten und fielen wieder zu.

Mania warf ihr Handarbeitszeug auf das Pult, sprang ans Fenster und schaute in das Schneetreiben hinaus: Eine prächtige Kutsche mit einem Gespann aus vier Pferden stand vor dem Tor des Sächsischen Gartens. Schnee bedeckte das Kutschendach und die Schabracken der Pferde. Von demjenigen, den die Pferde durch Warschau gezogen und hierhergebracht hatten, sah Mania nur die Spuren im Schnee auf dem Weg zwischen Tor und Vortreppe. Der russische Inspektor war längst im Haus.

Kurze Zeit später saßen alle wieder auf ihren Plätzen. Tupcia, auf ihrem Katheder, las aus einem russischen Erzählband, und die Mädchen beugten sich beflissen über ihre Stickrahmen, Näh- und Häkelarbeiten und ließen die Nadeln mit den bunten Fäden ein- und auftauchen.

Mania stickte rote und gelbe Blumen auf eine dunkelgraue Schürze, die sie Sofia beim Wiedersehen schenken wollte. Ängstlich lauschte sie den Schritten, die draußen im Treppenhaus nun immer deutlicher zu hören waren. Bald hörte sie auch Stimmen, und dann, ohne dass jemand geklopft hätte, wurde die Tür aufgerissen.

Ein großer massiger Mann trat in den Unterrichtsraum. Schmelzender Schnee lag auf seiner Pelzmütze und den Schultern seines Pelzmantels. Unter dem Pelz trug er gelbe Hosen und einen blauen Rock mit goldglitzernden Knöpfen. Hinter seiner Goldrandbrille zuckten unruhige und hellwache Augen hin und her.

Die Vorsteherin, Madame Sikorska, folgte ihm und schloss die Tür hinter sich. »Ihr kennt ja den Herrn Inspektor.« Sie wusste natürlich Bescheid, unterrichtete ja selbst auf Polnisch, wann immer es möglich war. »Wollt ihr ihn nicht begrüßen?«

Mania und die Mädchen standen auf und riefen im Chor: »Guten Morgen, Herr Inspektor!«

Langsam und die Arme auf dem Rücken verschränkt, schritt Iwanow an der ersten Bankreihe vorbei zu Tupcias Katheder hin, dabei ließ er seinen hellwachen Blick über die Gesichter der Mädchen wandern. Schmelzwasser tropfte von seiner Pelzmütze, und die Absätze seiner Stiefel hinterließen kleine Pfützen auf den Bodendielen.

Der Inspektor hieß Hornberg, nicht Iwanow, doch Mania nannte ihn nur nach dem Namen jenes russischen Schuldirektors, der ihren Vater dabei ertappt hatte, wie er seinen Schülern patriotische Gedichte polnischer Dichter vorgelesen hatte. Auf Polnisch natürlich. Daraufhin hatte der Direktor Iwanow dem armen Vater seinen Lehrerposten im staatlichen Gymnasium weggenommen.

Alle russischen Männer, die sie hasste, nannte Mania seitdem Iwanow.

Unter dem forschenden Blick des Inspektors hielt sie den Atem an. Die Vorsteherin nickte den Mädchen zu und bedeutete ihnen, sich wieder zu setzen. Mania bewunderte die zierliche Frau mit dem weißen Haar, die alle nur »Madame Sikorska« nannten. Sie hatte in Paris studiert, wie Mania vom Vater wusste; er vermutete, dass die Vorsteherin sich deswegen gern so nennen ließ.

Mit wie viel Mut Madame Sikorska diese Privatschule leitete! Mit wie viel List sie das ausgeklügelte System immer mehr verfeinerte, mit dem ihre Schule schon seit Jahren die russischen Inspektoren hinters Licht führte. So stand zum Beispiel *Botanik* auf dem offiziellen Stundenplan, wenn polnische Geschichte unterrichtet wurde, und *Deutsch* für polnische Literatur. Mania und ihre Mitschülerinnen hatten diesen Geheimcode längst verinnerlicht.

Während Iwanow vor Tupcias Katheder stehen blieb und ihr das Buch aus der Hand nahm, senkte Mania den Kopf, machte sich so unauffällig wie möglich und versuchte, sich ganz auf ihre Stickerei zu konzentrieren. Bald würden die Mutter und Sofia aus Nizza zurückkehren, in zwei Monaten ungefähr – bis dahin wollte sie die letzte bunte Blume auf der Schürze für die große Schwester zum Blühen gebracht haben.

»Was lesen wir denn hier Schönes vor, Fräulein?« Iwanow schlug das Buch zu und betrachtete den Umschlag. »Erzählungen von Krylow, soso.«

»Wir haben heute erst damit begonnen, Herr Inspektor Hornberg.« Tupcia log, ohne rot zu werden; nicht einmal ihre Stimme zitterte.

»Eine lohnende Lektüre, ja, ja.« Iwanow gab ihr das Buch zurück und schritt langsam und dicht an der ersten Reihe der Schülerinnen entlang, wobei sein Blick zufrieden über ihre Stickereien und Näharbeiten wanderte. »Sehr brav«, sagte er, »sehr schöne Handarbeiten, weiß Gott.«

»Wir unterrichten zweimal die Woche Handarbeit an unserem Pensionat, Herr Inspektor.« Auch Madame Sikorska bewahrte die Miene eines Unschuldsengels. »Eine gute Gelegenheit, unseren Mädchen russische Literatur zu Gehör zu bringen.«

»Das will ich meinen.« Iwanow blieb vor Hela und Kazia stehen, beugte sich zu Hela hinunter und nahm ihr den Rahmen mit dem Taschentuch aus den Händen, das sie der Mutter bei ihrer Rückkehr aus Nizza schenken wollte. »Ah – Vergissmeinnicht auf weißer Seide! Schön, schön.«

Er gab der erschrockenen Hela ihre Handarbeit zurück und ließ seinen Blick, der nun etwas Bohrendes, ja Lauerndes hatte, wieder von Mädchengesicht zu Mädchengesicht wandern. »Doch ihr lernt sicher noch weitaus mehr in dieser Schule, als nur brav zu sticken und zu häkeln, nicht wahr?« Einige Mädchen nickten. »Und wer mag es mir beweisen?« Iwanow drehte sich nach Tupcia um und zog fragend die Brauen hoch.

Nun war es Tupcia, die ihren Blick von Mädchen zu Mädchen wandern ließ. Mania senkte den Kopf noch tiefer. Bitte gib, dass sie nicht mich aufruft, betete sie innerlich, bitte nicht wieder mich, lieber Herr Jesus Christus.

»Maria Skłodowska!« Wie ein Schlag ins Gesicht traf sie Tupcias Stimme, die nun tatsächlich ihren Namen rief. Sie hatte es geahnt – immer, wenn eine russische Inspektion die Schule ereilte, musste sie herhalten, um russlandtreuen Unterricht zu beweisen. Das hatte man davon, wenn man in allem die Beste war!

Mania ließ den Stickrahmen mit Sofias Schürze sinken und stand auf. Wie sie das hasste, wenn aller Blicke sich auf sie richteten. Ein Kloß im Hals machte ihr das Atmen schwer.

Iwanows Blick musterte sie von oben bis unten. »Sag mir das Gebet auf«, verlangte er. Mania wich seinem Blick aus, presste die Lippen zusammen und schluckte die Tränen hinunter.

Das Gebet – er meinte natürlich das Vaterunser. Und dieser gemeine Mensch wollte sie das Vaterunser auf Russisch beten hören! Polnische Kinder lernten von klein auf auf Polnisch zu beten. Auf Polnisch beten lernen heißt polnisch glauben, hoffen und fühlen lernen, hatte die große Schwester Sofia ihr erklärt. Und die Mutter pflegte zu sagen: »Sie zwingen polnische Kinder, auf Russisch zu beten, um ihnen die polnische Seele auszutreiben.«

Mania bekreuzigte sich, schloss die Augen und legte die Hände zusammen. Alles in ihr sträubte sich, doch sie begann dennoch das Vaterunser auf Russisch zu beten.

»Lauter!«, verlangte Iwanow. Sie betete lauter, schämte sich für den Verrat und spürte zugleich den brennenden Hass auf Iwanow, während sie das Vaterunser in der Sprache der Unterdrücker betete. Der Hass machte ihre Stimme fester, und nicht nur ihre Stimme – auch ihr Wille, den Demütigungen der zaristischen Herrschaft zu widerstehen, bis ihr Vaterland sie eines Tages abgeworfen haben würde, auch dieser Wille wurde mit jedem Satz fester, den sie das Vaterunser auf Russisch betete.

»Na also, geht doch.« Iwanow ging von Hela weg zum Katheder der Lehrerin, wo er Mania ein wenig näher war. »Und wie hießen die ruhmreichen Zaren, die das Heilige Russische Reich seit Peter dem Großen regiert haben?«

»Katharina die Erste, Peter der Zweite, Anna, Iwan der Sechste, Elisabeth.« Hastig leierte Mania die russischen Kaiser und Kaiserinnen herunter. Sie spuckte ihre Namen geradezu aus – als ekelte es sie, Namen wie diese allzu lang auf der Zunge zu tragen. »Peter der Dritte, Katharina die

Zweite, genannt die Große, Paul der Erste, Alexander der Erste, Nikolaus der Erste, Alexander der Zweite, der Befreier genannt, Alexander der Dritte, der Friedensstifter, und seit 1868 Nikolaus der Zweite.« Sie atmete schwer und hatte das Gefühl, dass ihre Knie zitterten.

Iwanow aber stand sprachlos und mit offenem Mund. »Das ist …« Als suche er Halt, tastete er nach Tupcias Katheder und lehnte sich dagegen. »Das ist fehlerlos gewesen, doch.« Und an die Vorsteherin gewandt: »Das Kind hat ein famoses Gedächtnis. Und diese Aussprache! Man könnte meinen, es sei in einem russischen Bürgerhaus irgendwo in der Gegend von Sankt Petersburg erzogen worden!«

Mit einem anerkennenden Nicken schaute er wieder Mania ins Gesicht, die sich fühlte, als würde sie an der Reling eines Schiffes stehen, das durch die sturmgepeitschte Ostsee segelte – so schlecht war ihr, und so sehr schien der Boden unter ihren Sohlen zu wanken. »Wie war gleich dein Name?«

»Maria Salomea Skłodowska, Herr Inspektor.« Vor Aufregung nannte sie auch ihren zweiten Namen.

Iwanow nickte langsam und ohne den Blick von ihr abzuwenden; Mania wurde heiß und kalt. »Nenne mir noch Namen und Titel der Kaiserlichen Familie, Maria Salomea Skłodowska.«

»Ihre Majestät, die Kaiserin, Seine Kaiserliche Hoheit, der Zarewitsch Alexander …« Sie merkte kaum, wie sie redete, leierte einfach die in ängstlichen Abendstunden mit Hela und Sofia auswendig gelernten Namen und Titel herunter und fürchtete, dabei ohnmächtig zu werden. Doch sie brachte es tapfer zu Ende.

Und fehlerfrei auch, wie sie in Iwanows breiter schnurrbärtiger Miene lesen konnte: Er lächelte befriedigt. Allerdings hatte er noch lange nicht genug, wollte nun auch noch die Rangordnung der russischen Verwaltung in Warschau von ihr wissen und die Namen und Titel ihrer höchsten Beamten. Auch nach seinem eigenen Rang und Titel fragte er sie in einem Tonfall und mit einer Miene, die verrieten, wie viel Vergnügen ihm diese Prüfung bereitete.

In Manias Brust indes brannte das Feuer des Hasses, und es kostete sie große Anstrengung, ihren Trotz und ihren Widerwillen zu verbergen. »Sehr gut«, lobte der Inspektor schließlich. »Ich habe keinerlei Einwände, Frau Vorsteherin.« Die Angesprochene nickte und lächelte ergeben. »Und zuletzt möchte ich noch einmal hören, wer unser aller Herrscher ist.« Mania atmete gegen die Enge in der Brust an, gegen all die aufgewühlten Gefühle von Trotz, Widerwillen und Hass. »Warum höre ich keine Antwort!?«, rief Iwanow, und eine tiefe Zornesfalte grub sich zwischen seine Brauen ein.

»Seine Majestät, Alexander der Zweite«, sagte Mania mit nun heiserer Stimme, »Zar aller Russen.«

»Aufstehen!«, forderte der Inspektor mit herrischer Geste von den Schülerinnen, und die erhoben sich nach und nach. »Noch einmal alle: Wer ist unser aller Herrscher?«

»Seine Majestät, Alexander der Zweite, Zar aller Russen!«, tönte es im Chor.

»Gott segne ihn«, sagte Iwanow, nickte Tupcia einen

Gruß zu und stapfte aus dem Unterrichtsraum. Madame Sikorska warf Mania einen dankbaren Blick zu und folgte ihm. Die Tür fiel ins Schloss, die Mädchen setzten sich eines nach dem anderen.

Die mitleidigen Blicke ihrer Schwester Hela und ihrer Freundin Kazia trafen Mania. Die stand noch immer, und ihr Mund war sehr trocken, ihre Brust schien mit dicken Seilen eingeschnürt zu sein, und sie hatte das Gefühl, am ganzen Körper zu zittern.

Tupcia stieg von ihrem Katheder, schaukelt an den ersten beiden Reihen vorbei und kam zu ihr. »Komm her, du tapferes Herzchen, du!« Mania stolperte aus ihrem Pult und lief ihr entgegen, lief in die geöffneten Arme ihrer Lehrerin. Die drückte ihr einen Kuss auf die Stirn, doch Mania klammerte sich an ihrem Hals fest und brach laut schluchzend an ihrem großen Busen zusammen.

3
Rätsel

Warschau, Frühling 1876

Der Schnee im Sächsischen Garten taute. Erst zeigten sich Schneeglöckchen, dann kündigte die gelbe und blaue Pracht der Krokusse den nahenden Frühling an, und endlich blühten die ersten Narzissen. Manias schmerzliche Sehnsucht verwandelte sich in wachsende Vorfreude: Nicht mehr lange, dann würden die Mutter und die große Schwester aus Frankreich zurückkehren!

Am Tag, für dessen Abend ihre Heimkehr angekündigt war, schlugen bereits die Linden und Birken im Park aus. Nach der Schule liefen Mania, Hela und Kazia auf dem Nachhauseweg über das Kopfsteinpflaster des Sächsischen Platzes. Die milde Luft roch nach Frühling. Die Stare waren längst zurückgekehrt, die ersten Turteltauben gurrten in den Gärten, und der Vater hatte am Vortag sogar schon Störche über den Dächern Warschaus gesichtet.

»Da!« Mania blieb stehen und deutete in den Himmel über dem Platz, wo Schwalben ihre Kreise zogen. »Die ersten Schwalben!« Auch die anderen beiden legten die Köpfe in den Nacken und beobachteten eine Weile die wendigen Flugkünstler, bevor sie weitergingen.

Nirgendwo sonst in Warschau war die Gegenwart der russischen Besatzer deutlicher zu sehen und zu spüren als am Sächsischen Platz. Im protzigen Sächsischen Palast, der sich hier erhob, hatten in besseren Zeiten polnische Könige gewohnt – heute hatte das russische Militär dort sein Hauptquartier eingerichtet. Die flachen Gebäude rund um den Platz dienten als Kasernenbaracken.

Manchmal, wenn die Mädchen auf dem Schulweg über den Platz liefen, ertönten hier Kommandorufe, und Soldaten rannten aus den Baracken, um zu einer Militärinspektion anzutreten. Weil heute weit und breit kein Soldat zu sehen war, blieben die Mädchen vor dem wuchtigen Bronzeobelisken am Rand des Platzes stehen. Der war so hoch, dass er die Hausdächer ringsum weit überragte.

Sie blickten zu den monströsen doppelköpfigen Bronzeadlern hinauf, die das Monument krönten, und rümpften die Nasen. Zar Alexander II. hatte das verhasste Denkmal hier errichten lassen, um diejenigen Polen zu ehren, die in zwei blutigen Volkserhebungen zu ihm und dem russischen Kaiserreich gestanden hatten.

Das erste Mal, im sogenannten Novemberaufstand, hatte das polnische Volk sich vor fünfundvierzig Jahren gegen die russischen Besatzer erhoben, das zweite Mal vier Jahre vor Manias Geburt. Die Eltern erzählten oft davon, denn damals waren sie gerade zwei Jahre verheiratet gewesen und fürchteten, das Schicksal viel zu vieler Landsleute teilen zu müssen: Verhaftung, Deportation oder Flucht.

Mania dankte Gott oft dafür, dass dieser Kelch an ihren Eltern vorübergegangen war. An deren Brüdern war er nicht vorübergegangen: Onkel Zdzislaw war bei den Kämpfen schlimm verwundet worden und musste wie so viele Rebellen nach Frankreich fliehen; Onkel Henryk war zu vier Jahren Arbeitslager verurteilt worden und hatte diese Zeit nur knapp überlebt.

»Verräter«, murmelte Hela, während sie aus schmalen Augen den Obelisken anstarrte, denn so nannte der Vater die Männer, die an der Seite der Russen gegen ihr eigenes Volk gekämpft hatten. Und niemals vergaß er zu erwähnen, dass diese »Vaterlandsverräter« in der Minderheit gewesen seien, wenn er von den beiden Aufständen erzählte; und das tat er oft.

»Vaterlandsverräter«, flüsterte Mania, und es fiel ihr nicht schwer, die Erbitterung zu empfinden, die sie in den geliebten Zügen ihres Vaters las, wenn er von diesen verhassten Männern sprach. Mit zusammengepressten Lippen las sie die Inschrift auf dem Obelisken: *DEN ihrem Herrscher treu ergebenen Polen.*

Am Samstagabend zuvor, bei seiner wöchentlichen Lesung vor seinen Kindern und ausgewählten Pensionatszöglingen, hatte der Vater Verse eines jener polnischen Schriftsteller vorgetragen, die er wegen ihres glühenden Patriotismus so sehr liebte. Wie er selbst, glaubten diese längst verstorbenen oder in sibirischen Arbeitslagern darbenden Dichter an die Zukunft einer freien und unabhängigen Republik Polen. Dieser Glaube keimte bereits auch in Manias Herz.

Wie so oft schon, wenn sie hier stehen blieben, sammelte sie Spucke im Mund. Hela, die es gleich merkte, griff nach ihrem Arm und schaute sich aufmerksam um. Offenbar fiel ihr unter den wenigen Passanten niemand auf, der wie ein Russe oder eine Russin aussah, denn nun zog auch sie Wangen und Lippen zusammen, um Spucke zu sammeln. Alle drei zielten sorgfältig und spuckten beinahe gleichzeitig auf den Obelisken.

»Ich habe genau auf das *treu ergebenen* getroffen«, behauptete Kazia, während sie schnell und mit klopfenden Herzen weitergingen.

»Das war doch ich!«, hielt Hela dagegen.

»Nein, das war meine Spucke!«, beharrte Kazia. Mania mischte sich in den üblichen Streit der beiden Älteren nicht ein. Sie war zufrieden damit, den Obelisken des Zaren bespuckt zu haben.

Wie immer in letzter Zeit, machten sie einen kleinen Umweg, um Kazia zum Blauen Palast begleiten zu können, wo die Freundin wohnte. Mania liebte es, das wunderschöne Gebäude mit seinen vielen Erkern, Balkonen und Fenstersäulen zu betrachten. Auch die Stunden, die sie in seinen prachtvollen Räumen bei Kazia verbringen durfte, genoss sie jedes Mal. Unzählige Bücher warteten in diesem herrlichen Haus darauf, gelesen zu werden.

Kazias Vater nämlich verwaltete dort als Bibliothekar den gewaltigen Bücherschatz eines reichen polnischen Grafen. Mit ihren Eltern und Geschwistern durfte Kazia in einem ganzen Stockwerk des Blauen Palastes wohnen. Kazias Eltern waren selbst recht wohlhabend, besaßen Pferde und eine Kutsche und konnten sich eine Gouvernante für ihre Kinder leisten.

Vor dem gusseisernen Hoftor, auf dessen Pfeilern sich grimmig dreinschauende Bronzelöwen erhoben, verabschiedeten Mania und Helena sich von der Freundin. Seite an Seite und schweigend setzten die beiden Schwestern ihren Heimweg fort.

Mania musste an die schönen und immer sorgfältig gebügelten Kleider, Krägen und Blusen Kazias denken. Die sahen jeden Morgen aus wie neu. Und Kazias Zöpfe waren jeden Morgen aufs Sorgfältigste geflochten.

Ein bitterer Geschmack kroch Mania auf die Zunge, denn ihre Kleider waren häufig zerknautscht, teilweise ein wenig fadenscheinig und meist ungebügelt. Und wenn nicht gerade die geliebte Tante Lucia im Hause war, wurden ihre Zöpfe morgens von ihrer um diese Zeit meist hektischen Schwester Bronia oder dem ungeübten Vater geflochten. Es kam gar nicht selten vor, dass Madame Sikorska oder Tupcia sie und Hela vor dem Unterricht beiseitenahmen, um ihre Haare zu kämmen und ihre Zöpfe neu zu flechten.

»Euch beiden sieht man einfach an, dass keine Mutter im Haus ist«, hatte Tupcia vor Kurzem einmal geseufzt. Doch das würde ja nun alles wieder anders werden.

»Woran denkst du?«, brach Hela irgendwann das Schweigen.

»Woran schon? An Mama und Sofia.«

»Ich freu mich so, dass sie endlich, endlich wieder nach Hause kommen!« Hela blieb stehen und schaute auf ihre abgestoßenen Schuhe hinunter. »Ob Mama uns neue Schuhe nähen wird?«

»Aber ja!« Mania hatte oft lesend dabeigesessen, wenn die Mutter duftendes Leder zu Schuhen geschnitten und genäht hatte. »Sie ist doch jetzt wieder gesund.«

»Bist du sicher, dass Gott unsere Gebete erhört hat?« Jeden Sonntag waren sie mit der Tante in den Warschauer Dom gegangen, um für die Heilung der Mutter zu beten.

»Aber ja doch! Was glaubst du denn?!«

»Wir müssen sehr lieb zu ihr sein, hörst du, Mania?«

»Natürlich! Und wir müssen fleißig lernen und immer die Besten sein in der Schule.«

»Genau. Das macht die Mutter glücklich. Und wir dürfen sie nicht ärgern, nie wieder.«

»Aber nein.« Mania lächelte verschämt zu der älteren Schwester hinüber. »Keine Messen mehr für Iwanow.«

»Bloß nicht!« Hela blies die Backen auf. »Wie traurig sie das gemacht hat. Bloß nicht wieder so etwas!«

Die Tochter des Gymnasialdirektors Iwanow, des üblen Russen, der dem Vater von heute auf morgen seine Lehrerstelle und der Familie damit ihren Lebensunterhalt weggenommen hatte, dieses russische Mädchen also war vor zwei Jahren an Typhus erkrankt gewesen. Die Klasse von Manias älterer Schwester Bronia hatte Geld gesammelt und dem Priester der Heilig-Geist-Kirche gegeben, damit er eine Messe für sie las. Warum er eine Messe lesen sollte und was die Kinder durch diese Messe von Gott zu erlangen hofften, hatte der arme Mann nie erfahren, denn die Kinder wollten es ihm um keinen Preis verraten.

Manias große Schwester Bronia, von der die Idee zu Geldsammlung und Messe stammte, hatte es den Eltern später verraten: Die Messe sollte bewirken, dass die Iwanow-Tochter an ihrer Krankheit starb.

Die Mutter, die regelmäßig in die Kirche und zur Beichte ging, war sehr bekümmert, ja entsetzt gewesen, als sie das hörte. Der Vater dagegen, der im Grunde nur aus Rücksicht auf die Mutter hin und wieder einen Gottesdienst besuchte, hatte das eher lustig gefunden. Mania fragte sich manchmal, was er wohl gesagt hätte, wenn Iwanows kranke Tochter wirklich gestorben wäre.

Hela und Mania bogen in die Nowolipkistraße ein, wo sie in einem Eckhaus an der Karmeliterstraße wohnten, und nach wenigen Schritten sahen sie ihre Schwester Bronia und ihren Bruder Josef aus dem Fenster lehnen. »Sie warten schon auf uns!«, rief Hela, und die Schwestern rannten los und um die Wette.

Kurz bevor sie das Haus erreichten, kam ihnen Tante Lucia entgegen und hielt sie an. »Da seid ihr ja endlich!« Sie fuhr ihnen durchs Haar, beugte sich herab und küsste erst Mania und dann Hela auf die Stirn. »Geht nur schnell nach Hause, das Essen ist fertig.«

»Und du isst nicht mit uns?«, fragte Hela.

»Jan ist krank, weißt du? Und der Onkel will's nicht leiden, dass ich heute Mittag schon wieder nicht zu Hause bin.« Die Tante verabschiedete sich und hastete weiter.

Tante Lucia, von der ganzen Familie geliebt und verehrt, hatte selbst vier Kinder, und ihr Mann benahm sich mitunter so wunderlich und herrisch, dass der Vater ihn einen

Despoten nannte. Wenn Mania alles richtig verstanden hatte, war ein Despot eine Art Iwanow, ein Mensch also, der glaubte, alles müsse so geschehen, wie er es sich in den Kopf gesetzt hatte.

Als sie die Vortreppe des Hauses hinaufstiegen, sprangen ihnen die großen Geschwister schon im Treppenhaus entgegen. »Sie kommen bald!« Josef, anderthalb Jahre älter als Bronia, winkte mit einem Stück Papier. »Telegramm aus Berlin – sie kommen mit der Sechs-Uhr-Bahn!«

»In fünf Stunden schon?!«, rief Mania. »Wie schön! Wie schön!« An Bronia und Josef vorbei sauste sie die Treppe hinauf. »Mama und Sofia kommen! Ich bin so froh, so froh!«

»Hat sich die gute Nachricht also bereits herumgesprochen!« Eine große blonde Frau rauschte aus der Küche, Tante Maria. Mit ihr wallte der Duft nach Sauerkraut und Speck in die Diele. »Schuhe auf die Zeitung, Mäntel an den Haken, Hände waschen und ab in die Stube! Das Essen steht schon auf dem Tisch.« Tante Maria nahm den Mädchen die Schulranzen ab, dirigierte sie in die Küche und dort an den Spülstein.

In der Küche duftete es so intensiv nach Speck, Schweinefleisch und Kraut, dass Manias Bauch zu knurren begann und ihr das Wasser im Mund zusammenlief. Dankbar lachte sie zu der großen blonden Frau hinauf, während sie sich die Hände wusch. »Es riecht so lecker, was du gekocht hast, Tante Maria. Danke!«

»Das war doch nicht ich!« Ein beinahe empörter Ausdruck trat in die schönen Züge der Tante. »Tante Lucia hat zur Feier des Tages Bigos gekocht.«

Bigos, ein polnisches Nationalgericht, war ein Eintopf aus Sauerkraut, Weißkohl, Speck, Schweinefleisch und Würsten. Alle liebten es, und die ganze Wohnung roch danach. »Egal, wer's gekocht hat«, sagte Mania. »Mama und Sofia werden sich freuen.«

»Das will ich hoffen.« Die Tante reichte ihr ein Handtuch. Sie trug weite cognacfarbene Hosen und eine schwarze Bluse mit aufgebauschten Ärmeln und weißen Perlenknöpfen, die zu ihren Ohrperlen passten. Ihr blondes Haar war kurz geschnitten, was Mania selbst in Warschau selten bei Frauen sah – und die Tante kam vom Land.

Aus Skalbmierz, um es ganz genau zu sagen. Dort, beim Bruder des Vaters in dem kleinen Dorf am Fuß der Karpaten, in dem Manias Familie schon so manchen Sommer verbracht hatte, arbeitete Tante Marias Mann, Onkel Zdzislaw, als Anwalt. Als vor einer Woche feststand, wann die Mutter und die große Schwester zurückkehren würden, hatte der Vater ein Telegramm nach Skalbmierz geschickt, und vor drei Tagen war Tante Maria Rogowska nach Warschau gekommen. Sie wohnte in einer Pension, kam aber tagsüber in die Nowolipkistraße und tat ihr Bestes, Wohnung, Hof, Garten, Mann und Kinder für die Rückkehr der Mutter zu schmücken.

Josef sprach ein Tischgebet, Eintopf wurde ausgeschöpft, Löffel klirrten, Stimmen erhoben sich. Wie immer ging es laut zu, denn wie immer aßen Pensionatszöglinge mit an der großen Tafel, heute waren es sieben. Mania fand das normal, kannte ja nichts anderes. Die großen Geschwister jedoch, Bronia und Josef, erinnerten sich noch an Zeiten mit wirklichem Familienleben, an Zeiten also, in denen noch keine Schüler bei den Skłodowskis lebten, weil der Vater als Gymnasiallehrer so viel Geld verdiente, dass er es nicht nötig hatte, ein Pensionat zu eröffnen und Zöglinge aufzunehmen.

Er saß links neben Mania an der schmalen Fensterseite der Tafel und sprach nicht viel, was ganz gegen seine Gewohnheit war. Nur hin und wieder beantwortete er in gedämpftem Tonfall Fragen seiner Schüler zu physikalischen Phänomenen – zu Strom, Stromspannung und Stromstärke. Nach jeder Frage hörte Mania aufmerksam hin und versuchte zu verstehen, worum es ging. Über elektrischen Strom hatte sie in der Schule noch nicht viel gehört.

Der Vater hatte sich den Bart frisch gestutzt und trug seinen besten Anzug. Sie spürte seine Unruhe und seine mühsam unterdrückte Hochstimmung. Noch vier Stunden, dann würden die Mutter und Sofia zurück nach Hause kommen – was für ein Glück!

Dem Vater gegenüber, an der anderen Schmalseite der Tafel, lachte Tante Maria Rogowska ihr helles Lachen, redete laut und hörte mit forschendem Blick den Kindern zu. Von Josef, Mania und den Schwestern ließ sie sich den heutigen Unterricht schildern, einen Zögling, der rülpste, wies sie streng zurecht, und einem anderen erklärte sie den Unterschied zwischen einem Pfund und einem Dollar. Mit dem einen bezahle man im britischen Empire seine Rechnungen, erfuhr Mania bei der Gelegenheit, mit dem anderen in den Vereinigten Staaten von Amerika. Und wie viele amerikanische Dollars man für ein englisches Pfund bekam, das wusste die Tante auch.

Ob es denn stimme, dass man in Amerika mit der Eisenbahn inzwischen von der Küste des Atlantischen Ozeans bis zur Küste des Pazifischen Ozeans fahren könne, wollte Josef wissen. »O ja«, nickte Tante Maria, »und weißt du, wie lange man von einem Meer zum anderen fährt?« Drei Wochen, schätzte Josef. »Sieben bis zehn Tage braucht man für die fast fünftausend Kilometer zwischen Washington und San Francisco«, wusste die Tante, »bei Indianerüberfällen natürlich länger.« Und dann erzählte sie von amerikanischen Indianerstämmen, amerikanischen Städten, amerikanischen Präsidenten und amerikanischen Erfindern.

Mania hing die ganze Zeit an ihren Lippen. Sie und ihre große Schwester Sofia verehrten die Tante. Denselben Vornamen zu tragen wie diese, machte Mania stolz, und sie stellte sich gerne vor, dass sie später, wenn sie erst einmal groß war, ebenfalls rauchen und kurze Haare tragen würde wie die Tante; auch Hosen würde sie dann anziehen und wie Tante Maria eine Schule leiten. Oder vielleicht sogar eine Fabrik?

»Dazu musst du aber einen vermögenden und angesehenen Mann heiraten«, hatte Bronia neulich behauptet, als Mania laut über ihre Träume nachdachte. Ob das stimmte? Irgendwann würde sie sich trauen, die Tante danach zu fragen. Tatsächlich war ihr Mann, Onkel Zdzislaw, bis zum Januaraufstand Professor an der Warschauer Universität gewesen, und tatsächlich verdiente er auch jetzt, nach seiner Rückkehr aus Frankreich, als Anwalt noch ziemlich viel

Geld. Allerdings gab er auch gern viel Geld aus, wie der Vater manchmal erzählte, zu viel Geld und viel zu gern.

Nach dem Essen steckte die Tante eine Zigarette in ihre silberne Spitze und zündete sie an. Rauchwolken stiegen über ihr auf, und Tabakduft verbreitete sich in der Küche. Der Vater warf ihr einen missbilligenden Blick zu, stand auf und trieb seine Zöglinge hinter ihre Bücher und Schulhefte.

Auch die Mädchen und Josef suchten sich einen Platz, an dem sie einigermaßen ungestört ihre Hausaufgaben machen konnten. Das war gar nicht so einfach, denn in jedem Zimmer saßen mindestens zwei Zöglinge des Vaters. Zum Glück wohnten sie nicht mehr in der engen Wohnung, in die sie hatten umziehen müssen, nachdem der Vater mit der Lehrerstelle auch die Dienstwohnung verloren hatte. Dort hatte Mania sich kaum waschen, kämmen oder anziehen können, ohne von einem Zögling beobachtet zu werden.

Hier in der Nowolipkistraße gab es nun entschieden mehr Platz, doch den bis zu zehn Schülern des Vaters aus dem Weg zu gehen, war noch immer kaum möglich. Es sei denn, man zog sich wie Bronia zum Tagebuchschreiben in den Hühnerstall zurück oder verkroch sich wie Josef zum Lesen auf den Speicher oder auf eine der Toiletten im Hof.

Mania und Bronia schleppten ihre Schulranzen ins große Arbeitszimmer des Vaters, wo ein Zögling am Sekretär und ein zweiter mit Josef am Schreibtisch hockte. Die große Schwester breitete ihre Schulsachen am runden Tisch mit dem Globus aus und zündete die Öllampe dort an.

Mania stellte sich neben Josef an den Schreibtisch und kramte aus dem Schultornister, was sie brauchte. Wie den

Vater und die Geschwister hatte auch sie eine Art Hochstimmung ergriffen, und sie spürte, wie ihr Herz schneller klopfte, wenn sie an Sofia und die Mutter dachte. Dennoch gelang es ihr rasch, ihre Gedanken auf die Hausaufgaben zu lenken: Im Stehen schlug sie Heft und Mathematikbuch auf, im Stehen beugte sie sich über die Bruchrechnungen, die zu lösen Tupcia ihnen als Übung aufgegeben hatte, und begann zu rechnen.

Unterdessen ging der Vater von Zimmer zu Zimmer, von Zögling zu Zögling, von Kind zu Kind, verbesserte hier einen Fehler und half dort über eine Hürde hinweg. Auch hinter Mania blieb er einmal kurz stehen und schaute auf ihr Heft hinunter, dessen Seite sich mit gelösten Aufgaben füllte. Sie nahm kaum Notiz von ihm.

Der Pensionatsschüler ihr gegenüber am Schreibtisch murmelte halblaut Zahlen und Formeln vor sich hin, während er schrieb oder zu schreiben versuchte. Er hieß Witold und war ein hübscher Junge mit tiefschwarzen Locken und dunkelbraunen Augen. Mania mochte ihn, doch bei den anderen war er nicht besonders beliebt, weil er beim Lernen laut vor sich hinzusprechen pflegte. Josef zischte ihn an, woraufhin Witold seine Zahlen und Formeln nicht mehr murmelte, sondern nur noch flüsterte. Doch schon nach kurzer Zeit wurde er wieder lauter.

Mania hörte es kaum, nahm auch Josefs erneute Zurechtweisung nicht wahr, denn ihre Gedanken richteten sich ganz und gar auf Buch und Heft, auf Zähler und Nenner. Sie brauchte keinen abgelegenen Ort, um sich zu verkriechen – mitten unter murmelnden, schimpfenden oder lachenden

Menschen konnte sie allein sein, ganz bei sich. Wenn sie in ein Buch, eine Zeichnung oder eine Rechenaufgabe versank, vergaß sie die Welt um sich herum, gleichgültig, wie laut und turbulent es darin gerade zugehen mochte; dann war sie nur noch körperlich anwesend.

Früher, als Mania noch kleiner gewesen war, hatte diese Fähigkeit, sich ganz und gar auf eine Sache zu konzentrieren und alles andere zu vergessen, ihrer Mutter Angst gemacht. Ist mein Kind denn normal?, hatte sie sich oftmals laut gefragt und irgendwann dem Hausarzt der Skłodowskis von Manias tranceartiger Versunkenheit erzählt. Obwohl sie damals kaum vier Jahre alt gewesen war, erinnerte Mania sich genau an diesen Tag. Der Arzt hatte sie untersucht, als wäre sie krank, hatte lange und freundlich mit ihr geredet und sie dann aus dem Behandlungszimmer geschickt.

Was er darin mit der Mutter besprochen hatte, wusste Mania nicht. Doch seit jenem Tag betrachtete ihre Mutter sie nicht mehr voller Sorge, wenn sie über Büchern oder Schulaufgaben versank und nichts um sich herum mehr wahrnahm. Es war jetzt eher ein staunender Blick, mit dem die Mutter sie manchmal beobachtete. Wenn sie denn da und nicht in Kur war.

Als Mania wieder auftauchte aus ihrem Mathematikbuch und das Heft mit den gelösten Rechenaufgaben zuschlug, schrieben oder lasen alle anderen noch. Abgesehen von Witolds an- und abschwellendem Gemurmel war es still um sie herum. Mania liebte diese konzentrierte und so vertraute Atmosphäre des Lernens und Brütens, die Tag für Tag die

Wohnung erfüllte. Sie vermittelte ihr das Gefühl, dass die Welt in Ordnung war.

Witold sprach einen physikalischen Lehrsatz vor sich hin, den er auswendig zu lernen hatte. Wie schon beim Mittagstisch ging es um Strom.

»Was ist das eigentlich – Strom?«, fragte Mania den etwa drei Jahre älteren Jungen.

Witold hob den Blick. »Strom?« Ein Ausdruck des Erstaunens trat in seine schönen braunen Augen. »Strom ist ...« Er zuckte mit den Schultern. »Schwer zu erklären – Strom ist Strom.«

»Sicher, aber wie sieht er aus?«

»Weiß nicht, Strom ist unsichtbar.«

»Und wieso kann er fließen?«

Witold guckte ein bisschen ratlos. »Bist du schon fertig mit deinen Hausaufgaben?«

»Klar.« Mania stemmte die Ellenbogen auf den Schreibtisch, legte den Kopf schief und stützte ihn in die Hände. »Er fließt doch, oder?«

»Natürlich fließt er – durch Bernstein, durch Wasser, durch Kupferdrähte.«

»Und kann man ihn aufhalten?«

»Was?« Witold runzelte die Stirn und schaute Hilfe suchend zu Josef, der nun auch Heft und Buch zuschlug. »Ich glaub schon.«

»Selbst wenn er unsichtbar ist, muss er doch aus irgendwas bestehen, und wenn er aus etwas besteht, muss man ihn auch aufhalten können. Luft ist auch unsichtbar, und trotzdem kann man sie aufhalten.«

»Wie willst du denn Luft aufhalten?«

Mania deutete zum Fenster. »Durch Glas zum Beispiel.«

»Strom besteht aus Teilchen«, ergriff endlich Josef das Wort. »Aus negativ oder positiv geladenen Teilchen. Und weil sie negativ oder positiv geladen sind, stoßen sie einander ab oder ziehen einander an, so kommt der Stromfluss zustande. Und wenn er nichts mehr findet, durch das er hindurchfließen kann, dann ist er sozusagen aufgehalten.«

Mania dachte über die Worte ihres Bruders nach, während sie ihn dabei beobachtete, wie er seine Schulsachen in seinen Tornister steckte. Sie verstand nicht, was er mit »negativ und positiv geladenen Teilchen« meinte. »Wenn Strom aus Teilchen besteht, muss man die Teilchen doch sehen können, oder?«, sagte sie trotzig.

»Wie denn, wenn sie unsichtbar sind?«, erklärte Josef unwirsch, packte seinen Schultornister und schlurfte aus dem väterlichen Arbeitszimmer. Witold hob sein Physikbuch und duckte sich dahinter, um deutlich zu machen, dass er sich für Manias Fragen nicht zuständig fühlte. Seufzend steckte sie ihre Schulsachen in den Ranzen.

Der Strom – auch so ein Rätsel. Eine namenlose Krankheit, die einem die Mutter bis nach Frankreich verbannte; Iwanow, der einem verbot, auf Polnisch zu beten; eine Mutter, die einen nicht küsste; und jetzt noch der Strom – war denn die Welt voller Rätsel?

Bevor Mania das väterliche Arbeitszimmer verließ, ging sie zu dem Platz, der ihr darin der liebste war. Dort, zwischen dem Hoffenster und der Vitrine, in welcher der Vater seine wertvollsten Bücher aufbewahrte, hing ein Barometer an der Wand. In der ganzen Wohnung gab es keinen Gegenstand, der Mania mehr faszinierte. Er maß nämlich den Luftdruck – noch so ein Rätsel.

Die von blütenförmigen Schnitzereien eingerahmte kreisrunde Glasscheibe mit der goldglänzenden Fassung und den Zeigern und Ziffern dahinter schien ihr geradezu ein Abbild der Rätselhaftigkeit der Welt zu sein. Und auf unerklärliche Weise zugleich der Beweis dafür, dass Rätsel lösbar waren. Wie sonst könnte ein solches Ding, das Mania früher für eine Uhr gehalten hatte, etwas derart Rätselhaftes wie den Luftdruck anzeigen?

Der Vater, der gern Vorträge hielt, hatte Hela, Bronia und ihr genau erklärt, wie diese Uhr zum Luftdruckmessen funktionierte; er hatte sie sogar aufgeschraubt, um ihnen ihre Innereien zeigen zu können. Restlos verstanden hatte Mania den Vortrag des Vaters nicht, doch immerhin wusste sie nun, dass ein Barometer den Druck misst, den das Gewicht der Luft ausübte.

Dass Luft etwas wiegt, hatte sie zuvor noch nie bedacht, doch seit der väterlichen Unterweisung kam es ihr vollkommen einleuchtend vor. »Wenn die Luft etwas wiegt«, sagte sie laut und ohne den Blick von den Zeigern des Barometers zu wenden, »dann muss sie doch auch aus Teilchen bestehen, oder?« Sie drehte sich nach Witold um. »Wiegt Strom eigentlich etwas?«

Witold öffnete den Mund, vielleicht nur, um Luft zu holen, vielleicht aber auch, um zu einer Antwort anzusetzen, wie Mania hoffte. Zu was auch immer – sie erfuhr es nicht, denn in diesem Augenblick kam Tante Maria herein, klatschte in die Hände und rief. »Schluss jetzt! Genug gelernt für heute! Bronia, Hela, Mania und Josef – waschen, umziehen und letzte Vorbereitungen für die Heimkehr eurer Mutter! In nicht einmal zwei Stunden ist es so weit.«

»Und für Sofias Heimkehr!«, rief Mania ein wenig empört, weil die Tante die große Schwester vergessen hatte.

»Versteht sich doch von selbst, Kleines!« Noch einmal klatschte sie in die Hände. »Beeilt euch. In einer halben Stunde fahren euer Vater und ich an den Bahnhof und holen die beiden ab. Du fährst mit, Josef.«

Bald drängten die Geschwister sich um den Waschtisch in der Küche, wo die Schwestern sich gegenseitig beim Kämmen und Flechten halfen. Dabei ärgerten sie den Bruder mit abfälligen Gesten oder herausgestreckter Zunge, denn es ärgerte sie, dass er mit zum Bahnhof fahren durfte und sie nicht.

Der Vater und die Tante legten gerade Sonntagskleider, Haarschleifen und Seidenpapier für die Geschenke auf die Betten im Kinderzimmer, als von der Straße aus der Kutscher rief, den Tante Maria Rogowska gemietet hatte. Die beiden Erwachsenen und Josef schlüpften in Mäntel, stülpten Hüte über und verabschiedeten sich.

Aus dem Kinderzimmerfenster schauten Mania und Hela der schwarzen Droschke hinterher. Mania wäre gern wie Josef mit zum Bahnhof gefahren, doch dann – so die Begründung des Vaters – wäre auf der Rückfahrt nicht mehr genug Platz für die Heimkehrer und ihr Gepäck gewesen. Warum aber gerade Josef und nicht sie oder Hela? Weil er ein

Junge war? Und wurde er nicht ständig vorgezogen? Noch so ein Rätsel.

Bronia half ihr und Hela, ihre Geschenke einzupacken – bestickte Haarbänder, Karten mit gepressten Blumen, Versen und Liebeserklärungen an die Mutter, die Schürze für Sofia, das Seidentuch mit den Vergissmeinnicht für die Mutter. Zum Schluss übten sie am Klavier noch einmal das Ständchen, das sie den Heimkehrern vorsingen wollten. Die beiden ältesten Zöglinge hatten den Bass mitzusingen, vier andere die Tenorstimme. Witold, der niemals den richtigen Ton traf, durfte nicht mitsingen.

Nach der Generalprobe lehnten sich die drei Schwestern aus dem Fenster und hielten nach der Droschke Ausschau. Immer, wenn eine schwarze Kutsche in Sicht kam, schrien sie jubelnd auf und fingen an, wild zu winken. So fuhren sicher zwei Dutzend schwarzer Wagen auf der Nowolipkistraße vorüber, deren Kutscher zwar freundlich heraufgrüßten, die aber keine Mutter und keine Sofia nach Hause brachten.

Irgendwann jedoch war es endlich so weit, und der Jubel musste nicht mehr abbrechen und die winkenden Hände nicht mehr sinken – die Droschke mit der Mutter und der großen Schwester rollte heran und hielt vor dem Haus.

»Mama! Sofia!«, tönte es zur Straße hinunter. »Willkommen zu Hause! Willkommen, willkommen!« Handküsse flogen hinunter, während die Heimkehrer ausstiegen. Mania und Hela tanzten vor dem Fenster, und als Bronia die Wohnungstür knarren hörte, setzte sie sich ans Klavier, rief

Schwestern und Zöglinge zu sich und stimmte das Begrüßungsständchen an.

Die Mutter und Sofia blieben auf der Schwelle zur Stube stehen, während die Kinder sangen. Sofia war sehr dünn und beinahe einen Kopf größer und viel blonder als ein Jahr zuvor bei ihrer Abreise, und die Mutter wirkte bleich und hohlwangig. Tränen strömten beiden über die Gesichter, und Mania brach die Stimme, denn die Mutter sah krank und erschöpft aus – so krank und erschöpft, dass es ihr das Herz zusammenschnürte.

Kaum verklang der letzte Klavierakkord, stürzte sie Seite an Seite mit Hela zur Mutter hin, um sie zu umarmen. Doch die Mutter beugte sich nicht zu ihnen herunter, um sie zu küssen, sondern drückte sie nur an sich und strich ihnen über Haar und Wangen. Wie ein scharfer Schmerz schnitt Mania die Enttäuschung durch die Brust. Flehend und fassungslos zugleich schaute sie zur traurig lächelnden Mutter hinauf.

Sofia aber ging in die Hocke und umarmte und küsste ihre kleinen Schwestern unter vielen Freudentränen und zärtlichen Worten. Schnell wandte Mania sich von der Mutter ab und verbarg ihr tränennasses Gesicht im langen weichen Haar der geliebten großen Schwester.

Nach der Begrüßung und noch einem Lied kamen auch Sofia und die Mutter in den Genuss des leckeren Eintopfs. Während die Tante nach dem Essen den Tisch abräumte, überreichten Josef und die Mädchen den Heimgekehrten ihre Begrüßungsgeschenke. Sofia bedankte sich mit Küssen und stürmischen Umarmungen, die Mutter mit zärtlichen Blicken und Berührungen.

Mania konnte ihren halb fragenden, halb erschrockenen Blick kaum noch von ihr losreißen. Das Lächeln der Mutter kam ihr vor, als bereite es ihr Mühe oder sogar Schmerzen, und jedes Mal, wenn sie hustete, zuckte Mania zusammen. Und warum gruben sich nur solch tiefe Sorgenfalten in das Gesicht des Vaters, wann immer er die Mutter anschaute?

Nicht lange danach brach ein weiteres Rätsel in Manias Leben ein – der Tod.

Einer der Zöglinge des Vaters bekam eine Krankheit, die der Vater Typhus nannte. Viele Warschauer erkrankten in jenen Tagen daran und kurz nach dem Zögling auch Bronia und Sofia. Bronia wurde wieder gesund, Sofia aber starb.

Zwei Tage später wankte Mania zwischen dem Vater und Tante Lucia hinter Sofias Sarg her zur Grabstelle. Die beiden Erwachsenen hielten sie fest an den Händen, denn sie stolperte immer wieder über den Saum des langen schwarzen Mantels ihrer toten Schwester. Obwohl er ihr viel zu groß war, hatte Mania darauf bestanden, ihn zu Sofias Beerdigung anzuziehen.

Das ausgehobene Grab und der Erdhaufen daneben kamen ihr unwirklich vor, und die helle Holzkiste auf den Schultern der Sargträger erschien ihr wie ein monströses Etwas, das nicht in diese Welt gehörte, nicht hierher nach Warschau, und schon gar nicht in ihre Familie. Sie fühlte sich selbst wie abgestorben, und ihr war, als würde kaltes Eisen, das ihr das Atmen schwer machte, ihre Brust ausfüllen.

Die Mutter und die Schwestern weinten laut, als schwarz gekleidete Männer Sofias Sarg an Seilen in die Grube hinabließen, Mania dagegen stand reglos und mit weißer, steinerner Miene.

Es war der erste Sarg in ihrem Leben. Aber nicht der letzte.

4
Lichter

Warschau, Frühsommer 1877

Vorbei an Bronia, die ihnen die Tür aufhielt, traten Mania und ihre Mutter in die Heilig-Geist-Kirche ein. Als die große Schwester das Kirchenportal wieder schließen wollte, knarrte und quietschte es so laut, dass sie und Mania erschrocken die Schultern hochzogen. Die Mutter hingegen schien es gar nicht zu hören. Schnell drückte Bronia den schweren Türflügel hinter sich zu und sperrte den Straßenlärm des Juninachmittags aus. Kühle Stille umfing Mania.

Wie die Mutter tauchte auch sie die Fingerspitzen ins Weihwasserbecken, machte einen Knicks in Richtung Hochaltar und bekreuzigte sich. Danach eilte sie an den Kirchenbänken und wenigen ins Gebet versunkenen Menschen vorbei zu den Beichtstühlen. Mania wollte es möglichst schnell hinter sich bringen.

Sie ging eigentlich gern zur Kirche, seit Sofias Tod vor einem Jahr noch viel lieber als zuvor, denn sobald die Kirchentür sich hinter ihr schloss und sie das Kreuz zum Kruzifix am Hochaltar hin schlug, fühlte sie etwas wie Trost in sich aufsteigen und ihre Traurigkeit lindern. Wenn sie dann vor dem kleinen Altar in der Seitenkapelle ihre beiden Kerzen angezündet hatte, wie sie es seit Sofias Tod beinahe jeden dritten Tag tat, und wenn sie vor den Kerzenflammen in ihr Gebet versank, dann empfand sie manchmal die Gewissheit, dass alles gut werden und die Mutter bald wieder gesund werden würde.

Dazu kam, dass sie den Innenraum der Kirche liebte. Sie mochte den Hall der Schritte im Kirchenschiff, den Geruch nach Kerzenflammen, altem Holz und Weihrauch, den Anblick der Blumen auf dem Altar, der Heiligenstatuen in den Seitenkapellen und der Säulen, die das Gewölbe trugen. Vor allem aber mochte sie die Höhe und Weite des Kirchenschiffes, in dem man sich ganz allein und trotzdem eigenartig geborgen fühlen konnte. Deswegen ging Mania am liebsten unter der Woche hierher in die Heilig-Geist-Kirche, irgendwann tagsüber nach der Schule, wenn gerade keine Messe gefeiert wurde, so wie jetzt.

Doch musste man an diesem schönen Ort unbedingt in ein muffiges, halb dunkles Kabuff kriechen, dort auf einem schmalen Brett niederknien und mit einem schattenhaften Gesicht hinter einem Sprechgitter flüstern? Musste man unbedingt beichten?

O ja, man muss, pflegte die Mutter auf solche Fragen zu antworten und bestand seit Manias Erstkommunion eisern darauf, dass sie mindestens zweimal im Monat zur Beichte ging. So wie sie selbst es auch tat; und zwar immer häufiger, wie Mania fand.

Sie hätte sich gar nicht beeilen müssen, denn zwei

Beichtstühle auf der rechten Seite waren frei und mit Priestern besetzt. In einen bückte sie sich hinein, zog den Vorhang hinter sich zu und kniete nieder. Es roch nach Rasierwasser und Talg; eine Öllampe brannte hinter dem Sprechgitter. Mania lauschte – auf der Priesterseite bewegte sich der Umriss eines bärtigen Gesichts, und jemand räusperte sich.

»Der Herr sei in deinem Herzen und auf deinen Lippen, damit du alle deine Sünden recht beichtest«, sagte eine raue Stimme auf der anderen Seite des Sprechgitters. »Im Namen des Vaters und des Sohnes und des Heiligen Geistes. Amen.«

Mania leierte hinunter, was sie sich auf dem Heimweg von der Schule gemeinsam mit Hela zurechtgelegt hatte, und beichtete. Dass sie auf dem Weg durch den Sächsischen Garten über einen Gartenzaun gelangt und Kirschen gepflückt hatte; dass sie am letzten Badetag mit Hela vor dem Schlüsselloch der Küchentür gelauert hatte, um den Augenblick nicht zu verpassen, in dem Witold nackt aus dem Zuber stieg; dass sie manchmal mit brennendem Neid an die schöne Halskette dachte, die Kazia seit ihrem Geburtstag trug; dass sie Iwanow, als er letzte Woche wieder die Schule inspizierte, gewünscht hatte, er möge an der Treppe stolpern, hinunterstürzen und sich den Hals brechen.

Als sie die gedankliche Liste abgebeichtet hatte, herrschte eine Zeit lang Stille im Beichtstuhl. »Bereust du deine Sünden?«, brach auf der anderen Seite des Sprechgitters der Priester das Schweigen, und Mania musste an Hela denken. Die hatte es genau richtig gemacht – sie sei leider mit den Schularbeiten noch nicht fertig, hatte sie der Mutter erklärt, und könne deswegen nicht mit in die Kirche.

Mania konnte lesen und rechnen wie eine Weltmeisterin; sie konnte ein Buch von der ersten bis zur letzten Seite lesen, ohne ein einziges Mal mit den Gedanken abzuschweifen; sie konnte eine sechszeilige Gedichtstrophe auswendig behalten, wenn der Vater sie ihr zweimal vorlas – doch lügen konnte sie nicht. Das bedauerte sie manchmal.

»Ja, ich bereue«, sagte Mania und dachte dabei ganz fest an den Augenblick, in dem Hela viel zu lange vor dem Schlüsselloch der Küchentür verharrt und Mania erst wieder hindurchschauen gelassen hatte, als Witold in ein Badetuch gehüllt aus ihrem Blickfeld verschwand.

Seit ihrer Erstkommunion im März kannte sie ja den immer gleichen Ablauf einer Beichte und wusste genau, was man zu sagen hatte. Auch die Namen der Gebete, die zu beten der Priester ihr als Bußstrafe auferlegte, konnten sie nicht überraschen, nicht einmal die Anzahl, die er verlangte. Es folgten die übliche Absolution, Segen und Gebet, und danach schob sie sich aus dem Beichtstuhl und schlenderte zwischen den Bankreihen hindurch zurück in den Eingangsbereich der Kirche.

Bronia war nirgendwo zu sehen, musste also in einem der anderen Beichtstühle knien und ihre Sünden beichten. Die Mutter hingegen stand noch im Eingangsbereich und sprach dort leise mit einem Priester.

Mania erkannte Pater Carol, den kleinen, stämmigen Priestermönch, bei dem Bronia und ihre Klassenkameraden vor drei Jahren die Messe gekauft hatten, mit der sie Gott überreden wollten, die Iwanowtochter sterben zu lassen. Während der Mutter die Tränen über das knochige Gesicht rollten, hielt der Pater den Kopf zur Schulter geneigt und lächelte das seltsam verkrampfte Lächeln, das Mania von ihm gewohnt war. Das Kreuz seines Rosenkranzes baumelte von seinen unter dem Kinn gefalteten Händen.

Mania blieb bei den beiden Erwachsenen stehen und hörte die Mutter weinend sagen, was sie seit Monaten wieder und wieder weinend sagte: dass sie ihre große Tochter vermisste, dass Sofia ihr doch so nahegestanden hatte, dass sie doch so ein begabtes Mädchen mit einer so vielversprechenden Zukunft gewesen sei und dass sie es nicht fassen könne, dass sie nun tot sein sollte, einfach tot.

Der Priester sagte, Gottes Wege seien unergründlich, und riet der Mutter, Gott zu vertrauen, sich in Gottes Willen zu schicken und ihm zu danken, dass wenigstens Bronia wieder gesund geworden war. Dabei nickte er unentwegt und mit schief gelegtem Kopf, lächelte sein maskenhaftes Lächeln, und das Kreuz seines Rosenkranzes baumelte vor seiner Brust.

Mania ließ Mutter und Pater Carol stehen und wandte sich nach rechts zur Seitenkapelle, wo man Kerzen kaufen konnte. Gab es denn jemanden in der Familie, dem es nicht schwerfiel, Sofias Tod zu begreifen? Doch der kranken Mutter schien es am schwersten zu fallen. Sie weinte oft; sie hustete oft, und sie weinte oft.

Mania blickte zur steinernen Madonna hinauf, die auf dem Altar der Seitenkapelle saß und ihren toten steinernen Sohn festhielt, zu Maria, ihrer und Tante Marias Namenspatronin. Während sie der trauernden Gottesmutter ins Gesicht schaute, legte sie den Kopf schief, nickte, lächelte, wie Pater Carol zu lächeln pflegte, und versuchte herauszufinden, wie man sich dabei fühlte. Sie fühlte nichts Besonderes.

Nach einem Knicks warf sie die beiden Münzen, die Tante Lucia ihr geschenkt hatte, in den Holzkasten an der Altarecke, entzündete zwei frische Kerzen und stellte sie in den gusseisernen Rahmen zu Füßen der Heiligen Jungfrau. Eine Kerze für Sofias Seele im Himmel und die zweite Kerze für die arme Mutter, damit ihre rätselhafte Krankheit endlich, endlich vorüberging und sie wieder lachen lernte.

Eine Zeit lang betrachtete sie die beiden Flämmchen. Manchmal, wenn jemand das Portal der Heilig-Geist-Kirche öffnete, weil er die Kirche verließ oder in sie eintreten wollte, flackerten sie ziemlich heftig. Um sie vor dem Luftzug zu schützen, hielt Mania dann die hohlen Hände über sie, und das jedes Mal so lange, bis die Hitze der Kerzenflammen sich in ihre Handflächen brannte.

Schließlich kniete sie vor dem Seitenaltar nieder, schloss die Augen und erledigte ihre Bußgebete. Die waren flott heruntergesprochen, sodass Mania bald in andächtiges Flehen für Sofias Seele und für die Gesundheit der armen Mutter versinken konnte.

Nein, es ging der Mutter wirklich nicht gut. Sie hatte schon früher nicht viel gelacht, doch seit Sofias Tod hatte Mania sie nicht einmal mehr lächeln sehen. Auch wurde sie immer dünner und bleicher, und ihr schlimmer Husten wollte und wollte einfach nicht weggehen.

»Wenn du meine Mutter wieder gesund machst, lieber Herr Jesus Christus, dann soll dir mein Leben ganz gehören«, betete Mania. »Für immer. Und du kannst es mir auch gern wegnehmen, wenn es unbedingt sein muss und wenn du dafür meine Mutter richtig gesund machst und wieder lachen lässt. Amen.«

Es war noch hell, als sie von der Kirche nach Hause kamen. Im Hof spielten Josef und drei Zöglinge des Vaters Federball. Oben in der Wohnung saßen Pensionatsschüler in Küche und Schlafstuben und würfelten, schrieben Briefe oder lasen. Am Tisch des Esszimmers brüteten Witold und Hela über einer Schachpartie. Mania gesellte sich sofort zu ihnen und versuchte, die Stellungen auf dem Brett zu durchschauen. Der Vater hatte ihr erst kürzlich das Schachspiel beigebracht.

Die Tür zu seinem Arbeitszimmer war verschlossen, wie Mania beiläufig wahrnahm. Das kam selten vor, denn der Vater legte Wert darauf, jederzeit zu wissen, was in der Wohnung geschah und womit seine Schüler sich die Zeit vertrieben.

Hela hob den Blick vom Schachbrett, um zu grüßen, und bemerkte, dass die Mutter verwundert die verschlossene Tür musterte. »Ein Brief aus Zwola«, erklärte Hela. »Mit schlechten Nachrichten, glaube ich.« Zwola lag in der tiefsten Provinz Südpolens, dort lebten die beiden Brüder der Mutter mit ihren Familien.

»Was ist denn passiert?«, fragte die Mutter erschrocken, und Bronia, die immer gleich das Schlimmste befürchtete, schlug sich die Hand vor den Mund.

»Wir wissen es nicht«, sagte Hela, und Witold zuckte mit den Schultern. »Vor zwei Stunden hat er die Tür zugemacht und ist seitdem nicht mehr aus seinem Zimmer herausgekommen.«

»Man hört Herrn Skłodowski nur hin und her laufen«, erzählte Witold. »Und manchmal hört man ihn reden.«

»Laut reden.« Hela nickte. »Ziemlich laut sogar und ziemlich wütend.«

Die Mutter ging sofort zum Arbeitszimmer, und als sie die Tür öffnete, sah Mania ihren Vater am Fenster stehen und die Hände gegen die Wangen pressen, als hätte er Zahnschmerzen. Die Mutter schloss die Tür hinter sich, und die Mädchen stürzten ans Schlüsselloch, um zu lauschen.

Die Eltern sprachen jedoch mit gedämpften Stimmen, weshalb die Schwestern nur einzelne Worte verstehen konnten. Es ging um Onkel Henryk und um seine Mühle, so viel begriffen sie immerhin. Mania hörte ihre Mutter einen Schreckensruf ausstoßen und den Vater schluchzen. Das verschlug ihr den Atem und ließ ihr Herz schneller klopfen – wenn der Vater weinte, dann musste etwas wirklich Schlimmes passiert sein.

Sie lauschten angestrengt und konnten den hastig ausgestoßenen Worten der Eltern wenigstens entnehmen, dass in Zwola niemand gestorben war. Allerdings musste der Onkel irgendetwas angestellt haben, und zwar etwas Schwerwiegendes, so viel wurde Mania und ihren Schwestern schnell klar.

Als im Arbeitszimmer die Schritte der Mutter sich wieder der Tür näherten, sprangen alle drei zum Tisch hin und taten, als würden sie aufmerksam die Stellungen auf dem Schachbrett studieren. »Und?«, fragte Witold. Keine antwortete, alle blickten gespannt zum Arbeitszimmer des Vaters, aus dem nun mit verweintem Gesicht und von Schrecken geweiteten Augen die Mutter trat.

»Was ist passiert?«, wollte Bronia wissen.

»Gar nichts«, antwortete die Mutter hustend, während sie zum Schlafzimmer ging. »Jedenfalls nichts, was euch beunruhigen müsste.«

»Geht es den Verwandten in Zwola denn gut?«, rief Hela, als die Mutter schon halb im Schlafzimmer verschwunden war.

»Natürlich«, antwortete sie und schloss die Tür hinter sich. Für den Rest des Abends sah und hörte man nichts mehr von ihr. Nur husten hörte man sie im Schlafzimmer.

Eine bedrückte Stimmung herrschte in der Wohnung. Hela und Mania schnitten Tiere, Bäume, Blumen und Menschen aus Zeitschriften aus, um eine Landschaftscollage zu kleben, Bronia übte Klavier, und Josef hatte Helas Platz eingenommen und spielte Schach gegen Witold.

Irgendwann kam der Vater aus seinem Arbeitszimmer und bereitete zusammen mit Bronia das Abendessen zu. Er ging gebeugt, war aschfahl, hatte feuchte Augen und sprach nur das Allernötigste. Manchmal hörte Mania ihn scharf die

Luft durch die Nase einsaugen, so wie manche Menschen es taten, wenn schwere Sorgen sie bedrückten.

Später, im dunklen Kinderzimmer, grübelten die Schwestern flüsternd, was in Zwola bei Onkel Henryk wohl geschehen sein mochte. »Vielleicht hat er seine Steuern nicht bezahlt«, vermutete Bronia, »vielleicht wollen die Russen ihn nun wieder nach Sibirien ins Lager bringen.«

Mania, die sonst immer als Erste einschlief, lag an diesem Abend lange wach, länger als Hela und Bronia. Mit bangem Herzen lauschte sie den Stimmen der Eltern im benachbarten Schlafzimmer, verstand freilich kein Wort. Sie hörte die Mutter husten und schluchzen und hörte den Vater sich schnäuzen. Als endlich die Müdigkeit sie doch überwältigte und sie einschlief, träumte sie schwer.

Sie träumte von Sofia, die plötzlich im elterlichen Schlafzimmer der Mutter beim Packen half und danach mit ihr an der Hand den Koffer aus der Wohnung trug; von Pater Carol, der erst zur Madonnenstatue hinauflächelte, dann wütend zu schreien begann und schließlich die Kerzen auf dem Seitenaltar ausblies; und von Onkel Henryk, der mit seinem Säbel auf den Obelisken am Sächsischen Platz eindrosch, während russische Soldaten herbeistürmten und der Vater vergeblich versuchte, ihn vom Mahnmal wegzuzerren.

Als das Licht des neuen Morgens durch die Fensterläden fiel und Mania weckte, fühlte sie sich krank.

Das Frühstück verlief in ähnlich bedrückter Stimmung wie das Essen am Abend zuvor. Nur die Zöglinge des Vaters hatten allerhand zu erzählen. Nach dem Frühstück forderten die Eltern Josef und die Schwestern auf, ihnen ins Arbeitszimmer zu folgen. Dort sank der Vater in seinen Lehnsessel am Schreibtisch und wartete, bis alle anderen irgendwo Platz genommen hatten.

Mania schob sich einen Hocker zwischen Fenster und Vitrine unter das Barometer. Von dort aus beobachtete sie ihren Vater und versuchte in seiner Miene zu lesen, was nun kommen würde. Nichts Gutes, das sah sie ihm an: Seine Augen waren rötlich und kamen ihr wie entzündet vor, auch lagen dunkle Ringe unter ihnen, und an seinem Hals sprang der Adamsapfel auf und ab. Seine Hände wanderten unter dem Schreibtisch hin und her über seine Knie, flogen mal auf die Tischplatte, um sich kurz zu falten, fuhren mal durch Haar und Bart und verschwanden dann wieder unter dem Tisch.

Er hatte noch schlechter geschlafen als sie, da war Mania ganz sicher, wahrscheinlich gar nicht; und die Mutter auch nicht. Die sah so sterbenselend aus, dass Mania gar nicht hingucken mochte.

»Wir haben euch etwas Trauriges zu sagen«, begann der Vater, »etwas, das uns in große Sorgen stürzt: Euer Onkel Henryk hat seine Dampfmühle verloren.« Er machte eine Pause, räusperte sich und schaute dabei in die Runde seiner vier Kinder, als suchte er in ihren Mienen Hinweise darauf, dass sie verstanden, was er da gerade gesagt hatte.

Mania fragte sich, wie man eine Mühle verlieren konnte. Sie kannte die Mühle des Onkels ja – groß und wuchtig stand sie auf einem steinernen Fundament. War sie denn abgebrannt? Hatte womöglich ein Sturm sie umgerissen?

»Diese Dampfmühle ist sehr teuer gewesen, wie ihr vielleicht wisst«, fuhr der Vater fort, »vor allem die Dampfmaschine und das Mahlwerk haben ein Vermögen gekostet. Um sie bauen zu können, hat euer Onkel Henryk sich viel Geld leihen müssen, auch bei Onkel Wladislaw und mir. Ich habe ihm mein ganzes Vermögen geliehen, dreißigtausend Rubel, damit er die Mühle bauen und mit ihr Geld verdienen konnte. Die sind jetzt verloren.« Er sank zurück gegen die Lehne seines Schreibtischsessels, schloss die Augen und fuhr sich über die Stirn. »Dreißigtausend Rubel, einfach weg.«

Eine Zeit lang sprach niemand ein Wort. Bronia und Hela beobachteten die Mutter, die gebeugt und hustend im Sessel neben der Tür saß. Josef hockte kerzengerade auf der Stuhlkante und starrte den Vater an. Mania versuchte, sich dreißigtausend Rubel auf dem Schreibtisch des Vaters vorzustellen, zuerst in Scheinen, dann in Münzen. Das war gar nicht so einfach.

»Ich verstehe nicht, Vater«, ergriff schließlich Josef das Wort, »wie kann denn so viel Geld einfach verloren gehen? Wie kann man denn eine Dampfmühle verlieren?«

Der Vater öffnete die Augen und sah dem großen Bruder traurig ins Gesicht. »Onkel Henryk hat einfach nicht genug Geld mit seiner Mühle verdienen können. Er musste ständig neue Schulden machen, um die Müller, das Gesinde, die Fuhrwerke bezahlen zu können, und die alten Schulden konnte er nicht pünktlich zurückzahlen. Jetzt hat die Bezirksregierung die Mühle gepfändet, hat sie ihm einfach weggenommen, damit sie verkauft werden kann. Auf diesem

Weg will die Bank wenigstens einen Teil des Geldes zurückbekommen, das sie Onkel Henryk geliehen hat.«

»Und wir sind nun arm?«, fragte Bronia mit zitternder Stimme. Der Vater nickte, und die Mutter schaute mit leerem Blick auf den Boden. »Richtig arm?«

Mania sah den Schrecken in Bronias und Josefs Gesichtern, und sie musste daran denken, dass Josef Medizin studieren wollte und Bronia von einem Studium im Ausland träumte, weil man in Polen als Mädchen auf keiner Universität zugelassen wurde. Und schlagartig begriff sie: Mit Onkel Henryks Mühle waren auch Josefs Pläne und Bronias Träume verloren.

»Wir werden sicher nicht verhungern, solange ich noch Schüler aufnehmen und unterrichten kann.« Der Vater sprach jetzt mit schleppender und sehr heiserer Stimme. »So lange kann ich auch unsere Miete bezahlen und für unseren täglichen Bedarf sorgen.«

Den Vater so traurig zu sehen, so gebeugt und erschöpft, bestürzte Mania maßlos. Tränen quollen ihr aus den Augen. Wut auf Onkel Henryk flammte in ihr auf und brennender Hass auf Iwanow, der dem Vater seine Lehrerstelle weggenommen hatte. War nicht seitdem das Geld immer knapper geworden?

»Die Heilkur eurer Mutter hat uns bereits all unser Erspartes gekostet«, sagte der Vater leise. »Nun auch noch mein gesamtes Vermögen zu verlieren, bedeutet schlicht und ergreifend: Ich besitze keinen Rubel mehr, den ich euch ins Leben mitgeben könnte.« In einer Geste fassungsloser Ratlosigkeit hob er die Hände. »Kein Geld, womit ich eure

Ausbildung finanzieren, nichts, das ich euch als Mitgift geben könnte, wenn ihr einmal heiratet.« Seine Stimme brach. »Buchstäblich nichts.«

Skalbmierz, Sommer 1877

Ein warmer Julitag neigte sich. Obwohl schon die Dämmerung einbrach, spielten Bronia und Josef noch Federball. Mania und Hela tobten mit den Cousins und Cousinen und den Kindern des Hausmädchens und des Gärtners über den großen Hof. Die einen in der Rolle von Räubern, die anderen als Gendarmen. Die Stallungen und Nebengebäude auf dem Anwesen des Onkels boten zahlreiche Gelegenheiten, sich zu verstecken, der Garten und das Gehölz am Rande der Pferdekoppel sowieso.

Auf der Veranda, wo die Erwachsenen in Gartenstühlen um einen runden Tisch saßen, flammten Windlichter auf. Zigarettenrauch wogte unter der Dachrinne. Mit einer Flasche in der Hand kam der Onkel aus dem Haus, und kurz darauf hörte Mania den Korken knallen. Bald klirrten Gläser, und das helle Lachen der Tante ertönte. Hinter dem Gehöft und dem Dorf, hoch über der Silhouette der Karpaten, ging der Abendstern auf.

Wie in beinahe jedem Jahr verbrachten Mania und ihre Familie den Sommer bei den Verwandten auf dem Land in Südpolen. Doch anders als sonst waren sie nicht zuerst zu

Onkel Henryk nach Zwola gefahren, bei dem sie gewöhnlich während der ersten Hälfte der Sommerferien wohnten, sondern gleich nach Skalbmierz zu Onkel Zdzislaw und Tante Maria.

»Ich ertrage es nicht, auch nur eine Stunde mit Henryk zu verbringen«, hatte der Vater erklärt, »und den Anblick der verdammten Mühle ertrage ich zweimal nicht.« Onkel Zdzislaw und Tante Maria hatten sie mit offenen Armen aufgenommen.

Mania kauerte einen Steinwurf weit entfernt von den Erwachsenen zwischen einem Wasserfass und dem Ziegenstall. Hinter ihr, am Koppelzaun, wuchsen Haselnusssträucher und Brombeerhecken, vor ihr hatten die Gendarmen zwei alte Stühle aufgestellt und ein Brett darübergelegt. Das sollte die Gefängnistür darstellen. Mania nämlich war eine Räuberin und als Erste in Gefangenschaft geraten.

Bei der Suche nach einem Versteck hatte sie an der Backsteinwand des Pferdestalls einen großen, farbenprächtigen Falter entdeckt, der sich dort von der Abendsonne bescheinen ließ. Sein Anblick hatte sie dermaßen in den Bann geschlagen, dass sie die Welt um sich herum vergaß – und die Gendarmen auch. Einer hatte sie erwischt und hierher ins Gefängnis gebracht. Jetzt musste sie warten, bis ein anderer Räuber sie befreite.

Von der Veranda des Wohnhauses tönte die Stimme des Vaters zu Manias Gefängnis herüber. Er schien einen Vortrag zu halten, denn er redete ununterbrochen. Manchmal lachte die Tante ihr helles Lachen, und hin und wieder hustete die Mutter, doch weder das eine noch das andere vermochte den Redefluss des Vaters zu unterbrechen. Sprach er über die verlorene Dampfmühle und das verlorene Vermögen? Doch würde die Tante dann lachen?

Das Licht des Tages erlosch nach und nach, und am Himmel ging ein Stern nach dem anderen auf. Mania zählte sie und versuchte, Sternbilder zu erkennen, deren Namen sie gelernt hatte. Das Licht des Abendsterns strahlte so hell, dass man hätte meinen können, ein weißes Feuer lodere dort oben am Himmel. Das sah bezaubernd aus, und Mania betrachtete das Himmelsfeuer wie eine Offenbarung.

Der Abendstern hieß Venus und war in Wirklichkeit kein Stern, sondern ein Planet; das hatte sie von Josef gelernt. Doch es fiel ihr nicht schwer, sich vorzustellen, dass die Venus weder ein Stern noch ein Planet war, sondern ein lebendiges Wesen. Hatte Tante Maria nicht erzählt, dass manche nordamerikanische Indianerstämme glaubten, die Sterne seien die Seelen ihrer verstorbenen Stammesmitglieder?

»Sofia«, murmelte sie, während sie unablässig zur Venus hinaufschaute. Das Gedicht des Vaters fiel ihr ein, das in Sofias Grabstein eingraviert war und dessen letzte Zeile die Hoffnung beschwor, *dass wir uns dereinst wiedersehen zu Füßen unseres Herrn*. Seit Mania die Inschrift gelesen hatte, versuchte sie oft, sich das auszumalen: die große Schwester in einem unvorstellbaren Himmel zu Füßen eines unvorstellbaren Gottes; es wollte ihr einfach nicht gelingen. Sich dagegen Sofias Seele nach Indianerart als Stern am Nachthimmel vorzustellen, fiel ihr nicht schwer.

»Bist du das vielleicht, Sofia?« Sie lächelte zu dem Himmelsfeuer hinauf. »Das wäre so schön. Dann hättest du es gut, dann könntest du dein Leben lang leuchten und müsstest weiter gar nichts tun als immer nur leuchten und leuchten.« Der Gedanke, gestorbene Menschen könnten als Sterne weiterleben, gefiel ihr so gut, dass sie kichern musste. »Als Sofia Skłodowska war dein Leben ziemlich kurz, finde ich, doch als Stern wird es unendlich lang sein; beinahe jedenfalls. Doch, liebe Sofia, du hast es eigentlich gut. Oder?«

Ihr fiel ein, wie die Mutter zu Pater Carol gesagt hatte, dass Sofia so klug und so ungemein begabt gewesen sei und dass ein so vielversprechendes Leben vor ihr gelegen habe; ein Leben, das durch den Typhus nun einfach abgebrochen und ausgelöscht sei. »Der frühe Tod meiner armen Tochter«, so hatte sie einmal geklagt, »hat eine verheißungsvolle Zukunft vernichtet, die wir nun niemals kennenlernen werden.«

Alles Rätselhafte zog Mania an, wohl deswegen hatte sie sich diesen Satz so gut gemerkt und oft über ihn nachgedacht. Kann denn etwas vernichtet werden, das noch gar nicht da ist?

»Mutter ist sich sicher, dass aus dir einmal eine gute Lehrerin geworden wäre, Sofia«, sagte sie leise, »eine wie Tupcia oder sie selbst. Wahrscheinlich sogar eine kluge Schulvorsteherin wie Madame Sikorska.«

Mania blinzelte zum Himmelsfeuer hinauf, das möglicherweise Sofias Seele war, und versuchte seine Antwort zu erlauschen. »Du meinst, als heller Stern im Himmel zu leuchten, ist viel schöner?« Sie nickte nachdenklich. »Man muss sich nicht mit schlechten Schülern herumärgern, da hast du ganz recht. Und Angst vor Iwanow muss man auch nicht haben.«

Sie dachte über die Antwort des Sofiasterns nach, schloss dabei die Augen und versuchte sich vorzustellen, sie würde sterben, jetzt gleich, und danach als Stern weiterleben. Eine wunderbare Vorstellung – einerseits. Andererseits würde sie dann niemals herausfinden, was die Mutter für eine Krankheit hatte, wie genau Strom aussah, warum Iwanow das Vaterunser unbedingt auf Russisch hören wollte und warum Jungen studieren und zum Bahnhof mitfahren durften und Mädchen nicht.

»Ich weiß nicht, ob ich gern ein Stern wäre, Sofia.« Sie öffnete die Augen wieder und schaute zum gleißenden Abendstern hinauf. »Kannst du als Stern denn Bücher lesen? Und kommen manchmal bunte Falter bei dir vorbei? Und hast du als Stern all die Rätsel lösen können, über die du dir als Mädchen vergeblich Gedanken gemacht hast?«

»Mit wem redest du da?« Erschrocken fuhr Mania herum. Mit ihren Federballschlägern in den Händen, lehnten Bronia und Josef über der Gefängnistür. Josef musterte sie mit gerunzelten Brauen. »Sag schon!«

»Verrate ich nicht.«

»Lass sie.« Bronia stieß den Bruder mit dem Ellenbogen an. »Redest du denn nie mit dir selbst?« Auf einmal straffte sich ihre Gestalt, und sie neigte sich zur Seite, um an Mania vorbei zum Haselnussgebüsch schauen zu können. »Was leuchtet denn da?« Mit dem Federballschläger deutete sie zum Gestrüpp bei der Pferdekoppel hin. »Seht ihr das?«

Mania wandte den Kopf um, und tatsächlich – kleine

leuchtende Punkte schwebten im äußeren Geäst der Haselnuss. Sie ging hin und kniete davor im Gras nieder. »Glühwürmchen!«, rief sie entzückt aus. Erst sah sie nur drei, dann entdeckte sie immer mehr. »Wie schön!«

»Leuchtkäfer«, sagte Josef, der mit Bronia ins Gefängnis gekommen war. Beide gingen neben ihr in die Hocke. »Manche nennen sie auch Junikäfer.«

»Wie können sie leuchten?« Bronia dachte laut. »Wie schaffen sie das?«

»Vielleicht saugen sie das Sternenlicht in sich auf.« Mania schaute zur Venus hinauf. Ihr schien, als würde sie immer heller leuchten.

»Blödsinn!«, widersprach Josef. »Sie leuchten von innen heraus. Und nicht ohne Grund: Sie wollen Hochzeit feiern.« Jetzt klang er ein wenig wie der Vater, wenn er Sachen erklärte. »Sie müssen sogar leuchten, denn ihr Leben steht auf dem Spiel.«

»Ihr Leben steht auf dem Spiel?« Mania staunte den großen Bruder an.

»In einem gewissen Sinne schon, denn Junikäfer leben nicht lange, und in der kurzen Zeit, in der sie leben, müssen sie unbedingt heiraten, sonst sterben sie, bevor sie Kinder kriegen.«

»Sie heiraten?« Mania kicherte. »Wirklich?«

»Nun ja, sie paaren sich.« Josef druckste herum. »Denn nur, wenn sie Junge kriegen, wird es wieder neue Leuchtkäfer geben. Und dazu müssen sie leuchten, sonst finden Männchen und Weibchen einander nicht.«

»Sie leuchten, weil sie nicht viel Zeit haben, meinst du?«

Josef nickte, und Mania schaute zur Venus hinauf. »Sofia hat auch nicht viel Zeit gehabt, nicht wahr?«

»Wie kommst du denn jetzt auf Sofia?«, fragte Josef barsch.

»Viel zu wenig Zeit hat unsere Schwester gehabt.« Bronia seufzte. »Zu wenig Zeit, um zu heiraten, zu wenig Zeit, um Kinder zu kriegen, zu wenig Zeit, um eine gute Lehrerin zu werden.«

»Oder um im Ausland zu studieren«, sagte Mania leise.

»Das wäre ja sowieso nicht gegangen, jetzt, wo der Vater sein ganzes Vermögen verloren hat.« So traurig und hoffnungslos klang Bronias Stimme, dass Mania selbst ganz traurig wurde. »Für Josef nicht, für mich nicht und auch für Sofia nicht. Unsere Eltern sind einfach zu arm.«

»So arm sind wir nun auch wieder nicht!« Josef schien sich über Bronias Worte zu ärgern. »Außerdem werde ich trotz des verlorenen Geldes studieren! Ich muss dazu ja nicht ins Ausland gehen, als Mann kann ich auch in Warschau Medizin studieren.«

»Und wer bezahlt dir das?«

Statt zu antworten, schoss Josef plötzlich nach vorn, griff blitzschnell in den Haselnussbaum und zog die geschlossene Faust wieder heraus. »Habe ich dich!« Er öffnete die Finger, und Mania sah einen länglichen Käfer durch seine hohle Hand krabbeln. Sofort schloss er die Hand wieder. »Den werde ich mir mal näher anschauen.« Josef stand auf und ging zur Gefängnistür. »Onkel Zdzislaw hat Pinzetten und ein Mikroskop.«

»Nicht!« Bronia stürzte ihm hinterher. »Du wirst das

Glühwürmchen auf keinen Fall töten!« Sie hielt den Bruder fest.

»Wie soll ich es sonst untersuchen?« Josef stieß sie weg und rannte in den Hof hinein.

»Grobian!«, rief Bronia hinter ihm her. »Blödmann!« Schimpfend ging sie wieder neben Mania in die Hocke.

»Wo würdest du denn gern studieren, wenn der Vater genug Geld hätte, dich ins Ausland zu schicken?«, fragte Mania, als die große Schwester sich wieder beruhigt hatte.

»Ich würde dorthin gehen, wo alle Polen hingehen, die es bei uns nicht aushalten: nach Frankreich, am liebsten nach Paris. Aber schon die Zugfahrt kostet ein Vermögen, und dann muss man auch noch Universitätsgebühren bezahlen und essen und trinken und irgendwo wohnen.«

»Und wenn es trotzdem gehen würde, nur einmal angenommen, was würdest du denn am liebsten studieren?«

»Ich würde Medizin studieren und Ärztin werden. Genau wie Josef, nur wäre ich viel besser als er, das glaub mir nur.«

Mania stand auf und schaute zum Nachthimmel hinauf, zu Sofia. Und je länger sie das Himmelsfeuer betrachtete, desto klarer stand ihr eine Idee vor Augen. »Wir müssen einfach arbeiten, dann haben wir Geld zum Studieren.«

»Ja, ja, ganz einfach!« Bronia lachte spöttisch. »Du hast ja keine Vorstellung davon, wie anstrengend es ist, Medizin zu studieren!« Auch sie stand nun auf. »›Einfach arbeiten‹, du bist süß, Kleines.« Bronia legte Mania die Hände auf die Schultern und lächelte ihr nachsichtig ins Gesicht.

Mania kam sich vor wie ein dummes Kind, das Unsinn geredet hatte. »Nenn mich nicht Kleines!«, sagte sie schroff.

»Entschuldigung, Mania. Doch es ist nun einmal so: Du kannst nicht Medizin studieren und zugleich so viel arbeiten, dass du genug Geld für das Studium hast. Das geht einfach nicht. Kapiert?«

»Du täuschst dich, Bronislawa Skłodowska«, entgegnete Mania sehr ernst und in einem Tonfall, den die Mutter immer dann anschlug, wenn sie streng erscheinen wollte. »Denn weißt du was? Ich werde für dich arbeiten.«

»Was redest du denn da?« Bronia schüttelte lachend den Kopf.

»Wenn ich mit der Schule fertig bin, werde ich arbeiten und dir von dem Geld, das ich verdiene, so viel nach Paris schicken, dass du studieren kannst.«

Bronia grinste, griff ihr ins blonde Haar und zerwühlte es. »Du spinnst ja, Kleines!«

5
Mutter

Warschau, Frühling 1878

Rosenduft erfüllte die große Wohnung an jenem Maitag, und sie war ungewohnt leer und still. Der Vater hatte seine Zöglinge zu ihren Familien geschickt, und das gleich für eine ganze Woche. Wann war das zuletzt vorgekommen? Mania konnte sich nicht erinnern, dass so etwas in den elf Jahren ihres Lebens überhaupt jemals geschehen war.

Etwas würde passieren, etwas Großes; etwas, das nur sie, die Familie Skłodowski, anging – Mania spürte es; sie las es in den Gesichtern von Bronia und Josef, sie hörte es der Stimme des Arztes an, der die Mutter täglich besuchte, und sie sah es den beherrschten Gesten ihres Vaters an und seiner würdevollen, etwas steifen Art zu gehen. Er bewegte sich, als trüge er eine Ritterrüstung, deren Gewicht er sich nicht anmerken lassen wollte.

Mania stand am offenen Fenster zum Hof und beobachtete den Flug der Schwalben. Die schossen, segelten und kreisten durch den blauen Abendhimmel, als gebe es keine Sorgen, als sei die Welt vollkommen in Ordnung. Mania fühlte sich schon ganz schwindlig, so aufmerksam verfolgte sie die atemberaubenden Bahnen der Schwalben.

Als hinter ihr die Tür zum elterlichen Schlafzimmer ging, hielt sie den Atem an. »Eure Mutter ist so weit«, hörte sie den Vater sagen, »sie will euch sehen.« Es fiel Mania schwer, den Blick vom Himmel loszureißen und sich nach dem Vater umzudrehen; weit lieber hätte sie noch ein Weilchen der Sorglosigkeit der Schwalben nachgespürt und sich der guten Ordnung ihrer Vogelwelt hingegeben.

Tante Lucia huschte aus dem Schlafzimmer, berührte im Fortgehen den Arm des Vaters und verschwand in der Diele. Mania hörte die Wohnungstür gehen und dann Tante Lucias Schritte auf der Treppe. Sie kam oft in den letzten Tagen, öfter als sonst.

Am Stubentisch, auf dem ein gewaltiger Strauß weißer Rosen aus einer kugelförmigen, gläsernen Vase ragte, saßen Bronia, Hela und Josef und schauten zum Vater an der Schlafzimmertür hin, ohne sich zu rühren. Erst als er nickte, standen sie auf.

Die Art, wie die Geschwister die Stühle an den Tisch rückten, erschreckte Mania. Sie taten es nämlich sehr sorgfältig, ganz so, als würden sie die Stühle nun für längere Zeit nicht mehr benutzen, weil sie zu einer langen Reise aufbrechen wollten.

Am Vater vorbei gingen sie ins Schlafzimmer hinein, Mania als Letzte. Der Vater strich ihr über den Scheitel. Auch hier im Schlafzimmer duftete es nach Rosen, aber auch nach Kampfer, Eukalyptusöl und Pfefferminztee. Auf der kleinen Wandkonsole unter dem Kruzifix flackerte Sofias Taufkerze.

»Da seid ihr ja, wie schön …« Die Mutter lächelte müde und winkte sie zu sich ans Bett, dabei pendelte das Kreuz ihres Rosenkranzes unter ihrer knochigen bleichen Hand hin und her. »Kommt her zu mir, kommt alle.« Ihre dünne, heisere Stimme brach, und sie musste husten.

Der Vater und Tante Lucia hatten die Mutter auf viele Kissen gebettet, sodass sie mehr saß als lag. Ihr graues Haar war sorgfältig gescheitelt und zu einem dürren Zopf geflochten, ihr Nachthemd blütenweiß und faltenlos. Ihr Brustkorb kam Mania viel flacher vor als früher, ihr Hals länger und magerer und die Gruben unter den Schlüsselbeinen tiefer. Mania wunderte sich, weil ihre Mutter die Smaragdohrringe trug, die sie von der Großmutter geerbt hatte, und die teure Perlenkette, die der Vater ihr zum zehnten Hochzeitstag geschenkt hatte.

Auf ihrem Nachttisch stand ein Strauß roter Rosen. Der Vater hatte das neue Hausmädchen am Morgen auf den Markt geschickt, um Dutzende Rosen zu kaufen – gelbe, weiße und diese roten hier. Ein aufgeschlagenes Gebetbuch lag zwischen der Blumenvase und der Teetasse.

»Kommt noch näher«, flüsterte die Mutter, nachdem sie ihren Hustenanfall überwunden hatte. Mania ergriff Bronias und Helas Hände und ging mit ihnen ans Bett der Mutter, bis ihre Knie den Rahmen berührten. »Meine Kinder«, flüsterte die Mutter und lächelte wieder. »Meine braven Kinder, wie ich euch liebe.« Dann hob sie die Rechte und schlug vor jedem das Kreuz, wobei sich ihre Lippen stumm bewegten.

Eine grässliche Angst packte Mania in diesem Moment, und sie ergriff die das Kreuz schlagende Hand der Mutter, drückte sie auf den Mund und küsste sie. Die Hand fühlte sich kühl und trocken an auf ihren Lippen und kam ihr so leicht vor wie ein aus dem Nest gefallener Spatz.

Die Mutter ließ es geschehen. »Mania«, flüsterte sie, »meine kleine Mania, du wirst bald groß werden. Richtig groß.« Vorsichtig legte Mania die Hand der Mutter auf der Bettdecke ab. Der erschreckend lange und knochige Brustkorb der Mutter, der sich unter ihrem weißen Nachthemd abzeichnete, hob sich, denn sie holte tief Luft. Und dann sagte sie laut: »Ich liebe euch alle ...«

Vielleicht wollte sie noch mehr sagen, doch ein Hustenanfall schüttelte sie und machte ihr das Sprechen unmöglich. Der Vater kam herbei, drängte sich zwischen Josef und den Nachttisch und setzte die Mutter auf, bis sie sich ausgehustet hatte. Danach gab er ihr Tee zu trinken und legte sie wieder im Kissenstapel ab. Da ruhte sie nun, halb sitzend, halb liegend, atmete schwer und hielt die Augen geschlossen.

Sie will nichts mehr sehen von der Welt, dachte Mania, während sie den Kloß im Hals herunterschluckte und sich die Augen auswischte, sie ist zu schwach dafür. Der Vater fasste Manias Schultern und zog sie weg vom Bett. Mit knappen Gesten dirigierte er sie und ihre Geschwister aus dem Schlafzimmer.

Am frühen Nachmittag des nächsten Tages, als Mania

und Hela von der Schule kame fen. Zwei Kutschen warteten vor d ein Kutscher und rauchte Zigarre. In die Mädchen gedämpfte Stimmen von o werk angekommen, in dem sie wohnten, fan Wohnungstür offen stehen.

Bronia und Josef schienen noch nicht von der Sc rück zu sein, doch in der Diele, in der Stube und vo Schlafzimmertür sah Mania Leute, die selten hierher zu ih nen in die Nowolipkistraße fanden: Witolds Eltern, ehemalige Schüler der Mutter, Pater Carol und sein Diakon, Leute, die in der Fretastraße ihre Nachbarn gewesen waren, und sogar Madame Sikorska. Auch Tante Lucia und der Onkel waren da. Nur wenige sprachen miteinander, und diese mit sehr gedämpften Stimmen. Alle machten sie Mienen, als hätten sie gerade etwas Schlechtes gegessen und nun mit Übelkeit zu kämpfen.

Aus dem Schlafzimmer drangen weder der übliche Husten der Mutter noch ihre rasselnden Atemzüge. Dafür erschien der Arzt in der Tür, schleppte seine schwarze Tasche in die Stube, nickte nach allen Seiten und ging in die Küche, um sich am Spülstein die Hände zu waschen.

Mania spürte, wie Hela nach ihrer Hand griff. Kraftvoll zog die Schwester sie hinter sich her zur Schlafzimmertür. Dort stand Madame Sikorska und tupfte sich die Augen mit einem Spitzentuch. Auf der Schwelle blieben sie stehen und schauten zum Vater hin, der neben der Mutter auf dem Bett saß und sein Gesicht mit den Händen bedeckte.

Die Mutter aber lag sehr still und auf einem einzigen Kis-

geschlossen, sie hus-
sah friedlich aus, so
lt hätte. Doch es hielt
Gesicht ihrer Mutter –
halb unter der Decke
wegte er sich?
ewegte sich nicht.
?

Mania wurde krank. Mal tat der Kopf ihr weh, mal der Bauch, mal war ihr schwindlig. Die beiden Monate nach der Beerdigung der Mutter konnte sie nur an wenigen Tagen in die Schule gehen. Meistens verkroch sie sich ins Bett und weinte. Manchmal versuchte sie zu lesen, doch das einzige Buch, das sie in dieser Zeit zur Hand nahm, schaffte sie nicht einmal bis zur Hälfte. Mania weinte und weinte. Sie weinte sich schier die Seele aus dem Leib.

Hela wurde ebenfalls krank nach dem Tod der Mutter. Sie bekam Fieber und hustete, sodass auch sie eine Zeit lang zu Hause bleiben musste. Doch nach zwei Wochen konnte sie schließlich wieder zur Schule gehen.

Bronia verbrachte viel Zeit am Klavier, spielte stundenlang. Josef traf seine Freunde und Schulkameraden häufiger als sonst und trieb so intensiv Sport, dass der Vater ihn ermahnen musste, seine Schularbeiten nicht zu vernachlässigen.

Er selbst, der Vater, zog sich in sein Arbeitszimmer zurück, wenn er nicht gerade mit dem Unterricht seiner Zöglinge beschäftigt war. Dort schrieb er, schrieb ganze Nächte hindurch, schrieb und schrieb. Mania wusste es deswegen, weil sie manchmal, wenn sie früh am Morgen aus dem Hof zurück von der Toilette kam oder abends in der Küche kalten Tee getrunken hatte, durch das Schlüsselloch seiner Arbeitszimmertür spähte.

Schrieb er Briefe an die tote Mutter? Oder an die Familie in Skalbmierz und Zwola? Schrieb er Gedichte? Oder Tagebuch? Wahrscheinlich Gedichte, denn das tat er auch sonst häufiger.

Manchmal, wenn er ihr frischen Tee brachte, ihr Bett aufschüttete oder einfach nur nach ihr schaute, hatte er sich ein Mathematikbuch unter den Arm geklemmt. Dann setzte er sich zu ihr auf die Bettkante, schlug es auf, um mit ihr ein paar Rechenaufgaben zu lösen. In solchen Momenten saß Mania aufrecht im Bett, dachte nicht an die Mutter und vergaß ihre Bauchschmerzen und ihre Trauer.

Eines Tages Ende Juni hörte Mania vom Kinderzimmer aus, wie jemand an der Wohnungstür klopfte. Die Geschwister waren in der Schule, und in der großen Stube unterrichtete der Vater die Pensionatszöglinge. Mania hörte seine Schritte, als er zur Tür ging, hörte seine verblüffte Stimme, als er die Besucherin begrüßte, und erkannte deren Stimme schon nach wenigen Worten: Madame Sikorska.

Madame Sikorska? Mania setzte sich im Bett auf und

lauschte. Wollte die Vorsteherin nach ihr schauen? Wie schön! Doch keine Schritte näherten sich, und niemand kam zu ihr ins einsame Kinderzimmer. Draußen sprach der Vater laut mit seinen Zöglingen – es klang, als würde er ihnen eine Aufgabe stellen –, kurz darauf knarrte die Tür zum Arbeitszimmer, und dann hörte Mania die Stimmen des Vaters und Madame Sikorskas nur noch wie von fern.

Sie schob sich aus dem Bett, öffnete leise die Kinderzimmertür und schlich auf Zehenspitzen zum Arbeitszimmer. Zum Glück hatte der Vater die Stubentür angelehnt, sodass Witold und die anderen sie nicht sehen konnten; und zum Glück war auch die Tür zum väterlichen Arbeitszimmer nur angelehnt – Mania konnte jedes Wort verstehen, das Madame Sikorska und der Vater darin wechselten.

»Der Tod unserer Ältesten hat ihr das Herz gebrochen«, hörte sie den Vater sagen. »Gerade einmal zwei Jahre hat sie unsere geliebte Sofia überlebt.«

»Ist es denn ein Wunder?« Madame Sikorska schien im Lehnstuhl unweit der Tür zu sitzen, so deutlich konnte Mania sie sprechen hören. »Wenn man bedenkt, wie nahe sie einander waren durch die gemeinsame Zeit in Frankreich. Und wenn man bedenkt, wie lange ihr Kampf gegen die Tuberkulose schon währte.«

Tuberkulose? Mania stutzte. So also hieß die rätselhafte Krankheit, an der die Mutter gestorben war? Das Wort klang abscheulich und gefährlich. In Gedanken versuchte Mania, es zu buchstabieren und geschrieben vor sich zu sehen – Tuberkulose.

»Wie sie gekämpft hat, wie eine Löwin.« Sie hörte den

Vater seufzen. »Wahrscheinlich hatte sie die Tuberkulose schon, als sie mit Mania schwanger war. Wie tapfer sie versucht hat, die Kinder zu schützen! Wie schwer ist es ihr gefallen, sie nicht mehr zu umarmen und zu küssen!«

»Das tut mir so leid.« Madame Sikorska flüsterte nun beinahe, und Mania hielt den Atem an, um ja kein Wort zu verpassen. »Sie hat so zarte Nerven. Das Doppelleben in der Schule unter dem ständigen Druck der russischen Inspektoren ist für uns alle schon schwer genug, doch ein empfindliches Mädchen wie Ihre Maria leidet natürlich ganz besonders darunter. Und dann ist Ihre arme Maria auch noch ein ungeküsstes Kind?«

»Ihre älteren Geschwister können sich wahrscheinlich noch an mütterliche Zärtlichkeiten erinnern«, hörte sie den Vater leise sagen. »Mania bestimmt nicht.« Schon wieder seufzte er. »Selbstverständlich habe ich mein Bestes getan, um diesen Mangel auszugleichen, doch kann die Umarmung eines Vaters die einer Mutter ersetzen?«

»Vielleicht wäre es hilfreich für Ihre Jüngste, wenn Sie mit ihr darüber sprechen würden, Herr Skłodowski. Damit sie die Zurückhaltung ihrer Mutter wenigstens im Nachhinein verstehen kann.«

»Wahrscheinlich haben Sie recht.« Ein kurzes Schweigen entstand, und Mania konnte hören, wie der Vater scharf und tief durch die Nase einatmete. »Ich mache mir solche Sorgen um sie«, fuhr er schließlich fort. »Sie weint Tag und Nacht. Ich habe ja nicht gewusst, dass so ein kleiner Mensch so viele Tränen hat. Manchmal fürchte ich, sie wird in der Schule den Anschluss verpassen.«

»Über Marias schulische Zukunft wollte ich mit Ihnen reden, bevor ich zu ihr ins Zimmer gehe. Ich rate Ihnen dringend, sie im nächsten Schuljahr die Klasse wiederholen zu lassen.«

»Daran habe ich auch schon gedacht, Madame Sikorska – anfangs jedenfalls, als Mania die ersten vier Wochen nicht im Unterricht gewesen ist. Doch inzwischen sehe ich das anders.«

»Nämlich wie?«, fragte Madame Sikorska, und Mania lauschte noch aufmerksamer.

»Meine Tochter soll die Klasse wiederholen, ja, allerdings in einem staatlichen Gymnasium.«

»Sie wollen das arme Kind tatsächlich der strengen Erziehung russischer Lehrer ausliefern?« Ungläubig und beinahe vorwurfsvoll klang die Stimme der Vorsteherin auf einmal. »Davon rate ich dringend ab, Herr Skłodowski!«

»Ihre Reaktion überrascht mich nicht, Madame Sikorska. Doch ich habe lange drüber nachgedacht. Schauen Sie – was kann ein kleines Menschenkind wirksamer von seinem Schmerz ablenken als eine neue Umgebung? Als ganz neue Herausforderungen?«

Wieder entstand eine Pause jenseits der angelehnten Tür, diesmal war es ein längeres Schweigen. Während Madame Sikorska über die Worte des Vaters nachzudenken schien, hatte Mania die Angst gepackt: nach Sofia und der Mutter nun auch noch die Klassenkameradinnen verlieren? Keine Tupcia mehr im Lehrerkatheder? Und nie mehr in die heimelige kleine Schule in der vertrauten Umgebung des

Sächsischen Gartens gehen? Alles in ihr sträubte sich dagegen.

»Ich verstehe Sie natürlich, Herr Skłodowski.« Mania hörte, wie Madame Sikorska sich räusperte. »Sie sind nun Witwer und haben vier Kinder zu erziehen. Von den Zöglingen Ihres Pensionats will ich gar nicht erst reden. Da bietet ein staatliches Gymnasium den Vorteil, dass die Kinder dort tagsüber länger betreut werden. Doch dafür lässt sich bestimmt eine Lösung finden. Jede polnische Familie, die auf Bildung und Patriotismus hält, versucht, den Schulwechsel ihrer Kinder auf ein staatliches Gymnasium so lange wie nur irgend möglich hinauszuzögern. Und Sie wollen Ihre jüngste Tochter sogar schon dorthin schicken, noch bevor sie überhaupt das nötige Alter erreicht hat? Mania ist erst elf! Und bitte denken Sie an den grottenschlechten Unterricht an den russischen Schulen, dort wird sogar das Fach Polnisch auf Russisch unterrichtet.«

»Ich weiß doch, ich weiß«, hörte Mania den Vater mit müder Stimme antworten. »Doch gerade dass sie jünger sein wird als ihre Klassenkameraden, wird meine Mania anspornen. Sie wissen doch, wie ehrgeizig sie ist, Madame Sikorska – Mania will nicht nur gut sein, sie will überall die Beste sein. Dazu kommt: Ich habe ein paarmal mit ihr Mathematik gelernt in den letzten drei Wochen, und wissen Sie was? Kaum beugt sie sich über eine Aufgabe, blüht sie auf. Dann spürt sie keine Bauchschmerzen mehr und kann für kurze Zeit sogar die Trauer um ihre Mutter vergessen. Ich denke, der Besuch eines staatlichen Gymnasiums wird das beste Mittel sein, Mania über diese schwere Zeit hinwegzuhelfen.«

Mania schlug den schweren Lexikonband zu, kroch aus dem Bett und trug ihn zurück ins väterliche Arbeitszimmer. Unter *Tuberkulose* hatte sie lediglich den Verweis auf den Artikel *Schwindsucht* gefunden. Nebenan in der großen Stube fiel kein Wort, denn die Zöglinge schrieben einen Aufsatz, wie Mania wusste, und der Vater gab acht, dass keiner abschrieb. Sie stellte das Buch wieder ins Regal und zog den Band mit dem Buchstaben S aus der langen Reihe der Lexikonbände. Zurück im Bett, blätterte sie bis zum Artikel *Schwindsucht* und las.

Der Text enthielt viele medizinische Fachausdrücke, die Mania nicht kannte, und bestand aus langen und kompliziert gebauten Sätzen. Viele musste sie zweimal lesen, um sie zu verstehen. Um sich besser konzentrieren zu können, las sie sehr langsam und flüsternd und schließlich halblaut murmelnd: »... infolge tief greifender Veränderungen oder Zerstörungen das zum Atmen bestimmte Lungengewebe für diese Funktion unfähig wird und dass wegen der dadurch bedingten mangelhaften Blutauffrischung eine allgemeine Konsumption des Körpers eintritt, welche früher oder später den Tod nach sich zieht, wenn nicht dazwischen auftretende Krankheiten den betreffenden Menschen schon früher dahinraffen ...«

Sie schüttelte ratlos den Kopf, denn diese Sätze erschienen ihr seltsam; auch hatte sie das Wort *Konsumption* noch nie gehört. »Konsumption«, murmelte sie, »komisches Wort.«

»Das bedeutet ›Abmagerung‹, ›Auszehrung‹«, sagte an der Tür die Stimme des Vaters. Mania fuhr hoch – so vertieft war sie in den komplizierten Artikel über Schwindsucht gewesen, dass sie nicht gemerkt hatte, wie der Vater die Tür öffnete. »Ich habe gehört, dass du im Arbeitszimmer gewesen bist.«

Mania setzte sich auf und wuchtete das schwere Buch auf ihre Schenkel. »Hier steht: ›Eigentlich ansteckend ist die Lungenschwindsucht nicht, daher ist es unnötig, Betten und Kleidungsstücke von an Lungenschwindsucht gestorbenen Menschen zu vernichten.‹« Sie hob den Blick und schaute dem Vater ins Gesicht. »Wieso hat die Mutter mich nie in den Arm genommen und geküsst, wenn Tuberkulose doch nicht ansteckend ist?«

»Du hast gelauscht, nicht wahr?« Der Vater kam zu ihr und setzte sich auf die Bettkante. »Das Lexikon ist schon älter und nicht auf dem neusten Stand. Und wir hier in Polen und in den nördlichen Ländern Europas sind es auch nicht. In Italien zum Beispiel weiß man schon länger, dass die Schwindsucht ansteckend ist, und in England gab es bereits vor hundertfünfzig Jahren einen Wissenschaftler, der vor ihrer Ansteckungsgefahr warnte.«

Mania schlug den Lexikonband zu und schob ihn zur Seite. Zum ersten Mal hörte sie, dass in Büchern auch Dinge standen, die nicht stimmten. Das wunderte sie – und ärgerte sie zugleich.

Der Vater legte ihr den Arm um die Schulter und zog sie an sich. »Glaub mir bitte eines, Mania: Nur aus Liebe zu euch und aus mütterlicher Sorge hat die Mutter euch nicht geküsst. Kannst du das verstehen?«

Mania nickte und schmiegte sich an ihn. Eine unerklärliche Erleichterung erfasste sie plötzlich, und die Sehnsucht nach ihrer Mutter und die Liebe zu ihr stiegen ihr aus der Brust in die Kehle wie eine warme Flut. Sie barg das Gesicht in der Achsel des Vaters und weinte ihm den Anzug nass.

So saßen sie eine Zeit lang, und der Vater hielt sie fest, ganz fest. Als sie genug geweint hatte, putzte er ihr die Nase mit seinem Einstecktuch und wischte ihr die Tränen aus den Augen. »Ich will in kein staatliches Gymnasium gehen«, schluchzte Mania, »ich will bei Tupcia und Madame Sikorska bleiben. Ich will in derselben Klasse bleiben wie Hela, und ich will von keinem Iwanow auf Russisch in polnischer Literatur unterrichtet werden.«

»Sag ich's nicht, dass du gelauscht hast?«

»Ich hasse Russisch!« Mania ballte die Fäuste. »Ich hasse Iwanow! Jedes Mal, wenn er uns inspiziert, könnte ich ihm die Augen auskratzen!«

»Das verstehe ich doch, meine geliebte Mania, das verstehe ich gut, aber schau mal: Josef und Bronia gehen auch in das staatliche Gymnasium, und Josef erzählt, es gehe dort nicht halb so schlimm zu, wie alle behaupten.«

»Das sagst du nur, weil du mich überreden willst, die Schule zu wechseln.«

»Es ist gut für dich, glaub mir.« Der Vater küsste ihr die letzten Tränen von den Augen. »Ich will doch nur dein Bestes, das weißt du doch. Und denke an deine große Schwester und deine Mutter – weißt du überhaupt, wie sehr Sofia ihre kleine und so kluge Schwester bewundert hat? Weißt du überhaupt, wie stolz deine Mutter auf ihr kluges Kind gewesen ist? Glaube mir, Mania: Beide würden mir recht geben, und beide würden sich freuen, wenn du jetzt schon auf ein staatliches Gymnasium gehen würdest.«

Mania zog den Rotz hoch und schaute zweifelnd zu ihrem Vater auf. »Meinst du wirklich?«

»Aber ja!« Er streichelte ihre Wange und ihr widerspenstiges blondes Haar. »Und glaube mir, Mania – auch wenn dort alle in deiner Klasse älter sein werden als du, wirst du doch bald wieder die Beste sein. Das weiß ich ganz genau.«

6
Untergrund-Teekränzchen

Warschau, Winter 1881

Obwohl es bereits auf Mitte März zuging, schneite es schon wieder. Gegenüber ihrer Schule blieben Mania und Kazia am Straßenrand stehen und warteten auf eine Gelegenheit, die breite und viel befahrene Warschauer Hauptstraße zu überqueren. Unzählige Pferdewagen holperten in beiden Richtungen vorüber: elegante einachsige Cabriolets mit geschlossenen Verdecken und edlen Pferden davor, von schweren und knochigen Gäulen gezogene Fuhrwerke voller Baumstämme, Bierfässer oder Kohle und große Kutschen mit teuren Gespannen und glänzenden Fahrgastzellen, die von Kutschern in blauer oder roter Livrée gelenkt wurden. In der Straßenmitte zog ein Gespann aus kräftigen Kaltblütlern eine lange Pferdebahn auf Gleisen vorbei.

»Wo wollen die denn alle hin?« Mania schüttelte staunend den Kopf.

»Vielleicht verschenkt der russische Gouverneur seine Garderobe und seinen Goldschatz«, sagte Kazia.

»Dann würden sie doch alle in die gleiche Richtung fahren.« Endlich tat sich eine Lücke in den Wagenkolonnen auf, woraufhin Mania sofort die Hand der Freundin fasste und sie schnell mit sich über die Straße zog. Eisiger Wind blies ihnen Schneeflocken ins Gesicht, der Winter wollte und wollte nicht vorübergehen.

Auf der anderen Straßenseite ragte bald die pyramidenartige Fassade der Visitantinnenkirche mit ihren vielen Säulen vor ihnen auf. An ihr vorbei eilten sie im Laufschritt zum ehemaligen Kloster der Kirche, in dessen erstem Obergeschoss das staatliche Gymnasium Nummer 3 untergebracht war.

Mania, inzwischen vierzehn, ging bereits das dritte Jahr in diese Schule, in der ein russischer Direktor mit kalter Strenge das Regiment führte und viele russische Lehrer ihre polnischen Schüler mit Herablassung und Misstrauen behandelten. Besonders im ersten Jahr hatte ihr, dem mutterlosen Mädchen, die lieblose Atmosphäre, die im Gymnasium Nummer 3 herrschte, arg zugesetzt. Dass sie, durch den Schmerz über den Tod der Mutter innerlich wie erstarrt, auf ihre neuen Klassenkameraden nicht zugehen konnte, hatte ihr den Anfang nicht gerade erleichtert; und dass sie ein bis zwei Jahre jünger war als die anderen, auch nicht.

Vom ersten Schultag an jedoch war ihre Freundin Kazia, die mit ihr ins Gymnasium gewechselt war, Manias entscheidender Lichtblick gewesen. Wie oft hatten sie einander getröstet und Mut zugesprochen, wenn eine von ihnen wieder einmal zu Unrecht bestraft oder getadelt worden war! Dazu kam Manias schnelle Auffassungsgabe, durch die sie sich rasch einen Rang unter den Klassenbesten und die Anerkennung der Lehrer eroberte.

Trotz des sich allmächtig gebärdenden Direktors und der unduldsamen und wenig herzlichen Lehrer ging Mania doch gern zur Schule. Sich dort ganz und gar auf einen literarischen Text, eine geometrische Aufgabe oder eine physikalische Formel konzentrieren und restlos darin versinken zu können, hatte ihr nach dem Tod der Mutter geholfen, ihrem unsagbaren Schmerz und seiner Tränenflut zu entfliehen. Der Schulunterricht war ihr zu einer Art Rettungsinsel geworden. Auch heute freute sie sich wieder auf ihn, denn ihre Lieblingsfächer Mathematik und Physik standen auf dem Stundenplan.

Auf dem Weg zum Eingangsportal mussten sich die Mädchen an einer Menschentraube vorbeidrängen, die sich unter vielen Regenschirmen vor dem Uhrengeschäft von Herrn Wosinski gebildet hatte. Die Männer und Frauen steckten die Köpfe zusammen, machten verschworene Gesichter und schienen einander wichtige Dinge mitteilen zu müssen.

Im Vorübergehen schnappte Mania einige hastig und halblaut hervorgestoßene Satzfetzen auf: »Wie durch ein Wunder soll er zunächst unverletzt geblieben sein …«; »… ausgestiegen, um die zerstörte Kutsche zu besehen …«; »… die zweite tödliche Granate …«; »ein Student soll sie direkt auf ihn geworfen haben …«

Hinter ihnen fiel der schwere Portalflügel zu, und das Stimmengewirr blieb zurück. »Irgendwas muss passiert sein«, sagte Kazia, während sie die Treppe hinaufstiegen. »Irgendwas Schlimmes. Hast du ihre Gesichter gesehen?«

»Ein Mann hat eine Granate erwähnt, hast du das auch gehört?«, flüsterte Mania. »Ob womöglich Krieg ausgebrochen ist?«

»Vielleicht ein Aufstand?«, mutmaßte Kazia.

Oben trafen sie den russischen Hausmeister, der mit Leichenbittermiene seinen Werkzeugwagen aus einem Klassenzimmer schob. »Ist etwas Schlimmes passiert?«, sprach Kazia ihn an.

»Zar Alexander ist tot – seid ihr denn die Einzigen, die es noch nicht wissen?« Er blieb bei ihnen stehen. »Jemand hat seine Kutsche in die Luft gesprengt, als er in St. Petersburg vor seinem Palast halten ließ. Angeblich hat er noch aussteigen und zur Palasttreppe laufen können, doch dann hat ein Student eine zweite Bombe auf unseren Zaren geworfen.« Der Hausmeister schüttelte den Kopf und bekam feuchte Augen. »Es ist so schrecklich, so schrecklich.« Mit müdem Schritt trottete er weiter und schob seinen Werkzeugwagen in die Zimmerflucht hinein.

Kazia und Mania aber stürzten in das leere Klassenzimmer, aus dem er gekommen war, drückten die Tür hinter sich zu und fielen einander in die Arme. »Alexander der Zweite ist tot!«, riefen sie wie aus einer Kehle, und Kazia stimmte ein polnisches Volkslied an. »Der Zar ist tot, der Zar ist tot!«, sangen sie auf dessen Melodie, tanzten ausgelassen und hielten sich dabei an den Händen fest. »Der Zar ist tot und zur Hölle gefahren! Mit Alexander dem Zweiten ist's aus und vorbei!«

Sie tanzten und sangen und umarmten einander wieder und wieder. Mania, die sogar Freudentränen vergoss, ließ ihren Gefühlen derart ungezügelten Lauf, wie sie es seit dem Tod ihrer Mutter nicht mehr getan hatte. So vieles, das sie seitdem tief in sich einschloss, brach sich plötzlich Bahn: der Hass auf Iwanow, der Groll auf die russischen Lehrer, die schmerzliche Sehnsucht nach der Mutter und die leidenschaftliche Lust auf Leben.

Plötzlich wurde die Tür aufgerissen, und die Mädchen verstummten jäh, standen so still, als wären sie von einem Augenblick auf den anderen in den Bodendielen festgewachsen. Auf der Türschwelle lauerten ihre zwergenhafte Hauswirtschaftslehrerin Fräulein Mayer und der Schuldirektor höchstpersönlich. Fräulein Mayer starrte sie mit offenem Mund und aus großen Augen an, der Direktor musterte sie unter schmalen Lidern.

»Maria Salomea Skłodowska natürlich«, sagte er bedrohlich leise, »wer denn sonst.« Er schüttelte langsam den Kopf und machte die Miene eines Mannes, der vor einem hoffnungslosen Fall stand und seit jeher wusste, dass er hoffnungslos war. »Immerfort trotzig und widerspenstig und jetzt auch noch so eine schamlose Ungeheuerlichkeit.« Sein verächtlicher Blick traf nun auch Kazia. »Das wird Folgen haben, verlasst euch darauf.«

Welche Folgen, sagte er nicht, doch als die Mädchen am Nachmittag wie üblich den Blauen Palast betraten und Kazias Mutter sie im Musikzimmer erwartete, lasen sie in ihrer ernsten Miene, dass sie bereits Bescheid wusste. »Ein Bote des Direktors hat einen Brief abgegeben«, erklärte sie mit knappen Worten, während sie zum Tisch und auf die Stühle wies, auf denen die Freundinnen auch sonst immer saßen. »Wahrscheinlich hat auch dein Vater schon einen Brief des Direktors erhalten, Mania.«

Mania hielt den Atem an und biss sich auf die Unterlippe. »Was steht drin?«, wollte Kazia wissen.

»Dass ihr euch ungebührlich gefreut hättet über den Mord an unserem geliebten Zaren Alexander dem Zweiten, dass wir euch streng bestrafen sollen und dass wir über die Art der Strafe und ihren Vollzug an den Herrn Direktor zu berichten haben.« Kazias Mutter lächelte müde. »Los, setzt euch und erzählt.«

Die Mädchen nahmen Platz und berichteten in allen Einzelheiten, was geschehen war. Sie schilderten die Aufregung der Leute vor Herrn Wosinskis Uhrengeschäft und die Trauer des russischen Hausmeisters, erzählten von ihrem Freudentanz und ihrem Totenlied und beschrieben die Gesichter des Direktors und Fräulein Mayers, als die sie bei ihrer persönlichen Triumphfeier erwischten.

Kazias Mutter hörte aufmerksam zu, wobei sie mal die eine, mal die andere musterte und ihre Miene zwischen Sorge und Erheiterung schwankte. Als die Mädchen ihren wortreichen Bericht beendet hatten, stand sie auf, verließ den Salon und kam nach einiger Zeit mit Limonade und Schokoladeneis zurück.

»Heute gibt es die doppelte Portion«, erklärte sie, während sie die Leckereien servierte. »Zur Belohnung.«

Warschau, Frühherbst 1882

Im Jahr darauf, am späten Nachmittag eines Septembertages, den sie nie mehr vergessen sollte, stand Mania ausgehbereit neben Bronia im Hausflur in der Nowolipkistraße. Beide trugen ihre besten Kleider, ihre teuersten Sommerhüte und ihre elegantesten Sommermäntel, alles in Schwarz. Beide hatten sich Schreibkladden und Stifte in ihre schönsten Handtaschen gesteckt.

Gefolgt von Helena, kam Witold aus der Stube und versuchte es noch einmal: »Bitte, nehmt mich mit!« Er war an diesem Nachmittag der einzige Zögling in der Wohnung, denn der Vater hatte seinen Schülern Ausgang gegeben und sich selbst in sein Arbeitszimmer zurückgezogen.

»Das geht nicht«, beschied ihm Bronia wohl zum vierten Mal. »Wie oft soll ich es dir noch sagen: Es sind nur Frauen zugelassen.«

Witold, wie Bronia siebzehn Jahre alt, hatte inzwischen einen leichten Bartflaum, auf den er mächtig stolz war. Nun schüttelte er unwillig den Kopf. »›Nur für Frauen‹«, äffte er Bronias herablassenden Tonfall nach. »Wo gibt's denn so etwas?! Ich habe Victor Hugo verschlungen, ich lese gerade Baudelaires Gedichte – warum um alles in der Welt sollte also ausgerechnet ich nicht mit euch zu einem Vortrag über französische Literatur gehen?«

»Wir gehen nur zu einem Teekränzchen«, sagte Bronia,

die im vorigen Sommer ihr Abitur als Jahrgangsbeste gemacht hatte und seitdem als Lehrerin in Privathaushalten unterrichtete.

»Ihr geht zu einem Vortrag, ich weiß es doch! Warum darf ich nicht mit?«

»Weil nur Frauen zugelassen sind, bist du taub?« Bronia verdrehte die Augen. »Falls eine der Damen während des Teekränzchens ein neues Kochrezept präsentiert, werden wir mitschreiben und dir heute Abend berichten. Gib dich zufrieden damit.«

Mania sagte lieber gar nichts. Stattdessen beobachtete sie Hela, die schräg hinter Witold wartete und deren ängstlicher Blick zwischen ihm und Bronia hin und her flog. Es stand ihr ins Gesicht geschrieben, was sie fürchtete: dass Bronia weich werden und Witold doch noch gestatten könnte, sie zu begleiten.

Sie war es gewesen, die Witold verraten hatte, dass Kazias Mutter nicht etwa zu einem Teekränzchen für literaturinteressierte Frauen lud, was Bronia zunächst tapfer behauptet hatte, sondern zu einem von Madame Sikorska organisierten Vortrag. Hela hätte ohne Weiteres mitgehen können in den Blauen Palast, schließlich war sie eine Frau – fast jedenfalls – und eine Schwester der namentlich eingeladenen Bronia. Doch sie zog es vor, zu Hause zu bleiben – in Witolds Nähe. Sie war nämlich verliebt in ihn.

»Vorträge über französische Literatur nur für Frauen!« Witold winkte energisch ab. »So einen Quatsch habe ich noch nie gehört!« Der Ärger trieb ihm das Blut ins Gesicht. »Hat man überhaupt jemals so einen Quatsch gehört?«

»Irgendwann im Leben hört man eben alles zum ersten Mal, Herr Romocki!« Bronia schlug einen spitzen Tonfall an. »Ist es nicht so, Herr Romocki? Und nun kein Wort mehr darüber! Zu niemandem, ist das klar?« Sie wandte sich von Witold ab und dem Garderobenspiegel zu, um ihren Hut zurechtzurücken. »Streiche dieses Teekränzchen mit anschließendem Austausch von Schnittmustern und Kochrezepten einfach aus deinem Gedächtnis, und vergiss es.«

Witold riss den Mund auf und holte Luft für eine besonders laute Entgegnung, doch Hela griff nach seiner Hand. »Lass gut sein, Witold.« Sie zog ihn in Richtung Stubentür. »Komm mit mir, wir spielen eine Partie Schach.«

Wie eine heiße Klinge schnitt es Mania ins Herz – nichts gönnte sie Hela weniger als die vor ihr liegenden ungestörten Stunden allein mit Witold. Diese Empfindung »Eifersucht« zu nennen, wäre ihr eine Woche zuvor noch nicht in den Sinn gekommen, da wusste sie ja noch nicht einmal, wie es sich anfühlte, verliebt zu sein. Doch seit sie Bronia gestern gestanden hatte, dass Witolds Nähe ihr Herzklopfen verursache und seine Zuneigung zu Helena Wuttränen und Übelkeit, seitdem kannte sie die Namen der Gefühle, die ihr schon viel zu lange den Seelenfrieden raubten.

Anfangs, nachdem Bronia sie gefragt hatte, ob sie eine der beiden jungen Frauen sein wolle, die sie zu dem geheimen Frauentreffen begleiten durften, anfangs war Mania noch hin- und hergerissen gewesen. Hier, in Witolds Nähe, bleiben oder mit der großen Schwester gehen? Doch die Aussicht, Neues zu lernen und einen Philosophen und Literaten zu hören, der heimlich Vorlesungen für Frauen hielt, das war schließlich doch verlockender gewesen.

»Ihr seid so gemein!«, zischte Witold und ließ sich von der triumphierenden Hela in die Stube abführen.

»Kein Wort zu niemandem!«, rief Bronia ihm noch einmal hinterher.

Die vage Möglichkeit, dass Witold nur ihretwegen mit in den blauen Palast gehen wollte, versetzte Mania kurzzeitig in Hochstimmung. Doch dann tat sie es Bronia gleich, zupfte vor dem Garderobenspiegel Hut und Mantel zurecht – und betrachtete drei Sekunden zu lange ihr Gesicht und ihre Gestalt. Der Anblick der pummeligen Vierzehnjährigen mit dem breiten Gesicht trieb ihr schier die Tränen die Kehle herauf. War es denn ein Wunder, dass der hübsche Witold sein Auge auf Hela statt auf sie geworfen hatte?

»Komm endlich!« Bronia griff nach ihrer Hand und zog sie aus der Wohnung und auf die Straße hinunter.

Doch auch auf dem Weg zum Blauen Palast wollten Manias Gedanken nicht aufhören, um Witold und Hela zu kreisen. Ob sie wirklich nur Schach spielten? Sie würden sich doch hoffentlich unterstehen, einander zu küssen, wenn doch der Vater nebenan im Arbeitszimmer saß! Mit ihm stand ihr plötzlich auch die Mutter vor Augen – ob sie ihr wohl ihre quälende Verliebtheit gestehen würde, wenn sie noch lebte?

»Ich habe dir bisher nur das Nötigste über den geplanten Abend erzählt.« Bronia hakte sich bei ihr unter. »Solange ich nicht ganz sicher sein konnte, ob du wirklich mit mir gehen würdest, wollte ich dich nicht mit Einzelheiten belasten. Ich bereue ja schon, dass ich Hela gegenüber nicht bei der Version vom Teekränzchen geblieben bin.«

»Ist es denn so geheim?«, staunte Mania. »Und wieso ›belasten‹?«

»Nicht nur geheim, sondern sogar gefährlich«, erklärte Bronia mit der Miene einer Verschwörerin und senkte die Stimme. »Der Vortragende ist nämlich ein Überlebender des Januaraufstandes, ein echter polnischer Patriot. Nach seiner Flucht hat er in Paris studiert. Die Russen dürfen nicht einmal wissen, dass er zurückgekehrt ist. Er ist ein Professor, doch Madame Sikorska bittet darum, ihn einfach nur Monsieur Danton zu nennen.«

Die große Schwester erzählte von einem geheimen Kreis gelehrter Landsleute, die es sich zum Ziel gesetzt hatten, das polnische Volk durch Bildung und Erziehung zu stärken und dadurch irgendwann ohne Blutvergießen aus der Unterdrückung durch die Russen zu führen. Lauter gebildete Männer und Frauen gehörten angeblich zu diesem Geheimzirkel, auch Madame Sikorska und sogar Kazias Mutter. »Sie hängen der Philosophie eines gewissen Auguste Comte an, die sie ›Positivismus‹ nennen.«

Was genau sich hinter dieser Denkrichtung verbarg, konnte Bronia nicht wirklich erklären, doch je länger sie erzählte, desto gründlicher vergaß Mania den umschwärmten Witold und ihre Schwester Hela. Eine unbändige Neugier packte sie, und in der Vorfreude, bald Unbekanntes lernen zu dürfen – noch dazu in polnischer Sprache –, löste sich ihre Eifersucht endgültig in nichts auf.

Ein Diener erwartete sie an der Haustür und führte sie

ins Esszimmer hinauf, den größten Raum in Kazias elterlicher Wohnung. Madame Sikorska stellte sie dem Professor vor, der sich Monsieur Danton nannte, einen etwa fünfzigjährigen Mann mit langem grauem Haar und hellwachen Augen. Er musterte Mania aufmerksam, während er sie per Handschlag begrüßte.

Um die große Tafel herum saßen bereits zehn meist jüngere Frauen, von denen Mania kaum die Hälfte kannte. Zu ihrer Überraschung war auch Tupcia gekommen; ihre frühere Lehrerin umarmte sie zur Begrüßung.

Kazia und ihre Mutter servierten tatsächlich Tee und dazu Gebäck. Während man sich an der Tafel über das Warschauer Tagesgeschehen, das Wetter, die Weltausstellung in Moskau und einen deutschen Arzt namens Koch unterhielt, trafen nach und nach weitere Frauen ein. Madame Sikorska hatte darum gebeten, dass man in kleinen Gruppen und zeitlichem Abstand von fünf bis zehn Minuten am Portal des Blauen Palastes klopfte, um in der Nachbarschaft möglichst wenig Aufsehen zu erregen. Der Graf, dem er gehörte, wusste Bescheid, war selbst ein Anhänger der Untergrundbewegung.

Die Frauen, die zuletzt kamen, nahm Mania nur beiläufig wahr, denn ihre Aufmerksamkeit war ganz gefesselt von den Neuigkeiten über jenen deutschen Arzt, von dem eine Schulfreundin Bronias berichtete. Die junge Frau, vier Jahre älter als Mania und ungewöhnlich schön, hieß Jadwiga und trug ein herrliches eng geschnittenes Kleid mit einer gerafften Knopfleiste, die von großen, blütenartigen Rüschen gesäumt war.

Der Deutsche, von dem Jadwiga berichtete, hatte erst vor wenigen Monaten den Krankheitserreger entdeckt, der die Lungenschwindsucht verursachte. »Er nennt ihn Tuberkelbazillus.« Mania und Bronia lauschten mit angehaltenem Atem, während die junge Frau erzählte, was sie wusste.

»Und das ist ganz sicher?«, staunte Bronia.

»Die Gesellschaft der Berliner Physiologen hat sein Forschungsergebnis überprüft«, erklärte Jadwiga, die zwei Jahre zuvor ihre Abschlussprüfung als Jahrgangsbeste abgelegt und dafür die in solchen Fällen übliche Goldmedaille erhalten hatte. »Es gibt keinen Zweifel: Robert Koch hat den Erreger der Lungenschwindsucht entdeckt.«

Tuberkelbazillus, dachte Mania und prägte sich den Namen ein, du also hast mir die Mutter genommen. Völlig unerwartet brach der harte innere Kokon in ihr auf, in den sie Schmerz und Wut eingesperrt hatte, und wie so oft in solchen Momenten suchte das Bild der toten Mutter sie heim. Mania senkte den Blick, presste die Lippen zusammen und spürte, was sie sonst sorgfältig vor sich und vor anderen zu verbergen gelernt hatte: ihr verwundetes Herz.

Ihr blieb zum Glück nicht viel Zeit, den Gedanken an die Tote und ihrer Trauer nachzuhängen, denn nun erhob sich der Professor und eröffnete offiziell den Abend, den er »eine geheime akademische Vorlesung« nannte. Dabei lächelte er in die Runde der knapp zwanzig Frauen und erklärte: »Ihnen, meine Damen, und Ihren Geschlechtsgenossinnen verbieten die Unterdrücker unseres Vaterlandes das Studium der Wissenschaften und schönen Künste. Dieser Abend soll der erste von hoffentlich noch vielen folgenden sein, an denen wir dieser Schande ein Ende bereiten wollen.«

Mit diesen Eingangsworten erntete Monsieur Danton teils erstaunte, teils zweifelnde Blicke und zurückhaltenden, aber freundlichen Applaus. »In den Aufständen dieses Jahrhunderts haben meine Generation und zuvor die Generation Ihrer Großväter, meine Damen, bewiesen, dass sie mutig gegen Feinde kämpfen, ausdauernd leiden und tapfer sterben können«, fuhr er danach fort, »nun aber ist es für uns Polen Zeit zu lernen, wie man mutig für die Erziehung und Bildung unserer Kinder kämpft und ausdauernd für die sittliche und geistige Entwicklung unseres Volkes Opfer bringt, damit wir Polen eines Tages als freie und glückliche Menschen leben können.«

Alle Frauen hingen nun an den Lippen des Professors, auch Mania, die Jüngste im Raum. Seine Worte gingen ihr unter die Haut, und sie spürte, dass er jedes einzelne genauso meinte, wie er es sagte.

»Genug der blutigen Revolutionen und hehren Ideale, meine Damen!«, rief Monsieur Danton. »Genug der kriegerischen Aufstände und der radikalen Ideen – wir werden unsere Gesellschaft nicht über Nacht von ihrer dummen Trägheit und ihren sozialen Übeln heilen, wir brauchen einen langen Atem, wenn wir Fortschritte erreichen wollen. Und die werden wir nur dann erzielen, wenn wir geduldig an der Veränderung des einzelnen Menschen durch Aufklärung, Ermutigung und Erziehung arbeiten. Dazu brauchen wir weder Waffen noch Religion noch Metaphysik, dazu reicht uns, was wir in den Werken unserer geistigen Mütter und Väter aus ganz Europa studieren können und was sich mit Klugheit und gesundem Menschenverstand durchdenken und beweisen lässt.«

»Positivismus« nenne sich diese Philosophie der Tat, erklärte er, stellte ihre Gründer vor und skizzierte ihre Geschichte, um dann mit jenen Sätzen zu schließen, die Mania zeit ihres Leben begleiten und ermutigen sollten: »Wir polnischen Positivisten brechen ein für alle Mal mit der althergebrachten Vorstellung, Frauen seien ein schwaches Geschlecht und Menschen zweiten Ranges, befähigt lediglich, ihren Männern fürsorgliche Begleiterinnen zu sein, Kinder zu gebären und großzuziehen und Haus und Hof in Ordnung zu halten. Wir erklären vielmehr, dass Frauen den Männern ebenbürtig sind, die gleichen Rechte wie sie beanspruchen dürfen, und fordern sie auf, sich künftig dem Studium der Mathematik, der Physik, der Medizin und aller anderen Naturwissenschaften zu widmen.«

Madame Sikorska, die schöne Jadwiga, Tupcia und Kazias Mutter sprangen auf und applaudierten leidenschaftlich; Jadwigas Gesicht war ganz rot vor Freude und Eifer. Andere schienen so überrascht, dass sie reglos und kerzengerade auf den vorderen Kanten ihrer Stühle hockten; wieder andere – Bronia zum Beispiel – stießen Jubelrufe aus; und einige Frauen wechselten ungläubige Blicke. Doch bald erhoben sie sich eine nach der anderen und klatschten. Auch Mania, die eine fieberhafte Erregung ergriffen hatte.

»Deswegen, meine verehrten Damen!«, rief der Professor in den anhaltenden Beifall hinein, »deswegen sind unsere mit dem heutigen Abend beginnenden Vorlesungsreihen keineswegs als erbauliche und unterhaltsame Stunden geplant, sondern als Teil eines vollgültigen Studiums, das jede von Ihnen in einem Fach Ihrer Wahl mit einem akademischen Abschluss beenden kann, vorausgesetzt, wir können genügend Dozenten gewinnen und unsere Pläne entwickeln sich weiterhin so erfreulich wie bisher.«

Bei Madame Sikorska seien ein Plan für die einzelnen Studienfächer und die Termine der betreffenden Untergrundvorlesungen zu erfragen, und er selbst beginne heute seine Vorlesungsreihe über französische Literatur mit einem Seminar über Victor Hugo und seinen Roman »Die Elenden«. Dann schärfte er allen Anwesenden noch einmal den geheimen Charakter der Veranstaltung ein, mahnte zur Verschwiegenheit und höchster Vorsicht und wechselte schließlich ins Französische, wobei er Hugos Roman aufschlug und eine Stelle daraus vorzulesen begann.

Die folgenden drei Stunden vergingen wie im Flug. Als sie vorüber waren, drängten ausnahmslos alle anwesenden Frauen sich um Madame Sikorska, denn jede wollte Zeit und Ort der nächsten Untergrundvorlesung erfahren und sich für ein bestimmtes Fach anmelden. Bronia schrieb sich für Biologie und Chemie ein, Mania wollte Mathematik- und Physikvorlesungen hören; doch Madame Sikorska schüttelte bedauernd den Kopf und forderte sie auf, sich erst einmal auf ihren Abschluss im Gymnasium zu konzentrieren.

Als Mania danach an Bronias Seite durch die bereits dunklen Straßen nach Hause schlenderte, beflügelte sie trotz der Zurückweisung eine tiefe Freude. Wann zuletzt war sie so fröhlich gewesen? Sie fühlte sich, als wäre in ihrer

Seele eine Wolkendecke aufgerissen, und ein unverhofftes Licht würde Trauer und Hoffnungslosigkeit durchdringen, die seit dem Tod ihrer Mutter ihr Gemüt verdüsterten. Der Blick in die Zukunft erfüllte sie auf einmal mit Zuversicht und Lebenslust, und sie kehrte in die Nowolipkistraße als eine andere zurück als diejenige, die sie noch auf dem Weg in den Blauen Palast gewesen war.

»Hela wird es bereuen, nicht mit uns gegangen zu sein«, sagte Bronia.

»Was hätte wohl die Mutter zu einem solchen Abend gesagt?«, fragte Mania sich halb aut.

»Wahrscheinlich hätte sie uns vor Danton und seinen Gesinnungsgenossen gewarnt«, entgegnete Bronia, »denn diese Leute sind schlechte Katholiken und glauben nicht an Gott.«

Ob auch Madame Sikorska nicht an Gott glaubte? Davon war Mania immer ausgegangen, ohne jemals darüber nachgedacht zu haben. »Und du, Bronia? Glaubst du eigentlich noch an Gott?«

»Nein. Nach Sofias Tod konnte ich wenigstens noch beten, doch seit Mutters Tod ist es auch damit vorbei.« Bronia seufzte. »Doch es fällt mir auch schwer, an Menschen zu glauben, an einen wie Monsieur Danton etwa oder Madame Sikorska oder ihre gelehrten Freunde, diese Positivisten, die uns unterrichten wollen.«

Die ältere Schwester neben ihr wirkte sehr bedrückt, und als Mania ihr ins Gesicht schaute, entdeckte sie dort die für Bronia so typische zweifelnde Ängstlichkeit. Ihre Arbeit als

Privatlehrerin befriedigte sie ganz und gar nicht, und Mania wusste, dass die Sorge um die Zukunft ihr den Schlaf raubte.

»Dantons und Madame Sikorskas Plan klingt zu schön, um wahr zu sein: eine Untergrundakademie, in der Frauen einen akademischen Abschluss machen können. Doch was, wenn die russische Geheimpolizei ihnen auf Schliche kommen wird? Die haben ihre Augen und Ohren doch überall.«

Bronia träumte davon, Ärztin zu werden, doch da ihr in Polen der Zugang zu einem Medizinstudium verschlossen war, musste sie sich wohl oder übel damit abfinden, auf Jahre hinaus in Privathaushalten oder Mädchenschulen zu arbeiten, und hoffen, irgendwann genügend Geld zur Seite gelegt zu haben, um im Ausland studieren zu können. Die Alternative wäre, möglichst schnell die Gattin eines wohlhabenden Mannes zu werden, doch davon wollte Bronia nichts wissen.

»Ich wünsche mir natürlich, dass der Plan dieser mutigen Menschen zustande kommt«, sagte sie, und es klang ein wenig verzagt. »Wie schön wäre das für uns und unser Vaterland! Dann bräuchte ich unseren großen Bruder nicht mehr zu beneiden, dann könnte ich im Untergrund Medizin studieren. Doch selbst wenn die Geheimpolizei die geplante Untergrundakademie nicht aufspüren sollte, fürchte ich, dass es noch Jahre dauern wird, bis solche geheimen Vorlesungsreihen für Medizin zustande kommen. Und um dafür nach Paris oder Sankt Petersburg zu gehen, fehlt uns einfach das Geld.«

»Geld hin oder her – wir dürfen unsere Träume nicht aufgeben!« Mania legte den Arm um die Größere und zog sie so heftig an sich, als wollte sie ihre ältere Schwester schütteln. »Wir beide werden studieren! Lass uns einander immer daran erinnern, hörst du? So lange, bis unser Traum wahr geworden ist.«

7
Allmächtig

Warschau, Frühsommer 1883

Manias letzter Schultag war ein sonniger Junitag. Die Fenster der Aula standen offen, sodass von der Hauptstraße her Fliegen, Wagengeratter, Peitschenknallen und Pferdegewieher hereindrangen. Mania und ihre Familie saßen in einer der hinteren Stuhlreihen.

Der Schuldirektor nahm das Dokument entgegen, das Manias Klassenlehrerin, Fräulein Mayer, ihm reichte. Er hielt es ein Stück von sich weg, runzelte die buschigen Brauen, während er es prüfend betrachtete, und ließ dann seinen immer lauernden Blick über die Köpfe der Mädchen und Jungen des Abschlussjahrgangs und ihrer Familien wandern.

Manias Mund war trocken, und das Herz klopfte ihr bis zum Hals. Von rechts griff der Vater nach ihren Händen, die sie unruhig im Schoß aneinanderrieb, und drückte sie. Wie ein kleiner Junge lächelte er sie von der Seite an – er war glücklich und stolz. Von links legte ihr Bronia den Arm um die Schulter, zog sie an sich und drückte ihr zärtlich die Stirn gegen die Schläfe.

Kein Schuljahr auf dem Gymnasium Nummer 3 war derart schnell verflogen wie dieses letzte. Manchmal fühlte Mania sich regelrecht schwindlig von der Raserei der Zeit und der Ereignisse. War es nicht erst letzte Woche gewesen, dass sie die Mutter zu Grabe getragen hatten? War es nicht erst vorgestern gewesen, dass man sie wegen des Freudentanzes über den Tod des Zaren beinahe der Schule verwiesen hatte? Und war es denn nicht erst gestern gewesen, dass sie unter ihren Lehrern und Mitschülern in der Heilig-Geist-Kirche im Eröffnungsgottesdienst gesessen hatte? Und nun war es wirklich schon vorbei? Mania konnte es nicht fassen.

Sie schaute nach vorn zur Bühne der Aula, wo ihre beiden ärgsten Feinde stocksteif wie Zinnsoldaten standen. Was hatte Fräulein Mayer ihr in den letzten fünf Jahren nicht alles an den Kopf geworfen: Sie sei hochnäsig, sie sei dickköpfig, eigensinnig und frech, sie sei wie ihr Haar: widerspenstig und kaum zu bändigen. Und sie würde auf andere herabschauen.

Das stimmte; jedenfalls, soweit es Fräulein Mayer betraf, denn Mania hätte schon tief in die Knie gehen müssen, um nicht jedes Mal auf die zwergenhafte Hauswirtschaftslehrerin herabzuschauen, wenn diese versuchte, ihr blondes Kraushaar zu den vorgeschriebenen glatten Zöpfen zu flechten. Und das hatte Fräulein Mayer oft und verbissen versucht, und mit groben und schmerzhaften Bürstenstrichen.

Und der Direktor? Der allmächtige Herrscher über Schüler und Lehrer des Gymnasiums Nummer 3? Iwanow hatte keine Gelegenheit ausgelassen, Mania zu zeigen, für wie missraten er sie hielt und wie schwarz er für die Zukunft eines Mädchens sah, das sich derart rebellisch gebärdete. »Der Geist des Widerspruchs beherrscht dich«, pflegte er zu sagen, und: »Es wird kein gutes Ende mit dir nehmen, Maria Salomea Skłodowska. Es *kann* kein gutes Ende mit dir nehmen.«

Und heute war es vorbei? Heute sollte sie diese beiden Quälgeister ihrer letzten fünf Schuljahre zum allerletzten Mal ertragen müssen? Mania konnte es kaum glauben.

Der Direktor räusperte sich, wippte ein paarmal auf den Schuhspitzen auf und ab und rief dann ins Auditorium: »Zum besten Abschluss dieses Jahrgangs gratulieren wir Maria Salomea Skłodowska!«

Beifall erhob sich. Alle Anspannung fiel ab von Mania – sie sprang auf und drängte sich an den Knien ihrer Schwestern vorbei zum Mittelgang. »Wenn das doch nur deine Mutter noch erleben könnte«, hörte sie ihren Vater hinter sich murmeln. Das gab ihr einen Stich ins Herz, doch sie achtete nicht darauf, sondern marschierte mit festem Schritt nach vorn, wo mit reglosen Mienen Fräulein Mayer und der Herr Direktor auf sie warteten.

Sie nahm zwei Stufen auf einmal, als sie zur Bühne hinaufstieg, trat fest auf und ging zielstrebig auf Iwanow zu. Zurückhaltung? Scheu? Mania dachte nicht einmal daran; Mania hatte gekämpft und gewonnen – und triumphierte.

Beide gratulierten ihr mit zugeknöpften Mienen und knappen Worten, zuerst Fräulein Mayer, dann der Herr Direktor. Er drückte ihr das Zeugnis in die Hand und ließ sich von der Hauswirtschaftslehrerin eine Schatulle geben. »Die Goldmedaille für unsere Jahrgangsbeste!«, rief er unter dem Beifall der Festgesellschaft, bevor er Mania die geöffnete Schatulle reichte. »Die hast du dir redlich verdient.« Und sehr viel leiser fügte er hinzu: »Mögen es dir deine Schüler einmal leichter machen, als du es uns gemacht hast.«

Mania lächelte ihm ins Gesicht. Natürlich ging er davon aus, dass sie mit ihrem hervorragenden Abschluss bald eine Stelle als Lehrerin in einem Privathaus oder einem privaten Mädchenpensionat bekommen würde. »Möge ich meinen Schülern einmal das liebevolle Vorbild sein können, das ich in Ihrer Schule vergeblich gesucht habe, Herr Direktor.«

Sie wandte sich von ihm ab und machte einen Knicks zur höflich applaudierenden Festgesellschaft hin. Als sie die ergriffene Miene des Vaters in der Menge entdeckte, schossen ihr seine Worte durch den Kopf: *Wenn das doch nur deine Mutter noch erleben könnte.* Unwillkürlich glitt ihr Blick über die letzte Stuhlreihe und suchte die Mutter – ihre hohe Stirn, ihre guten Augen, ihr mildes Lächeln. Mania schluckte die aufsteigenden Tränen schnell wieder hinunter.

Einige Männer und Frauen unter den Gästen – Leute, die Mania nicht kannten – tuschelten und machten große Augen, während sie klatschten. Eine pummelige Fünfzehnjährige mit pausbäckigem Mädchengesicht schien nicht ihrer Vorstellung von der Schülerin eines Abiturjahrgangs zu entsprechen und schon gar nicht von der besten. Und tatsächlich war Mania jünger als alle anderen Absolventen.

Tapfer lächelnd stieg sie von der Bühne, marschierte zurück zu ihrer Familie und präsentierte ihr die Goldmedaille.

Während die Schatulle von Hand zu Hand ging, blickte sie zurück zur Bühne, wo der allmächtige Herr Direktor zu einer Festrede über den Ernst des Lebens ansetzte, in welchen er die Schüler der Abschlussklasse mit dem heutigen Tag nun entlasse. Still genoss Mania ihren Triumph.

Nach der offiziellen Abschlussfeier lud der Vater die Verwandten und engsten Freunde für den Abend zu einer kleinen Privatfeier in die Nowolipkistraße. Zuvor jedoch hatte Tante Lucia zur Feier des Tages eine Seelenmesse für die Mutter und Sofia bestellt. Nicht alle fanden das angemessen, und der Vater weigerte sich, mit in die Heilig-Geist-Kirche zu kommen.

Bronia, Josef und etliche andere entschuldigten sich sehr höflich bei der Tante und schützten wenigstens gute Gründe wie Kopfschmerzen oder die Vorbereitung der kleinen Abendgesellschaft vor, um nicht mit zur Messe zu müssen. So waren es aus dem engeren Familienkreis schließlich nur Mania und Hela, die sich Tante Lucia und ihrer Familie anschlossen. Und natürlich Witold, der jede Gelegenheit wahrnahm, in Helas Nähe zu sein.

Mania hatte sich damit abgefunden, in dieser Hinsicht im Schatten ihrer schönen Schwester Helena zu stehen. Wenigstens war ihr Abschlusszeugnis erheblich besser als das Helas, woraus sie immerhin einen Anflug von Genugtuung schöpfen konnte, wenn die Eifersucht auflodern wollte. Ein fader Trost.

Schon auf dem Weg zur Kirche spürte Mania, wie ihre Beine mit jedem Schritt schwerer wurden und eine große Müdigkeit durch ihren Körper kroch. In ihrer Manteltasche hielt sie die Finger um die Schatulle mit der Goldmedaille geschlossen.

Es war vorbei, sie hatte es wirklich geschafft – wie Josef und Bronia in den Jahren zuvor, hatte auch sie den Preis als Beste ihres Jahrgangs errungen. Doch die Goldmedaille fühlte sich schon nicht mehr ganz so aufregend an wie in dem Augenblick, als Iwanow sie ihr gereicht hatte.

Mit der grenzenlosen Erleichterung, das Ziel erreicht zu haben, fiel nun nach und nach diese jahrelange Anspannung von ihr ab, die sie seit dem Tod der Mutter vorangetrieben hatte. Sie fühlte sich auf einmal wie eine Ringerin nach einem viel zu langen, viel zu zähen Kampf, wie eine Langstreckenläuferin nach einem Marathonlauf.

Mit der Müdigkeit kämpfend und mit der unerklärlichen Traurigkeit, die diese mit sich brachte, sang sie kein einziges Lied mit, als sie später in der Kirchenbank zwischen Hela und Tante Lucia saß. Auch bei den liturgischen Wechselgebeten schwieg sie; nicht einmal ein Amen wollte ihr über die Lippen. Sie kam sich vor, als hätte sie sich als Zuschauerin eines Theaterstücks auf die Bühne verirrt.

Plötzlich erinnerte sie sich an jenen Tag und jene Stunde, als sie zuletzt mit der Mutter und Bronia hier in der Heilig-Geist-Kirche gewesen war. Und von einem Augenblick auf den anderen empfand sie die Gegenwart ihrer Mutter so deutlich, dass ihr die Tränen unbeherrschbar aus den Augen strömten.

Nach der Messe kam Pater Carol zu ihr, um ihr zum Gymnasialabschluss und zur Goldmedaille zu gratulieren. Er zuckte kurz zurück, als er ihre feuchten Augen sah, unterbrach jedoch seine Litanei von Glück- und Segenswünschen nicht, sondern ließ sie lediglich ein wenig schneller und lauter aus seinem immer lächelnden Mund sprudeln.

Mania tat, als höre sie zu, und versuchte tapfer zurückzulächeln. Dabei ging ihr all das durch den Kopf, was sie Pater Carol schon lange einmal gern gesagt hätte: dass Gott, sollte er wirklich allmächtig sein, schuld am Tod der Mutter war; und dass er, da er ja Mutters Tod trotz Tausender Gebete nicht verhindert hatte, ganz offensichtlich nicht allmächtig und folglich auch kein Gott sein konnte; dass er also nicht mehr und weniger war als eine hübsche Illusion, die einem kleinen Menschen die Kindheit versüßte und begleitete, bis sie am wirklichen Leben zerbrach und sich in nichts auflöste.

Doch von all dem sprach Mania kein Wort aus, sondern bedankte sich höflich für die Glückwünsche des Priesters.

Kurz vor dem offenen Kirchenportal jedoch blieb sie stehen und blickte nach links zur Seitenkapelle. Wie üblich, brannten Kerzen zu Füßen der Madonna auf dem Seitenaltar. Mania ging hin und blies eine nach der anderen aus.

Jemand musste sie beobachtet und Tante Lucia davon erzählt haben, denn die wies sie streng zurecht, während sie nach der Seelenmesse von der Heilig-Geist-Kirche zur Nowolipkistraße gingen. »Gläubige Menschen haben die Kerzen doch gekauft, um mit deren Flammen ihre Fürbitten vor Gott zu bringen«, ereiferte die Tante sich. »Gläubige in einer Notlage wahrscheinlich! Jede dieser brennenden Kerzen ist vielleicht das Gebet eines Verzweifelten gewesen! Was ist nur in dich gefahren, Mania?« Sie wollte sich gar nicht mehr beruhigen. »Hat Gott nicht auch deine Gebete erhört und dich bis zu deinem erfolgreichen Abschluss heute geführt?«

Mania dachte zurück an den Tag, an dem sie vor dem Seitenaltar mit der Madonna und ihrem toten Sohn gekniet und zu den beiden Kerzen hinaufgeschaut hatte, die sie für die verstorbene Sofia und die kranke Mutter entzündet hatte. Sie entgegnete kein Wort.

Zurück in der Nowolipkistraße sah sie Bronia mit Madame Sikorska und der schönen Jadwiga im Hof stehen und wunderte sich, denn die Frauen steckten die Köpfe zusammen wie Verschwörerinnen. Statt weiter die Treppe hinaufzusteigen, ging Mania hinaus zu ihnen in den Hof. »Was ist passiert?«

»Die russische Geheimpolizei hat zwei unserer Professoren verhaftet«, flüsterte Jadwiga, mit der Mania seit der Untergrundvorlesung im Blauen Palast befreundet war. Sie nannte Namen, und jetzt erst begriff Mania, von wem da die Rede war: von zwei Dozenten der geheimen Frauenakademie.

»Was?!« Sie stand wie vom Donner gerührt. »Das kann ich nicht glauben.« Ein Fausthieb hätte sie nicht schmerzhafter treffen können, denn auf die Untergrundakademie, in deren Geheimvorlesungen sie seit diesem Monat Mathematik und Physik hören durfte, hatte sie all ihre Hoffnung gesetzt.

»Es ist leider wahr«, sagte Jadwiga mit Grabesstimme, »Kazias Mutter wusste es auch schon.«

Bronia schloss die Augen und senkte erschüttert den Blick. Genau wie Jadwiga gab sie seit Monaten so viel Privatunterricht wie nur irgend möglich, um sich das Geld für die Geheimvorlesungen zu verdienen.

»Die anderen Dozenten bereiten ihre Flucht nach Frankreich vor«, sagte Madame Sikorska, »einige sind bereits geflohen. Wir können nur hoffen, dass nicht auch noch eine von uns Besuch von der Geheimpolizei erhält.«

Mania spürte, wie ihr die Kehle eng und die Knie weich wurden. Ein Karussell schlimmer Bilder kreiste auf einmal durch ihren Kopf: die verbitterte Miene des Vaters, wenn er auf seinen verlorenen Posten am Gymnasium und auf Iwanow zu sprechen kam; das friedliche Gesicht der Mutter im Kissen ihres Sterbebettes; Iwanow, wie er mit hochnäsiger Miene Tupcias Unterricht kontrollierte; vergeblich angezündete Kerzen auf dem Madonnenaltar; Iwanow, wie er mit schmalen Augen und spitzen Lippen auf der Schwelle zum Klassenraum stand, in dem sie mit Kazia tanzte.

Hörte das denn niemals auf?

Eine Woge heißer Wut schoss ihr aus dem Bauch in die Kehle, doch nur, um sofort wieder von der Empfindung grenzenloser Ohnmacht gelöscht zu werden, die ihr schier den Atem raubte. Sie musste sich an der Hauswand abstützen, denn der Hof und die Frauen begannen sich zu drehen, und unter ihren Füßen schien der Boden zu wanken.

8
Abendstern

Sceaux bei Paris, 8. Oktober 1926

»... an die Feier in unserer Wohnung in der Nowolipkistraße erinnere ich mich kaum. Ich weiß nur noch, dass ich fast den ganzen Abend im Arbeitszimmer meines Vaters auf einem Hocker unter dem Barometer saß, das ich als Kind so geliebt habe. Ich fühlte mich krank und traurig, meine Beine und Arme waren seltsam schwer, und eine rätselhafte Müdigkeit hatte mich ergriffen. Manchmal stand mein Vater unter der Tür und musterte mich halb besorgt, halb verwundert von der Schwelle aus. Auch daran erinnere ich mich noch. Einmal ist er zu mir gekommen, hat mir über das Haar gestrichen und gefragt, ob alles in Ordnung sei, und ich habe Ja gesagt.«

Die beiden Frauen lauschen wie gebannt, warten schweigend und gespannt darauf, dass sie weitererzählt. Madame Curies Blick ist auf den Grabstein des Bürgermeisters gerichtet, geht jedoch durch den schwarzen Marmor hindurch an einen anderen Ort, in eine andere Zeit und trifft dort auf einen anderen, helleren Grabstein. Auf ihm liest sie den Namen ihrer ältesten Schwester, den Namen ihrer Mutter, den Namen ihres Vaters. Madame Curie ist nicht mehr wirklich hier, auf dem Friedhof von Sceaux, sie ist ganz weit weg.

Doch plötzlich fegt eine kräftige Abendbrise durch die Vogelbeeren und die weißen Chrysanthemen auf dem Grab des Bürgermeisters, sodass sie kurz zusammenzuckt. Und dann schießt ein zwitschernder kleiner Schatten über das Dichterdenkmal hinweg und landet auf dem Marmorengel über dem Grabstein. Madame Curie hebt den Blick – auf dem Kopf des Engels sitzt eine Amsel und stimmt ihr letztes Abendlied an. »Die blaue Stunde setzt ja schon ein«, staunt sie. »Habe ich denn so lange erzählt?«

»Kein Wunder, dass Sie damals krank geworden sind, Madame le Professeur«, hört sie links von sich die Witwe des Bürgermeisters sagen. »Der Wechsel in die fremde Schule gleich nach dem Tod Ihrer Mutter und dann der politische Druck, unter dem Sie lernen und Ihr Baccalauréat ablegen mussten – das ist doch wirklich kein Wunder gewesen!«

»So etwas steht kein empfindsamer Mensch durch, ohne Schaden zu nehmen«, hört sie rechts von sich ihre ehemalige Studentin Marguerite sagen.

»Da haben Sie wahrscheinlich recht.« Madame Curie atmet tief und seufzend durch. »Ich sehe noch Tante Lucias erschrockenes Gesicht vor mir, als sie am Abend ins Arbeitszimmer gekommen ist, um sich zu verabschieden. Sie hat dafür gesorgt, dass gleich am nächsten Morgen unser Hausarzt nach mir geschaut hat. ›Nervenzusammenbruch‹ – so lautete seine Diagnose. Mein Vater ist ganz bleich geworden, als er das hörte. Die Tage danach habe ich mich in ein dunkles Zimmer verkrochen, nichts mehr gegessen, kaum noch geschlafen, sodass mein Vater tief erschrocken war. So erschrocken, dass er beschloss, mich erst einmal für ein Jahr zu den Verwandten aufs Land zu schicken, damit ich mich erhole.«

»Eine kluge Entscheidung.« Marguerites Mutter nickt energisch. »Klüger als die, einer Elfjährigen gleich nach dem Tod der Mutter einen Schulwechsel zuzumuten.«

»Ich bin ihm noch heute dankbar für diese Entscheidung, denn was bald darauf folgte, waren zwei unglaublich schöne Sommer und ein geradezu atemberaubender Winter auf dem Land. Die schönsten Monate meines Lebens, wie ich im Rückblick ...«

Madame Curie unterbricht sich, denn irgendwo auf dem Hauptweg ruft eine Männerstimme ihren Namen. »Meine Güte – der Chauffeur!« Sie fasst sich an die Stirn. »Vor lauter Erzählen habe ich vergessen, dass die Kraftdroschke am Friedhofseingang auf mich wartet!«

Sie steht auf, wirft einen letzten Blick auf das Seidentuch mit den Vergissmeinnicht in Marguerites Hand und verabschiedet sich von den Frauen. »Alles Gute für Sie beide.« Lächelnd betrachtet sie den schlafenden Säugling. »Für Sie drei, meine ich natürlich. Und viel Erfolg, wenn Sie Anfang November Ihre Doktorarbeit verteidigen, Marguerite.«

Am marmornen Dichterfürsten Hugo vorbei huscht sie zum Hauptweg hin, wo noch immer der Chauffeur nach ihr ruft. »Hier bin ich, Monsieur!« Sie entdeckt ihn und winkt ihm zu. »Ich komme ja schon.«

»Madame le Professeur!«, ruft die Witwe des Bürgermeisters, die ihr hinterhergeeilt ist. Madame Curie dreht sich nach ihr um, und die Frau fasst sie bei den Schultern und schaut ihr voll dankbarer Rührung ins ernste, bleiche Gesicht. »Danke, dass Sie uns Ihr Herz geöffnet und uns diesen Einblick in Ihr Leben gegönnt haben, Madame le Professeur. Das ist uns wirklich eine große Ehre gewesen.«

Die Frau zieht sie an sich und küsst sie auf die Wangen – das geht so schnell, dass Madame Curie kaum weiß, wie ihr geschieht. »Und danke noch einmal für alles, was Sie für Marguerite getan haben«, sagt die Bürgermeisterwitwe. »Glauben Sie mir: Ohne Ihr Vorbild hätte sie es nicht geschafft und viele andere Mädchen auch nicht. Diesen Dank spreche ich auch im Namen meines verstorbenen Mannes aus, er war ja so stolz auf seine kleine Marguerite.« Madame Curie weiß nichts zu antworten, sie nickt nur scheu und geht weiter zum Hauptweg.

Dort wartet bereits der Chauffeur. Der kleine, schnauzbärtige Mann zieht seine Taschenuhr, winkt damit und macht dann kehrt, um zurück zum Friedhofstor zu eilen.

»Ich komme ja schon«, sagt Madame Curie und geht ebenfalls ein wenig schneller. Sie ist noch ganz berührt von der Begegnung mit den beiden Frauen. Das Seidentuch mit dem Blumenmotiv steht ihr vor Augen, und sie lächelt staunend in sich hinein. Was so ein kleines Tuch nicht alles anrichten kann: Ganz unverhofft hat es ihr die Tür in ihre Vergangenheit aufgestoßen.

Doch was heißt das schon, Vergangenheit? Jetzt, nachdem sie so viel aus ihrer Kindheit und Jugend erzählt hat, kommt ihr diese Zeit, die sie zu der gemacht hat, die sie heute ist, auf einmal sehr gegenwärtig vor; fast so gegenwärtig wie der zur Eile winkende Chauffeur dort am gusseisernen Friedhofstor, oder wie der Säugling an Marguerites Brust oder wie Pierres Grab.

Der Chauffeur hält ihr schon die Fond-Tür der Kraftdroschke auf, obwohl sie noch gut dreißig Schritte von seinem Automobil trennen. Die Dämmerung ist bereits weit fortgeschritten. Eve und Irène werden sicher schon auf sie warten.

Sie muss an die Worte der Bürgermeisterwitwe und ihrer Tochter denken, während sie ihre müden Beine zwingt, ein wenig schneller zu gehen. Es ist ihr schon hin und wieder passiert, dass Menschen sie als eine Art Pionierin angesprochen haben, als Vorkämpferin, die jungen Frauen den Weg in Forschung und Wissenschaft gebahnt habe. Es hat sie nie besonders berührt, hat sie immer eher befremdet. Dabei stimmt es ja – sie ist die erste Frau gewesen, die an der Sorbonne gelehrt hat.

Mag sein, denkt sie, doch hätt ich's nicht getan, hätt's eine andere getan. Irgendjemand hat ja die Erste sein müssen.

Beim zur Seite tretenden Chauffeur angekommen, hält sie sich an Tür und Dachrahmen der Kraftdroschke fest, um einzusteigen, doch da fällt ihr Blick auf einen glitzernden Stern, und sie stutzt – am bereits dunklen Himmel strahlt der Abendstern.

Sofia, denkt sie und muss lächeln, oder doch die Venus?

II

DURCHGETANZTE SCHUHE

9
Katharina die Große

Paris, Quai de Béthune, 8. Oktober 1926

Madame Curie schaut zum Wagenfenster hinaus auf die vorübergleitenden Fassaden und auf die Straße, wo die elektrischen Straßenlaternen längst aufgeflammt sind und der Verkehr dichter wird. An der Seine entlang steuert der Chauffeur seine Droschke durch das abendliche Paris. Zum Glück ist er ähnlich schweigsam wie Madame Curie selbst.

Was sie den beiden Frauen auf dem Friedhof erzählt hat, geht ihr wieder und wieder durch den Kopf, Szenen ihrer Kindheit und Jugend. Wie lange ist das alles her? Und dennoch kommt es ihr plötzlich vor, als sei es erst gestern gewesen. Auf dem Pont Sully lässt sie den Chauffeur anhalten, bezahlt und steigt mitten auf der Brücke aus.

Es zieht sie nicht nach Hause, wo sie gleich viel zu viele Menschen würde begrüßen müssen, wo es laut zugehen und man sie in Konversation verwickeln würde. Lieber schlendert sie noch ein Stück über die Brücke und dann an der geliebten Seine entlang auf die Insel – die Île St. Louis – und in das noble Wohnviertel hinein, in dem direkt am Quai ihre Wohnung liegt.

Die Bilder aus der Vergangenheit wollen sich einfach nicht zurückziehen in die Gewölbekeller der Erinnerung, aus denen Madame Curie sie heraufbeschworen hat. Oder nein, nicht sie – das weiße Seidentuch mit dem Mandala aus blauen Blümchen hat das getan. Sie schaut auf den Fluss und lässt die Bilder kommen und gehen: den Vater, die Mutter, Sofia, die anderen Geschwister, Madame Sikorska, Tupcia und Iwanow.

Damals, als der Direktor ihr die Goldmedaille hatte aushändigen müssen, ist es noch ein ferner Traum gewesen, eines Tages an diesem schönen Fluss zu leben, an der Seine. Doch was für ein weiter und harter Weg ist es gewesen, von jener Bühne des Gymnasiums Nummer 3 bis hierher.

Die Bilder aus der Vergangenheit verblassen nach und nach, und Madame Curies Gedanken wandern voraus in die Zukunft, während sie unter den Platanen der Promenade flaniert, kreisen um ihre ältere Tochter und deren künftigen Mann. Für ein paar Monate werden Irène und Monsieur Joliot nach der Hochzeit mit in ihrer großen Wohnung leben, doch spätestens im nächsten Frühjahr will das Paar seine eigenen vier Wände beziehen.

Die Vorstellung, Frédéric Joliot ab morgen als Hausgenossen an ihrem Esszimmertisch begrüßen zu müssen, befremdet sie; obwohl sie ihn als Wissenschaftler schätzt, hat sie bisher erfolgreich vermieden, ihm als Mensch allzu nahezukommen. Und die Vorstellung, ab dem Frühjahr ohne Irène am Esszimmertisch zu sitzen, macht ihr Angst. Und wie lange wird Eve wohl noch bei ihr wohnen bleiben? Schließlich wird auch sie schon zweiundzwanzig Jahre alt.

Meine Güte, wie die Zeit vergeht!, seufzt Madame Curie innerlich.

Ein beleuchteter Dampfer tuckert vorüber, als sie die Nummer 36 des Quai de Béthune erreicht – das Haus, in dessen viertem Stock sie mit ihren Töchtern wohnt. Viele Fahrräder sind rechts und links des Eingangsportals gegen die Hauswand gelehnt, außerdem parken zwei Krafträder und ein Cabrio vor dem Haus, die sonst nicht hier stehen. Gäste von Irène und Frédéric, vermutet sie. Dessen Kraftwagen allerdings ist nirgends zu sehen. Und wem gehört wohl das teure Cabriolet?

Sie steigt die Treppen hinauf, und obwohl sie sich Zeit lässt, muss sie hin und wieder stehen bleiben, verschnaufen und wieder ein wenig seufzen. Im Treppenhaus kann sie sich das erlauben, hier sieht sie ja keiner. Oben dann allerdings, unter den Gästen, wird sie sich wieder zusammennehmen müssen. Niemand soll ihr die müden und schmerzenden Knochen anmerken.

Madame Curie hat Übung darin, ihre Leiden hinter einer undurchdringlichen Fassade zu verbergen. Sie hat es von Kindesbeinen an gelernt. Kaum einer weiß, wie es in ihr aussieht, welche Schmerzen sie quälen. Knapp zwei Wochen trennen sie noch von ihrem 59. Geburtstag, doch viel zu oft fühlt sie sich, als gehe sie bereits auf den 80. zu.

Vor der Wohnungstür bleibt sie stehen und lauscht den Stimmen, die sie dahinter hören kann. Das Haus ist voller Gäste und das Brautpaar noch nicht aus dem Institut zurück! Hat sie es doch geahnt. Ihr ist ein wenig bange, als sie die Tür aufschließt.

Am Ende des langen Flurs sind beide Türflügel zum Salon geöffnet, und die Katze hockt vor der Schwelle und äugt in das laute Treiben hinein. Als sie die Hausherrin hört, erhebt sie sich und springt ihr maunzend und mit aufgerichtetem Schwanz entgegen. Sogar ihre samtpfötigen Sprünge hallen in dem hohen Flur wider. Madame Curie geht erst einmal in die Hocke und krault ihren pelzigen Liebling ausgiebig, bevor sie noch einmal durchatmet, Mantel und Hut ablegt und dann zum Salon schreitet.

Alle Räume ihrer riesigen Wohnung sind hoch und weit und durch Gänge und Treppen miteinander verbunden. Ihre Töchter finden sie ungemütlich und viel zu groß, doch Madame Curie liebt ihre weiträumige Zuflucht hier oben hoch über der Seine. Der Salon ist ein kleiner Saal, in dem mindestens fünfzig Personen Platz finden würden, ohne einander zu bedrängen; vor den Fenstern hängen keine Vorhänge, an den Wänden keine Bilder. Heute Abend sind schon mehr als zwanzig Männer und Frauen hier versammelt, die meisten um die dreißig Jahre alt.

Viele sitzen schwatzend und mit gefüllten Gläsern in den Sesseln, auf dem Sofa und den Lehnstühlen – Mahagonimöbel aus dem Nachlass des Schwiegervaters –, einige stehen um den Flügel herum. Eve entdeckt ihre Mutter, erhebt sich vom Klavierstuhl und kommt zu ihr an die Tür. Was für eine wunderschöne junge Frau sie doch ist!, denkt Madame Curie und lässt sich von ihrer Tochter umarmen und küssen.

Die Gäste kommen herbei und begrüßen sie nacheinander mit Handschlag und respektvollem Diener oder Knicks. Das Parkett knarrt und ächzt. Zum Glück verfällt keiner auf die Idee, sie zu umarmen; das hat sie vermutlich Irène und Joliot zu verdanken. Die sie noch nicht oder nur flüchtig kennt, stellt Eve ihr vor. Wie zum Beispiel den einzigen Menschen im Raum, der – außer ihr – die vierzig schon deutlich hinter sich hat, einen hochgewachsenen drahtigen Mann, braun gebrannt und mit grauen Schläfen. Er ist ein erfolgreicher Buchautor und ein Freund von Irènes künftigem Mann. Da er englische Literatur an der Sorbonne lehrt, läuft er Madame Curie dort hin und wieder über den Weg.

Seine Begleiterin, eine schlanke blonde Frau in Eves Alter und mit unbestreitbar schönen Zügen, stellt er als seine Verlobte vor. Madame Curie lässt sich nicht anmerken, dass sie stutzt – nach allem, was sie weiß, ist der Mann verheiratet. Auch, dass sie innerlich zusammenzuckt, als sie den russischen Akzent der Blonden hört, verbirgt sie gründlich.

Das Hausmädchen reicht ihr ein Glas Champagner, und als der Literat ihr zuprostet, fällt ihr ein, dass Irène ihr von seinem neuen und sündhaft teuren Cabrio erzählt hat. Das Lächeln der blonden Frau an seiner Seite wirkt seltsam gezwungen.

Dankbar nimmt sie auf einem Sessel Platz, den ein Kommilitone von Eve ihr überlässt. Sie streichelt die Katze, die ihr auf den Schoß springt, richtet ein paar Worte nach rechts und links und nippt an ihrem Champagner, ohne wirklich davon zu trinken.

Ein großes Salut erhebt sich, als endlich das Brautpaar den Salon betritt. Umarmungen und Küsse folgen, das

Hausmädchen reicht Irène und Monsieur Joliot Champagner, irgendjemand bringt einen Toast aus, und dann stehen alle Gäste Schlange, um mit den Brautleuten anzustoßen. Danach setzt Eve sich an den Flügel und stimmt eine Hochzeitshymne an. Viele kennen das Lied und singen mit. Joliot, der sich eine Zigarette angezündet hat, legt seinen Arm um Irène und singt am lautesten. Madame Curie verdreht innerlich die Augen.

Frédéric Joliot ist hager und hat ein schmales, scharf geschnittenes Gesicht. Ein akribischer Forscher, ein Energiebündel und – ein schöner Mann. Ja, auch das weiß Madame Curie. Und nicht zum ersten Mal fragt sie sich, was dieser eloquente, attraktive Fünfundzwanzigjährige wohl an ihrer unscheinbaren und wortkargen Tochter finden mag, die noch dazu drei Jahre älter ist als er. Viele im Institut fragen sich das. Madame Curie nimmt einen Schluck Champagner. Die Katze schnurrt, schiebt sich über ihre Brust nach oben und stößt ihr die feuchtkalte Nase in die Kehle.

In diesem Moment begegnet ihr Blick dem der blonden Russin. Der gelingt ein scheues Lächeln, woraufhin Madame Curie ihr zunickt und sich dann wieder der Katze zuwendet. Hat die Frau sie beobachtet? Sie mag keine Russen, sie kann nichts dafür. Russische Gewalt und Unterdrückung haben ihre Kindheit und Jugend so tief geprägt, dass sie ihre Vorbehalte gegenüber diesem Volk kaum überwinden kann. Allein die russische Sprache zu hören, verursacht Madame Curie einen Knoten im Bauch.

Dabei ist die Familie der Blonden selbst Opfer russischer Gewalt geworden, wie sie von ihren Töchtern weiß: Vor sechs Jahren sind diese aus Sankt Petersburg vor den Bolschewiken und ihrer Revolution nach Paris geflohen, vor zwei Jahren hat ein russischer Agent den Vater der Blonden in einer Loge der Opéra Garnier erschossen. Eigentlich müsste die Frau ihr leidtun.

Nach dem Ständchen kommen Irène und Joliot zu ihr, um sie zu begrüßen. Eve eröffnet das kalte Büfett. Jemand fragt Madame Curie nach dem Erfolg ihrer Augenoperation – alles bestens –, jemand will wissen, ob die Erbauung des Warschauer Radium-Instituts Fortschritte mache – langsame, jedoch stetige –, und jemand will gehört haben, dass sie eine zweite Amerikareise plane. Madame Curie antwortet ausweichend, denn im Moment fühlt sie sich so elend, dass sie sich nicht vorstellen kann, jemals wieder auf einen Dampfer zu steigen, der sie über den Atlantik nach New York bringt. Dabei wäre es für die Arbeit ihres Radium-Instituts dringend nötig, die während ihrer Amerikareise vor fünf Jahren geknüpften Kontakte zu vertiefen. Auch braucht sie dringend neue Geldgeber, und die Amerikaner sind wohlhabend und spendabel.

Irgendwann schaltet Monsieur Joliot das Grammofon ein, legt eine Platte mit Musik von Johann Strauß auf und bittet Irène zum Walzer. In kürzester Zeit verwandelt sich Madame Curies Salon in einen Tanzsaal. Auch der Literaturprofessor und seine blonde Russin tanzen.

Warum guckt sie ständig zu mir?, fragt sich Madame Curie. Warum wirkt sie so verkrampft in den Armen ihres angeblichen Verlobten? Was ist das für ein herber Zug um ihren Mund? Madame Curies Urteil steht bereits fest: Diese Frau kann nicht wirklich glücklich sein.

Den Tänzern zuzuschauen, beschwört ihr wieder die eigene Vergangenheit herauf, jenes Jahr bei den Verwandten auf dem Land. Damals, in jenem wunderbaren Sommer und dem herrlichen Winter, der ihm folgte, hatte sie ihre Schuhe durchgetanzt. Damals war sie innerhalb weniger Monate vom Mädchen zur jungen Frau geworden.

Meine Güte, was sind das für glückliche Tage gewesen!, denkt sie. Hätten sie doch niemals aufgehört!

Sie stellt ihr noch halb volles Champagnerglas auf den Tisch, nickt ihren Töchtern zu und verlässt den Salon. Soll sie den jungen Leuten den ganzen Abend beim Tanzen zuschauen? Sie zieht sich in ihr Arbeitszimmer zurück.

Das ist hoch und geräumig. Ihre Töchter halten es für den einzigen Raum in der labyrinthischen Wohnung, der einigermaßen wohnlich ist. Bücher, Zeitungen und Papiere stapeln sich auf dem schweren Schreibtisch, Zimmerpflanzen wuchern zwischen den Fenstern, und hinter den Glastüren der großen Schränke lehnt Buchrücken an Buchrücken.

Die wichtigsten Werke der Mathematik, der Chemie und der Physik umgeben Madame Curie hier, dazu englische und französische Wörterbücher, amerikanische, französische und polnische Geschichtswerke, die medizinischen Werke Robert Kochs und natürlich Gedichtbände polnischer Lyriker. Hier, in ihrem persönlichen Refugium, fühlt sie sich nahezu geborgen.

Sie geht an eines der Fenster und schaut in den Abend hinaus. Tief unter ihr wogen die Lichtreflexe der Straßenbeleuchtung in der Seine. Kraftwagen schieben ihre Scheinwerferkegel über die Brücken links und rechts der Insel, und die Sichel des Neumondes steht über den Dächern von Paris.

Auf dem Weg zum Bücherschrank bleibt sie vor dem Porträt eines bärtigen Mannes mit heiterem Blick, hoher Stirn und friedlichen Zügen stehen. »Mein geliebter Pierre«, murmelt sie und lächelt. »Im Salon tun die, die nach uns kommen, was wir zu selten getan haben: feiern.«

Auch vor dem Spiegel hält sie inne und betrachtet ihr bleiches und sehr ernstes Gesicht. Das Gesicht einer, die niemals lächelt, sagen die Leute, ein gleichgültiges und ausdrucksloses Gesicht, sagen sie. Die Leute wissen nichts, denkt Madame Curie und wünscht sich ein wenig von der Gleichgültigkeit und der Unberührbarkeit, die man ihr nachsagt. Ja, denkt sie, hart und kalt müsste man sein, ein Fels.

Aus dem mittleren Bücherschrank zieht sie das Buch eines deutschen Arztes, der über die Heilbehandlung mit Röntgenstrahlen geforscht und geschrieben hat. Ein Forschungsgegenstand, der ihr Herz höherschlagen lässt, denn sie selbst beschäftigt sich seit Jahren mit den medizinischen Anwendungsmöglichkeiten des radioaktiven Radiums – *ihres* Radiums. An ihrem Schreibtisch vertieft sie sich in das neue Werk.

Bis es klopft.

»Ja?«

»Ich bin es, Mé.« Eve tritt ein, und hinter ihr folgt – die blonde Russin. Auch wenn Madame Curies Miene reglos bleibt, so ist sie doch überrascht. »Und Mademoiselle Antonowa«, sagt Eve.

»Nennen Sie mich Katharina, Madame Curie.« Die Blonde lächelt scheu und deutet einen Knicks an. »Bitte.« Madame Curie lehnt sich tief in ihren Schreibtischstuhl hinein und schaut ihre Tochter fragend an.

»Katharina bewundert dich, Mé, und sie wünscht sich so sehr deinen Rat. Und da ich ihre Geschichte kenne und sie meine Freundin ist, habe ich sie ermutigt, es wenigstens zu versuchen.«

»Verzeihen Sie, Madame le Professeur, ich sehe, dass wir stören.« Der Blick der Russin fliegt zwischen dem aufgeschlagenen Buch und Madame Curies Gesicht hin und her. »Doch ich habe so lange nach einer Gelegenheit gesucht, Sie anzusprechen.«

»Was wünschen Sie von mir, Mademoiselle?« Madame Curie schaut der Blonden in die Augen; die sind von einem ungewöhnlich dunklen Blau.

»Ich stehe vor schwierigen Lebensfragen.« Die Stimme der jungen Frau klingt plötzlich rau. »Und wer weiß, ob ich Ihnen jemals wieder so nahe kommen werde wie an diesem Abend.«

»Ich bin keine Ratgeberin, Mademoiselle, ich bin Naturwissenschaftlerin. Was sollte eine wie ich Ihnen schon in Lebensfragen raten können?«

»Sie haben das Leben einer unbeugsamen Frau geführt, Madame le Professeur«, sagt die Antonowa, »Sie haben an Ihren Träumen festgehalten, haben hartnäckig ein Ziel verfolgt und erreicht. Und Sie haben gegen zahllose Widerstände gekämpft und gesiegt. Seit ich vierzehn bin, hängt Ihr Porträt über meinem Sekretär. Seit zehn Jahren.« Auf einmal flüstert sie, als müsse sie gegen ihre aufsteigenden Tränen kämpfen. »Und nun stehe ich Ihnen endlich gegenüber.«

Fassungslos schaut Madame Curie ihr in das auf einmal sehr mädchenhafte und weiche Gesicht. Jetzt erst wird ihr bewusst, dass die beiden jungen Frauen noch immer stehen, weswegen sie auf die Sitzgruppe um den Teetisch weist. Eve zieht die Freundin in den Raum, schließt die Tür. Madame Curie wartet, bis beide Platz genommen haben, dann beugt sie sich über ihren Schreibtisch und faltet die Hände auf der Schreibunterlage. »Bitte, Mademoiselle Antonowa.«

»Meine Familie musste nach Kriegsende aus Sankt Petersburg fliehen«, beginnt die junge Frau. Mit knappen Worten und belegter Stimme erzählt sie, was Madame Curie schon von ihren Töchtern und aus der Presse weiß: von der Verfolgung durch die Bolschewiken, der Flucht und dem Attentat auf ihren Vater. Offenbar ist es den Antonows jedoch gelungen, einen Teil ihres Vermögens aus Russland zu schaffen, denn Katharina konnten sie zum Studieren in die Vereinigten Staaten schicken.

»Haben Sie dort Ihren Verlobten kennengelernt, Mademoiselle Antonowa?« Madame Curie weiß, dass der Literaturprofessor mit den grauen Schläfen und dem sündhaft teuren Cabrio vor einem Jahr noch in New York gelehrt hat.

»Wir sind nicht verlobt, Madame le Professeur.« Die Gestalt der Blonden strafft sich, und ihre Stimme wird sehr fest. »René ist ja erst seit einer Woche geschieden.«

»Ach, so ist das.« Madame Curie nickt langsam. »Hat er sich Ihretwegen scheiden lassen?« Katharina Antonowa bejaht, und Madame Curie staunt: Der Literat hat sich tatsächlich scheiden lassen? Dann muss entweder seine Ehe die Hölle gewesen sein, oder er ist jener Krankheit zum Opfer gefallen, die alle Welt Liebe nennt.

»Er will mich heiraten«, sagt Katharina.

Was sie will, braucht Madame Curie sie nicht zu fragen, das sieht sie ihr an. »Was haben Sie studiert, Mademoiselle?«

»Englische Literatur. Ich bin noch lange nicht fertig. Aber …«

»Katharina hat zwei Bücher geschrieben, Mé«, wirft Eve ein.

»Ich komme kaum noch zum Schreiben, seit ich aus Amerika zurückgekehrt bin.« Die Russin senkt den Blick und fügt mit leiser Stimme hinzu. »Einen Verlag finde ich auch nicht, und ob ich jemals wieder nach New York kommen werde, steht in den Sternen.«

Madame Curie achtet auf jedes Wort der Russin, auf ihre Stimme, ihre Mimik. Nein, sie hat sich nicht getäuscht: Diese junge Frau ist nicht glücklich. Diese junge Frau liegt im Streit mit sich selbst. Plötzlich empfindet sie Zuneigung und Mitleid.

»Monsieur will Sie also heiraten, stellt Sie sogar schon als seine Verlobte vor. Und was wollen Sie, Mademoiselle?«

»René ist ein wunderbarer Mann«, sagt Katharina leise, und ein verträumtes Lächeln huscht durch ihre schönen Züge. »Auch meine Familie rät mir sehr zu der Verbindung.

Sie wüsste mich dann in guten Händen, verstehen Sie, Madame le Professeur? In sicheren Händen.«

Madame Curie erhebt sich, verlässt den sicheren Platz hinter ihrem Schreibtisch und geht zu den beiden Jüngeren. »Ihre Familie rät Ihnen also, Katharina, die Kleine, zu werden, ja?« Sie nimmt am Teetischplatz. »Und was wollen Sie werden, Mademoiselle? Katharina, die Kleine, oder Katharina, die Große?«

Aus großen Augen und mit geöffnetem Mund schaut die Frau sie an. »Aber muss man denn nicht an die Zukunft denken?«

»Sicher.«

»Wie soll man denn als Schriftstellerin sein Leben bestreiten?« In einer Geste der Ratlosigkeit hebt Katharina die Arme und lässt sie wieder fallen. »Außerdem hält René, hält Monsieur le Professeur meine Texte für Liebhaberei, und da hat er wohl recht. Er will, dass ich bei ihm in Paris bleibe, wenn wir verheiratet sind. Er will, dass ich ihm mit den Entwürfen und der Überarbeitung seiner Bücher helfe, statt in Amerika weiterzustudieren. Das sei lohnender, sagt er.«

»So, sagte er das.« Madame Curie spürt, wie ihr die Hitze der Wut ins Gesicht steigt. »Und was sagt Ihr Herz dazu, Mademoiselle?« Äußerlich bleibt sie ruhig, hebt nicht einmal die Stimme. »Spüren Sie nicht, dass Ihr ganzes Leben auf dem Spiel steht? Entweder glaubt man daran, für eine bestimmte Sache begabt zu sein, oder man glaubt nicht daran. Entweder will man diese Sache um jeden Preis erreichen, oder man will es nicht. Was wollen Sie, Mademoiselle? Wollen Sie sich verlieren, oder wollen Sie gewinnen, was das Leben Ihnen zu geben hat? Entscheiden Sie sich: Wollen Sie eine Dichterin sein oder ein hübsches Schmuckstück, mit dem Monsieur le Professor sein Leben dekoriert?«

Katharina schlägt die Hände vors Gesicht und bricht in Tränen aus. Eve legt den Arm um sie und zieht sie an sich. »Das klingt hart, Katharina, ich weiß«, sagt Eve leise. »Doch bitte verstehe meine Mutter. Als sie aufwuchs, konnten Frauen an ein Studium nicht einmal denken.«

Madame Curie steht auf und geht zum Fenster. Was für eine Situation! Ist es ihr überhaupt schon einmal vorgekommen, dass eine fremde Frau in ihrem Arbeitszimmer sitzt und weint? Mit einem Mal muss sie an Marguerite und ihre Mutter denken – und an das weiße Tuch mit dem Mandala aus Vergissmeinnicht. Was für ein seltsamer Tag!

»Glauben Sie bitte nicht, ich könne Sie nicht verstehen, Katharina«, wendet sie sich wieder an Eves Freundin. »Denn auch ich hätte beinahe aufgegeben, und einmal sogar wegen eines Mannes.«

»Erzählen Sie mir davon, Madame le Professeur.« Die junge Frau hebt den tränennassen Blick. »Ich bitte Sie – erzählen Sie mir von Ihrem Leben!«

Madame Curie zögert. Schon wieder von sich selbst erzählen? Schon wieder die gerade erst geschlossene Tür zum Gewölbekeller ihrer Erinnerung öffnen? Alles in ihr sträubt sich dagegen. Doch dann nickt Eve ihr zu, und Madame Curies innerer Widerstand bröckelt. Sie richtet ihren Blick auf die junge Russin, sieht ihre Tränen, spürt ihre Zerrissenheit und ihre Verzweiflung. Armes Kind.

Sie räuspert sich ein paarmal und beginnt dann im großen Raum auf und ab zu laufen – nachdenklich und nach Worten suchend, die der jungen Frau vielleicht helfen könnten.

»Ich ahne, wie Sie sich fühlen, Katharina – man stürzt in den wilden Strom, den alle Welt ›Liebe‹ nennt, und ist sicher, am Ziel seiner Träume angelangt zu sein.« Am Fenster bleibt sie stehen und stößt ein trockenes Lachen aus, während sie auf die geliebte Seine hinabschaut. »Lassen Sie sich doch nicht von Ihren Gefühlen täuschen – Ihr Leben liegt noch vor Ihnen, Sie haben doch gerade erst begonnen, zu entdecken, welche Begabung in Ihnen steckt! Sie fangen doch gerade erst an, zu ahnen, wer und was Sie noch werden könnten! Und wegen eines Mannes, der Sie zu seiner Assistentin erniedrigen will, wollen Sie diese Entdeckungsreise zu sich selbst schon aufgeben?«

Seufzend dreht Madame Curie sich um und fährt fort, zwischen Bücherschrank und Teetisch hin und her zu laufen. »Also gut, ich erzähle Ihnen eine Geschichte aus meinem Leben.« Sie setzt sich wieder zu den jungen Frauen, greift zu ihrer Teetasse und nippt daran. »Oder nein, zwei Geschichten werde ich Ihnen erzählen – eine handelt von zwei Sommern und einem traumhaften Winter, in denen ich mich selbst gefunden hatte und zu ahnen begann, wer ich werden wollte. Die Zweite handelt von einer großen Liebe, in die ich nicht lange nach diesem einzigartigen Jahr hineingestürzt bin und mich beinahe wieder verloren hätte …«

10
Sommer

Zwola, Sommer 1883

Während der ersten Tage in Zwola tat Mania nichts, als stundenlang im Gras zu liegen und in den Himmel zu schauen. Manchmal drehte sie sich auch auf den Bauch, drückte das Gesicht in den feuchten Grasboden, sog den Duft der Erde und des Grases in sich auf und lag sehr still. Während der ersten Tage in Zwola wussten ihre Lebensgeister noch nicht genau, ob sie wieder aufwachen oder lieber doch endgültig einschlafen wollten.

Neben ihr im Gras döste wie immer der Hund. Aus irgendeinem Grund wich er niemals von ihrer Seite. Während sie nebeneinander auf der Wiese lagen, beschnüffelte er ab und zu ihre Hand oder ihren Hals und rührte sich ansonsten nur dann, wenn auch sie sich bewegte, doch das kam selten vor.

Wenn sie auf dem Rücken lag, und das tat sie meistens, beobachtete sie die vorüberziehenden Wolken und wartete auf ein Bild, das ihr halb in Trance versunkener Geist aus deren Konturen schuf: einen Engel, ein Segelschiff, Tupcias

Gesicht, ein Schloss oder ein aufgeschlagenes Buch. Manchmal zog auch Iwanow am Himmel vorüber und löste sich auf; öfter jedoch als er glitten ihre Mutter und Sofia vorbei.

Wenn sie sich aufsetzte, um über das im Sommerwind wogende Kornfeld zum Waldufer des Sees hinüberzusehen, wo die Cousins und Cousinen tobten, oder zum Gartenhaus, wo der Onkel auf seiner Geige spielte, dann setzte sich auch der Hund auf und äugte hechelnd in dieselbe Richtung. Wenn sie sich danach wieder im Gras ausstreckte und in die Anschauung der Wolkengebilde versenkte, legte auch der Hund sich wieder auf die Vorderläufe, um weiterzudösen.

Er hieß Lancet, war ziemlich groß und knochig und hatte ein graues, kurzes Fell. Seit Manias Ankunft vor sieben Tagen ließ er sie nicht mehr aus den Augen. Die anderen wunderten sich darüber – die Onkel und Tanten, die Cousinen und Cousins, die Hausmädchen und Knechte tuschelten lächelnd über das eigenartige Verhalten des großen Hofhundes.

Lancet behandelte sie, wie man ein schutzbedürftiges Wesen behandelte, auf das man gut achtgeben musste. Beim Essen lag er neben ihrem Stuhl; er strich um ihre Beine, wenn sie sich doch einmal ans Seeufer wagte; er begann zu kläffen, wenn die Gänse oder die Schweine ihr näher kamen, als er es für angemessen hielt; er leckte ihre Hand, stieß ihr manchmal die Schnauze in den Hals, wenn sie im Gras lag, und schlief nachts vor ihrem Bett.

»Lancet behütet unsere Mania wie ein Hirtenhund das einzige kranke Lämmlein der Herde«, hatte Mania den Onkel Henryk sagen hören. Und ihm nicht widersprochen.

Sie redete nicht viel mit Lancet und hatte doch das Gefühl, dass er alles verstand – alles, was sie verschwieg, weil sie keine Worte dafür fand.

Ihre Lebensgeister erwachten nur langsam wieder, ganz langsam. Es begann bereits in den letzten Stunden ihrer Reise hierher nach Zwola, während sie aus dem Zugfenster schaute und später aus der Kutsche, mit der ein Knecht Onkel Henryks sie vom Bahnhof abholte. Denn die Eichen, Weiden und Linden entlang der ausgedehnten Getreidefelder, die Chausseen aus Pappeln und Weiden, die weißen Birkenwälder, die Flussläufe und Seen – dieses unglaublich vielfältige Antlitz der südpolnischen Natur sehen zu dürfen, hatte sie in manchen Momenten sogar zum Lachen gebracht und ihr Tränen der Freude in die Augen getrieben.

Wie neu war ihr das alles vorgekommen. Eingesperrt in Warschaus Straßen, Fassaden, Schulen und Kirchen hatte sie ganz vergessen, wie schön die Welt war.

Und schließlich der Anblick der Berge! Kannte sie doch nur das flache Land. Wie erhaben, wie majestätisch! Mania wollte hinauf, unbedingt! Während der abschließenden Kutschenfahrt hatte sie sich das vorgenommen: Auf den höchsten Gipfel der Karpaten wollte sie klettern und von ihm aus in die Flusstäler hinabschauen, auf die Ebene, auf die Dörfer und auf Zwola. Doch jetzt noch nicht; erst später, wenn sie wieder Kraft haben würde.

Und dann die Menschen hier auf dem Land: Die Frauen in ihren bunten Gewändern und im lauten Getümmel der Märkte, die halb nackten Kinder auf den Schafs- und Schweinekoppeln, die Juden mit ihren hohen Hüten und schwarzen Mänteln vor ihren Holzsynagogen und Marktständen, die Bauern, die barfuß ihre Pflüge durch den Ackerboden stemmten – sie alle dampften und schwitzen vor lauter Lebenskraft, und ihnen zuzuschauen, tat unendlich gut und begann allmählich, auch Mania selbst wieder lebendig zu machen.

Ja, wirklich, das alles zu sehen, hatte Mania gutgetan und ihre Lebensgeister bereits ein wenig wach gekitzelt. Und später dann, nach der Ankunft in Zwola und im prächtigen Landhaus der Verwandten, hatten es ihre müden Lebensgeister weiterhin wirklich gut – bei den Cousinen und Cousins, bei Onkel Henryk und seiner Frau Ludwika, bei ihren Knechten und Mägden, bei den vielen Besuchern, die hier ein und aus gingen. Und bei Lancet sowieso.

Niemand sagte ihr, wann sie aufzustehen oder ins Bett zu gehen hatte. Niemand wollte Mathematikaufgaben mit ihr lösen. Niemand schaute sie fragend an, wenn sie und Lancet zu spät oder gar nicht zum Essen kamen. Niemand forderte sie zu einer Partie Schach heraus. Niemand fragte sie, was sie denn gerade besticke oder lese oder schreibe. Niemand dachte daran, ihr einen Stundenplan aufzuzeichnen und an die Wand über ihr Bett zu hängen.

War das nicht unglaublich? Mania lag im Gras, schaute in den Himmel, sah die Wolken vorüberziehen, sah Bilder und Gesichter auftauchen und sich wieder auflösen und spürte von Zeit zu Zeit Lancets feuchte Schnauze an ihrer Hand oder an ihrem Hals. Sieben Tage lang weiter nichts als nur das! Doch, es war unglaublich.

Gegen Abend des siebten Tages endlich waren ihre Lebensgeister immerhin so weit auferweckt, dass sie Mania dazu brachten, sich ein wenig länger im Gras aufzusetzen, ein wenig genauer hinzuschauen, ein wenig aufmerksamer hinzuhören. Lancet neben ihr richtete sich auf den Vorderläufen auf und machte die Ohren steif.

Zwei Geigen fiedelten jetzt am Gartenhaus, denn der andere Bruder der Mutter, Onkel Wladislaw, war aus dem Nachbardorf zu Besuch gekommen und hatte seine Geige und seine Frau mitgebracht. Es hörte sich schön an, was die beiden Onkels da spielten.

Die Cousinen und Cousins am Waldsee kreischten und jauchzten und schienen viel Spaß zu haben. Mania spielte mit dem Gedanken, zu ihnen zu gehen und mit ihnen ins Wasser zu springen. Doch es dauerte noch eine Weile, bis sie endlich aufstand, um sich auf den Weg zum See zu machen – und just in diesem Moment kamen die Cousinen und Cousins bereits zurück. Angelockt vom wilden Geigenspiel, rannten sie am Kornfeld vorbei auf die große Wiese des Anwesens und zum Gartenhaus hin.

Lancet setzte ihnen ein paar Sprünge weit hinterher, blieb dann stehen, äugte zu Mania zurück und kläffte. Er kläffte so lange, bis auch Mania sich in Bewegung setzte. An seiner Seite schlurfte sie durchs Gras zum Gartenhaus hin, wo die Onkels fiedelten, ihr Cousin Józef auf einer Flöte blies, ihre Cousine Monica eine Trommel schlug und alle anderen tanzten.

Mania stand am Rande und schaute zu. Die Musik klang schön und wild und machte etwas mit ihrem Herzen und mit ihrem Blut. Der Anblick der hüpfenden, klatschenden und die Beine hochwerfenden Tänzer gefiel ihr immer besser, und plötzlich fing sie an, die Melodie zu summen, auf den Füßen zu wippen und sich in den Hüften zu wiegen. Während sie im Rhythmus der Musik in die Hände klatschte – zaghaft erst und dann immer lauter –, erwachten auch ihre letzten noch schlummernden Lebensgeister.

Auf einmal stand Tante Ludwika vor ihr, Mutters Schwester, packte ihre Hände und zog sie mitten hinein in die wilde Schar der Tänzer. Mania fand Hände, die sie hielten, fand Gesichter, die sie zum Lachen brachten, fand stampfende Füße und fliegende Beine, in deren Rhythmus auch ihre Füße stampften und ihre Beine hochflogen. Mania vergaß sich inmitten der wogenden, springenden, sich drehenden Schar der Leiber, verlor sich in Geigenakkorden, Flötenklängen und Getrommel. Mania tanzte. Und Lancet, am Rand des lustvollen Gewimmels, kläffte jedes Mal, wenn sie an ihm vorüberwirbelte.

Irgendwann, nach wer weiß wie vielen Stunden, rief irgendjemand, es sei Zeit für das Abendessen. Die verschwitzte Tänzerschar löste sich auf, fast alle rannten sie zum See, schälten sich die Kleider vom Leib und sprangen ins Wasser. Auch Mania. Lancet schwamm neben ihr und streckte dabei die Schnauze in den Abendhimmel, als könnte nur der Anblick der ersten Sterne ihn vor dem Absaufen retten.

Später, als sie mit den Cousinen und Cousins zurück zum Herrenhaus lief, brannten schon Öllampen auf der Veranda und rechts und links der Haustür. Am gedeckten Tisch sprach Tante Ludwika ein Tischgebet, was Mania nicht weiter störte, und danach wurde gegessen, gescherzt, erzählt und gesungen. Lancet, neben Manias Stuhl, schien zu schlafen, und ihr selbst war zumute, als wäre sie nach langem Schlaf doch noch erwacht und nach einer viel zu langen Reise doch noch angekommen.

Gegen Mitternacht lag sie auf ihrem Bett, schickte liebevolle Gedanken nach Warschau zu Bronia, Hela, Josef und zum Vater und fühlte sich so lebendig wie schon seit Jahren nicht mehr.

So ging das von nun an Tag für Tag und den ganzen Sommer über: Sie schlief lange oder gar nicht, sie frühstückte lange oder aß nur zu Mittag, sie tobte mit den anderen im See herum, fing mit ihnen Krebse oder Fische, streunte mit ihnen durch den Wald, sammelte Beeren und Pilze, spielte Federball oder Versteck oder schwebte stundenlang auf der Schaukel unter der alten Linde, lauschte dem Geigenspiel der Onkels oder tanzte und sang mit den Cousins und Cousinen. So ging das bis weit in den September, ja sogar bis in den Oktober hinein.

Zweimal nur wäre Mania beinahe aus diesem schönen Sommertraum erwacht.

Einmal nämlich zeigten ihr die Cousinen die verlorene Dampfmühle, in die Onkel Hendryk mit seinem gesamten Geld auch das Vermögen des Vaters gesteckt hatte und die schuld daran war, dass Bronia nun als Privatlehrerin arbeiten musste, statt in Paris Medizin studieren zu können. Mania wandte sich ab, lief zurück zum See und sprang hinein. Als sie am anderen Ufer wieder aus dem Wasser stieg, hatte sie die Mühle schon vergessen.

Das zweite Mal hockten sie und die Cousinen um einen jungen Schauspieler aus Krakau herum im Gras und flochten Blumenkränze für ihn, während der schöne Mann ihnen Verse aus dem Sommernachtstraum von Shakespeare vortrug. Dicht hinter ihr saß ihr vierzehn Jahre älterer berühmter Cousin Jósef inmitten seiner Brüder, Freunde und Cousins und erzählte von seinem Chemiestudium und welche Geheimnisse der Naturwissenschaften er von seinem berühmten Professor Mendelejew lernen durfte.

Kurz stutzte Mania und lauschte – doch dann richtete sie ihre Aufmerksamkeit sofort wieder auf den Schauspieler und seine Verse. Sie stand auf und drückte dem jungen Schönling ihren Blumenkranz ins Haar, und schon waren Jósef, sein Professor und die Chemie wieder vergessen.

An den Vater schrieb sie in dieser Zeit, es gehe ihr gut, und sie sei wieder gesund. An Bronia schrieb sie, sie möge sich keine Sorgen machen, und bald sei sie, Mania, so weit, dass sie Geld verdienen und sie unterstützen könne, wenn sie in Paris studieren wolle, und diesen Traum habe sie doch hoffentlich nicht aufgegeben. Und Hela ließ sie wissen, dass sie kein Interesse mehr an Witold habe und es hier in Zwola viel hübschere Jungens gäbe und sie sich freuen würde, wenn sie zu ihr kommen und die glücklichen Tage mit ihr teilen würde, bevor der Sommer vorbei sei.

Die meisten Briefe aber schrieb sie an ihre Freundin Kazia. *Das Leben hier in Zwola ist himmlisch und leicht*, schrieb sie in einem der ersten. *Wir tanzen, singen und spielen wie die kleinen Kinder. Wunderbare Menschen gehen hier ein und aus – Bauern, Grafen, Kaufleute, Musiker, Priester, Schauspieler, Wissenschaftler. Du ahnst ja nicht, wie viel Freiheit und Respekt hier herrscht!* Und in einem der letzten Briefe an Kazia, Mitte Oktober, hieß es: *Stell dir vor, Kazia – ich habe vergessen, dass es Iwanow und seine Russen gibt, ich habe sogar vergessen, dass es Algebra und Geometrie gibt, ich verblöde von Tag zu Tag ein wenig mehr, und weißt du was? Ich genieße es.*

Beim Abschied aus Zwola Ende Oktober weinten alle sehr viele Tränen – die Onkels, die Tanten, die Cousins und Cousinen und sogar das Hausmädchen und die Knechte. Mania selbst weinte sowieso. Und als alle genug geweint hatten, lachten sie und begleiteten sie zur Kutsche, die sie zum Bahnhof bringen sollte. Die Onkels fiedelten auf ihren Geigen, während sie einstieg.

Sie stieg nicht allein ein, und das war einer der beiden Gründe, warum der Abschied ihr leichtfiel: Lancet sprang in den Fußraum der Fahrgastzelle, und mit ihm stieg ihr kluger Cousin Józef, der so wundervoll die Flöte blasen konnte, zu ihr in die Kutsche. Denn wie Mania wollte auch Józef den Winter in Skalbmierz verbringen.

Und das war der zweite Grund, der ihr den Abschied aus Zwola so herrlich leicht machte: Von hier aus ging die Reise weiter nach Skalbmierz zur geliebten Tante Maria Rogowska, zum geliebten Onkel Zdzislaw und zu ihren Kindern und Pferden. Mit ihnen allen wollte Mania ihren sechzehnten Geburtstag feiern, und Weihnachten, und Silvester.

Józef spielte auf der Flöte, während die Kutsche aus dem Hof rollte. Lancet kläffte, und die Cousins und Cousinen tanzten zum Geigenspiel ihrer Väter neben den Zugpferden her.

11
Winter

Skalbmierz, Winter 1884

Das letzte Licht des Wintertages funkelte in den verschneiten Kiefernwipfeln. Die Schlittenglocken schellten, die Pferde dampften, die Peitschen knallten, und die Schlitten pflügten durch den hüfthohen Schnee, als jemand von hinten eine Flasche nach vorn zu Mania reichte. Sie tat, als nehme sie einen Schluck, und drückte den Wodka dann Józef in die Hand, der dick in Decken gewickelt neben ihr hockte und das Gespann durch den Winterwald lenkte.

»Du hast geschummelt!«, rief der Cousin. »Du hast nichts getrunken, ich habe es genau gesehen!«

»Ich habe daran gerochen«, lachte Mania, »das reicht mir für einen Schwips!«

Der Ältere drohte scherzhaft mit dem Finger, wickelte den Zügel um die Linke und packte die Flasche mit der Rechten, um einen kräftigen Schluck zu nehmen – oder zwei, so genau konnte Mania das nicht erkennen. Józef studierte seit Jahren in St. Petersburg, verkehrte dort Tag für Tag mit russischen Kommilitonen und war entsprechend trinkfest.

Drei Stunden waren sie bereits unterwegs, kamen von einem Weiler zwanzig Meilen südlich von Skalbmierz, ihrer zweiten Station. Die Bewohner des Gutshauses dort hatten die Hände über dem Kopf zusammengeschlagen, als plötzlich drei Schlitten auf ihrem Hof hielten und ein Dutzend junger Männer und Frauen Einlass forderten. Doch die angeblich so Überraschten zauberten in kürzester Zeit eine Menge vorbereiteter Speisen und Getränke auf den Tisch des Hauses, und die Instrumente hatten sie auch schon bereitgestellt. Es wurde gegessen und getrunken, wie schon auf dem ersten Hof, es wurde musiziert und getanzt bis tief in die Nacht und dann bis kurz vor dem Mittagessen geschlafen. Und nun war das junge Volk auf dem Weg zur dritten Station.

Kulig hieß das, eine uralte polnische Tradition: ausgedehnte Schlittenpartien von Dorf zu Dorf, von Hof zu Hof, von Fest zu Fest, und wer unverzeihlicherweise nicht auf so einen feuchtfröhlichen Überfall vorbereitet war, der musste eben den Bierkeller und die Vorratskammer aufschließen oder ein paar Hühner oder Enten schlachten.

Zehn Pferdelängen vor ihnen machte der vordere Schlitten plötzlich einen beängstigend hohen Satz, setzte aber ohne umzukippen wieder auf dem verschneiten Weg auf. »Festhalten!«, schrie Józef und reichte die Flasche nach hinten. »Zukorken, schnell!« Er zerrte an den Zügeln, doch das schnell trabende Gespann riss den Schlitten bereits über den Wurzelstrunk, oder was auch immer sich hier unter der hohen Schneedecke verbergen mochte.

Der Schlitten sprang hoch, heißer Schrecken fuhr Mania

in die Glieder, und der Magen schnellte ihr bis in die Kehle herauf. Sie schrie und klammerte sich an Józefs Arm und am Seitenholm fest. Auf der Rückbank kreischten die Cousinen und kläffte Lancet, und der Schlitten flog, schwankte und drohte zu kippen – und setzte schließlich wieder im Schnee auf.

Noch einmal gut gegangen!

Doch kurz darauf schrien sie auf dem hinteren Schlitten und wollten gar nicht mehr aufhören zu schreien, und weil das Geschrei sich entfernte, riss Józef so lange an den Zügeln, bis das Gespann anhielt. Mania schaute erschrocken zurück: Der hintere Schlitten war umgestürzt!

Alle schälten sich aus ihren Decken und Fellen, stiegen aus und stapften durch den Schnee bis zu den beiden Pferden, die vor dem schräg im Schnee liegenden Schlitten standen und hinter sich äugten, als wären sie verlegen. Rings um das winterliche Kufengefährt wühlten sich die Cousins und Nachbarskinder aus dem Schnee. Lancet beschnüffelte bereits einen im verschneiten Unterholz liegenden Proviantkorb.

»Ihr werdet doch hoffentlich die Wodkaflasche gut festgehalten haben!«, rief Józef, als er sah, dass keiner sich verletzt hatte. Sie lachten, halfen den Gestürzten auf die Beine, klopften ihnen den Schnee aus den Mänteln. Danach sammelten sie die Proviantkörbe, die Geigenkästen, den Akkordeonkoffer und die Taschen mit den Kostümen ein und richteten mit vereinten Kräften den umgestürzten Schlitten auf.

Keine halbe Stunde später hockten alle wieder auf ihren Plätzen, wickelten sich in ihre Decken, und weiter ging es.

»Hühott!« Jósef ließ Zügel und Peitsche knallen, überholte den vorderen Schlitten und setzte sich an die Spitze. Inzwischen dämmerte bereits der kurze Wintertag.

Es war Karnevalszeit, und Manias vierter Monat in Skalbmierz hatte begonnen. Prallvolle Winterwochen lagen bereits hinter ihr: lange Gespräche mit der geliebten und so verehrten Tante Maria, die gerade eine Möbelfabrik aufbaute; politische Diskussionen über Polens Zukunft mit den Priestern aus der nahen Stadt; Ausflüge in die verschneiten Bergwälder der Karpaten; Begegnungen mit interessanten Menschen, die im Haus des Onkels und der Tante ein und aus gingen; Lesungen aus Shakespeares Werken, die der Onkel seit Jahren ins Polnische übertrug; wissenschaftliche Vorträge ihres Cousins Jósef, dem es doch noch gelungen war, Mania für die Geheimnisse der Chemie zu gewinnen; und natürlich die Feste: Silvester, Weihnachten und Manias sechzehnter Geburtstag.

Und nun also Karneval mit diesem verrückten Kulig, den wilden Schlittenfahrten und den durchgetanzten Nächten.

Eine berauschende und intensive Zeit war das, und Mania sollte sich ihr Leben lang daran erinnern. Besonders an diesen Augenblick, als ihr Schlitten plötzlich abhob, schwankte und zu stürzen drohte, denn kaum zwei Jahre noch, dann würde sie der Liebe begegnen, und ihr Leben würde ins Schwanken und Stürzen geraten, wie vorhin jener Schlitten.

Als sie den Bergkamm hinter sich ließen und ins Seitental hinunterrasten, wo am Rande eines Dorfes das Gehöft lag, das sie als Nächstes heimsuchen wollten, wurde es bereits dunkel. Mania zog die Handschuhe aus und kramte das amerikanische Taschenfeuerzeug aus dem Mantel, das die Tante ihnen mitgegeben hatte, um die erste Fackel zu entzünden. Tante Maria hatte eine Schwäche für solche modernen Dinge.

Die Schlitten fuhren langsamer, ein Cousin stieg mit einer brennenden Fackel aus und lief zu den anderen Schlitten, damit die Gefährten an der Flamme ihre eigenen Fackeln entzünden konnten. Mit flackernden Fackeln an den Seitenholmen glitten die Schlitten bald wieder schneller durch den hohen Schnee.

Erste Lichter des Gehöftes wurden sichtbar, erleuchtete Fenster wahrscheinlich. Doch als sie näher kamen, sah Mania, dass es zwei Feuerkörbe waren, deren Flammen rechts und links der Toreinfahrt loderten. »Na, prächtig!«, rief Józef. »Hat sich wohl schon rumgesprochen, dass wir im Anmarsch sind!« Er riss an den Zügeln, denn eine scharfe Wegbiegung tauchte plötzlich vor ihnen auf. Als sie hinter ihnen lag, konnte Mania schon die Silhouette einer Mauer und eines Torbogens erkennen.

»Da, eine Sternschnuppe!« Auf der Rückbank deutete ihre Cousine Henriette in den Nachthimmel. Mania legte den Kopf in den Nacken, und wirklich: Ein Meteorit verglühte über dem Bergwald, und gleich darauf zog ein zweiter seine Leuchtspur durch den Sternenhimmel. »Wünscht euch was!«, rief Henriette. »Schnell! Aber sprecht den Wunsch nicht aus, sonst geht er nicht in Erfüllung!«

Ich wünschte mir, dass es immer so bleiben möge, dachte Mania, mit lustigen Leuten unterwegs sein, nicht wissen, wohin, bei freundlichen Menschen ankommen, scherzen, essen, singen, tanzen.

Und da sie zwei Sternschnuppen gesehen hatte, sprach sie im Stillen noch einen zweiten Wunsch aus, und der galt ihrer Schwester Helena: Ich wünsche mir, dass der Mann, den Hela liebt, ihre Liebe erwidert und er sie heiraten und auf Händen tragen wird.

Helena hatte im Herbst den väterlichen Haushalt verlassen, um auf dem Land als Hauslehrerin zu arbeiten, und sich gleich in der ersten Woche dort in den Sohn eines Gutsherren verliebt, der in Krakau studierte.

Der Schlitten glitt unter dem Torbogen und zwischen den Feuerkörben hindurch in einen großen Hof. Kinder und Halbwüchsige stürzten aus dem Herrenhaus und liefen ihnen entgegen. Offenbar hatte man den Fackelschein der Schlitten gleich gesehen, als sie den Bergkamm überquerten.

Auf den anderen beiden Schlitten packte man rasch das Akkordeon und eine Geige aus, und kaum standen die Gespanne still, stimmte auch schon jemand ein Lied an. Männer und Frauen kamen aus dem Herrenhaus und gesellten sich zu den Kindern und Halbwüchsigen, während Mania, Jósef und die anderen ein Begrüßungsständchen zum Besten gaben.

Danach stiegen sie unter lauten Beifalls- und Willkommensrufen der Hofbewohner von den Schlitten und nahmen die Schnapsgläser entgegen, in die der Hausherr bereits den Willkommenstrunk einschenkte. Mania nippte nur ein wenig an ihrem Wodka und reichte ihn dann an einen ihrer

Cousins weiter. Józef, der Pferdeknecht und der älteste Sohn des Hauses – ein breitschultriger Bursche mit dichten schwarzen Locken – spannten die Pferde ab, um sie in den Stall zu führen und zu versorgen.

Ihre Cousine Henriette stellte Mania vor, denn die war noch nie hier im Dorf und auf diesem Gehöft gewesen und kannte die Gastgeber noch nicht. Diese taten erst gar nicht so, als fühlten sie sich überfallen, sondern stellten von Anfang an klar, wie sehnlich sie schon auf den Besuch der jungen Schar aus Skalbmierz gewartet hatten. Mania begann zu ahnen, dass man hier, in den Bergdörfern der Karpaten, selten Menschen aus der Ebene zu sehen bekam.

Im Haus duftete es nach Braten und Punsch, und als sich alle an der aus vier Tischen zusammengeschobenen Tafel eingefunden hatten, tischten die Frauen des Hauses Gänsebraten, einen Fasan und ein Spanferkel auf. Dazu gab es Kohl, saure Bohnen und Kartoffeln. Der Hausherr und sein ältester Sohn schenkten Bier, Wein und Apfelsaft aus. Seine Mutter häufte duftende Köstlichkeiten auf Manias Teller auf, die schier überwältigt war von so viel Gastfreundschaft.

»Wir haben gerade erst die Pferde abgespannt und sind kaum im Haus, und schon steht der Tisch voll mit dampfendem Essen?«, staunte Józef. »Wie kann das zugehen – wohnt ein Hellseher unter euerm Dach?«

»Wir können zaubern, und einen Hellseher haben wir auch!«, rief Aleksander, der älteste Sohn des Hauses. »Nämlich mich.« Alle lachten, und der kräftige Bursche mit den schwarzen Locken grinste Mania ins Gesicht, wobei seine dunklen Augen verräterisch leuchteten.

»Mit der Zauberei stecken wir leider noch ganz in den Anfängen«, sagte die Frau des Hauses nach dem Tischgebet. »Vorläufig bleiben wir auf die Post und die Gerüchteküche angewiesen. Deine Tante hat mir geschrieben, wann euer Kulig euch zu uns führen wird, Jósef.« Außerdem, so erfuhren sie, hatten am späten Nachmittag einige Jäger zu Pferd die drei Schlitten am gegenüberliegenden Berghang gesehen.

Während des Essens gab ein Wort das andere – die Cousins und Cousinen erzählten von ihren Familien in Skalbmierz und Zwola, von den Tieren auf den Koppeln und in den Ställen und von den gemeinsamen Bekannten in Stadt und Dorf, und die Gastgeber berichteten von ihren Freuden und Sorgen im zurückliegenden Jahr. Wie man es eben zu tun pflegte, wenn man sich längere Zeit nicht gesehen hatte.

Mania begegnete den Blicken des ältesten Sohnes durchaus öfter, als dass der Zufall dafür ausreichend Erklärung geboten hätte. Auch achtete Aleksander darauf, dass sie immer genügend Kohl und Gänsebraten auf dem Teller hatte, und schenkte ihr Saft nach, bevor ihr Glas leer war. Jeder, der Augen im Kopf hatte, konnte beobachten, dass er Gefallen an Mania fand. Sie jedenfalls bemerkte es, und sie bemerkte es gern.

Nach dem Essen wurde abgeräumt und gemeinsam das Geschirr gespült. Während die Gastgeber anschließend die Tische an die Wände schoben, um Platz für eine Tanzfläche zu schaffen, zeigte die Frau des Hauses den jungen Gästen Räume im Obergeschoss, in denen sie später schlafen und sich jetzt getrennt voneinander umziehen konnten.

Keine halbe Stunde später traf man sich wieder in der großen Stube, in der auch das Festessen stattgefunden hatte – und viele erkannten einander erst auf den zweiten Blick. Wie hatten die jungen Leute aus Skalbmierz und ihre Gastgeber sich verändert! Alle trugen nun die polnische Nationaltracht.

Die Männer steckten in schwarzen Stiefeln und Pluderhosen, die in den polnischen Nationalfarben rot und weiß gestreift waren. Darüber trugen sie lange helle Blusen und rote Westen mit Doppelreihen aus Messingknöpfen und dazu breite Ledergürtel, an denen Kupferplättchen hingen, die gleich beim Tanz klirren und klingen würden. Fast alle Männer hatten sich Filzhüte mit Pfauenfedern auf die Köpfe gestülpt.

Mania und die jungen Frauen trugen weite bunte Röcke über steifen Reifröcken und hatten sich weiße, von Spitzenstickereien gesäumte Schürzen umgebunden. Dazu waren sie in weiße Blusen geschlüpft und hatten lange Westen darübergezogen, die mit bunten Mustern, Perlen und Stickereien verziert waren.

Der Hausherr selbst griff in die Tasten des Akkordeons, sein Vater und einer von Manias Cousins strichen ihre Geigen, und schon forderten die Männer ihre auserwählten Tänzerinnen zum ersten Tanz auf. Ehe Mania sich's versah, stand Aleksander vor ihr, lachte sie an und reichte ihr den Arm. Und dann wurde die Mazurka getanzt, der polnische Nationaltanz.

Die Männer führten ihre Partnerinnen, umtanzten sie und ließen sich von ihnen umtanzen. Mal fassten die Männer einander an den Händen, um mit den Armen Bögen zu bilden, unter denen ihre Tänzerinnen hindurchtanzen konnten, mal drehten die Frauen sich gemeinsam und vom Kreis der Männer umringt im Reigen. Voller Hingabe und Leidenschaft tanzte Alt und Jung den Tanz der Polen. Es wurde gekichert, geklatscht, gestampft und gejauchzt, und bald glühten die Gesichter vor Freude und Eifer.

Jeder wusste, dass es streng verboten war, was sie hier taten. Nach den so blutig niedergeschlagenen Aufständen hatten die russischen Besatzer nicht nur den Tanz der polnischen Mazurka per Gesetz untersagt, sondern auch das Tragen der polnischen Nationaltracht. Wer dennoch polnisch tanzte und sich dabei polnisch kleidete, hatte mit schwerer Strafe zu rechnen.

Hier im Süden allerdings, am Fuß der Karpaten, lebte man dicht an der Grenze zu jenem Teil Polens, der unter der Verwaltung der Habsburger Krone stand. Hier, in der Nähe der Österreicher, nahm man es nicht mehr so genau mit Iwanows Gesetzen. Dessen Soldaten und Inspektoren lebten in weit entfernten Garnisonen und kamen selten in die Berge, schon gar nicht im Winter. An Silvester hatte Mania die Tante sogar die polnische Nationalhymne anstimmen hören, und alle hatten mitgesungen.

Die Weste, die Mania trug, hatte sie eigenhändig bestickt und mit goldfarbenen Schnüren verziert. In ihr widerspenstiges blondes Haar hatte sie sich Locken gedreht, und weil ihr das so gut gelungen war und so hübsch aussah, hatten erst Henriette und dann alle Cousinen und Nachbarmädchen in Skalbmierz bei ihr Schlange gestanden, um sich von ihr ebenfalls Locken drehen zu lassen.

Aleksander war ein guter Tänzer, und er führte sicher und einfühlsam, wobei jedes Mal ein Prickeln durch Manias Körper perlte, wenn er sie berührte. Einerseits kostete sie diese unbekannte Empfindung aus, andererseits wunderte sie sich darüber, denn mit wie vielen Tänzern hatte sie nicht schon getanzt im Verlauf dieses verrückten Kuligs, doch bei keinem hatte sie Ähnliches empfunden.

Die Mazurka ist ja im Grunde nichts anderes als ein getanztes Liebeswerben: Der Tänzer bittet um die Hand seiner Tänzerin, überredet sie tänzerisch, sich von ihm führen zu lassen, bettelt in manchen Figuren förmlich um ihre Nähe und Umarmung; und an einer Stelle gegen Ende der Mazurka tanzen die Männer eine Bitte um einen Kuss, woraufhin die Frauen ein weißes Tuch aus der Schürze ziehen und den Männern damit ins Gesicht schlagen, während sie ihre Schritte und Figuren tanzen.

An dieser Stelle des Tanzes mischte sich besonders viel Gekicher und Gelächter in die Musik. Mit lautem Aufstampfen ging der erste Tanz schließlich zu Ende, alle klatschten und lachten, und die Tänzer wechselten ihre Partnerinnen. Aleksander jedoch zögerte, und auch Mania hätte gern noch eine zweite Runde mit ihm getanzt, aber da drängte Józef sich schon zwischen sie und ihren Tänzer und forderte seine junge Cousine zum nächsten Tanz.

Doch die Nacht war ja noch lang, und der ersten Mazurka folgten einige Walzer und viele polnische Volkstänze. Von der Musik angelockt, fanden sich junge Männer und

Frauen aus den Nachbargehöften ein, sodass die große Stube des Herrenhauses zu eng wurde und die Gastgeber beschlossen, mit der ganzen Gesellschaft in die Scheune umzuziehen.

Fuhrwerke und Karren wurden in den Hof geschoben, Tische mit Speisen und Getränken hineingetragen, ein gusseiserner Ofen in der zur Scheune gehörenden Werkstatt befeuert, und was danach an Hitze noch fehlte, tanzten die Feiernden sich ins Blut.

Jemand hatte Trommeln mitgebracht und packte sie nun aus. Die schnellen Rhythmen der Trommeln spornten auch die Geigen und das Akkordeon zu ungestümeren Melodien an. Nun konnten wildere Tänze getanzt werden, und Aleksander ließ sich die Gelegenheit nicht entgehen, Mania zu einem Oberek aufzufordern.

Der Oberek – ein polnischer Nationaltanz wie die Mazurka – verlangt Sprünge, Beinwürfe und spontan erdachte Figuren. Mania, die den Tanz schon in Zwola kennengelernt hatte, folgte zunächst Aleksanders Schritten und Bewegungen. Als er merkte, mit welcher Leidenschaft sie tanzte, forderte er sie mit immer gewagteren Drehungen und immer höheren Beinwürfen heraus. Doch egal, was er vorgab – Mania machte es ihm nach, scheute keine noch so schwierigen Figuren, und irgendwann war sie es dann, die ihn herausforderte und ihm die Höhe der Beinwürfe, die Schrittfolgen und Figuren vorgab. Da standen die anderen Tänzerinnen und Tänzer längst am Rand der Tanzfläche, klatschten im Rhythmus der Trommeln und feuerten Mania an.

Von da an war sie, das Mädchen aus Warschau, für den

Rest der Nacht die begehrteste aller Tänzerinnen und die unbestreitbare Königin des Tanzbodens. In Gedanken musste sie eine Warteliste der Tänzer anlegen, die sich bei ihr um einen der nächsten Tänze bewarben. Und wenn sie die Scheune verließ, um sich unter dem Sternenhimmel der Winternacht abzukühlen und ein wenig zu verschnaufen, passten die jungen Männer sie ab, um den Tanz mit ihr ja nicht zu versäumen.

Die Sonne ging schon auf, als die Musiker zum letzten Tanz aufspielten, zu einer sogenannten Weißen Mazurka, bei der die Frauen einen Tänzer aussuchen dürfen. Mania achtete nicht auf die vielen bettelnden Blicke der Tänzer, sondern ging zielstrebig zu Aleksander und forderte ihn zum Tanz auf.

Wie leicht fühlte sie sich, während sie sich an seiner Hand drehte! Wie herrlich leicht, während sie um ihn herumtanzte oder sich in seinen Armen zurücklehnte! Sie fühlte sich so leicht, als hätte sie in dieser Nacht fliegen gelernt. Am Ende der Weißen Mazurka dann, als die Männer jene Figur tanzten, in der sie die Bitte um den Kuss darstellten, wedelte Mania ihrem Tänzer nur sanft mit dem weißen Tuch unter dem Kinn herum, statt es ihm ins Gesicht zu schlagen.

Die Dorfjugend verabschiedete sich, die jungen Leute aus Skalbmierz wankten todmüde und glücklich über den verschneiten Hof ins Herrenhaus. Auf dem Weg durch die große Stube ins Obergeschoss, wo die kleine Kammer lag, die sich Mania mit Henriette teilte, erwiderte sie ein Lächeln Aleksanders und berührte wie zufällig seinen Arm. Er wich daraufhin nicht mehr von ihrer Seite, begleitete sie ein Stück und erzählte irgendetwas Belangloses, an das sie sich später nicht mehr erinnerte.

Es geschah dann in der Diele zwischen der großen Stube und der Treppe, die ins Obergeschoss führte. Irgendwie schafften sie es da, für einen kurzen Moment allein zu sein. Oder war es Aleksander, der für diesen Moment gesorgt hatte?

Wie auch immer: Er fasste Manias Hand, als wollte er sich bei ihr bedanken oder ihr eine gute Nacht wünschen, und zog sie zwischen eine schwere Truhe und einen Garderobenständer. Hinter den Mänteln, Schals und Jacken küsste er sie.

Ihr war, als würde um sie herum ein Meer aus Lichtern aufflammen, als würde die Welt stehen bleiben; ein gewaltiges Staunen erfasste sie, und ein nie gekannter Aufruhr wühlte sich durch ihren Körper. Etwas in ihr wollte unbedingt, dass dieser Kuss noch Stunden dauerte, etwas anderes in ihr war froh, als plötzlich Aleksanders Mutter besorgt den Namen ihres Sohnes rief und Aleksander sich schnell von ihr löste, sie zur Treppe schob und seiner Mutter antwortete.

Der Kuss brannte ihr auf den Lippen, während sie sich kurz darauf in der Gästekammer aus ihren verschwitzten Kleidern schälte. Brannte er ihr nicht sogar im ganzen Körper? Das Herz klopfte ihr im Hals, und eine unbändige Lust auf Leben und Liebe erfüllte sie.

Während Henriette sich schon in ihre Decken wickelte, ließ Mania sich auf dem schmalen Gästebett nieder und zog sich die goldfarbenen Schnürschuhe aus, die ihr Tante Maria geschenkt hatte. Ihre Fußballen schmerzten, sie tastete Blasen, und als sie die Schuhe hob und im einfallenden Licht der Morgensonne die Sohlen betrachtete, sah sie, dass beide Schuhsohlen durchgetanzt waren.

So muss das Leben sein, dachte sie und lächelte. So muss mein Leben werden: wild und schön, voller Tänze und Küsse und mit durchgetanzten Schuhen am Ende.

12
Liebeskrankheit

Szczuki, Frühling 1886

Mania setzte sich neben ein kleines Mädchen und führte ihm die Hand mit dem Stift, um ihm zu zeigen, wie man die Zahl 7 richtig herum zeichnete. Sie ließ die Mädchenhand los, als die große Sieben auf dem Blatt stand, nickte der Kleinen zu und beobachtete, wie sie die Ziffer nun selbstständig und richtig schrieb. »Sieben«, flüsterte das Kind, richtete sich auf und betrachtete voller Stolz sein Werk.

»Sehr gut«, sagte Mania und strich dem Mädchen über das schmutzige Haar, bevor sie sich erhob, um zu ihrem nächsten Schüler zu gehen.

Zu diesem Zeitpunkt trennten sie noch sieben Tage von dem Augenblick, in dem sie ihrer großen Liebe zum ersten Mal gegenüberstehen würde. Doch das konnte sie natürlich nicht einmal ahnen.

Die Kinder im Hof waren zwischen sechs und zwölf Jahre alt. Flicken bedeckten ihre Hosen, Kleidchen, Hemden und Jacken. Alle hockten barfuß auf den Brettern, die Mania über Kisten gelegt hatte, einigen lief die Nase, während sie sich über die Blätter beugten, die Mania ausgeteilt hatte. Breite, über Fässer gelegte Holzbohlen dienten ihnen als Schreibpulte.

Mania, mittlerweile achtzehn Jahre alt, unterrichtete insgesamt achtzehn Schüler: meist Kinder von Arbeitern aus der nahen Zuckerfabrik und Bauernkinder aus den Höfen der Umgebung, dazu einige Söhne und Töchter der Hausmädchen und der Gärtner vom Gutshof des Verwalters Zorawski, in dessen Haus Mania seit einigen Monaten als Gouvernante und Hauslehrerin arbeitete.

Keines der Kinder konnte lesen, schreiben oder rechnen, denn kaum ein Arbeiter und Bauer dachte daran, seinen Nachwuchs auf eine Schule zu schicken. Hier nun, in Manias kostenloser Freiluftschule, zeichneten diese Kinder seufzend und ächzend, bei herausgestreckten Zungen und mit ungelenken Fingern die Zahlen ab, die Bronka ihnen mit Kreide auf eine alte Schalungstafel geschrieben hatte. Mania ging von Kind zu Kind, schaute jedem über die Schulter und half und verbesserte, wo es nötig war. Manche ihrer Schüler rochen so schlecht, dass sie sich zwingen musste, sich zu ihnen hinunterzubeugen.

Bronka, Manias gelehrigste Schülerin, war die älteste Tochter des Hauses Zorawski, in dem Mania angestellt war. Von der ersten Unterrichtsstunde an war es der frischgebackenen Hauslehrerin aus Warschau eine große Freude gewesen, zu sehen, mit wie viel Wissensdurst und Vertrauen die Siebzehnjährige sich von ihr an der Hand nehmen und in die faszinierende Welten der Mathematik, Physik und Chemie einführen ließ. Aus Lehrerin und Schülerin waren schnell Freundinnen geworden.

Weit weniger erbaulich gestaltete sich leider der Unterricht von Bronkas zehnjähriger Schwester Andzia, denn das verwöhnte Mädchen erwies sich als lustlos, bockig und wenig begabt. Als Gouvernante war Mania auch dafür zuständig, Bronkas dreijährigem Bruder Stas die Ohren zu waschen und ihrer jüngsten Schwester Maryshna die Windeln zu wechseln, wenn wieder einmal das Hausmädchen oder die Amme nirgends zu finden waren.

Neben diesen vier Kindern im Haus gab es noch drei weitere Söhne der Zorawskis, die allerdings in Warschau lebten: zwei Halbwüchsige in einem Pensionat und einen jungen Mann in Manias Alter auf der Universität. Immer, wenn Frau Zorawska von ihm sprach, leuchteten ihre Augen und schlich sich ein beinahe feierliches Timbre in ihre Stimme. Die Frau des Hauses schien Großes mit ihrem ältesten Sohn vorzuhaben. Er hieß Kasimir, und Mania sollte ihn bald kennenlernen.

Bronka malte die Acht und die Neun an die Tafel. Die Kinder beäugten die Zahlen aus schmalen Augen und mit gerunzelter Stirn, legten wieder die Köpfe schief, streckten wieder die Zungen zwischen Zähne und Lippen und beugten sich erneut über ihre Blätter. Und Mania ging von Kind zu Kind, um zu helfen. Die Sechs- und Siebenjährigen lernten erheblich schneller als die Zehn- und Elfjährigen.

Seit zwei Monaten, seit den ersten warmen Tagen, erteilte Mania diesen Freiluftunterricht, den sie zusätzlich zu den neun Stunden Arbeit leistete, die im Hause Zorawski

Tag für Tag anfielen. Von Anfang an war der Zulauf so stark gewesen, dass sie die Klasse hatte teilen müssen. Mehr als neun Kinder auf einmal konnte Mania im Hinterhof oder auf der Veranda nicht unterbringen. Jede der beiden Gruppen fand sich dreimal die Woche für jeweils zwei Stunden dort ein. Das Alphabet beherrschten die Kinder inzwischen, und Mania und Bronka hofften, nächste Woche so weit zu kommen, dass sie ihnen die ersten Additionsaufgaben beibringen konnten.

Arbeiter- und Bauernkinder zu unterrichten, gehörte ganz und gar nicht zu Manias Aufgaben im Hause Zorawski. Kein Mensch in dieser ländlichen Gegend fünfzig Meilen östlich von Warschau hätte sie jemals dazu aufgefordert, geschweige denn dafür bezahlt. Es war die lebhafte Erinnerung an Monsieur Danton, seine positivistische Philosophie und seine Vorlesung über Victor Hugo an der Untergrundakademie, die Mania dazu inspiriert hatte.

»Täglich muss ich erschrecken über die vielen armen Kinder dieser Gegend, die noch nie eine Schule von innen gesehen haben«, hatte sie eines Abends dem verblüfften Ehepaar Zorawski erklärt, das offenbar noch nie über diese Kinder nachgedacht hatte; schließlich hatte es genug damit zu tun, die Betreuung der eigenen sieben an Amme, Gouvernante, Hausmädchen und auswärtige Lehrer zu delegieren.

»Tja …« Herr Zorawski, ein gutmütiger Mann von altmodischer Denkweise, schabte sich den Bart. »Das ist irgendwie schon schade, nicht wahr?« Und Frau Zorawska bemühte sich, ein bekümmertes Gesicht zu machen.

»Wenn uns die künftigen Geschicke unseres Vaterlandes

am Herzen liegen, müssen wir uns um diese bedauernswerten Kinder kümmern«, fuhr Mania fort, »denn gerade sie bedeuten nichts weniger als Polens Zukunft. Und ist es nicht unsere Pflicht, uns als gute Patrioten um Polens Zukunft zu kümmern?«

Frau Zorawska guckte halb betreten, halb zweifelnd, und Herr Zorawski wiegte nachdenklich den Kopf, doch keiner von beiden widersprach. Also legte die überzeugte Positivistin Mania dem Ehepaar dar, warum nur die Erziehung und Veredlung des einzelnen polnischen Menschen eines Tages zu einer Verbesserung der gesamten polnischen Gesellschaft führen könne.

Herr und Frau Zorawski hörten ihr staunend zu. Beide empfand Mania als durchaus angenehme Menschen mit einem gewissen geistigen Horizont. Vor allem von Herrn Zorawski hatte sie dieses Bild gewonnen. Er verwaltete einem steinreichen Magnaten die nahe Zuckerfabrik und war für die Bewirtschaftung der ausgedehnten Zuckerrübenfelder rund um sein Haus genauso verantwortlich wie für die Bauern, die sie ihm bestellten, und die Fabrikarbeiter, die aus den geernteten Rüben den Zucker produzierten. Je länger Herr Zorawski Mania zuhörte, desto häufiger nickte er.

Frau Zorawska war vor allem zuständig für ihre umfangreiche Garderobe, die Kleider ihrer Kinder, die Dienstboten im Hause und für die rauschenden Bälle, zu denen sie oft und regelmäßig einzuladen pflegte. Als sie ebenfalls zu nicken begann, stellte sie sich wahrscheinlich vor, wie sie beim nächsten dieser Tanzabende den Nachbarinnen von der modernen Gratisschule für arme Leute vorschwärmen konnte, die es seit Neuestem in ihrem so modernen und wohltätigen Hause gab.

Was auch immer ihre Gründe gewesen sein mochten – sie erlaubte Mania, ihren Plan in die Tat umzusetzen, und selbstverständlich durfte ihre Tochter Bronka ihr assistieren, schließlich würde sie dabei etwas für ihre Zukunft als Lehrerin lernen. Daraufhin erklärte auch Herr Zorawski, er sei angetan, und Mania möge anfangen mit dem Unterricht, nur dürfe sie darüber ihre Pflichten im Hause Zorawski nicht vernachlässigen.

Bronka war begeistert von Manias Plan und wollte ihr unbedingt helfen. »Du musst aber eines wissen«, hatte Mania sie gewarnt, »wenn Iwanow uns erwischt, wird's gefährlich für uns. Dann kann es sein, dass wir Sibirien schneller kennenlernen, als uns lieb ist.« Bronka war nun erst recht Feuer und Flamme, denn etwas zu tun, das die russischen Besatzer verboten hatten, konnte nur heißen, etwas Gutes zu tun.

So war Bronkas Charakter, und deswegen liebte Mania sie.

Nach dem Unterricht sammelte Mania die Stifte ein, drückte den Kindern ihre mit Zahlen vollgeschriebenen Blätter in die Hand und ermahnte sie, zu Hause zu üben und übermorgen wiederzukommen. Doch die Kinder wollten noch gar nicht gehen – sie halfen beim Abbau des improvisierten Klassenzimmers, fragten Mania und Bronka Löcher in den Bauch oder schrieben mit den Fingern Worte in den Sand des Hofes, die sie beim letzten Unterrichtstag gelernt hatten, und forderten sich gegenseitig auf, sie zu lesen.

Als sie endlich den Hof verlassen hatten, begaben die beiden Lehrerinnen sich ins Haus, denn aus den offenen Fenstern zur großen Stube – Frau Zorawski nannte sie *Salon* – hörten sie bereits das Hausmädchen den Tisch für das Mittagessen decken. Im zweistöckigen Mittelteil des Gutshauses gab es einen geräumigen Flur, der die beiden einstöckigen Hausflügel miteinander verband und an dessen Seiten zwei Treppen nach oben führten. Vor dem Garderobenspiegel dort bürsteten die jungen Frauen ihr Haar und strichen ihre Kleider zurecht.

Nicht weit weg vom hohen Spiegel stand mit dem Rücken zur Schmalseite des Garderobenschranks eine Ritterrüstung. Herr Zorawski liebte solche Überbleibsel längst vergangener Zeiten, hatte auch sonst im Haus Schwerter, Wappenschilder und sogar Hellebarden an den Wänden aufhängen lassen. Die Ritterrüstung polierte er regelmäßig und mit Hingabe. Wenn Mania sich vor dem Garderobenspiegel zurechtmachte, konnte sie die Rüstung links von sich sehen, und manchmal war ihr dann, als stecke hinter dem geschlossenen Visier einer, der sie beobachtete.

Am Mittagessen nahmen in der Regel alle Bewohner des Gutshofes teil, also auch die Amme, das Hausmädchen, die Köchin, der Gärtner und so weiter. Mania fühlte sich während dieser Mahlzeiten immer ein wenig wie zu Hause in der Nowolipkistraße, wenn alle Pensionatszöglinge um den Esstisch versammelt waren.

So wie dort, ging es auch hier recht laut zu bei Tisch,

denn jeder hatte etwas zu erzählen: Frau Zorawska von einem bevorstehenden Sommerfest auf dem Nachbargut, Bronka vom beglückenden Unterricht mit den Kindern der Armen, Andzia von einer lustigen Paddelpartie mit den Nachbarskindern, der Gärtner von dem schlimmen Schädling, der die Rosen befallen hatte, Herr Zorawski von seinen Magenbeschwerden und von Zuckerpreisen in Schweden und im Deutschen Reich.

Mania war froh, wenn niemand sie ansprach. Sie mochte es, unauffällig zu bleiben zwischen all diesen Menschen, die einander so viel zu erzählen hatten. Wie schon oft in den letzten Wochen, wunderte sie sich auch heute, wie schnell sie in ihre Arbeit und in diese fremde Familie hineingefunden hatte. Schließlich war kaum ein halbes Jahr vergangen, seit sie an einem der letzten Wintertage mit ihren Koffern aus der Kutsche gestiegen war und sich erschrocken umgeschaut hatte, als sie die weiten und verschneiten Felder rund um das Backsteinhaus sah, die so gar nichts Ländlich-Idyllisches hatten. Das lag nicht zuletzt an der nur wenige Hundert Schritte entfernt aufragenden Zuckerfabrik mit ihren hohen Schloten. An deren Hässlichkeit hatte Mania sich auch nach einem halben Jahr noch nicht gewöhnt.

Der Abschied von Warschau, wo sie ein Jahr lang dem Vater beim Unterricht geholfen und ihren ersten selbstständigen Privatunterricht auf eigene Rechnung in der Familienwohnung gegeben hatte, der Abschied von Bronia und dem Vater also war ihr sehr schwergefallen. Mania hasste es, sich von ihrer Familie trennen zu müssen.

Dazu kam, dass sie ihren Dienst bei den Zorawskis nicht

besonders hoffnungsfroh antreten konnte. Es war nämlich schon ihre zweite Gouvernantenstelle. Auf ihrer ersten Stelle im Haushalt eines reichen Warschauer Anwalts war sie »grandios gescheitert«, wie sie es in einem Brief an Kazia formuliert hatte. Die kalte Atmosphäre in dem prachtvollen und stadtbekannten Haus hatte sie von der ersten Stunde an bedrückt, und die hochnäsigen und verlogenen Umgangsformen empfand sie als abstoßend. Hatte sie jemals durchatmen können in diesem Haushalt? Nein, nicht einmal spätabends, wenn sie in ihrer dunklen Kammer einzuschlafen versuchte.

Die Menschen in diesem eleganten Haus beherrschten eine Kunst, die Mania niemals lernen würde und niemals lernen wollte: das Theaterspiel. Diese Leute grinsten den ganzen Tag, als trügen sie Masken. Sie zogen sich dreimal täglich um und sprachen vor Gästen grundsätzlich Französisch, was sie nicht wirklich beherrschten, wie Mania schnell merkte. Die große Bücherwand im Salon reichte vom Parkett bis zur Stuckdecke, doch niemals sah Mania eines der Familienmitglieder mit einem aufgeschlagenen Buch in der Hand.

Die viel zu vielen Dienstboten scheuchten sie herum wie Hunde, ihre Kinder behandelten sie wie akkurat gekleidete Puppen, die sich still zu verhalten hatten, und die Gesprächsthemen bei Tisch und zur Teezeit beschränkten sich auf Fragen der Garderobe für die nächste Abendgesellschaft und kleinlichen Tratsch über Nachbarn und Bekannte.

Das Fass zum Überlaufen brachte die Frau des Hauses, ein besonders blasiertes Exemplar der Gattung Mensch, als sie Mania aus Gründen der Sparsamkeit das Petroleum für die Lampen ihrer Kammer strich, sodass sie abends nicht mehr lesen konnte. Mania platzte der Kragen, und sie sagte der reichen Dame die Meinung. Danach war es endlich vorbei gewesen.

Die Zorawskis hingegen hatten es ihr von Anfang an leicht gemacht: Ihre Umgangsformen waren freundlich, sie brachten Mania Vertrauen entgegen, bedankten sich für ihre Arbeit, lobten ihre Art zu unterrichten und ließen sie immer wieder spüren, wie sehr sie ihre Anwesenheit, ihre Manieren und ihren Fleiß schätzten.

Vor allem zahlten sie erheblich besser als die Warschauer Anwaltsfamilie. Die Aussicht auf 500 Rubel Gehalt im Jahr hatte den Ausschlag dafür gegeben, dass Mania sich schließlich überwinden konnte, Warschau, Bronia und dem geliebten Vater Adieu zu sagen.

Nach dem Essen ließ sich Herr Zorawski die Post an den Tisch bringen und schaute sie durch. Auch drei Briefe für Mania waren dabei, einer von Hela, einer von ihrem Vater und einer von Aleksander.

»Freut euch, Kinder!«, entfuhr es Frau Zorawska, die hastig einen Brief ihres ältesten Sohnes geöffnet hatte und ihn nun überflog. »In einer Woche kommen eure Brüder aus Warschau zurück. Kasimir will die Ferien bei uns verbringen.« Sie strahlte über das ganze Gesicht, und Andzia und der kleine Stas klatschten in die Hände.

In der Mittagspause spazierte Mania wie immer bei schönem Wetter an dem breiten Wasserlauf entlang, der durch die Zuckerrohrfelder führte und zwei kleine Seen miteinander verband. Und wie immer nahm sie eines der Bücher mit, die sie gerade las – ein russisches Lehrbuch der Anatomie und der Physiologie – und diesmal auch die drei Briefe. Sie öffnete einen nach dem anderen, bevor sie das Buch aufschlug, um sich in die Medizin zu vertiefen.

Hela berichtete von ihrem Tagesablauf in dem Mädchenpensionat, an dem sie unterrichtete, klagte über die Langeweile in der ländlichen Küstengegend, in die es sie verschlagen hatte, und schrieb von ihren Fortschritten im Gesangsunterricht. Gut die Hälfte des Briefes jedoch widmete sie ihrem geliebten Studenten, schwärmte von gemeinsamen Ausflügen und Konzertbesuchen, beschrieb sein reiches Elternhaus und jubelte wortreich über seinen Vorschlag, bald nach seinem Abschluss und noch vor Jahresende Verlobung zu feiern. Um nicht übermäßig willfährig zu erscheinen, habe sie um Bedenkzeit gebeten, schrieb sie, und um seine Vorfreude noch ein wenig zu steigern.

Typisch Hela, dachte Mania, während sie den Brief des Vaters öffnete, an wie viele Männer hatte ihre Schwester nicht schon Körbe verteilt, bevor sie sich in diesen künftigen Ingenieur aus vermögendem Haus verliebt hatte, und selbst diesen hielt sie jetzt hin. Hela wusste einfach zu gut, wie schön sie war. »In Sachen Selbstbewusstsein sollte ich mir eine Scheibe bei ihr abschneiden«, seufzte Mania.

Der Vater berichtete von einigen schwierigen Schülern, von Gelenkbeschwerden, die ihn in letzter Zeit heimsuchten, und von Bronia, die ihm beim Unterricht half und ihm den Haushalt machte. Er ermahnte Mania, in ihren Privatstudien nicht nachzulassen, damit sie vorbereitet sei, falls sich ihr doch noch irgendwann unverhofft die Tür zu einem Studium öffnen sollte.

Wie üblich, schickte er zwei Blätter mit Mathematikaufgaben mit, an denen Mania »ihren Geist schärfen« könne, wie er sich ausdrückte. Am Ende des Briefes richtete er Grüße von Witold aus, der das Pensionat nach erfolgreichem Abschluss verlassen würde, um Medizin zu studieren.

Auf einem Extrabogen schrieb Bronia ihr ein paar Zeilen mit Grüßen und einem kurzen Bericht über eine zufällige Begegnung mit der schönen Jadwiga. Die hatte inzwischen geheiratet und arbeitete gemeinsam mit Madame Sikorska daran, die Untergrundakademie für Frauen wieder ins Leben zu rufen.

Mania las die Zeilen ihrer ältesten Schwester mit gemischten Gefühlen. Einerseits freute sie sich über Jadwigas und Madame Sikorskas Pläne für eine Wiederbelebung der geheimen Vorlesungen, andererseits bedrückte sie der Gedanke, dass eine junge Frau wie Bronia zu Hause saß, sich mit widerspenstigen Schülern herumärgerte, dem Vater den Haushalt machte und dabei ihre Träume verblassen und ihre Begabungen verkümmern ließ.

»Du musst nach Paris, Bronia«, murmelte sie, während sie Aleksanders Brief entfaltete. »Du musst noch in diesem Jahr nach Paris gehen und Medizin studieren.«

Aleksanders Brief war kurz und noch nichtssagender als sein letzter, den Mania zu Jahresbeginn erhalten hatte. Anfangs waren noch monatlich Briefe hin und her gegangen, doch seine wurden immer kürzer und uninteressanter. Verärgert faltete sie den Brief zusammen. War es nicht Zeitverschwendung, diesen Briefkontakt noch länger aufrechtzuerhalten?

Sie dachte an die gemeinsam durchtanzte Nacht und an Aleksanders Kuss zurück und nahm sich dann doch vor, es noch einmal zu versuchen. Sie würde ihm einfach die Wahrheit schreiben: dass seine Briefe sie langweilten und sie die Korrespondenz abbrechen würde, wenn er sich nicht mehr Mühe mit ihnen gab.

Den Nachmittag über plagte Mania sich damit, einer unkonzentrierten Zehnjährigen französische Grammatik und das Bruchrechnen beizubringen. Es zeigte sich, dass Andzia die Rechenübungen nicht gemacht hatte, die sie ihr als Hausaufgabe aufgetragen hatte. Zur Strafe strich sie dem Mädchen die abendliche Lesung aus Dickens' »David Copperfield«, woraufhin Andzia in Tränen ausbrach. Doch Mania, die sehr streng sein konnte, ließ sich nicht erweichen.

Gegen acht Uhr, nachdem sie Andzia und ihren kleinen Bruder Stas ins Bett gebracht hatte, zog Mania sich in ihre Kammer zurück und konnte sich endlich ihren Büchern widmen. Seit ihrem Erholungsjahr in Zwola und Skalbmierz verschlang sie Werke sämtlicher Wissensgebiete, die sie interessierten.

Zurzeit waren das ein Astronomiebuch, ein Band über moderne Physik, ein französisches Handbuch der Soziologie, ein Chemiekompendium, das der Cousin Józef ihr geschenkt und das sein russischer Professor geschrieben hatte, und eben jenes Lehrbuch der Anatomie und Physiologie. Sie las all diese Bücher gleichzeitig – mal ein Kapitel in dem einen, mal einen Paragrafen in dem anderen –, um herauszufinden, welche Wissenschaft sie am meisten anzog und auf welchem Gebiet wohl ihre stärkste Begabung schlummern mochte.

Irgendwann nach Mitternacht, als sie den Docht der Petroleumlampe ausdrehte und ihr vom langen Tag die Glieder schwer waren und der Kopf wehtat, fragte sie sich, warum um alles in der Welt sie diese Mühe auf sich nahm. Schließlich würde die Warschauer Universität ihr niemals einen Studienplatz gewähren, und das Geld des Vaters reichte nun einmal nicht für ein Studium im Ausland.

Die Antwort stand ihr am nächsten Morgen gleich nach dem Aufwachen vor Augen: weil sie noch lange nicht bereit war, den Traum von einem Studium in Frankreich aufzugeben. Und sollte er in Erfüllung gehen, wollte sie bereit sein. Hatte das nicht so ähnlich auch der Vater geschrieben? Recht hatte er.

Mania ging an ihr Tagewerk – um halb acht die Kleinen wecken, waschen und anziehen, zwei Unterrichtsstunden mit Bronka, zwei mit den Kindern der armen Leute, nach der Mittagspause Unterricht mit der Zehnjährigen, wieder Unterricht mit Bronka, abends die geliebte Vorlesestunde und gegen acht dann endlich allein in der Kammer.

Als sie dort ihr Schreibzeug aus dem Seitenschränkchen des Sekretärs holte, wollte es der Zufall, dass sie den samtenen blauen Beutel tastete, in dem sie ihre guten Schuhe aufbewahrte, ihre Tanzschuhe. Sie nahm ihn hoch, schnürte ihn auf, packte aber nicht ihre neuen Schuhe aus, sondern die alten, die mit den durchgetanzten Sohlen.

Lächelnd betrachtete Mania sie im Schein der Petroleumlampe, die auf dem Sekretär brannte, vor allem die Löcher in den Sohlen besah sie sich. Bilder der Erinnerung zogen ihr durch den Geist: der verrückte Kulig, die wilden Tänze, der erste Kuss. War das wirklich schon zwei Jahre her? Die Freude, die Lebenslust und die leidenschaftliche Kraft, die in ihrer Brust loderten, spürte sie, als wäre es gestern gewesen.

Vergiss es nicht, dachte sie und steckte die durchgetanzten Schuhe zurück zu den neuen.

Danach schrieb sie zwei Briefe und versank anschließend wieder in ihren Büchern. Und arbeitete weiter an ihrem Traum.

Sechs Tage später hielt eine Kutsche vor dem Gutshaus. Mania kam gerade von ihrem täglichen Lesespaziergang am Fluss zurück. Zwei Halbwüchsige und ein junger Mann stiegen aus und gingen ins Haus. Kutscher, Diener und Gärtner trugen ihnen die Koffer hinterher.

Das konnten nur die drei Söhne der Zorawskis sein. Mania klemmte das Buch unter den Arm und beschleunigte ihre Schritte, beinahe wäre sie gerannt, so gespannt war sie.

Im Flur blieb sie einen Moment vor dem Garderobenspiegel stehen, streckte in einer Anwandlung von Übermut der Ritterrüstung die Zunge heraus und schritt dann zur offenen Tür der großen Stube. Darin war die gesamte Familie zusammengelaufen, um die Ankömmlinge zu umarmen und zu küssen. Mania wartete auf der Schwelle.

»Und das ist Fräulein Maria, unsere neue Hauslehrerin!«, rief Frau Zorawska, als sie Mania unter der Tür stehen sah. »Geht, begrüßt sie! Fräulein Maria wird euch während eurer Ferien Nachhilfeunterricht geben.« Sie schob die beiden Halbwüchsigen in Manias Richtung, einer mochte zwölf Jahre alt sein, der andere dreizehn oder vierzehn. Beide reichten ihr die Hand und machten brav ihre Diener.

Jemand nannte die Namen der Knaben – oder taten sie es selbst? –, doch Mania erinnerte sich auch am nächsten Tag nicht daran, geschweige denn an die Namen. Ihr Blick und ihre Aufmerksamkeit hingen nämlich an der hageren und hochgewachsenen Gestalt des jungen Mannes, der den Arm um Bronka gelegt hatte. Neugierig schaute er zur Tür und zu Mania.

»Unser großer Bruder Kasimir!«, rief Bronka und fuhr ihm durchs Haar. Der auf diese Weise Vorgestellte löste sich von seiner Schwester und schritt auf Mania zu. Auch Mania setzte einen Fuß vor den anderen und ging zwischen den beiden Halbwüchsigen hindurch ihm entgegen.

»Maria Skłodowska«, sagte sie mit fester Stimme und ergriff lächelnd die ausgestreckte Hand. »Freut mich, dich kennenzulernen.« Aus irgendeinem Grund rutschte ihr das Buch unter dem linken Arm heraus und polterte aufs Parkett.

»Ich bin Kasimir, wie du gehört hast.« Er bückte sich schnell nach dem Buch. »Du glaubst nicht, wie gut ich dich schon kenne nach all den Briefen, in denen Bronka von dir berichtet hat.« Ein breites Lächeln erstrahlte auf seinem Gesicht. »Nur Gutes natürlich, ich schwöre.« Sein Blick fiel auf das Buch. »Oh! Du liest Mendelejews ›Grundlagen der Chemie‹? Den zweiten Band?« Voller Staunen sah er sie an.

»Den Ersten habe ich schon gelesen.« Mania musterte ihn aufmerksam. Er hatte graue Augen und dunkelblondes Haar, sein Gesicht war kantig und schmal, und der flaumige Ansatz eines Schnurrbarts spross ihm auf der Oberlippe. Mania wusste, dass er nur ein Jahr älter war als sie. »Du kennst den Autor?«

»Ich studiere zwar Mathematik, doch in Mendelejew habe ich trotzdem schon hineingeschaut.« Er schlug das Buch auf und runzelte die Stirn. »Du liest es im Original?«

»Mein Cousin sagt, die polnische Übersetzung tauge nichts. Er studiert in Sankt Petersburg bei Mendelejew.«

»Ach …« Lächelnd reichte er ihr das Buch, wobei das Staunen nicht aus seiner Miene weichen wollte. Auch später nicht, als sie bei Tisch saßen, Tee tranken und die Zorawskis ihn und seine beiden jüngeren Brüder nach ihrem Ergehen befragten. Die Jungen erzählten von Kameraden, klagten über Lehrer oder schwärmten von Professoren, während Kasimirs Blick wieder und wieder zu Mania hinflog.

Am späteren Nachmittag schlug Bronka vor, einen Spaziergang zum oberen See zu machen und ein wenig zu paddeln. Die Eltern und die beiden kleineren Kinder blieben zu Hause, alle anderen jedoch kamen mit. Die beiden Schwestern hingen an Kasimirs Armen, die beiden jüngeren Brüder hielten sich an Mania und hatten allerhand zu erzählen. Doch bald schon stapften sie durch die Böschung des Flusses und hielten nach Fröschen und Karpfen Ausschau; wahrscheinlich hatten sie gespürt, dass Mania ihnen nur mit einem Ohr zuhörte.

Am liebsten hätte sie immer nur Kasimir angeschaut, verbot es sich aber. Kasimir dagegen war nicht so streng mit sich selbst. Oft nahm sie seine Blicke aus dem Augenwinkel wahr, und mindestens genauso oft spürte sie einfach, dass er sie beobachtete.

Der Zufall wollte es, dass sie mit ihm und Andzia in dasselbe Boot stieg. Während sie zur Rechten paddelte und er zur Linken, sprachen sie zunächst über Chemie und Mathematik, später über gemeinsame musikalische Vorlieben, schließlich über Bücher, die sie beide gelesen hatten, und irgendwann erzählte Mania von den Kuligs in Skalbmierz und er von einem Ball in Krakau, wo er auch die Mazurka in Nationaltracht getanzt hatte.

Ihre Unterhaltung stockte nicht eine Sekunde lang, die Worte strömten nur so hin und her, und wenn sie einander anschauten, leuchteten ihre Augen, als würden sie etwas sehen, das sie lange gesucht hatten. Mania bedauerte das nahende Ende der Kahnfahrt, als der Anlegesteg wieder in Sicht kam.

»Du kannst paddeln wie ein alter Fischer«, sagte Kasimir, kurz bevor sie anlegten.

»Wie eine alte Fischerin, wenn schon.« Mania sprang auf den Steg und reichte ihm die Hand, um ihm beim Aussteigen aus dem schwankenden Kahn zu helfen. Andzia runzelte die Stirn und machte sie mit tadelndem Unterton darauf aufmerksam, dass normalerweise der Mann der Frau beim Aussteigen half. Da brachen sie in lautes Gelächter aus.

Auf dem Rückweg zum Gutshof ging er an ihrer Seite. Was für ein reizender Mensch, dachte Mania, und: Es ist schön, so dicht neben ihm zu laufen. Sie fühlte sich ein wenig, als hätte sie Wodka oder Punsch getrunken, und wunderte sich über ihre Aufregung und ihre Redseligkeit.

Zurück im Haus, musste sie sich zwingen, Andzia zum Unterricht zu rufen und sich mit ihr von den anderen zu trennen und in die Bibliothek des Hauses zu gehen. Was war nur los mit ihr?

Sie versuchte, sich zu sammeln und ihre Aufmerksamkeit der Französischstunde zu widmen, doch das schien der Zehnjährigen weitaus besser zu gelingen als ihr selbst. Erst, als sie sich in der zweiten Stunde mit Dezimalrechnen beschäftigten, fühlte Mania sich ein wenig ruhiger.

An diesem Abend schrieb sie an Kazia, und als sie den Brief danach noch einmal durchlas, merkte sie, dass sie die Hälfte der Zeilen darauf verwendet hatte, Kasimir zu beschreiben und den Spaziergang und die Paddeltour mit ihm zu schildern. Sie steckte den Briefbogen dennoch in ein Kuvert.

An diesem Abend las sie in ihrem französischen Soziologiebuch, doch die Gedankengänge des Autors kamen ihr merkwürdig kompliziert vor, und sie ertappte sich dabei, wie ihre eigenen Gedanken abschweiften – hin zum ältesten Sohn des Hauses.

Sie schlief unruhig in dieser Nacht und erinnerte sich am nächsten Morgen nur mit Mühe an das, was sie vor dem

Einschlafen gelesen hatte. Der Unterricht fiel ihr an diesem Tag nicht halb so leicht wie sonst, und auf die gemeinsamen Mahlzeiten, an denen sie mit Kasimir am Tisch sitzen würde, freute sie sich wie früher auf Weihnachten.

»Ich fürchte, wir beide haben uns nicht mehr viel zu sagen«, schrieb sie an diesem Abend an Aleksander und schlug ihm vor, ihre Brieffreundschaft zu beenden.

In der Nacht träumte sie, dass sie Kasimir zum Tanz der Weißen Mazurka aufforderte. Am Ende des Tanzes spürte sie eine grenzenlose Erleichterung darüber, das weiße Tuch nicht zu finden, mit dem sie ihrem Tänzer ins Gesicht zu schlagen hatte. Glücklich sank sie im Traum an seine Brust und ließ sich von ihm umarmen und küssen. Mit klopfendem Herzen wachte sie auf.

Als sie zum Fenster hinaus ins Morgenlicht blinzelte und auf die Zuckerrübenfelder blickte, schien ihr die Welt eine andere zu sein als noch gestern. Oder war sie über Nacht eine andere geworden?

Im Spiegel des Waschtisches betrachtete Mania forschend ihr Gesicht und lauschte dabei in sich hinein. Es gab keinen Zweifel: Jene Krankheit, die alle Welt Liebe nannte, hatte sie befallen.

13
Pakt

Warschau, Sommer 1886

Sie lehnte gegen die Fensterwand und blickte hinunter auf die Nowolipkistraße. Hinter ihr, auf dem Schreibtisch des Vaters, lagen kreuz und quer mit Zahlen vollgeschriebene Papierbögen. Unten auf der Straße ratterte und holperte der Verkehr vorüber. Mania fand, dass er zugenommen hatte, seit sie das letzte Mal hier neben dem Barometer aus dem Fenster geschaut hatte.

Und nicht nur zugenommen – der Verkehr hatte sich auch verändert.

Oder wann hatte sie jemals zuvor ein Gefährt gesehen wie etwa dieses große Vehikel, das dort unten in Richtung Westen rollte, und das ziemlich flott, ohne dass auch nur ein einziges Pferd davorgespannt war? Dafür stießen die senkrecht nach oben gerichteten Rohre an der Seite des Gefährts dichte Dampfwolken und dunkle Rauchfahnen aus, und den stampfenden Lärm, den es veranstaltete, konnte Mania trotz geschlossenen Fensters bis herauf ins Arbeitszimmer hören.

Eine Kutsche für viele Menschen war das, oder nein, keine Kutsche – ein Dampfwagen. Oder noch genauer: ein Dampfomnibus. Jetzt überholte er sogar noch eine von vier Pferden gezogene Droschke! Und aus der anderen Richtung der Nowolipkistraße tuckerte, dampfte und rauchte ein ganz ähnliches, noch größeres Vehikel heran!

Das ist die Zukunft, dachte Mania, bald werden immer weniger Kutschen und Fuhrwerke und immer mehr dieser Dampfwagen unsere schönen Warschauer Straßen mit ihrem Lärm und ihrem Gestank erfüllen.

Oder die eigenartigen Zweiräder, von denen in eben diesem Augenblick drei auf einmal unter ihr auf der Straße voüberrollten, und zwar so dicht hintereinander, als würden ihre Fahrer ein Wettrennen veranstalten. Oder machten sie einfach nur einen Ausflug zu dritt? Was für eine atemberaubende Art, sich fortzubewegen! Fasziniert schaute Mania den ungewöhnlichen Fahrzeugen hinterher. Und da! Aus der Karmeliterstraße bog bereits das nächste Zweirad in die Nowolipkistraße ein!

Natürlich hatte Mania sie früher schon hin und wieder gesehen, diese sogenannten Fahrräder, auf denen die Leute wie auf Pferdesätteln hockten, sich jedoch an einer Querstange statt an Zügeln festhielten und wie Organisten auf Orgelbänken in Pedale traten, um das metallene Gerät vorwärtszubewegen.

Unglaublich, wie schnell sich alles veränderte in den letzten Jahren! Der Straßenverkehr, die Fahrzeuge, die Gerätschaften in den Laboratorien, die Mode sowieso – und jetzt auch noch ihr eigenes Leben. Plötzlich gab es da einen jungen Mann, an den sie nicht denken konnte, ohne dass ihr Herz schneller schlug und sie einen aufflatternden Sperlingsschwarm in ihrem Bauch zu spüren glaubte.

Mania musste seufzen, und das ziemlich tief.

Der Großonkel war gestorben und sie vor drei Tagen nach Warschau gefahren, um an der Beerdigung und der anschließenden Familienfeier teilzunehmen. Das wollte sie sich nicht nehmen lassen, und die Zorawskis hatten ihr ohne Wenn und Aber freigegeben. Doch es kostete sie alle Selbstdisziplin, nicht schon morgen wieder in die Eisenbahn zu steigen und zurück nach Szczuki zu fahren – weg vom Vater, weg von Bronia und hin zu ihm.

Zu Kasimir.

Doch ihr Cousin Jósef, der erst kürzlich aus St. Petersburg zurückgekehrt war und nun das Warschauer Museum für Industrie und Landwirtschaft leitete, hatte ihr für zwei Nachmittage das alte Bibliothekslaboratorium reserviert. Dort wollte sie ein paar Experimente nachstellen, die sie in Mendelejews *Grundlagen der Chemie* gefunden hatte. Ihr Verlangen schwankte schmerzlich zwischen Kasimir und der Chemie.

Gestern, als sie von der Beerdigung des Großonkels nach Hause kamen, hatte schon ein Brief von ihm im Postkasten gelegen. Mania legte die Hand auf den Bauch, wo sie unter der Bluse den Brief im Rockbund trug – nahe an ihrem Herzen. Ein Brief voller Zukunft, ein Brief voller zärtlicher Zeilen, die sie tief berührten, so tief wie Kasimirs Küsse.

Erst einen Monat war es her, dass sie einander ihre Liebe gestanden und sich zum ersten Mal geküsst hatten; am vierten Wochenende nach seiner Ankunft in Szczuki war es geschehen. Die Zorawskis waren zu einem Sommerball gefahren, die Kinder zum Schwimmen an den See gegangen, die Amme mit den beiden Kleinen in den Garten. Natürlich wollten die Zorawskis, dass Mania und Kasimir sie zum Ball begleiteten, doch Kasimir hatte Kopfschmerzen vorgeschützt und Mania ihre Bücher.

Und so kam es, dass geschah, was geschehen musste.

Mania hatte ja von Anfang an gespürt, dass auch er sie liebte, doch es dann aus seinem Mund zu hören, in seinen Küssen zu schmecken und von seinen zärtlichen Händen zu spüren, war wie eine Erlösung gewesen. Die Stunden mit ihm – die Gespräche, die Blicke, die Küsse – hatten sie für immer verzaubert.

Auf einmal schreckte sie aus den süßen Erinnerungen hoch, weil sie die Wohnungstür scharren hörte. Rasche Schritte näherten sich im Flur, und Bronia öffnete die nur angelehnte Tür. »Hier bist du? In Vaters Arbeitszimmer?«

»Ja, hier in Vaters Arbeitszimmer.« Mania stieß sich vom Fenster ab und setzte sich auf den Schreibtisch zu all den vollgeschriebenen Papieren. Sie hatte auf Bronia gewartet, um mit ihr über die Zahlen und Berechnungen zu sprechen, die sie darauf angestellt hatte. »In meinem Lieblingsraum.«

»Was ist los mit dir, Mania?« Mit gerunzelten Brauen, aber wohlwollend lächelnd kam die große Schwester herein.

»Was soll schon los sein?« Mania zuckte mit den Schultern und machte ein unschuldiges Gesicht.

»Du siehst so anders aus – so friedlich, so heiter. Und das nach einer Beerdigung?« Bronia legte den Kopf auf die

Schulter und betrachtete sie von den Schuhspitzen bis zu den blonden Locken. »Du hast dich verändert, seit du in Szczuki arbeitest, das ist mir schon gestern aufgefallen – dein Gesicht ist schmaler und kantiger geworden. Hast du abgenommen?«

»Gut möglich.« Tatsächlich hatte Mania sich vor ihrer Abreise nach Warschau vorgenommen, zwei ihrer Röcke enger zu nähen, weil sie ihr auf einmal zu weit vorgekommen waren.

Bronia schlug die Beine übereinander und strich ihr Kleid glatt. »Du musst länger bei uns in Warschau bleiben, unbedingt.« Abrupt wechselte sie das Thema. »Jadwiga und Madame Sikorska haben es geschafft: Es wird tatsächlich wieder geheime Vorlesungen geben! Die erste gleich übermorgen.«

»Ist das wirklich wahr?« Mania strahlte und klatschte in die Hände vor Freude. »Wie schön!«

Bronia blickte erschrocken zur immer noch offenen Tür, stand auf und schloss sie, obwohl sie wusste, dass der Vater Besuche in der Innenstadt machte und alle Schüler über die Ferien zu ihren Familien gefahren waren. »Sie haben genügend Dozenten beisammen, die mitmachen, und der Kursplan ist auch schon so gut wie fertig.«

Sie setzte sich wieder und berichtete. Es würde Angebote für fast alle Natur- und Geisteswissenschaften geben, jede Woche sollte eine zweistündige Vorlesung stattfinden, und nach einem sechsjährigen Studium könne man wie ursprünglich geplant mit einer Prüfung und einem akademischen Titel abschließen. Viele Privathäuser und Institutionen in Warschau und Umgebung seien bereit, ihre Räume für die geheimen Vorlesungen zu öffnen, unter anderem Józefs Museum für Industrie und Landwirtschaft.

»Wegen der wechselnden Orte hat Jadwiga das Geheimunternehmen ›Fliegende Universität‹ getauft«, schloss Bronia. »Allerdings kostet das Studium einen stolzen Preis, und nicht jeder wird es sich leisten können.« Sie seufzte und guckte ein wenig bekümmert. »Nach ihrer Eheschließung heißt Jadwiga jetzt übrigens mit Nachnamen Szczawińska-Dawidowa.«

»Was für ein ellenlanger Name.«

»Habe ich auch gedacht.« Bronias Blick glitt über die vielen Papierbögen auf dem Schreibtisch des Vaters. »Was ist das denn für eine Unordnung hier! Ist der Vater tatsächlich in die Stadt gegangen, ohne aufzuräumen? Das ist doch sonst nicht seine Art.«

»Das kommt dir nur wie Unordnung vor«, entgegnete Mania. »In Wahrheit siehst du hier die neue Ordnung unseres zukünftigen Lebens.«

»Bitte?« Bronia schaute sie an, wie man einen Menschen anschaute, dessen Witz man nicht verstanden hatte oder unpassend fand. Sie rückte den Sessel näher an den Schreibtisch heran, griff sich zwei Blätter und betrachtete sie mit zunehmend gerunzelter Stirn. »Das sind ja lauter Zahlen. Geldsummen?«

»Genau, lauter Haushaltsposten. Ich habe nämlich gerechnet. Das Ergebnis: Du brauchst dir keine Sorgen wegen der Kosten für die geheimen Vorlesungen zu machen. Geh für den Rest des Sommers zur Fliegenden Universität, und bessere dein Französisch auf, und im Herbst kannst du deine Zelte hier abbrechen, nach Frankreich fahren und dich an der Sorbonne einschreiben.«

Bronias Augen weiteten sich, und die Kinnlade sank ihr herab. »Spinnst du jetzt?«, flüsterte sie, als sie ihre Sprache wiedergefunden hatte.

»Nein, ich bin vollkommen klar.« Mania rutschte vom Schreibtisch, schritt zu dessen Rückseite, stützte sich dort auf und schaute ihrer Schwester ins Gesicht. »Ich habe viel nachgedacht in den letzten Monaten. Du hast neulich durchblicken lassen, wie viele Ersparnisse du zur Seite legen konntest. Ich habe ausgerechnet, dass diese Summe für deine Reise nach Paris und für dein erstes Studienjahr dort reicht. Einschließlich Zimmermiete.«

»Ein Medizinstudium dauert fünf Jahre, Schwesterchen!« Halb empört, halb spöttisch blitzte Bronia sie an.

»Ich bin ja auch noch nicht am Ende.« Auch Mania wurde lauter. »Wir beide haben schließen einen Pakt.«

»Einen Pakt? Fang bloß nicht wieder mit dieser naiven Kinderei an wie damals im Sommer in Skalbmierz ...«

»Hör mir zu, Bronia!«, fiel Mania ihr ins Wort. »Ich bin gut angekommen bei den Zorawskis, sie mögen mich, ich mag sie, und sie schätzen meine Arbeit. Ich fühle mich sehr wohl bei ihnen, und alle Zeichen sprechen dafür, dass ich ein paar Jahre in Szczuki arbeiten kann.«

»Und?« Bronia schüttelte verständnislos den Kopf.

»Wir machen es wie bei einem Staffellauf. Ich verdiene fünfhundert Rubel im Jahr.« Mania hob die Rechte und spreizte die Finger. »Wenn ich dir dreihundert davon nach

Paris schicke, hätte ich immer noch genug, um mir ein bisschen was zur Seite zu legen. Zusammen mit dem kleinen Betrag, den der Vater von seinen laufenden Ausgaben für Josef, die Miete und den Lebensunterhalt abzweigen kann, würdest du es schaffen, die vier Jahre in Paris zu finanzieren, für die dir jetzt noch das Geld fehlt. Und wenn du dann in fünf Jahren Ärztin bist und Geld verdienst, komme ich nach Paris, und du hilfst mir.«

Bronia öffnete den Mund so weit, als hätte sie ganz viel zu sagen, doch nicht ein einziges Wort wollte ihr über die Lippen. Sie schluckte nur ein paarmal, und schließlich füllten ihre Augen sich mit Tränen. »Aber, Mania«, schluchzte sie. »Warum denn ich?« Sie zog ein Taschentuch aus dem Ärmel. »Du musst nach Paris, du bist viel begabter als ich ...« Ihre Stimme brach. »Du musst dort studieren«, flüsterte sie weinend, »du wärst viel schneller fertig als ich.«

»Rede keinen Unsinn, Bronia.« Mania stieß sich vom Schreibtisch ab, ging zum Barometer und setzte sich auf den Hocker darunter. »Du bist einundzwanzig, und ich bin achtzehn. Natürlich studierst du zuerst.«

Eine Zeit lang schwiegen sie. Während Bronia sich immer wieder die Augen wischte, schaute sie die mit Zahlen vollgeschriebenen Blätter durch. »Ich muss mit dem Vater darüber sprechen«, sagte sie endlich.

»Das habe ich schon getan. Er ist einverstanden.«

»Mir geht das alles viel zu schnell.« Bronia warf sich gegen die Sessellehne, guckte zur Decke und drückte die Handballen gegen die Schläfen. »Ich brauche Bedenkzeit.«

»Dann nimm sie dir.«

Mania drehte den Gashahn zu, und die Flamme des alten Bunsenbrenners erlosch. Sie ärgerte sich, denn ihr Experiment war misslungen und die chemischen Substanzen, die sie verwendet hatte, verbraucht. Vor den Weihnachtsferien würde sie den Versuch nicht wiederholen können. Das verstimmte sie, doch hatte sie eine Wahl? Im ländlichen Szczuki gab es weit und breit kein Laboratorium. Also fort mit dem Ärger und weitergemacht!

Mania beugte sich über das aufgeschlagene Chemiebuch und studierte das nächste Experiment. Mit diesem ließ sich herausfinden, unter welchen Bedingungen Kalium mit Stickstoff reagierte. Das Kaliumhydroxid hatte ihr Józef besorgt, die stickstoffhaltige Salpetersäure stammte vom Drogisten in der Karmeliterstraße.

Während sie Substanzen, Glasschälchen, Pinzette und Messer vor sich auf dem abgestoßenen und zerkratzten Experimentiertisch anordnete, hörte sie Schritte im Treppenhaus. Wahrscheinlich Museumsbesucher, dachte sie, zog die Petroleumlampe näher und drehte den Docht hoch. Sie brauchte möglichst viel Licht, um die Waagenskala ablesen zu können, wenn sie die Substanzen gleich wiegen würde, und das wollte sie sorgfältig tun, denn das Experiment war nicht ganz ungefährlich.

Plötzlich klopfte es.

Erschrocken fuhr Mania herum. Hatte Józef ihr nicht versichert, sie würde den ganzen Nachmittag über ungestört arbeiten können?

»Wer ist da?«

»Ich bin es«, sagte eine vertraute Stimme. Ohne nachzudenken, ließ Mania alles stehen und liegen, stürzte zur Tür, riss sie auf und zog Kasimir in den Laborraum hinein. Mit dem Rücken gegen die wieder zugedrückte Tür gelehnt, schaute sie ihn an und wusste nicht, ob sie ihren Augen trauen durfte.

»Ich hatte solche Sehnsucht nach dir«, sagte er, »ich musste dich einfach sehen.« Mania fiel ihm um den Hals.

Eng umschlungen standen sie eine Zeit lang vor der Tür. Mal weinte Mania vor Freude, mal lachte sie leise. Zwischen vielen Küssen versicherten sie einander ihrer Sehnsucht und Liebe. Bis sie Kasimir zu ihrem Experimentiertisch führte, einen zweiten Hocker für ihn heranzog und sich, ohne seine Hände loszulassen, ihm gegenüber auf ihren setzte.

Sie schüttelte den Kopf, denn noch immer konnte sie nicht fassen, dass er bei ihr war. »Du bist nur meinetwegen nach Warschau gekommen?«

»Was heißt hier ›nur‹?«

»Was hast du denn deinen Eltern gesagt?«

»Dass mir eine im September bevorstehende Prüfungsarbeit keine Ruhe lasse und ich deswegen unbedingt in die Universitäts-Bibliothek müsse.«

»Woher wusstest du denn, wo du mich finden würdest?«

»Von deiner Schwester. Als ich ihr sagte, wer ich bin, hat sie es mir bereitwillig verraten. Sie wirkte gar nicht überrascht – weiß sie denn von mir? Von uns?«

»Nicht viel.« Bisher wussten nur Manias Freundin Kazia und ihre Cousine Henriette von Kasimir und ihrer heimlichen Liebe. »Wir hatten noch nicht viel Zeit miteinander, seit ich hier bin. Wie geht es zu Hause?«

Er erzählte von den vergangenen Tagen in Szczuki und dass er, seit sie nach Warschau abgereist war, dort eigentlich nur noch körperlich anwesend sei, mit Geist und Herz jedoch ausschließlich bei ihr weile. Mania war gerührt und küsste ihn auf die Nase und bedankte sich gleich mit einem weiteren Kuss auf die Lippen für seinen Brief. Dann berichtete sie von der Bestattung des Großonkels und dem Pakt, den sie Bronia angeboten hatte.

»Du willst studieren?« Er guckte ganz erschrocken und schüttelte den Kopf. »In Paris? Kommt überhaupt nicht infrage! Ich würde ja umkommen vor Sehnsucht.«

»Dann musst du eben auch in Paris studieren.« Lachend bohrte sie ihm den Finger in die Brust. »Doch keine Sorge – bis meine Schwester ihre Arztpraxis eröffnen kann, werden noch mindestens fünf Jahre ins Land gehen. Falls sie überhaupt auf meinen Vorschlag eingehen wird.«

»Studieren, in Paris …« Kasimir schüttelte wieder ungläubig den Kopf. »Darüber müssen wir noch reden.« Sein Blick fiel auf den Labortisch. »Was machst du hier eigentlich?«

»Experimente.« Sie zog das Buch vom Tisch und hielt ihm den Einband vors Gesicht. »Nach Mendelejews Anleitungen. Komm, ich zeige dir eins.«

Sie zog ihn vom Hocker hoch, erklärte ihm die Substanzen und die Versuchsanordnung, drehte den Gashahn wieder auf und entzündete die Flamme des Bunsenbrenners. Halb staunend, halb ungläubig sah Kasimir ihr zu, wie sie das Experiment durchführte, und diesmal gelang es ihr ohne Schwierigkeiten.

Am Ende notierte sie die Formel der neu entstandenen chemischen Verbindung in ihr Notizbuch – KNO_2 –, schrieb das Datum darüber, malte ein Herz darunter und unterschrieb mit ihrem vollen Namen. »Zur Erinnerung.« Sie riss die Seite aus dem Notizbuch und drückte sie ihm in die Hand.

»Ich wusste gar nicht, dass Frauen ...« Kasimirs Blick wanderte zwischen Manias strahlendem Lächeln und der chemischen Formel hin und her. »Einer Frau wie dir bin ich noch nie begegnet.« Er schaute sie an, wie man ein seltenes Tier anschaute. Mania zog ihn an sich, umarmte ihn und küsste ihm die Verblüffung aus dem Gesicht.

Später gingen sie im Sächsischen Garten spazieren, stundenlang, bis es dunkel wurde. »Reisen wir gemeinsam zurück nach Szczuki?«, fragte Mania, bevor sie zwischen einer Eiche und einem roten Holunder zum ersten Mal Abschied nahmen. »Das wäre schön.«

»Dann weiß meine Mutter doch sofort, warum ich wirklich nach Warschau gefahren bin.«

»Irgendwann musst du es deinen Eltern sowieso sagen.« Mania wünschte sich klare Verhältnisse, das spürte sie in diesem Moment so deutlich wie nie zuvor. »Wahrscheinlich ahnen sie es längst.«

»Ich denke schon die ganze Zeit darüber nach, wie ich es ihnen am besten sagen könnte. Und ich habe auch schon eine Idee. Lass uns darüber sprechen, wenn wir beide zurück in Szczuki sind.«

»Was für eine Idee denn?«

»Wir könnten ...« Kasimir wurde rot und geriet ins Stammeln. »Ich meine, wenn es schon so weit ist, dass ich ...« Ganz heiser war seine Stimme nun. »... dass ich es kaum noch aushalte ohne dich, dann könnten wir, dann sollten wir ...« Er räusperte sich, und ehe Mania sich versah, kniete er vor ihr im Gras. »Mania, willst du mich heiraten?«

Er begleitete sie schließlich doch bis zur Ecke Karmeliterstraße, Nowolipkistraße – sie konnten sich einfach nicht trennen. »Sollen die Leute doch ruhig sehen, dass wir zusammengehören«, hatte Mania gesagt. »Irgendwann erfährt der Vater es sowieso.« An der Straßenecke nahmen sie zum letzten Mal an diesem Abend Abschied.

Manias Herz lachte bei jeder Stufe, während sie die Treppe hinaufstieg; sie glaubte zu schweben. Kurz hatte sie an Hela gedacht, als er unter der Eiche vor ihr auf dem Boden gekniet hatte und auf ihre Antwort wartete. Doch warum hätte sie ihn hinhalten sollen? Nein, so war sie nicht. Vor allem wusste sie, was sie wollte – sie wollte ihn. Warum lange zögern, wenn sich dieser Weg doch so glasklar vor ihr abzeichnete? Natürlich hatte sie Ja gesagt.

Sie sah Kasimir vor sich, während sie die Wohnungstür aufschloss, sie sah ihre gemeinsame Zukunft vor sich. Wo würden sie wohnen? In Warschau? In Szczuki? Würde sie einmal eine Gutsherrin sein, wie Tante Maria in Skalbmierz eine war?

Bronia kam ihr im Flur entgegen. Sollte sie es ihr erzählen? Alles in Mania drängte sie dazu. Doch nein, erst einmal musste sie selbst mit dieser atemberaubenden Veränderung fertigwerden, alles fühlte sich ja noch taufrisch an, so ganz und gar neu.

»In Ordnung, Mania.« Mit ausgestreckten Armen kam Bronia auf sie zu. »Wir machen es.« Sie umarmte sie. »Danke, du Liebe!«

»Was ist los?« Wange an Wange mit ihrer Schwester runzelte Mania die Stirn. »Wovon sprichst du denn?« Sie verstand überhaupt nichts.

Bronia schob sie ein Stück von sich und schaute ihr zweifelnd ins Gesicht. »Wo lebst du? Ich spreche natürlich von deinem Angebot! Bist du betrunken?«

»Unser Pakt ist also beschlossene Sache?« Mania riss die Schwester wieder an sich und drückte sie. »Sehr gut! Ich freu mich, Bronia! Jetzt ist die Erfüllung unseres Traums ein großes Stück näher gerückt, glaube mir.«

14
Mittellos

Szczuki, Neujahr 1887

Unruhige Tage, unruhige Herzen – hin und her gerissen zwischen Glücksgefühlen und innerer Anspannung, versuchte Mania, sich auf den Brief an Bronia zu konzentrieren. Im Gutshaus der Zorawskis herrschte schon seit Weihnachten ein wahres Menschengetümmel, sodass Kasimir bis heute Nachmittag vergeblich auf einen Moment gewartet hatte, in dem er seinen Eltern die wichtigste Entscheidung seines Lebens offenbaren konnte.

Es sollte ja ein ungestörter Moment sein, einer, dem genügend Raum blieb, die Feierlichkeit zu entfalten, die ihm zukam. Und war das Geheimnis endlich gelüftet, sollte noch genügend Zeit sein, um Mania dazuzurufen, denn das Brautpaar wollte Kasimirs Eltern gemeinsam seine ersten Pläne für die Verlobung und die Hochzeitsfeier vorstellen.

Es schneite wieder. Nach dem Mittagessen waren die letzten Gäste abgereist, und nun, zur Teezeit, saß Kasimir endlich allein mit seinen Eltern im Erdgeschoss in der großen Stube, um ihnen seine Liebe zu Mania und seine Heiratsabsichten zu eröffnen. Seine jüngeren Geschwister bauten Schneemänner und Iglus draußen im Garten.

Mania, nervös und die Beine noch schwer vom nächtlichen Silvestertanz, versuchte in ihrer Kammer, einen Brief Bronias zu beantworten, bereits ihr dritter, seit sie im Spätsommer in Paris angekommen war. Mania hob den Kopf und lauschte zur Tür hin nach Stimmen im Erdgeschoss und nach Schritten auf der Treppe. Doch es blieb merkwürdig still im Haus.

Sprachen sie denn so leise dort unten im Salon? Wollte der Geliebte sie denn noch immer nicht zu dem Gespräch mit seinen Eltern abholen? Mania hatte sich sorgfältig frisiert und ihr bestes Kleid angezogen. Vor dem Fenster fiel der Schnee jetzt dichter und deckte die kaum zwei Stunden alten Wagenspuren im Hof wieder zu, die von den Kutschen der zuletzt abgereisten Gäste stammten.

Im vergangenen Sommer, als Kasimir von ihrem Rendezvous im Labor nach Szczuki zurückgekehrt war, steckten seine Eltern mitten in den Vorbereitungen zu einer unerwartet notwendig gewordenen Reise nach Lublin. Unmöglich, in einer solchen Situation über ernste Fragen der Zukunft zu sprechen. Und als die Zorawskis nach zwei Wochen zurückkehrten, war Kasimir bereits wieder in Warschau.

Er solle seinen Eltern doch schreiben, dass sie heiraten wollten, hatte Mania ihm in einem ihrer vielen Briefe vorgeschlagen, doch davon wollte er nichts wissen. Bei der Besprechung einer so wichtigen Angelegenheit möchte er seinen Eltern in die Augen schauen, hatte er geantwortet.

Mania respektierte seine Haltung, obwohl sie selbst der

Ansicht war, dass man sich in persönlichen Briefen, wenn auch nicht in die Augen, so doch einander in die Herzen schauen lassen konnte; vorausgesetzt, man wollte es. Dem Vater allerdings würde sie erst von ihrer Liebschaft und der geplanten Heirat schreiben, nachdem Kasimir mit seinen Eltern gesprochen hatte.

Nun war es so weit, und ein Stockwerk tiefer saß er ihnen gegenüber. Heute noch würde sich entscheiden, wann die Verlobung bekannt gegeben, wann das Aufgebot bestellt und wann die Hochzeit gefeiert werden sollte. Endlich.

Mania wischte sich die feuchten Hände am Kleid ab, tauchte die Feder ins Tintenfass und beugte sich wieder über den Brief an Bronia. Sie berichtete ihr vom Weihnachtsfest mit Josef, Hela und dem Vater in Warschau und von dem rauschenden Silvesterball im Hause Zorawski. Kasimirs Mutter hatte sie nämlich gebeten, vorzeitig aus Warschau zurückzukehren und daran teilzunehmen, damit man sie, die geschätzte und allseits beliebte Hauslehrerin der Kinder, einem noch größeren Verwandtenkreis vorstellen konnte. Dieser Einladung war Mania gern gefolgt, denn für sie und Kasimir bedeutete das, sich noch ein paar Tage länger sehen und noch öfter heimlich treffen zu können. In wenigen Tagen nämlich musste Kasimir nach Warschau an die Universität zurückkehren.

Mania nahm Bronias Brief zur Hand und las ihn noch einmal auf die zwischen den Zeilen versteckten Fragen und Sorgen hin durch, denn auf das, was die Schwester wortreich berichtet hatte und was sie wissen wollte, war sie bereits eingegangen. Nur auf die Frage nach Kasimir und der

Entwicklung ihrer Beziehung nicht. Den Paukenschlag – die gute Nachricht von der bevorstehenden Verlobung – hatte sie sich für den Schluss des Briefes aufheben wollen.

Bronia ging es gut in Paris. Sie hatte ein schönes und nicht zu teures Zimmer im Quartier Latin gefunden. Die Gemeinde der polnischen Emigranten in der Stadt hatte sie freundlich aufgenommen. Endlich in das Studium der Medizin eintauchen zu können, beschrieb sie als tief befriedigend, ja als beglückend, und sie hatte bereits etliche freundschaftliche Beziehungen zu französischen Studentinnen und Studenten geknüpft. Über tausend Medizinstudenten studierten derzeit an der Sorbonne, drei davon waren Frauen, und eine dieser Frauen hieß Bronia Skłodowska.

Mania war stolz auf ihre älteste Schwester und fand in keiner Zeile ihres Briefes einen Grund, der zu irgendeiner Sorge Anlass gab. Außer vielleicht Bronias Bericht von den Französischstunden, die sie nehmen musste, um den Vorlesungen und Seminaren wirklich folgen zu können. Dieser Privatunterricht verursachte natürlich zusätzlich Kosten.

Mania ließ den Brief sinken, denn im Untergeschoss hörte sie jetzt die Salontür scharren. Schnelle Schritte hallten durch den Flur, und bald raschelte es, als würde sich jemand Schal und Mantel umwerfen. Dann wieder Schritte, schwerer und wie von Stiefeln, doch leider nicht auf der Treppe, die zu ihr heraufführte. Die Haustür knarrte und krachte kurz darauf ins Schloss, und unter dem Fenster glaubte Mania, Schnee knirschen zu hören.

Sie sprang auf und beugte sich über ihren kleinen Sekretär zum Fenster hin – und erschrak: In seinen Mantel gehüllt, mit gesenktem Kopf und die Pelzmütze tief in die Stirn gezogen, stapfte Kasimir über den Hof.

Mania schraubte das Tintenglas zu, zog eine Wolljacke über ihr Kleid und stürzte aus der Kammer und dann die Treppe hinunter. Unten öffnete Frau Zorawska die Salontür, als Mania gerade in ihre Stiefel schlüpfte.

Kasimirs Mutter stutzte und blieb so steif und reglos auf der Schwelle stehen, als wäre sie gegen ein unsichtbares Hindernis geprallt. Ihr Blick war kühl und ihr Kinn seltsam noch oben gereckt. Ohne ein Wort zu verlieren, wandte sie sich schnell ab, um wieder in der Stube zu verschwinden und die Tür hinter sich zuzuwerfen.

Mania fror plötzlich und musste gegen eine Enge in der Brust anatmen. Es stand nicht gut um ihre Heiratspläne, das hatte sie deutlich in Frau Zorawskas Miene und Haltung lesen können, es stand überhaupt nicht gut darum. Sie zog ihren Mantel über, riss das Wolltuch vom Garderobenständer und stürmte aus dem Haus.

Während sie Kasimirs Fährte zum Torbogen folgte, knöpfte sie den Mantel zu, band sich das Wolltuch um den Kopf und streifte sich die Handschuhe über. Was um alles in der Welt war geschehen? Hatte es Streit gegeben? Sollten Kasimirs Eltern etwa Einwände gegen ihre Heiratspläne erhoben haben? Kaum vorstellbar, doch anders vermochte Mania Miene und Haltung von Frau Zorawska nicht zu deuten. Und Kasimirs überstürzte Flucht aus dem Elternhaus hinaus in den Schnee erst recht nicht.

Streit also, Widerstand – nun gut, das war Mania gewohnt, damit würden sie schon irgendwie zurechtkommen.

Doch warum rannte Kasimir aus dem Haus, statt mit ihr zu sprechen?

Seine Fährte im Schnee führte am halb zugefrorenen Fluss entlang zum See hin. Eisiger Wind blies ihr Schneeflocken ins Gesicht. Sie dachte an die kalte, ja geringschätzige Miene seiner Mutter, während sie ihr folgte. Bronias Brief fiel ihr ein und die zusätzlichen Kosten für die Französischstunden. Sollten Kasimir und sie gegen den Willen der Zorawskis heiraten müssen, dann würde sie kaum über die Hochzeit hinaus in diesem Haus arbeiten können, und ohne Arbeit würde sie Bronias Studium nicht finanzieren können.

Angst und Sorge machten ihr das Herz schwer, während sie sich dem zugefrorenen See näherte. Hinter einem Schleier aus Schneeflocken erkannte sie Kasimirs Gestalt – er war weit aufs Eis hinausgelaufen. Mania rief seinen Namen und rannte los, um ihn einzuholen.

Er zuckte zusammen und wirbelte auf den Absätzen herum, als sie ihn endlich am Arm packen und festhalten konnte. War er denn so tief in Gedanken versunken, dass er sie nicht hatte kommen hören?

»Was ist los?«, fragte sie ihn. »Warum rennst du einfach weg? Warum kommst du nicht zu mir hoch, wie wir es vereinbart hatten?«

»Sie wollen es nicht«, sagte er heiser, fast krächzend. »Sie sind strikt dagegen.« Raureif und Eiskristalle glitzerten an seinen Wimpern und in seinem Schnurrbart. Oder gefrorene Tränen?

»Wie schade.« Obwohl sie es längst in der Miene seiner Mutter gelesen hatte, traf es Mania wie ein Schlag ins Gesicht. Doch so tief, wie sie Freude und Leid empfinden konnte, so gründlich konnte sie ihre Gefühle verbergen. Das Leben hatte ihr ja bereits genügend Lektionen auferlegt, um das zu lernen. Statt laut loszuheulen, fragte sie also behutsam: »Aber warum denn nicht?«

Kasimir schaute an ihr vorbei auf den verschneiten See hinaus. Unter den Ohrenklappen der Pelzmütze bebten seine Kaumuskeln; er schien nach Worten zu suchen. »Ich weiß es nicht, sie wollen's einfach nicht.« Er zuckte mit den Schultern, und Mania spürte, dass er log.

Das erschreckte sie mehr als alles andere, und auf einmal fühlte sie sich unendlich allein. »Das ändert doch nichts für uns beide, oder?« Ihre Stimme wollte ihr nun kaum noch gehorchen.

»Natürlich nicht. Es ist nur …« Er suchte schon wieder nach Worten. »Es ist nur die Enttäuschung. Ich hätte niemals erwartet, dass sie so reagieren.«

»Wie denn?« Mania schaute ihm ins Gesicht.

»Na so, wie sie reagiert haben.« Kasimir wich ihrem Blick aus. »So heftig, so ablehnend.« Sie hakte sich bei ihm unter, zog ihn mit sich, und Seite an Seite stapften sie durch den Schnee. »Wir müssen nachdenken«, sagte Kasimir, »wir müssen gut überlegen, was wir jetzt tun wollen.« Er tätschelte ihre Hand. »Irgendeinen Weg werden wir schon finden, nicht wahr?«

Seine Stimme klang anders als sonst, seine Körperhaltung war eine andere, und sein Arm fühlte sich anders an. Am Abend zog er sich zurück, beim Frühstück am nächsten Morgen wirkte er unausgeschlafen und grübelnd, danach verschwand er in Schnee und Kälte. Und am Tag darauf reiste er nach wortkargem Abschied nach Warschau ab.

Es wurde kalt im Hause Zorawski – die Stimmen, die Blicke, die Gesten; man sprach nur noch das Nötigste mit Mania, sodass sie ihren Plan, Kasimirs Eltern zur Rede zu stellen, schnell entmutigt aufgab. Nachts lag sie wach und weinte das Kissen nass, tagsüber versuchte sie tapfer, ihre Aufgaben als Lehrerin und Gouvernante zu erfüllen.

Eine Woche nach Kasimirs Abreise – da hatte Mania ihm schon drei Briefe geschrieben – hielt sie eines Morgens endlich das ersehnte Kuvert mit seinem Namen als Absender darauf in der Hand. *Es fällt mir schwer, dir diesen Satz zu schreiben, liebe Maria*, las sie, *doch ich fühle mich verpflichtet, meinen Eltern ein gehorsamer Sohn zu sein. Es war so schön mit dir und so vielversprechend, doch nun ist es vorbei. Lass uns versuchen, einander gute Freunde zu bleiben.*

Für Mania brach eine Welt zusammen.

Die Kälte im Hause Zorawski hielt an. Kasimirs Vater versuchte zwar, einen gewissen Höflichkeitsstandard einzuhalten, grüßte, sagte *danke* und *bitte*, wünschte *guten Appetit*, *gesegneten Sonntag* und *gute Nacht*. Doch ein persönliches Wort wie noch vor dem Neujahrstag hörte Mania nicht mehr von ihm.

Seine Frau mied sie während der ersten Januarwochen, grüßte nicht, schaute ihr nicht in die Augen und schrieb Mania die Aufgaben, die sie neben dem Unterricht erledigt wissen wollte, mit Datum und Unterschrift auf einen offiziellen Briefbogen der Zuckerfabrik, den sie ihr nach dem Frühstück beiläufig über den Tisch schob.

Es war, als hätte man niemals zusammen gelacht, gesungen, getanzt und gefeiert. Und das Schlimmste: Mania hatte keine Erklärung dafür.

Bronka wenigstens behielt den freundschaftlichen Ton bei, wenn ihr Verhalten nun auch deutlich befangener war als früher und sie lange nicht mehr so frei von ihren Sorgen und Wünschen erzählte. Wahrscheinlich hatten die Eltern sie zu einem diskreteren Umgang mit der Lehrerin ermahnt, die so anmaßend gewesen war, ihren großen Bruder heiraten zu wollen. Über Kasimir zu reden, vermied sie sorgfältig.

Vielleicht wagte Mania auch deswegen nie, Bronka nach dem Grund zu fragen, der ihre Eltern bewogen hatte, Kasimirs Heiratspläne abzulehnen.

Sich selbst befragte Mania dagegen oft danach, morgens beim Aufstehen zum ersten Mal und abends, wenn sie zu Bett ging, zum letzten Mal. Hatte sie einen schlechten Charakter? War sie hässlich? Waren ihre Manieren oder ihre Garderobe unzureichend? Und weil sie keine Antwort fand, fühlte sie sich viele Tage lang genau so: schlecht, hässlich und unzureichend.

Sie litt unendlich. Manchmal, wenn sie sich vor dem hohen Garderobenspiegel im Flur für ihren Ausgang in Mantel und Tuch hüllte, verharrte sie, spähte zum Spiegelbild der Ritterrüstung und wandte sich schließlich zur eisernen

Hülle hin. Trüge ich doch eine Rüstung im Inneren, dachte sie, wäre mein Herz doch gepanzert.

In der Zeitung las sie in diesen Wintertagen des neuen Jahres, dass ein deutscher Militärarzt den Typhuserreger entdeckt und beschrieben habe. Ihre verstorbene Schwester stand ihr jäh vor Augen. Traurig legte sie die Zeitung weg und murmelte: »Hätte doch der Erreger mich getötet statt die schöne und so gute Sofia.«

Es war dann die inzwischen zwölfjährige Andzia, die der qualvollen Grübelei ein Ende machte und Mania ungefragt den Grund verriet, aus dem ihre Eltern Verlobung und Heirat abgelehnt hatten. Mitte Januar nämlich, keine zwei Wochen nach Kasimirs Abreise, fragte sie während einer Französischstunde: »Was heißt ›mittellos‹ eigentlich auf Französisch?«

»Mittellos?«, fragte Mania verdutzt zurück. »Wie kommst du denn darauf?« Und kaum hatte sie die Frage ausgesprochen, fiel es ihr wie eine schwarze Binde von den Augen. Das also war es!

»So haben deine Eltern mich immer genannt, nicht wahr?« Andzia senkte den Blick und nickte.

Sie haben ihrem Sohn verboten, mich zu heiraten, weil ich mittellos bin, dachte sie, und ihr Sohn, der beteuert hat, mich zu lieben, gehorcht ihnen auch noch! Mania konnte es nicht fassen.

Endlich zu wissen, was die Zorawskis wirklich bewegte, machte sie wütend, und die Wut vertrieb mit den Tagen ihr niederdrückendes Gefühl, schlecht, hässlich und unzureichend zu sein. Nicht sie, Mania, sondern das Verhalten der Zorawskis war schlecht, hässlich und unzureichend. Wie hohl, unempfindsam und blind musste man denn sein, um seinem Sohn die Frau zu verbieten, die er liebte! Und sich hinterher auch noch derart schlecht zu benehmen!

Anfang Februar kam ein trauriger Brief von Hela. Ihr geliebter Student hatte kurz nach seinem Abschluss als Ingenieur die Verlobung gelöst. Seitenlang schilderte die arme Schwester ihren Schmerz. Seine Eltern seien dagegen, dass er ein mittelloses Mädchen heirate, schrieb sie.

Da platzte Mania vor Wut. Sie tobte, trommelte mit den Fäusten gegen ihren Schrank, sie stampfte mit dem Fuß und schrie. Fluchtartig verließ sie das Haus und rannte schreiend über die verschneiten Felder.

Sie war so zornig, dass sie einen Brief von Kasimir, in dem er sie um Verzeihung bat und ihr seine Liebe beteuerte, einen ganzen Monat lang unbeantwortet ließ. Wenigstens halfen ihr der Zorn und die wachsende Verachtung gegenüber den Zorawskis, ihre Unsicherheit zu überwinden und der Frau des Hauses wieder selbstbewusster und energischer gegenüberzutreten.

Mania war überzeugt davon, dass in erster Linie sie und nicht Herr Zorawski die eigentliche Triebkraft für das Heiratsverbot gewesen war. Dass es sich um ein solches gehandelt hatte, ließ Kasimir in seinem Brief durchblicken.

Unfassbar: Die Mutter hatte Kasimir schlicht verboten, Mania zu heiraten – die junge Hauslehrerin, die Gouvernante, das mittellose Frauenzimmer aus Warschau, das unbedingt studieren wollte, das sich lieber in Bücher vergrub, statt sich auf Bällen zu präsentieren, wie es sich für eine Frau von gesellschaftlichem Rang gehörte.

Mania begann Kasimirs Mutter zu hassen.

Sie schrieb einen bitterbösen Brief an Kasimir. Er antwortete sofort, was sie ihm hoch anrechnete, und bald gingen wieder Briefe hin und her. Den Zorawskis blieb das natürlich nicht verborgen, und Kasimirs Mutter strafte Mania mit noch mehr Kälte und Verachtung.

An Kazia, die ihr in einem langen von Glück und Freude nur so strotzenden Brief ihre Verlobung bekannt gab, schrieb sie in diesen Tagen: *Wenn du wüsstest, was ich durchmache und wie schwer es mir ums Herz ist. Ich wünschte, ich könnte ihm einen Panzer anlegen, wie Ritter ihn früher trugen, wenn sie in die Schlacht zogen. Ich jedoch muss mit ungeschütztem Herzen die Schläge ertragen, die mich Tag für Tag treffen. Du schreibst, dass du gerade die glücklichste Zeit deines Daseins erlebst? Ich freue mich für dich und wünsche dir, dass du niemals Zeiten erleben musst, wie ich sie hier zu überstehen versuche. Ob es mir gelingen wird? Manchmal zweifle ich daran.*

Im Sommer jedoch schien sich das Blatt noch einmal zu wenden. Kasimir schrieb Mania, er wolle seine Ferien in Szczuki verbringen, und lud sie gleich am Tag nach seiner Ankunft zu einer Kahnfahrt ein. Mania wunderte sich, denn er tat das ganz offen vor den Ohren seiner Mutter. Deren Blicke verschossen Giftpfeile nach ihr.

»Ich kann einfach nicht aufhören, dich zu lieben«, gestand Kasimir ihr, während sie den Fluss hinunterpaddelten. »Und es tut mir so leid, was ich dir angetan habe. Kannst du mir noch einmal verzeihen?«

Mania konnte – doch erst nachdem sie ihm voller Zorn und mit scharfen Worten seinen Wortbruch und seine Schwäche den Eltern gegenüber vorgehalten hatte. »Du hast dich benommen wie ein elender Feigling!«, schimpfte sie.

Auf einer Insel zogen sie den Kahn aus dem Fluss, breiteten eine Decke aus und öffneten den Picknickkorb, den Bronka ihnen gefüllt hatte. Als Kasimir sie küssen wollte, packte Mania seine Handgelenke und hielt seine Arme fest. »Willst du mich heiraten oder nicht?«

»Ja, ich will.«

»Auch wenn deine Eltern weiterhin dagegen sein werden?«

»Ja. Ich werde auf mein Herz hören, und nur auf mein Herz!«

»Schwöre!«

»Ich schwöre es.«

Manias Hoffnung war längst wieder aufgeflammt, ihre Liebe sowieso nie erloschen, und nun flammte auch die Leidenschaft wieder auf – sie sank in seine Arme, zog ihn mit sich auf die Decke und verlor sich in seinen Küssen.

Tage später gestand er seinen Eltern die Versöhnung mit Mania und stellte ihnen seine neusten Verlobungs- und Heiratspläne vor. Es kam zu einem Streit, der im ganzen Haus zu hören war. Als er Ende August nach Warschau abreiste, hatte er sich vollkommen mit seinen Eltern überworfen.

Mania weinte heimliche Tränen der Freude, denn sie hielt das für den endgültigen Beweis, dass er sich für sie entschieden hatte. Die frostige Atmosphäre im Hause Zorawski und Kasimirs Mutter machten ihr zwar das Leben noch immer mächtig schwer, doch sie tröstete sich damit, das Herz des Sohnes ein für alle Mal gewonnen zu haben.

Sie sollte sich täuschen, denn was sie in den folgenden fünfzehn Monaten erwartete, war ein einziger Taumel zwischen Höllensturz und Himmelfahrt.

Den Winter über schrieben sie sich noch leidenschaftliche Briefe, doch als sie am Tag nach Neujahr von Hela und dem Vater aus Warschau zurückkehrte, blieb Kasimir seltsam kühl, und er besuchte sie auch nicht wie sonst heimlich in ihrer Kammer. Beim Abschied erklärte er: »Ich schaffe es nicht, ich kann mich meinen Eltern einfach nicht widersetzen.« Mania stürzte ins Tal der Tränen.

Im Frühjahr dann wieder Liebesbriefe, im Sommer wieder Küsse und Zärtlichkeit, im Herbst scheiterte Kasimir erneut an seiner Feigheit den Eltern gegenüber, und zu Weihnachten gab es Liebesschwüre. Sie kamen einfach nicht voneinander los, Mania genauso wenig von Kasimir wie er von ihr. Und im Hause Zorawski hatte sie die Herzenskälte und unausgesprochene Feindseligkeit seiner Eltern durchzustehen.

Bis sie der Qual von sich aus ein Ende machte und die gut bezahlte Stelle kündigte, die ihrer Schwester das Studium ermöglichte.

Kurz vor Ostern 1889 packte Mania ihre Koffer. Bronka half ihr, wobei ihr das blaue Samtsäckchen mit Manias Schuhen in die Hände geriet. Sie zog die beiden Paar Schuhe heraus, bewunderte die neuen und betrachtete die durchgetanzten Sohlen der alten: »Was ist das denn?«, staunte sie. »Tanzschuhe mit Löchern in den Sohlen?«

»Nein.« Mania nahm ihr die Schuhe aus der Hand, Tränen stürzten ihr aus den Augen. »Das ist mein von der Liebe durchgetanztes Herz.« Bronka schloss die Weinende in die Arme, doch Mania machte sich los, steckte die Schuhe in den Beutel und warf ihn in den Koffer. Nie mehr!, schwor sie sich im Stillen, nie mehr soll mein Herz an der sogenannten Liebe erkranken!

Eine Stunde später fuhr die Kutsche vor. Die Kinder der Zorawskis begleiteten Mania auf den Hof hinaus. Sie stieg ein und kehrte Szczuki und dem Haus der Zorawskis den Rücken, nachdem sie drei Jahre dort gearbeitet hatte.

Warschau, 1890

Zurück in Warschau, nahm sie eine schlecht bezahlte Stelle als Gouvernante an, besuchte die Chemie- und Physikvorlesungen der Fliegenden Universität und verkroch sich ins Laboratorium von Józefs Museum für Industrie und Landwirtschaft, sooft ihre Zeit es zuließ. Sie arbeitete, studierte und experimentierte ohne Zweck und Ziel und ohne jede Leidenschaft – einfach nur, um den Schmerz zu betäuben. Das gelang ihr mal besser, mal schlechter.

Ihre Freundin Kazia kam nach Warschau und besuchte auch Mania, um sie zu ihrer Hochzeit einzuladen. »Hatte ich je einen Traum?«, fragte Mania sie beim Abschied. »War ich wirklich einmal dumm genug, zu träumen? Ich erinnere mich kaum. Ich habe aufgegeben, weißt du? Mir reicht es, bei meinem Vater zu leben und ihm seine letzten Jahre zu erleichtern. Und wenn ich erleben darf, dass Bronia tatsächlich Ärztin wird, werde ich zufrieden sein. Dann ist wenigstens eine Skłodowska-Schwester ihrer Begabung gerecht geworden.«

»Meine Güte, Mania, wie du redest?« Kazia schüttelte erschrocken den Kopf. »Was ist nur mit dir geschehen? Du siehst krank aus, du brauchst dringend Erholung.« Nach der Umarmung wandte Kazia sich rasch ab, um ihre Tränen zu verbergen.

Um diese Zeit kam von Bronia aus Paris die Nachricht, dass sie sich verlobt hatte. Mania schrie laut auf, als sie den Namen von Bronias künftigem Mann las – *Kasimir*.

Er hat bereits seinen Doktor und kann mich unterstützen, schrieb Bronia, *lege also künftig dein Geld für dich selbst zur Seite. Ich werde nächstes Jahr um diese Zeit abschließen. Danach werden wir heiraten und eine Praxis eröffnen, und dann bist du dran, Schwesterchen. Bereite dich also schon einmal auf deine Reise nach Paris vor. Die erste Zeit kannst du bei uns wohnen.*

Es sei zu spät, antwortete Mania, und sie könne mit Bronias Einladung nichts mehr anfangen. *Ich habe jede Hoffnung aufgeben*, schrieb sie, *ich werde in Warschau beim Vater bleiben, die Kinder reicher Leute unterrichten und vergessen, dass ich jemals einen Traum gehabt und an meine Begabung geglaubt habe.*

Die Monate in Warschau rauschten wie ein Fiebertraum an ihr vorüber, sodass sie sich später kaum noch an sie erinnerte. Wie damals, nach ihrer Schulzeit, war sie vollkommen erschöpft, und wie damals machte der Vater sich große Sorgen um sie. Er und ihr Bruder Josef überredeten Mania mit vereinten Kräften, für ein paar Wochen zur Erholung in die Berge zu fahren, in die Tatra.

In der Woche vor der Abreise erreichte sie ein Brief von Kasimir Zorawski. Sie spürte nichts, während sie ihn las, denn das Innere ihrer Brust fühlte sich schon seit Wochen an wie mit kaltem Stein gefüllt. Er müsse sie sehen und sprechen, schrieb Kasimir. Mania fand nicht die Kraft, seinen Brief zu verbrennen und zu vergessen, sondern schrieb ihm, wo er sie finden könne, wenn er sie so dringend zu sprechen wünsche.

Sie wohnte in jenem Sommer in einer Berghütte ihres Onkels Henryk oberhalb eines Dorfes und viele Wegstunden entfernt von der nächsten Stadt und dem nächsten Bahnhof. Und dennoch geschah, was Mania nicht wirklich geglaubt hatte: Kasimir kam zu ihr. Er hatte sich extra ein Pferd gekauft.

Auf einer langen Wanderung sprachen sie sich aus. »Verzeih mir, wenn du kannst«, bat Kasimir. »Und wenn du mir verzeihen kannst, dann lass uns noch in diesem Jahr heiraten. Meine Eltern werden uns keine Steine mehr in den Weg legen, das haben sie mir versprochen. Ich habe nur eine Bedingung: Du musst deinen Plan für ein Studium im Ausland aufgeben, Mania. Meine Eltern ... ich meine ... ich will eine

Frau, die mit Leib und Seele Gutsherrin ist und mir und unseren Kindern ein schönes Zuhause bereitet.«

Mania, die schon seit Monaten nicht mehr an Paris und an ein Studium dort gedacht hatte, schaute ihn überrascht an. In Gedanken wiederholte sie jeden seiner Sätze, während er mit angespannter Miene auf ihre Antwort wartete. Seine Worte gingen ihr unter die Haut, drangen wie ein Weckruf in ihr Herz. Zum ersten Mal seit langer Zeit empfand sie wieder einen Anflug von Lebenslust, empfand sogar Kraft genug, ihre verschütteten Wünsche zu spüren.

Mania musste lächeln, erstaunt und traurig zugleich – über sich selbst und über das, was diese seltsame Krankheit namens Liebe mit ihr angestellt hatte. Mit ihr und ihren Träumen.

»Ich wünsche dir alles Glück der Welt, Kasimir«, sagte sie mit fester Stimme. »Ganz gewiss wirst du eine Frau finden, die deine Bedingungen erfüllt. Und die deiner Eltern. Grüße sie von mir.«

Sie stellte sich auf die Zehenspitzen und küsste ihn zum letzten Mal auf den Mund. »Leb wohl, Kasimir.« Dann ließ sie ihn stehen und lief allein zurück zu ihrer Berghütte.

Dort raffte sie seine Sachen zusammen, packte sie in seine Tasche und stellte sie in den Stall, wo sein Pferd untergebracht war. Die Hüttentür schloss sie zu und verriegelte sie zusätzlich von innen.

Am Abend, während sie ihrer Schwester Bronia schrieb, dass sie sich nun doch entschieden habe, nach Paris zu kommen und sich an der Sorbonne einzuschreiben, klopfte Kasimir an der Hüttentür. Mania ließ ihn nicht mehr herein.

15
Katharina

Paris, 8. Oktober 1926

»Im Herbst des folgenden Jahres brachte meine Familie mich eines Nachmittags zur Bahnstation. Mein Bruder Josef lenkte die Droschke, mein Cousin Jósef saß neben ihm auf dem Kutschbock. Mein Vater zu meiner Rechten hielt während der ganzen Fahrt meine Hand. Auch wenn er stolz auf mich war, fiel es ihm doch sehr schwer, mich ziehen zu lassen. Zu meiner Linken dachte meine aufgekratzte Schwester Hela laut über mein Gepäck nach, ging es durch und suchte nach irgendetwas, das ich vergessen haben könnte.« Madame Curie hält die Tasse mit dem längst kalt gewordenen Tee in beiden Händen und blickt über ihren Rand hinweg und zwischen den jungen Frauen hindurch in eine Ferne, die nur sie sehen kann. Ein heiterer Zug spielt um ihren Mund und ihre Augen. »Tja, so war das. Und dann bin ich in den Waggon gestiegen und habe Warschau für lange Zeit den Rücken gekehrt.«

Eine Zeit lang schweigt sie und lächelt versonnen in sich hinein. Die junge Russin Katharina hat den Blick gesenkt und scheint ganz in den Anblick ihrer im Schoß gefalteten Hände versunken zu sein. Sie wirkt sehr nachdenklich.

Madame Curies Tochter Eve hat Notizen gemacht, denn sie spielt schon seit Längerem mit dem Gedanken, die Lebensgeschichte ihrer Mutter aufzuschreiben. Jetzt legt sie den Stift auf den Notizblock und betrachtet ihre Mutter mit leicht hochgezogenen Brauen und einer Mischung aus Rührung und Staunen. So oft sieht sie ihre Mutter nicht lächeln. »Ist der Abschied dir damals schwergefallen, Mé?«

»Schon, doch nicht halb so schwer wie der Abschied fünf Jahre zuvor, als ich mich zum ersten Mal vom Vater und meinen Schwestern trennen musste, um nach Szczuki zu fahren. Dabei liegt dieser Ort nur fünfzig Meilen weit von Warschau entfernt und Paris über tausend Meilen. Doch ich war erwachsener geworden, und vor allem wusste ich ja, dass in Paris am Bahnhof meine geliebte Bronia auf mich warten würde.«

»Was ist das für ein langer Weg gewesen von Szczuki bis zum Zug nach Paris!« Noch ganz ergriffen von der Erzählung ihrer Mutter schüttelte Eve den Kopf.

»Das kann man wohl sagen. Und beinahe wäre er ohne mich gefahren.« Madame Curie seufzte tief. »Ich hatte mich ja schon mit dem Gedanken abgefunden, für immer in Warschau zu bleiben und wie meine Mutter als Lehrerin in einem Mädchenpensionat zu arbeiten.«

»Eine Lehrerin sind Sie ja dann auch geworden, Madame le Professeur«, ergriff nun auch Katharina Antonowa das Wort.

»Da haben Sie recht, Katharina. Doch das hätte ich niemals für möglich gehalten, als ich damals im Zug nach Paris saß. Und ich hockte vierzig Stunden lang in jenem Damenwaggon. Ich werde niemals vergessen, wie ich in viele Decken gehüllt auf meinem Hocker fror, den man sich von zu Hause hatte mitbringen müssen, wenn man vierter Klasse fuhr. Genau wie die Decken, doch in einer bequemeren Klasse zu reisen, konnte ich mir damals nicht leisten. Auf dem Weg durch Norddeutschland nach Berlin und Köln und bis zur Gare du Nord in Paris habe ich an meine Familie gedacht, an Bronka in Szczuki, an die Kinder der Arbeiter und Bauern dort, manchmal auch an Kasimir und vor allem an mein bevorstehendes Studium, aber doch nicht daran, dass man mich eines Tages zur Professorin machen würde. Und wissen Sie was, Mademoiselle? Der Weg von meiner Immatrikulation an der Sorbonne bis zu meinem Lehrstuhl dort war ähnlich lang und hart wie der von Szczuki bis in den Zug nach Paris. Dort hat übrigens nicht nur Bronia auf mich gewartet, sondern auch ihr Verlobter Kasimir. Anfangs habe ich den Namen kaum über die Lippen gebracht, glauben Sie mir das, Katharina?«

Katharina nickt, beugt sich vor und legt die gefalteten Hände auf den Teetisch. »Wenn ich mir noch eine Frage erlauben darf, Madame le Professeur.«

»Bitte.«

»Sie sagten gerade, dass jener Zug nach Paris beinahe ohne Sie abgefahren wäre. Was genau gab denn den Ausschlag dafür, dass Sie sich schließlich doch entschieden haben, zum Studium nach Paris zu fahren, statt weiterhin in Warschau zu leben und zu arbeiten?«

»Bronias Brief, schätze ich.« Eve hat schon zum Stift gegriffen und Katharinas Frage notiert. »Oder nicht, Mé?«

»Nein.« Eine steile Falte hat sich zwischen Madame Curies Brauen eingegraben, und wieder nimmt ihre Miene den Ausdruck eines Menschen an, vor dessen innerem Auge Bilder aus der Vergangenheit aufsteigen. »Bronias Brief hat die Entscheidung vorbereitet, sicher. Doch den Ausschlag gab Kasimirs neuerlicher Heiratsantrag. Seine Bedingung zu hören – vermutlich war es ja die Bedingung seiner Eltern! – und meine Fassungslosigkeit darüber haben mich aus der Resignation gerissen und in die Wirklichkeit zurückgeholt. Oder soll ich sagen: in meine Träume zurückgeholt?«

»Seine Bedingung also«, murmelt Katharina in Gedanken versunken, und nun ist sie es, die in eine nur ihr bekannte Ferne schaut. Doch diese Ferne, da ist Madame Curie sich ziemlich sicher, liegt wohl nur drei Türen weiter, auf der Tanzfläche des Salons. An ihren Verlobten denkt die junge Frau in diesem Moment, an wen sonst?

»So ist es, Mademoiselle.« Madame Curie trinkt den Rest ihres kalt gewordenen Tees und stellt dann die Tasse ab. »Und jetzt wissen Sie, warum ich Ihnen diese Geschichte erzählt habe.«

»Ja, jetzt weiß ich es«, sagt die junge Russin leise. »Danke, Madame le Professeur. Ich glaube, ich werde noch gründlich über Ihre Geschichte und meine eigene Entscheidung nachdenken müssen.«

»Tun Sie das, Katharina.« Madame Curie schaut zu ihrem Schreibtisch hinüber. »Und nun entschuldigt mich, ich habe mir noch ein wenig Arbeit vorgenommen.«

III

MAGNETE, KRISTALLE UND STRAHLUNGEN

16
Hochzeitstag

Paris, 9. Oktober 1926

Um die Mittagszeit des nächsten Tages überqueren sie die Seine auf dem Pont Louis Philippe. Irène, Joliot und ihre Trauzeugen gehen voran. Madame Curie, die sich bei Eve untergehakt hat, bleibt mitten auf der Brücke stehen und schaut zurück, um einen Blick auf die Türme von Notre-Dame zu werfen. Das tut sie eigentlich immer, wenn sie an dieser Stelle über die Seine geht, denn nach ihrem Radiuminstitut ist die Kathedrale ihr liebster Ort in Paris. Mehr als drei- oder viermal im Jahr schafft sie es zwar nicht ins Innere der Kirche, doch allein ihre Türme von Weitem zu sehen, gibt ihr das Gefühl, zu Hause zu sein.

»Darf ich die Damen bitten, etwas schneller voranzuschreiten«, ruft Monsieur Joliot. »Zu spät zur Trauung mit Ihrer wunderbaren Tochter zu kommen, könnte ich mir nämlich nicht verzeihen, Madame Curie.« Er küsst Irène auf den Mund, fuchtelt mit der Zigarette und winkt Eve und Madame Curie hinter sich her. Sie gehen weiter.

Es ist noch fast eine halbe Stunde bis zur Trauung, und

von der Brücke aus kann man schon den mittleren Giebelturm des Hôtel de Ville sehen, des Rathauses, doch Madame Curie hat Verständnis für ihren künftigen Schwiegersohn: Er ist nervös; und wäre er nicht nervös, müsste sie sich Sorgen machen.

Wäre es nach ihm gegangen, säßen sie jetzt in zwei Automobilen, um zum Rathaus des vierten Arrondissements zu fahren, doch Madame Curie hat darum gebeten, zu Fuß zu gehen, und Irène hat diesen Vorschlag unterstützt. Sie und ihre Tochter wollen jeden Schritt hin zu dieser wichtigen Zeremonie genießen. Schließlich heiratet man nicht allzu oft im Leben.

Im Gehen zündet ihr künftiger Schwiegersohn sich eine neue Zigarette an der noch brennenden an, die er sich aus dem Mundwinkel zupft. Madame Curie fragt sich, wie es möglich ist, dass ihre Tochter den Geschmack von Raucherküssen ertragen kann.

Zehn Minuten später erreichen sie die Place Baudoyer, auf der sich prunkvoll das schlossartige Hôtel de Ville erhebt. Vor dem mittleren Rathausportal wartet eine Menschentraube, aus der heraus einige Männer und Frauen ihnen zuwinken. Im Näherkommen erkennt Madame Curie viele der Gäste wieder, die sich am Abend zuvor in ihrem Salon amüsiert haben.

Auch Katharina Antonowa macht sie in der Menge aus und natürlich ihren braun gebrannten Literaturprofessor. Allerdings fehlt diesem heute jeder Anflug des charmanten Lächelns, mit dem er gestern Abend noch so gestrahlt hat.

Und die blonde Russin steht eine ganze Armlänge entfernt von ihm, und das seltsam steif.

Hallo und *Salut* tönt es Irène und Monsieur Joliot von allen Seiten entgegen, die Leute umringen das Paar, und es gibt die üblichen Umarmungen und Wangenküsse. Madame Curie begrüßen die meisten mit Nicken oder Handschlag, stets respektvoll, doch manchmal vermischt mit einer gewissen Scheu.

Sie ist bekannt in Paris, berühmt sogar, und nicht wenige fühlen sich unsicher, wenn sie ihr gegenüberstehen. Nur ihre engsten Freunde umarmen und küssen sie, die Perrins etwa oder Paul Langevin.

Irènes künftige Schwiegereltern, die Joliots, gehören nicht zu ihren engen Freunden, begrüßen sie aber dennoch ohne jede Scheu mit Umarmung und Wangenküssen und verwickeln sie sofort in eine Konversation. Madame Curie lächelt tapfer.

Zwei Standesbeamte in barocken Uniformen stoßen die Portalflügel auf, ein dritter mit einem aufgeschlagenen und in rotes Leder gebundenen Buch ruft Madame Irène Curie und Monsieur Frédéric Joliot auf. Irène winkt ihre Mutter und Schwester an ihre Seite, Monsieur Joliot tut das Gleiche mit seinen Eltern, und dann schreiten sie an der Spitze der etwa achtzigköpfigen Hochzeitsgesellschaft durch das prunkvolle Vestibül in einen der Prachtsäle des alten Rathauses. Irène und Monsieur Joliot nehmen in den ledergepolsterten Lehnsesseln vor dem Tisch des Standesbeamten Platz, Madame Curie, Eve und die Joliots knapp dahinter in der ersten Stuhlreihe.

Trotz des barocken Interieurs geht es hier nüchtern zu: Irène und Monsieur Joliot reichen dem Beamten ihre Pässe, Geburtsurkunden und dergleichen, woraufhin der Mann allerhand in ein Buch zu schreiben hat. Als das Brautpaar dann endlich vor ihm in den schönen Lehnsesseln thront, liest er eine Passage aus der französischen Verfassung und Gesetzesauszüge vor, die um die Ehe kreisen.

Madame Curie beobachtet Frédéric Joliot, der lässig den Arm um ihre Tochter gelegt hat und zufrieden lächelnd zuhört. Vor einem knappen Jahr erst ist er plötzlich im Institut aufgetaucht, als sie gerade die Tageszeitung gelesen hat. Ob sie nicht einen Assistenten brauchen könne. Sie hat kurz aufgeblickt, erst ihn, dann seine Zeugnisse und Empfehlungsschreiben gemustert und ihn dann aufgefordert, am nächsten Tag anzufangen.

Das gehe nicht, hat er gesagt, er müsse noch drei Monate Militärdienst ableisten. »Sie fangen morgen an, Monsieur Joliot«, hat sie entgegnet, »ich rufe nachher Ihren Kommandeur an.«

Das hat sie dann auch getan, und zwar erfolgreich – und hat es bitter bereut, als Irène ihr ein paar Monate später erklärte, sie habe sich mit ihrem Mitarbeiter Joliot verlobt. Madame Curie ist aus allen Wolken gefallen. Mit der ihr eigenen Entschlossenheit hat sie viele Tage lang versucht, ihrer Tochter diesen Mann auszureden. Vergeblich, wie alle Welt jetzt sehen kann.

Immerhin hat Irène sich davon überzeugen lassen, einen Anwalt zu konsultieren und eine Art Ehevertrag aufsetzen zu lassen. Dieses Dokument setzt ein französisches Gesetz außer Kraft, welches einem Mann nach dem Tod seiner Ehefrau automatisch Zugriff auf deren Vermögen gewährt.

Darauf hat Madame Curie bestanden, um diesem Mann, den sie damals noch für einen Luftikus und promovierten Weiberhelden gehalten hat, im Fall der Fälle den Zugriff auf ihr wertvolles Radium zu verwehren. Das gehört den Curies, und dabei soll es bleiben; zumal es sowieso immer viel zu wenig davon gibt.

Auch heute, wo sie diesen Mann, der in ein paar Minuten ihr Schwiegersohn sein wird, ein wenig schätzen gelernt hat, plagt Madame Curie deswegen noch immer kein schlechtes Gewissen. Frédéric Joliot ist ein ungewöhnlich gründlicher und guter Wissenschaftler, das stimmt schon, und wahrscheinlich ist er sogar ein ziemlich ehrlicher Mensch, doch Pierre ist der erste und letzte Mann gewesen, dem sie nach Kasimir Zorawski vertraut hat. Und dabei wird es wohl bleiben.

Es raschelt und scharrt um sie herum, die Hochzeitsgesellschaft erhebt sich, Eve fasst nach dem Arm ihrer Mutter, sodass Madame Curie aus ihren Gedanken hochschreckt. Die Frage aller Fragen steht an.

Sie steht auf, schaut zu ihrer Ältesten hin und lauscht dem Standesbeamten, der jene Frage erst an Monsieur Joliot richtet, und als dieser sie mit lauter Stimme bejaht hat, an Irène. Als auch ihre Tochter Ja sagt – leiser und zurückhaltender als Monsieur Joliot –, steigen Madame Curie doch ein paar Tränen in die Augen.

Einige Augenblicke lang wird es still im Saal, denn die Brautleute stecken nun einander die Ringe an; danach erklärt der Standesbeamte Irène und Monsieur Joliot zu Mann und Frau. Beifall erhebt sich, Hochrufe werden laut, und Blumen fliegen aus der Menge und landen auf dem Brautpaar und auf dem Tisch des Standesbeamten.

Jetzt bin ich also Schwiegermutter, denkt Madame Curie, und sofort steht ihr der geliebte Ehemann vor Augen, den sie so schmerzlich vermisst. Eine Träne kullert aus ihrem rechten Auge. Und du, mein geliebter Pierre, wärst Brautvater und Schwiegervater. Sie zieht ein Tuch aus der Kostümtasche und versucht, sich so unauffällig wie möglich die nicht mehr zu bändigenden Tränen abzuwischen.

In Gedanken vergleicht sie Monsieur Joliot mit Pierre, während sie Glückwünsche entgegennimmt; Monsieur Joliots Eltern umarmen und küssen sie zum zweiten Mal an diesem Tag, was lange kein Fremder mehr geschafft hat. Madame Curie erinnert sich an Pierre Curies Ruhe und seine zurückhaltende und besonnene Art. Die hat Irène von ihm geerbt, denkt sie, und so mag ein temperamentvoller und lauter Mensch wie Monsieur Joliot vielleicht besser zu ihr passen als einer, der ihrem Vater ähnelt.

Im Hinausgehen tauchen Katharina Antonowa und ihr braun gebrannter Literat an ihrer Seite auf und sagen ein paar nette Worte. Madame Curie schaut der blonden Russin ins Gesicht, bemerkt ihre Blässe und die dunklen Ringe unter den Augen.

Die Ärmste hat schlecht geschlafen, denkt sie. Ob ich ihr von Pierre erzähle?, erwägt sie im Hinausgehen. Ja, erzähle ich ihr noch, wie er plötzlich vor mir gestanden hat, vor mir, die ich nach der Liebeshölle mit Kasimir Zorawski fast vier Jahre lang nur Körbe verteilt habe? Ich sollte ihr sagen, dass man deutlich spürt, wie es warm fließt, wenn man dem Richtigen gegenübersteht, und wie stimmig es sich anfühlt.

Andererseits – hat sie das bei Kasimir anfangs nicht auch zu spüren geglaubt?

Diese Frage stellt sie sich, als sie an Eves Seite bereits aus dem Portal des Hôtel de Ville auf die Place Baudoyer hinaustritt. Da steigen Mademoiselle Antonowa und ihr braun gebrannter Verlobter gerade in dessen Cabriolet ein; das elegante Automobil steht ihm wirklich gut, diesem anziehenden Mann mit den grauen Schläfen. Und wer sitzt im Fond? Das Brautpaar natürlich – also hat Monsieur Joliot wenigstens für die Rückfahrt zum Quai de Béthune seinen Willen bekommen!

Madame Curies Freundin Henriette Perrin hakt sich bei ihr unter und zieht sie auf die Rückbank einer großen Limousine. Auf der anderen Seite steigt Eve ein, und am Steuer sitzt Jean Perrin. Die Perrins sind ihre Nachbarn gewesen und enge Freunde geworden, als Madame Curie und ihr verstorbener Gatte in Sceaux gewohnt haben.

Auf dem Fahrersitz dreht sich ein Mann nach ihr um und sagt mit heiserer Stimme und feuchten Augen: »Ein Tag, an dem man nicht anders kann, als an Pierre zu denken, nicht wahr, Marie?«

Es ist der gute Paul Langevin, ein enger Vertrauter von Madame Curie. Paul hat sich von Pierres Schüler, der er vor beinahe vierzig Jahren gewesen ist, im Lauf der Zeit zu seinem besten Freund entwickelt. Sie beugt sich vor, nickt stumm und streicht ihm über die Wange.

»Vorsicht, die Presse!«, warnt Eve, und tatsächlich nähert sich der Reporter einer weit rechts stehenden Zeitung und winkt seinen Fotografen hinter sich her. Jean Perrin lässt den Motor an und legt einen Blitzstart hin. Madame Curie zieht vorsichtshalber den Hut ins Gesicht, denn sie mag keine Reporter. Vor allem die jener nationalistischen Zeitung nicht, die ihr und Paul Langevin das Leben zur Hölle gemacht hat, damals, in der kurzen Zeit, als sie ein Paar gewesen sind. Madame Curie hasst dieses Blatt wie die Pest.

Bald fahren sie hinter dem Cabrio mit dem Brautpaar her, und Paul greift aus dem Wagenfenster, um nach dem Blasebalg der Hupe zu langen und wieder und wieder zu hupen. Im Grunde ist Madame Curie froh, dass sie die Rückfahrt im Auto zurücklegen kann, denn die Beine sind ihr schwer, und Knie und Hüften tun ihr weh. Eine von zu vielen Folgen der Arbeit mit dem radioaktiven Radium – das ist ihr schon seit Jahren klar; auch wenn sie die Strahlenkrankheit gern herunterspielt.

Zu Hause am Quai de Béthune ist die Festtafel längst gedeckt. Madame Curie fragt sich, woher das Hausmädchen und Eve in den wenigen Morgenstunden die nötigen Zutaten für das Festmahl besorgt haben mögen, schließlich haben Eve und Irène den Speiseplan gestern Abend aus dem Stand improvisiert: Coq au vin, Boeuf Bourguignon, Salate und jede Menge Käse. Eve, Mademoiselle Antonowa und das Hausmädchen haben den ganzen Vormittag über gekocht.

Schnell finden sich alle an der Tafel ein, Irènes Schwiegervater bringt einen Toast auf das Brautpaar aus, man stößt an, und dann wird gegessen und getrunken. Nach zwei Stunden, bereits beim Kaffee, verabschiedet sich als Erster der Literaturprofessor. Er habe unaufschiebbare Termine. Bevor er sich zu seiner Verlobten herunterbeugt, um ihr die Wange zu küssen, schaut er sie mit einem Blick an, der Madame Curie an den eines traurigen Hundes erinnert.

Noch einmal eine Stunde später hebt Irène die Tafel auf. Genug gefeiert, die Arbeit im Institut warte, sie und ihr Gatte seien spät dran. Viele lachen, doch Madame Curie weiß, wie ernst Irène es meint. Jean Perrin bietet an, das Paar zu chauffieren, und selbstverständlich nimmt Monsieur Joliot dankend an.

Irène bedeutet ihrer Mutter, von der Tafel aufzustehen und sich ebenfalls fürs Institut fertig zu machen, denn gewöhnlich arbeitet Madame Curie am späten Nachmittag noch bis in den Abend hinein. »Fahrt ohne mich«, antwortet sie, »ich habe heute Abend noch eine Verabredung.«

Später, als die meisten Gäste verabschiedet und gegangen sind, wendet sie sich an Eve: »Sei so lieb, und rufe mir per Fernsprecher eine Kraftdroschke.«

»Mit wem bist du denn verabredet?«, fragt Eve auf dem Weg zum Telefon, und ihre Frage klingt verwundert, denn sie erlebt selten, dass ihre Mutter ausgeht.

»Ich will nach Sceaux auf den Friedhof.« Madame Curie lächelt. »Ich muss deinem Vater doch von der Hochzeitsfeier deiner Schwester erzählen.«

»Lass nur, Eve!«, ruft Katharina Antonowa und wendet

sich dann an Madame Curie. »Bitte erlauben Sie mir, Sie nach Sceaux zu chauffieren, Madame le Professeur.«

Madame Curie zögert. »Sie haben einen Wagen? Aber ich habe Sie doch beim Brautpaar im Cabriolet ihres Verlobten gesehen!«

»René hat mir für heute Abend freundlicherweise sein Automobil geliehen.« Madame Curie stellt keine weiteren Fragen, und ein paar Minuten später sitzt sie auf dem Beifahrersitz. Eve nimmt auf der Rückbank Platz, die Russin schließt das Verdeck, und dann fahren sie los.

»Ihr Verlobter überlässt Ihnen tatsächlich seine Luxuskarosse, Mademoiselle Katharina?«, staunt Madame Curie, als sie über den Pont Sully rollen. »Das ist ja ein wirklich bemerkenswerter Vertrauensbeweis!«

»René will gut Wetter machen«, erklärt Katharina, wobei ihr Lächeln ein wenig bemüht wirkt. Etwas leiser und mit wesentlich ernsterer Miene fügt sie hinzu: »Wir haben gestern Abend gestritten. Und heute Morgen auch schon wieder.«

Daraufhin spricht eine Zeit lang niemand mehr ein Wort. Madame Curie fragt sich, ob womöglich sie der Grund dieses Streits sein könnte, und sie glaubt zu wissen, dass ihre Tochter hinter ihr auf der Rückbank sich die gleiche Frage stellt. Katharina überholt einen Omnibus so gewagt, dass eine entgegenkommende Elektrische bremsen muss. Der Fahrer betätigt die Warnglocke und gestikuliert wütend.

»Ich bewundere Irène und Frédéric, seit ich sie kenne«, bricht die Russin irgendwann das Schweigen. »Wie respektvoll sie miteinander umgehen, wie diszipliniert sie arbeiten und wie selbstverständlich sie ihre gemeinsame Wissenschaft in ihre Liebe mit einbeziehen! Es ist ein seltener Glücksfall für eine Frau, einen Mann zu finden, mit dem sie nicht nur menschlich und erotisch harmoniert, sondern auch beruflich dieselbe Leidenschaft teilt.«

»Besser, man sucht ihn nicht.« Madame Curie antwortet, ohne nachzudenken. »Wer sucht, findet womöglich den Falschen. Ich jedenfalls habe nicht gesucht. Das werden Sie mir sicher glauben, nach all dem, was ich Ihnen gestern erzählt habe, Mademoiselle Katharina.«

»Nach Monsieur Zorawski hatte Mé genug von den Herren der Schöpfung«, rief Eve auf der Rückbank.

»Rede nicht so von den Männern, Eve, du weißt, dass ich das nicht mag.«

»Aber Sie haben doch sicher eine Menge Verehrer gehabt und viele Anträge bekommen, Madame!«

»Wenn ich es gemerkt habe, gab es sofort einen Korb, doch oft habe ich es gar nicht registriert, wenn einer mir den Hof gemacht hat. Sie müssen sich vorstellen, Katharina: Eine junge Polin kommt zum ersten Mal nach Paris, schreibt sich an der Sorbonne ein und wird von einer wahren Sturzflut neuer Eindrücke überwältigt. Ich fühlte mich ja wie berauscht von all dem, was ich bei diesen großartigen Professoren wie Monsieur Lippmann oder Monsieur Poincaré tagtäglich zu hören bekam und über Physik und Mathematik lernen konnte. Ich war jeden Tag aufs Neue entzückt davon, das können Sie mir glauben! Ich habe keinen Gedanken an Männer verschwendet, hatte gar keine Zeit dafür.«

Diese Professoren ihrer frühen Studienzeit, beide inzwischen Nobelpreisträger, stehen ihr so lebendig vor Augen, dass sich die Schleusen der Erinnerung öffnen und sie gar nicht anders kann, als von ihrer Anfangszeit in Paris zu schwärmen. Also erzählt Madame Curie von den alten Professoren in ihren Talaren und mit ihren Doktorhüten, während Katharina das Cabriolet nach Sceaux hineinsteuert. Sie erzählt von den jungen Professoren, die ausschließlich mit Frack und Zylinder in den Lehrsaal kamen, von den zwanzig Frauen, die damals mit ihr an der naturwissenschaftlichen Fakultät studierten und tagtäglich von über tausend Männern umgeben waren, und von dem zusätzlichen Französischunterricht, den sie nehmen musste, um den Vorlesungen wirklich folgen zu können.

Sie erzählt auch dann noch, als Katharina längst geparkt hat, sie aussteigen und den Weg zum Grab einschlagen. »Ich wollte so schnell wie möglich mein Studium absolvieren, möglichst nach drei Jahren, das war mein Ziel.« Sie bemerkt kaum die erstaunten Blicke ihrer Tochter, die ihre Mutter nicht oft in derart redseliger Verfassung erlebt. »Mich interessierten keine Männer, mich interessierte nur mein Abschluss, der mich berechtigte, als Lehrerin zu arbeiten. Danach wollte ich nach Polen zurückzukehren, um meinem Vater dabei zu helfen, polnische Kinder zu polnischen Patrioten zu erziehen.«

Plötzlich nimmt sie Eves erstaunten Blick doch wahr. »Die Hochzeitsfeier heute muss mich mächtig aufgewühlt haben«, sagt Madame Curie, und an die blonde Russin gewandt, fügt sie hinzu: »Sie müssen entschuldigen, Katharina, ich rede sonst nicht so viel.« Vor dem Familiengrab der Curies bleiben sie stehen.

»Ich bitte Sie, Madame le Professeur – Sie ahnen ja nicht, wie gern ich Ihnen zuhöre. Ich habe schon überlegt, ob ich es wagen kann, Sie nach Ihrem Mann zu fragen. Eve ist ja noch so klein gewesen und kann sich kaum noch an ihren Vater erinnern …«

»Ich war anderthalb Jahre alt, als er starb«, wirft Eve ein und blickt traurig auf das Grab ihres Vaters.

»… ich habe manches über Pierre Curie gelesen, doch ich würde so gern von Ihnen erfahren, was für ein Mensch er gewesen ist, Madame, und wie Sie sich kennengelernt haben.«

Madame Curie deutet auf eine Bank zehn Schritte rechts der Grabstätte. Kaum haben die Frauen dort Platz genommen, sprudeln die Worte aus Madame Curie hervor. »Eines Tages stand Pierre plötzlich vor mir. Auf einem Balkon – es geschah in meinem dritten Jahr an der Sorbonne. Allerdings ist der Weg von meiner Immatrikulation bis zu jenem Balkon fast so lang gewesen wie der Weg von der ersten Begegnung mit Kasimir Zorawski bis zu dem Zug, der mich nach Paris gebracht hat. Genau genommen nahm er in den Hörsälen und Laboratorien der Universität seinen Anfang, denn meine Professoren wurden bald auf mich aufmerksam. Es sprach sich unter ihnen herum, dass da eine polnische Studentin unter ihren Kathedern sitzt und an ihren Labortischen experimentiert, die nicht genug kriegen kann von der Wissenschaft …«

17
Ohnmacht und Besessenheit

Paris, Sommer 1893

Ein junger Mann zog seine Melone, verbeugte sich und öffnete ihnen mit charmantem Lächeln das Portal zur Straße. Sie traten hinaus, und der Duft der Bücher blieb hinter ihnen zurück. Was für ein wunderbarer Ort, so eine Bibliothek! Marie freute sich schon auf morgen, wenn sie hierher zurückkehren konnte, um sich in der naturwissenschaftlichen Abteilung auf ihre Prüfungen für das Lizenziat vorzubereiten.

Marie – mit diesem Vornamen hatte Mania sich vor anderthalb Jahren an der Sorbonne eingeschrieben. Ein neuer Name sollte den Beginn eines neuen Lebens in einem neuen Land markieren: Marie. So ließ sie sich seitdem nennen, und so nannte sie sich seitdem auch bei sich selbst: Marie Skłodowska.

Ein leichter Schwindel erfasste sie, während sie die Vortreppe hinunterstieg. Sie hakte sich bei ihrer Begleiterin ein, um Halt zu suchen; da sie öfter Arm in Arm gingen, dachte sich diese nichts dabei. Marie aber fragte sich, ob es nicht

Zeit sei, ihre Schwester Bronia zu konsultieren, denn die Schwindelanfälle hatten in den letzten Tagen zugenommen.

»Wenn Sie nichts dagegen haben, begleite ich Sie noch ein Stück, Mesdemoiselles«, erklärte der junge Mann, der ihnen die Tür aufgehalten hatte. Er klemmte Stock und Zeitung unter den Arm, verschränkte die Hände auf dem Rücken und ging neben Maries Begleiterin her, einer eleganten französischen Studentin namens Jeanne.

»Wenn Sie nichts Wichtigeres zu tun haben, Monsieur?« Jeanne war einige der wenigen Französinnen unter den wenigen Studentinnen an der Sorbonne. Ihr modisches Äußeres und ihr dunkles Haar hatten Marie sofort an Jadwiga erinnert, die energische Art ihres Auftretens an Tante Maria Rogowska.

»Etwas Wichtigeres durchaus, Mademoiselle«, entgegnete der junge Mann, »allerdings nichts Besseres.« Er lachte herzhaft über seinen kleinen Scherz und zog erneut seine Melone. »Gestatten – Charles Lamotte. Lassen Sie mich raten – Sie sind Studentinnen. Habe ich recht, Mesdemoiselles?«

»Eine wirklich atemberaubende Herausforderung, so etwas zu erraten, Monsieur«, sagte Jeanne spitz, »wo doch sonst nur Floristinnen, Marktfrauen und Spargelbäuerinnen die Bibliothek besuchen.« Wieder lachte der junge Herr, diesmal allerdings nicht ganz so herzhaft.

Jeanne, Tochter eines Arztes aus Brest, hatte Haare auf den Zähnen, wie man zu sagen pflegte, und aufdringliche Männer ließ sie das besonders gern spüren. Die hübsche Studentin der Naturwissenschaften trug ein modernes

Kleid, rosafarben mit dunkelblauen Streifen und Wespentaille, und dazu einen kleinen roten Hut mit dunkelblauen Kunstblumen. Sie war vier Jahre jünger als die fünfundzwanzigjährige Marie, die sie sehr mochte und ihre Nähe vor allem suchte, um ihr Französisch zu perfektionieren.

»Sie haben mich ertappt, Mademoiselle«, räumte der Mann namens Lamotte ein. »Es gibt ja kaum Studentinnen in dieser Stadt, und natürlich erkenne ich die wenigen schon auf hundert Schritt Entfernung. Unter anderem an den Büchern, die sie zuweilen mit sich tragen.« Er beugte sich ein wenig an Jeanne vorbei, um das Buch zu beäugen, das Marie unter dem Arm trug. »Sie interessieren sich tatsächlich für Mathematik, Mademoiselle?«

»Ich studiere Mathematik, Monsieur«, sagte Marie, die Vergnügen an dem unbekannten Galan fand. »Mathematik und andere Naturwissenschaften.«

»Oh!« Er deutete eine Verneigung an und lüftete schon wieder seine Melone. »Das Schicksal gönnt mir tatsächlich das Glück, den Weg einer reizenden Russin zu kreuzen?«

»Vollkommen daneben«, antwortete Marie mit plötzlich frostiger Stimmlage und Miene. Wegen ihres Akzentes für eine Russin gehalten zu werden, passierte ihr öfter und vergnügte sie ganz und gar nicht. Sie wandte den Blick von ihm ab und schaute demonstrativ in das Menschengetümmel zwischen den Kastanien der kleinen Seitenstraße.

»So, Monsieur, nun haben Sie tapfer Ihr Glück probiert und sind zweimal gezielt in den Fettnapf getreten.« Jeanne zeigte dem Charmeur lächelnd die Zähne. »Wir bedauern sehr, dass unsere Wege sich schon trennen müssen.«

»Das müssen Sie mitnichten, Mademoiselle, ich begleite Sie gern noch ein Stück. Sie tragen kein Buch bei sich, wie ich sehe?«

»Ich habe in der Bibliothek nichts Passendes gefunden, wissen Sie? Davon abgesehen, trage ich die wesentlichen Bücher im Kopf bei mir.« Jeanne deutete sich an die Stirn. »Hugo etwa, Zola und Baudelaire, falls Ihnen die Namen etwas sagen, Monsieur.«

»Sind das nicht Sozialisten?«

»Zumindest kümmern sich Zola und seinesgleichen um gewisse Ungerechtigkeiten, die in unserem Land zum Himmel schreien. Etwa darum, dass mitten in Paris arme Kinder im Dreck verkommen oder dass französische Mädchen trotz der jüngsten Schulreform auf dem Gymnasium noch immer keinen Unterricht in klassischen Sprachen und naturwissenschaftlichen Fächern erhalten und folglich mit einem minderwertigen Baccalauréat abschließen müssen, das ihnen den Zugang zu einer akademischen Ausbildung versperrt.«

»Das scheint mir doch eine etwas überspitzte Darstellung zu sein, Mademoiselle!« Marie konnte zusehen, wie die Empörung das charmante Lächeln aus Lamottes Zügen vertrieb. »In unserer Republik kann meines Wissens jede Frau studieren, die dazu willig ist.«

»So?« Jeanne blieb stehen, stemmte die Fäuste in die Hüften und blitzte den Mann aufgebracht an. »Sie gehen also davon aus, dass man als Frau einen meisterhaft gehäkelten Topflappen vorlegen darf, um etwa an der Sorbonne zum Studium zugelassen zu werden?«

»Wo denken Sie hin, Mademoiselle!« Lamotte hob abwehrend die Hände.

»Für die Zulassung verlangt man dasselbe von uns wie von Ihresgleichen, Monsieur, bereitet uns jedoch nur unzureichend darauf vor.« Jeanne deutete auf seine Zeitung. »Steht denn darüber nichts in Ihrem Journal?« Sie wies auf Marie. »Diese Dame hier hat unendliche Mühen auf sich genommen, um als eine von zweihundertzehn Frauen in Paris studieren zu können, denn in Polen verbieten ihr das die Russen …«

»Die Russen, ich bitte Sie, Mademoiselle!« Der junge Mann winkte energisch ab.

»… die französischen Herren der Schöpfung haben natürlich höflichere Formen gefunden, studierende Frauen zu verhindern, eben die letzte Schulreform. Ein äußerst wirksames Machwerk, das unter anderem dazu führte, dass von den zweihundert Studentinnen, die zurzeit an der Sorbonne studieren, gerade mal eine Handvoll die französische Staatsbürgerschaft besitzen. Eine der Glücklichen bin ich.« Sie hielt ihm die gespreizten Finger vors Gesicht. »Vier Französinnen unter neuntausend Studenten, Monsieur!«

»Ist das wirklich wahr?« Dem Mann waren die Gesichtszüge nun vollkommen entglitten, nicht die Spur eines Lächelns konnte Marie mehr darin entdecken. Er schluckte kurz und sagte dann: »Über dieses Missverhältnis habe ich, ehrlich gesagt, noch nie nachgedacht …«

»Dann wird es höchste Zeit«, fuhr Jeanne ihm ins Wort. »Wenn Sie mögen, kann ich Ihnen den Sachverhalt gern noch einmal auf Lateinisch oder Altgriechisch erklären, beides habe ich bei meinem Vater gelernt. Denken Sie bitte nach, Monsieur Lamotte, lesen Sie auch Ihre Zeitung etwas gründlicher, und dann gehen Sie in die Politik, und arbeiten an der Veränderung dieser beschämenden Zustände. Einen angenehmen Tag noch.« Sie hakte sich bei Marie unter und zog sie mit sich.

Natürlich wusste Marie, dass auch hier in Frankreich Frauen kaum Möglichkeiten offenstanden, eine vollwertige akademische Ausbildung zu erlangen, geschweige denn einen Doktortitel. Die meisten der zweihundert Studentinnen an der Sorbonne hatten lediglich ein paar Kurse belegt, die allerwenigsten strebten wie sie und Jeanne akademische Würden an, konnten sie gar nicht anstreben. Doch anders als Jeanne, die jederzeit zu einem Streitgespräch aufgelegt war, machte Marie sich darüber ungefähr genauso viele Gedanken wie über Mode, Liebschaften oder die erdrückende Überzahl der Männer in den Hörsälen und Laboratorien der Sorbonne, nämlich gar keine. All ihr Denken und Trachten kreiste ausschließlich um ihr Studium.

Über die Schulter blickte sie zurück: Der Mann namens Lamotte hatte seine Melone gezogen, wirkte ansonsten jedoch wie gelähmt. Jedenfalls machte er keine Anstalten, ihnen zu folgen. »Dem hast du aber gehörig die Meinung gesagt.« Marie blies die Backen auf. »Dabei hat er sich doch recht manierlich benommen.«

»Ich habe mich trotzdem belästigt gefühlt«, erklärte Jeanne. »Außerdem musste das raus. Die Wut kocht schon seit dem Vormittag in mir.«

»Wut? Worauf?« Sie erreichten die Haltestelle, wo neben

den Gleisen eine Handvoll Menschen unter den verblühten Kastanien auf die Bahn wartete. Fliederduft lag in der Luft.

»Auf *wen*, muss die Frage lauten, meine Liebe, und dann lautet die Antwort: auf Robert Durant.« Durant war ein Kommilitone, der im gleichen Hotel lebte wie Jeanne. »Seit Tagen versucht er, im Omnibus den Platz neben mir zu ergattern, was ihm leider meistens gelingt. Und dann schlägt er das Buch auf, das er gerade studiert, und hält es demonstrativ so, dass ich gar nicht anders kann, als den Titel zu lesen. Der lautet: *Über den physiologischen Schwachsinn des Weibes*.«

»Der Teufel soll ihn holen!«, entfuhr es Marie. Sie hatte von diesem populären Buch schon gehört. »Und den, der dieses Machwerk geschrieben hat, gleich mit.« Einer der Wartenden, ein älterer Herr, ließ seine Zeitung sinken und spähte interessiert zu ihnen herüber.

»Glücklicherweise habe ich den Namen des Autors vergessen, doch auch den schlimmen Titel des Buches zu vergessen, mühe ich mich bis jetzt vergeblich. Vielleicht sollte ich ein Werk über den physiologischen Schwachsinn des Kerls schreiben, damit es mir endlich gelingt.«

»Das Hauptkapitel müsste sich mit den männlichen Genitalien befassen«, erklärte Marie trocken und mit todernster Miene. »Denn dort hat männlicher Schwachsinn seine Wurzeln, und von dort blüht er dem Manne regelmäßig ins Hirn hinauf.«

Die jungen Frauen lachten laut und ausgelassen. Leute drehten sich nach ihnen um. Der ältere Herr ließ seine Zeitung endgültig sinken und schaute sie an, als hätten sie gerade versucht, ihm seinen Zylinder vom Kopf zu schlagen.

Fernes Rasseln, Rumpeln und Hufschlag wurden lauter und näherten sich – ein Gespann aus vier Pferden zog die Bahn heran. Der Kutscher hielt sie an, läutete eine Glocke und rief den Namen der Haltestelle aus. Einige Leute verließen das große Gefährt.

Marie raffte den langen, grauen Rock hoch und stieg hinter Jeanne her in die Pferdebahn, die viele auch *Omnibus* nannten. Sie kletterten ins obere Stockwerk, wo die Holzbank ganz vorn frei war. Dorthin setzten sie sich, wenn immer möglich, denn von dort aus hatte man einen freien Blick in Fahrtrichtung und zu beiden Seiten der Straße. Wieder spürte Marie einen leichten Schwindel.

Der Kutscher trieb das Gespann an, und die Pferdebahn rollte weiter durch das Quartier Latin. Das Gespräch der jungen Frauen drehte sich zunächst noch um das schreckliche Buch über den angeblichen Schwachsinn der Frauen, doch Marie lenkte es bald auf die in wenigen Tagen bevorstehende Prüfung. Sie schlug das Mathematikbuch auf, während Jeanne Mitschriften aus der Physikvorlesung von Professor Lippmann aus ihrer Handtasche kramte. Sie vertieften sich in Formeln, erörterten mögliche Prüfungsfragen, diskutierten über physikalische Experimente.

In Sachen Ehrgeiz schenkten sich die beiden Frauen gar nichts – genau wie Marie wollte auch Jeanne nicht etwa nur mit einem guten, sondern mit einem sehr guten Lizenziat abschließen.

Ein erfolgreiches Lizenziat hatte die Bedeutung eines

akademischen Ranges, der zwischen der Hochschulreife und dem Doktorat lag und berechtigte, als Lehrer zu arbeiten. Mit dem naturwissenschaftlichen Lizenziat in der Tasche hätte Marie nach Polen zurückkehren und eine Mädchenschule leiten, vielleicht sogar Madame Sikorskas Nachfolgerin werden können. Doch ihr Wissenshunger war noch lange nicht gestillt – sie wollte unbedingt noch ihre Kenntnisse in Chemie vertiefen und einen weiteren Abschluss in Mathematik machen.

Chemie, Physik und Mathematik – um etwas anderes kreisten Maries Gedanken schon seit Monaten nicht mehr. Manchmal, wenn sie versuchte, sich ihre Zukunft in Warschau auszumalen, fragte sie sich, wie sie leben sollte, ohne unter den Kathedern des genialen Physikers Gabriel Lippmann und des scharfsinnigen Mathematikers Henri Poincaré zu sitzen und ihren Vorlesungen zu lauschen.

Die Gleise bogen in den Boulevard Saint Michel ein, und der Kutscher unter ihnen auf dem Kutschbock stieß tierische Laute aus und zog an den Zügeln, damit die Pferde dem Gleisverlauf folgten. Fassaden von Neubauten glitten nun an ihnen vorüber, oftmals sieben Stockwerke hoch. Wie üblich, waren es vor allem junge Männer, die den Boulevard entlangflanierten, sich vor kleinen Läden drängten oder an den Tischen der zahllosen Bars und Straßencafés saßen.

Als die Pferdebahn an der nächsten Haltestelle hielt, überholten sie Gendarmen in gestrecktem Galopp. »Wahrscheinlich haben sich irgendwelche übermütigen Kerle wieder einmal danebenbenommen«, seufzte Jeanne, während sie den uniformierten Reitern hinterherblickte. Marie wusste sofort, worauf sie anspielte: auf ein Künstlerfest am Montmartre, bei dem im vorigen Monat viele Studenten mitgefeiert und das die Gendarmen aufgelöst hatten – »wegen Schändung französischer Werte«, wie in der nationalistischen Zeitung *Action française* zu lesen gewesen war, »wegen Nacktheit und Ausschweifungen«, wie der *Figaro* geschrieben hatte.

»Wir beide brauchen uns wirkliche keine Sorgen um die Prüfung zu machen.« Jeanne faltete ihre Aufschriebe zusammen und steckte sie in die Handtasche. »Andere dagegen schon.«

Sie und Marie gehörten zu den Besten ihres Semesters, was die Professoren niemals aussprachen, doch ihre Blicke verrieten es jedes Mal, wenn eine der beiden Studentinnen mit einer gelösten Aufgabe oder einem Diskussionsbeitrag auffiel, und die Zwischennoten sowieso. Ihre Leistungen übertrafen auch die der meisten Männer, was Jeanne gern und oft erwähnte.

Marie hingegen war das vollkommen gleichgültig. Allerdings spürte sie Jeannes Ehrgeiz und ihr Bestreben, auch besser zu sein als sie. Doch sie nahm das hin, wie sie den harten Winter hingenommen hatte. Wozu sollte sie sich damit beschäftigen? Oder mit Jeannes eleganter Garderobe oder ihren vielen Verehrern oder ihrem verschwenderischen Umgang mit Geld? Marie interessierte sich einfach nicht für all das. Sie wollte lernen, lernen, lernen und sonst gar nichts.

»Die nächste Haltestelle ist meine«, kündigte Jeanne an und musterte Marie plötzlich mit einem besorgten Ausdruck. »Ich muss dir etwas sagen, meine Liebe, das ich schon lange einmal loswerden wollte.«

»Ja?« Marie schaute die andere erwartungsvoll an.

»Du siehst krank aus.«

»Ich fühle mich aber gut.«

»Rede keinen Unsinn – du hast abgenommen, bist bleich, hast dunkle Ringe unter den Augen, und eingefallene Wangen hast du auch.«

»Hörst du nicht zu? Ich fühle mich kerngesund!« Noch während Marie es aussprach, musste sie an ihr Schwindelgefühl denken.

»Du siehst aber krank aus, und meine Eltern haben das auch gesagt.« Marie hatte Jeannes Eltern an Ostern kennengelernt, da waren sie den weiten Weg von der Kanalküste aus der Bretagne gekommen, aus Brest, um mit ihr Geburtstag zu feiern. »Kochst du dir denn regelmäßig?«

»Na ja …« Marie zuckte mit den Schultern.

»Du musst Suppen essen, hörst du? Gemüsesuppen mit Fleisch und eine Fischsuppe hin und wieder. So etwas ist schnell gekocht. Du kannst doch kochen?«

»Na ja …« Marie wich aus.

»Ich bringe es dir bei, wenn du magst. Vor allem jedoch musst du auch mal etwas anderes tun, als immer nur zu studieren. Das grenzt ja an Besessenheit, wie du dich in die Physik und die Chemie hineinbohrst! Ich will jetzt nicht von Männern anfangen, doch lass uns nach der Prüfung einmal ein Theaterstück ansehen gehen.«

Der Kutscher rief Jeannes Haltestelle aus. Sie umarmten und küssten einander zum Abschied, und Jeanne stieg aus.

Marie winkte, als die Pferde anzogen und die Freundin vom Trottoir aus zu ihr herauflächelte. Jeanne wohnte in einem kleinen Hotel in der nächsten Seitenstraße, in dem Schriftsteller, Musiker und Prostituierte logierten. Und leider auch gewisse Kommilitonen, die erschütternd schlechte Bücher lasen. Robert Durant zum Beispiel.

Marie hatte noch zwei Haltestellen weiterzufahren. Kurz vor der letzten stand die Pferdebahn plötzlich still. Und nicht nur sie – auch für die Droschken, Fuhrwerke und wenigen Dampfwagen gab es kein Durchkommen mehr. Vom Fenster aus sah Marie unter sich den Kutscher Peitsche und Faust schwingen und schimpfen.

Eine schier endlose Kolonne junger Männer zog ihnen aus der Fahrtrichtung entgegen. Die meist elegant gekleideten Burschen gingen dicht an dicht hintereinander und im Gänsemarsch. Fast alle schwenkten ihre Spazierstöcke wie Fahnenstangen, und viele warfen kunstvoll ihre Zylinder oder Melonen in die Luft und fingen sie wieder auf. Die eindeutigen Abzeichen, Schärpen und Mützen verrieten Marie, dass ein Großteil der Studenten dort unten zu bekannten Pariser Burschenschaften gehörte.

Die Spitze der johlenden Kolonne erreichte eben die Pferdebahn, woraufhin einige junge Männer die Flüche des Kutschers mit obszönen Gesten quittierten. Andere, die Degen trugen, zogen sie blank und stachen Richtung Kutscher in die Luft. Der schimpfte noch lauter und derber, doch der Studentenkohorte gefiel das, und sie grölte vor Freude.

Diese Art von Prozession hatte Marie schon einmal in diesem Viertel erlebt, gleich in dem Herbst, als sie vor anderthalb Jahren in Paris ankam. Damals protestierten die jungen Männer auf diese Weise, weil die Stadtregierung ein unter Studenten beliebtes Etablissement hatte schließen wollen.

»Man sollte die Rädelsführer in Ketten legen und ins Zuchthaus werfen!«, echauffierte sich nicht weit hinter Marie jener Zeitungsleser, der bereits Jeanne und sie tadelnd beäugt hatte.

»Wahrscheinlich demonstrieren sie gegen die Auflösung des Künstlerfestes neulich«, sagte eine der Frauen, die sich an den Seitenfenstern die Nasen platt drückten.

»Studieren soll es, dieses undisziplinierte Pack!«, schimpfte der ältere Herr. »Studieren, und nicht demonstrieren!«

Berittene, Knüppel schwingende Gendarmen trieben ihre Pferde in die Kolonne hinein, lösten sie auf diese brutale Weise nach und nach auf und verfolgten einzelne Gruppen von Burschenschaftlern, die in die Seitenstraßen flohen. Bald geriet der Verkehr auf dem Boulevard Saint Michel wieder in Bewegung, stockend zunächst, dann fließender. Der Kutscher konnte sich gar nicht mehr beruhigen, schimpfte sogar noch, als Marie an ihrer Haltestelle ausstieg.

Sie betrat das sechsstöckige Haus in der Rue Flatters Nummer 3, in dem sie seit einem guten Jahr wohnte, und zog sich entlang des gusseisernen Geländers die schier endlosen Stufen bis zu ihrer Dachmansarde hinauf. Die war nicht besonders geräumig und ihr Ofen entschieden zu klein, um im Winter genügend Wärme zu spenden – falls es überhaupt Kohle gab.

Daran hatte es im vergangenen Winter tatsächlich oft gefehlt, sodass am Morgen manchmal Eis das Wasser in der Waschschüssel und die Milch im Krug bedeckte. In manchen Nächten hatte Marie dermaßen gefroren, dass sie ihren Kleiderschrank ausgeräumt und ihre Kleider über sich auf der Bettdecke aufgeschichtet hatte; in besonders eisigen Nächten legte sie sogar noch den Stuhl auf den Kleiderhaufen.

Dafür bezahlte sie allerdings nur 25 Francs Miete im Monat, und zum Schlafen, Essen und Bücherlesen war die Dachkammer groß genug. Und was noch wichtiger war: Marie mochte ihren kleinen, aber gemütlichen Rückzugsort sehr. Anders als ihre Kommilitonen putzte sie ihre geliebte Klause sogar selbst und sparte so das Geld, das eine Zugehfrau sie gekostet hätte.

Die Möblierung ihrer Mansarde war bescheiden, aber ausreichend: Matratze und Hocker hatte sie aus Warschau mitgebracht, Tisch, Schrank, Regal, Stuhl und Waschtisch geschenkt bekommen oder auf Trödelmärkten zusammengesucht und, wo nötig, eigenhändig repariert.

Den großen Spiegel hinter dem Waschtisch und den Spirituskocher auf dem kleinen Geschirrschränkchen hatte sie neu gekauft; auf die beiden Stücke war Marie ganz besonders stolz.

Auf dem Spirituskocher erhitzte sie nun wie jeden Abend die Milch, die sie brauchte, um sich eine heiße Schokolade anzurühren. Dazu aß sie wie immer ein Stück Brot und einen Apfel; manchmal aß sie auch zwei Äpfel. Das war dann auch schon ihr gesamtes Abendbrot. Ihr Frühstück am Morgen hatte ungefähr folgendermaßen ausgesehen: eine Tasse heiße Schokolade, eine Tasse Tee, ein Stück Brot und ein Apfel. Von diesem vertrauten Speiseplan wich Marie nur in Ausnahmefällen ab.

Vielleicht hat Jeanne ja recht, dachte sie, während sie die Schokoladenreste aus dem Becher kratzte, vielleicht sollte ich mir doch öfter eine Suppe mit Fleisch kochen, als ich es bisher tue. Ihre immer häufiger auftretenden Schwindelanfälle bereiteten ihr ernsthafte Sorgen.

Es war gar nicht so, dass sie sich Gemüse und Fleisch nicht leisten konnte, doch es kam ihr einfach zu selten in den Sinn, sich diese Lebensmittel zu kaufen, geschweige denn zu kochen. Das lag außerhalb ihres Bewusstseins, sie dachte einfach nicht daran. Davon abgesehen, hatte sie nie richtig kochen gelernt.

»Bin ich wirklich besessen von Chemie und Physik?«, fragte sie sich murmelnd, als sie nach dem Essen das Geschirr an den Rand des Tisches schob und ihr Mathematikbuch aufschlug. »Hat Jeanne sich nicht so ähnlich ausgedrückt?« Sie breitete ihre Mitschriften aus den letzten beiden Mathematikvorlesungen vor sich aus und strich das Papier glatt. »Vielleicht hat sie ja recht, doch mir macht es Spaß, von Mathematik und Physik besessen zu sein.«

Wie all die Abende zuvor, vertiefte Marie sich also auch heute wieder in ihre Bücher und studierte, bis ihr die Augen zufielen.

In dieser Nacht träumte sie von einer Prüfungsaufgabe,

die sie für das Lizenziat lösen sollte. Träumend wurde sie sich einer Algebragleichung bewusst, die wie ein labyrinthisches Netz die gesamte Tafel des Vorlesungssaales bedeckte. Marie jedoch stand nicht etwa davor, sondern befand sich an Jeannes Seite mittendrin in dem Gestrüpp aus Zahlen und Zeichen – und zwar als eine der beiden Unbekannten.

Marie war das X und Jeanne das Y.

Im Traum schrie sie sich die Kehle heiser, um all den anderen Zahlen ihre Werte zu verraten. »Vier und zweihundertzehn!«, schrie sie unentwegt, »vier und zweihundertzehn!«, und keiner hörte sie.

Am nächsten Nachmittag, in der naturwissenschaftlichen Abteilung der Bibliothek, suchte Marie nach einem bestimmten Buch über die Geometrie des Kreises. Sie fand es schließlich in der untersten Regalreihe und musste tief in die Hocke gehen, um es herauszuziehen. Als sie sich wieder aufrichtete, wurde ihr plötzlich schwindlig.

Sie streckte den Arm nach dem Bücherregal aus, um sich abzustützen, berührte die Buchrücken noch, hörte auch noch die Bücher auf der anderen Seite des Regals am Boden aufschlagen, doch dann wurde ihr schwarz vor Augen, und sie verlor das Bewusstsein.

18
Zufall

Paris, Sommer 1893

Stimmen drangen irgendwann wie von fern in ihre Ohnmacht. Das Atmen fiel ihr schwer, und ihr war übel. Trotzdem gelang es Marie, die Augen wieder zu öffnen. Gesichter umgaben sie, besorgte, neugierige und ernste – die meisten hatte sie nie zuvor gesehen, doch immerhin erkannte sie Jeanne, Monsieur Lamotte und den Direktor der Bibliothek.

Dieser und Lamotte richteten sie auf, damit Jeanne ihr ein Glas Wasser einflößen konnte. »Habe ich es dir nicht gesagt?«, flüsterte Jeanne. »Du siehst nicht nur krank aus, du bist wirklich krank.« Noch leiser und dicht an ihr Ohr gebeugt, fügte sie hinzu: »Krank vor Lernbesessenheit.« Marie ertastete eine Tischplatte unter sich und sah, dass ihre Unterschenkel auf einem Hocker lagen, den man vor sie auf den Lesetisch gestellt hatte.

»Sollen wir irgendjemanden benachrichtigen, Mademoiselle?«, fragte Charles Lamotte; der junge Mann machte einen erschrockenen Eindruck. »Haben Sie Freunde oder Angehörige in Paris?« Den Kopf zu schütteln, kostete Marie alle Kraft – bloß nicht Bronia mit dieser kleinen Schwäche belästigen!

Jeanne, die Marie an einem Silvesterabend bei Bronia und ihrem Mann eingeführt hatte, als sie selbst noch dort wohnte, schickte Charles Lamotte jedoch zu Bronias Arztpraxis, um Hilfe zu holen. Der junge Mann musste im Laufschritt dorthin geeilt sein, denn schon anderthalb Stunden später führten Jeanne und der Direktor Marie aus der Bibliothek und halfen ihr in eine davor wartende Droschke. Bronia saß darin und nahm sie in Empfang.

»Meine Güte, wie siehst du denn aus?!« Erschrocken zog die ältere Schwester sie an sich und drückte sie, während die Droschke sich in Bewegung setzte. »Du bist ja aschfahl und völlig abgemagert! Wann hast du denn zum letzten Mal einen Gemüseeintopf gegessen? Wann zum letzten Mal Fleisch? Habe ich dir nicht eingeschärft, dir regelmäßig warmes Essen zu kochen?«

Solche und ähnliche Fragen musste Marie sich gefallen lassen, während die Droschke in Richtung Nordbahnhof holperte und sie in die nahezu eine Wegstunde entfernte Rue d'Allemagne brachte, wo Bronia und ihr Mann Kasimir ihre Arztpraxis betrieben. Dass ein runder Bauch das Kleid ihrer Schwester straffte, erkannte Marie erst, als Bronia ausstieg.

Dr. Kasimir Dluski kam auf die Straße herunter und half ihr, die noch halb benommene Marie ins zweite Stockwerk hinaufzuschaffen. Die vielen Menschen im Wartezimmer machten große Augen, als sie die junge Frau, gestützt auf die beiden Ärzte, an der offenen Tür vorbeiwanken sahen.

Bronia führte sie ins Gästezimmer, das Marie bis vor einem Jahr bewohnt hatte, half ihr beim Ausziehen und zwang sie, sich ins Bett zu legen. Marie war zu schwach, um Widerstand zu leisten. »Heute Abend kriegst du etwas Ordentliches zu essen«, erklärte Bronia und schickte sogleich ihr Hausmädchen zum Einkaufen.

Nicht lange danach zog der Duft von Kohl, Speck und Schweinefleisch in Maries Zimmer, und am Abend saß sie mit Schwester und Schwager und einigen polnischen Gästen an einem langen Tisch und ließ sich Bigos schmecken, den geliebten Eintopf aus Sauerkraut, Weißkohl, Speck, Schweinefleisch und Würsten. Da ging es ihr gleich ein wenig besser – und vor allem fühlte sie sich wie zu Hause in Warschau.

Ein halbes Jahr lang hatte Marie nach ihrer Ankunft in Paris bei Bronia und Kasimir gewohnt. Kasimir Dluski, ein glühender Sozialist, hatte seiner neun Jahre jüngeren Frau vorgeschlagen, die Praxis in einem Armenviertel nahe den Schlachthäusern zu eröffnen, und Bronia, frischgebackene Medizinerin und überzeugte Positivistin, war einverstanden gewesen.

Schon als Marie noch hier lebte, ging es bei den Dluskis den ganzen Tag über zu wie in einem Taubenschlag: Patienten kamen und gingen, das Wartezimmer war eigentlich immer voll, und oft standen die Leute im Flur und bis außerhalb der Wohnungstür Schlange. Marie hatte sich nie an das laute Gewimmel gewöhnen können. Verglichen mit dieser Arztpraxis, kam ihr das Warschauer Elternhaus in der Nowolipkistraße mit all den Pensionatszöglingen im Rückblick wie eine Oase der Ruhe vor.

Als wäre das nicht schon Menschengetümmel genug, boten Bronia und Kasimir auch noch an zwei Abenden in der Woche Gratisbehandlungen für die Ärmsten der Armen an. Und während der restlichen fünf Abende versammelten sich meistens Männer und Frauen aus der Kolonie der polnischen Emigranten bei den Dluskis, wobei ausführlich auf Polens republikanische Zukunft angestoßen und oft bis in die Nächte hinein gefeiert und diskutiert wurde.

Unmöglich, bei so einem Trubel ernsthaft studieren zu können, weswegen Marie im Frühling letzten Jahres die Flucht ergriffen und sich das Zimmer im Quartier Latin gesucht hatte. Verstärkt hatte diesen Fluchtimpuls noch die Tatsache, dass Kasimir Dluski ein ungewöhnlich geselliger Mann war, der es liebte, mit seiner jungen Schwägerin Schach zu spielen oder einfach nur zu schwatzen. Das ging Marie auf die Nerven, denn sie wollte nur eines: in Ruhe studieren.

Auch jetzt hielt Marie es nicht lange an diesem turbulenten Ort aus und wollte schon am zweiten Tag wieder ins Quartier Latin gehen, doch Bronia verbot es ihr energisch. Sie schickte Charles Lamotte, der Marie einen Krankenbesuch abstattete, in die Rue Flatters, damit er ihr die Bücher und Vorlesungsmitschriften holte, die sie für die Prüfungsvorbereitung brauchte, und zwang sie, insgesamt eine ganze Woche bei ihr und Kasimir zu bleiben. Wenigstens gab es in dieser Zeit jeden Tag zwei warme Mahlzeiten.

Marie fühlte sich gesünder nach dieser Woche, nahm sogar ein wenig zu, doch ihre gewohnte Kraft kehrte nur langsam zurück. Sie merkte es etwa, als sie zwei Wochen später im Vorlesungssaal die Prüfungsaufgaben lesen wollte: Ihre Hände zitterten, ihre Knie waren seltsam weich, das Herz klopfte ihr bis zum Hals, und die Sätze auf dem Papier verschwammen ihr vor den Augen.

»Alles in Ordnung?«, flüsterte Jeanne, die neben ihr saß und gerade ihren Stift ansetzte. Marie nickte. Auch Robert Durant zwei Bänke vor ihr hatte schon zu schreiben begonnen und andere Kommilitonen ebenfalls. Marie jedoch musste die Prüfungsaufgaben dreimal lesen, bevor ihr Kopf einigermaßen klar wurde und sie begriff, worum es ging. Irgendwann schrieb sie einfach drauflos.

»Ich habe versagt«, gestand sie der Freundin nach der stundenlangen Prüfung. »Ich habe alles falsch gemacht, was ich nur falsch machen konnte.«

»Aber sicher doch.« Jeanne legte den Arm um sie, zog sie an sich und küsste sie auf die Schläfe. »Und deswegen wird auch ganz gewiss die Welt bald untergehen, meine Liebe. Doch vorher lade ich dich noch ins Theater ein.«

Am selben Abend überredete Jeanne die unglückliche Marie, mit ihr eine Inszenierung von Shakespeares *Sommernachtstraum* im *Théâtre du Châtelet* zu besuchen. Marie sträubte sich anfangs, weil sie glaubte, sich in ihrer schlichten Garderobe neben der eleganten Jeanne nicht sehen lassen zu können. Jeanne aber durchschaute sie sofort. »Ich leihe dir ein schönes Kleid von mir«, erklärte sie kurzerhand. »Wir tragen ja dieselbe Größe.« Daraufhin fiel Marie kein Grund mehr ein, Jeannes Einladung abzuschlagen.

Ein herrlicher Abend folgte. Die junge Studentin aus der Bretagne, die zu dieser Zeit in gleich zwei Männer verliebt war und sich von einem dritten nicht trennen wollte, Jeanne also verfolgte das Stück über die verwirrten und verliebten Paare mit durchaus nachdenklicher Miene. Marie hingegen schüttelte sich vor Lachen.

Eine Woche später, am Tag, als die Prüfungsergebnisse bekannt gegeben werden sollten, fuhren sie gemeinsam mit der Pferdebahn zur Sorbonne. Sie saßen wieder auf ihrem Stammplatz in der zweiten Etage ganz vorn, sodass sie zunächst nicht bemerkten, wer hinter ihnen Platz nahm. Die Morgensonne strahlte durch die Bahnfenster und verhieß einen hochsommerlichen Tag.

»Hast du dich inzwischen entschieden, was du tun wirst nach der Prüfung?«, fragte Jeanne. »Willst du wirklich für immer zurück nach Polen gehen?«

»Ja, noch Ende August werde ich wieder nach Warschau fahren. Mein Vater freut sich wie ein kleiner Junge auf mich.« Beim Gedanken an den geliebten Vater und den gemeinsamen Unterricht huschte ein versonnenes Lächeln über Maries Gesicht. »Er sucht schon eine größere Wohnung, damit ich genug Platz für mich und meine künftigen Schüler habe.«

»Was willst du nur in Polen?« Jeanne schüttelte verständnislos den Kopf. »Mein Gefühl sagt mir, dass dein Platz hier in Paris ist.«

»Ich bin Polin, Jeanne«, entgegnete Marie mit beinahe feierlichem Ernst. »Mein Gefühl und mein Verstand sagen mir, dass ich es meiner Heimat und ihrer Zukunft schuldig bin, zurückzukehren.«

Das stimmte nur zur Hälfte, denn Marie hätte gern noch

ein weiteres Jahr studiert und einen Abschluss in Mathematik gemacht. Doch Bronia erwartete ein Kind und würde sie künftig nur noch mit einem geringen Betrag unterstützen können. Das jedoch auszusprechen, verboten ihr Scham und Stolz.

»Es ist meine patriotische Pflicht, polnischen Jungen und Mädchen zu einer ordentlichen Bildung zu verhelfen«, erklärte sie stattdessen. »Davon abgesehen habe ich es meinem Vater versprochen.«

»Dein Patriotismus in Ehren, meine liebe Marie, doch ich frage mich, ob du deinem Vater und deiner Heimat nicht einen größeren Dienst erweist, wenn du hierbleibst und dich weiterhin dem Studium und der Wissenschaft widmest.« Jeanne zog einen Schmollmund, schaute Marie in die Augen und fügte leiser hinzu: »Außerdem würde ich dich vermissen.« Sie gab ihr einen Kuss auf die Wange.

Marie, die nichts zu antworten wusste, blickte zum Frontfenster hinaus auf die Rücken der Pferde. Was hätte wohl ihre Mutter der Freundin entgegnet? Sie hätte Maries Haltung gelobt, ganz gewiss! Wahrscheinlich würde sie sogar Kerzen in der Heilig-Geist-Kirche anzünden und Gott darum bitten, dass ihre jüngste Tochter zum alternden Vater und ins arme Polen zurückkehrt. Und Tante Maria Rogowska? Bleib um Himmels willen in Paris!, hätte die gesagt.

In den hinteren Bankreihen erhob sich Gelächter, denn einige Männer mussten einander ihre Witze so laut erzählen, dass die anderen Fahrgäste in der oberen Etage gezwungen waren, mitzuhören. Jeanne spähte nach hinten, verdrehte die Augen und raunte: »Monsieur Durant und seine Burschenschaftler.«

Einer der jungen Männer berichtete von seinem Freund, der ihn am Vortag der letzten Ferien besucht habe, um seine Tabakspfeife und sein Mädchen seiner Obhut zu übergeben. »›Pass bloß gut auf meine Pfeife auf‹, hat er mir zum Abschied eingeschärft.« Die anderen brachen in wieherndes Gelächter aus.

Vor einem Jahr noch hätte Marie die Pointe eines solchen Scherzes überhaupt nicht verstanden, doch inzwischen wusste sie, dass viele der jungen Herren ihre Studentenzimmer ganz ungeniert mit sogenannten *Lolottes* teilten, leichten Mädchen also, die sie sich semesterweise als Geliebte hielten und die im Quartier Latin gern und mit ironischem Unterton als »Studentinnen« bezeichnet wurden.

»Woran erkennt man einen weiblichen Studenten«, tönte hinter ihnen ein besonders übermütiger Bursche.

»Robert Durant«, flüsterte Jeanne, die schon wieder die Augen verdrehen musste.

»Er ist in der Regel eine Ausländerin und beugt sich mit einer Verbissenheit und Schicksalsergebenheit über seine Bücher, als gelte es, einen Brautschleier zu besticken.« Das aufbrandende Gelächter hatte sich kaum gelegt, da wartete Durant schon mit der nächsten Gemeinheit auf: »Außerdem neigt der weibliche Student zur Hässlichkeit, denn ständiges Lesen und Studieren machen ein Weib auf die Dauer unansehnlich, wie jeder von euch mit eigenen Augen sehen kann.«

Marie musste tief Luft holen, während weiter hinten in

der Bahn Durants Busenfreunde sich lautstark amüsierten. Unter Iwanows Knute hatte sie bereits in der Kindheit gelernt, dass Dummheit und Überheblichkeit zur Menschenwelt gehörten wie Typhus oder Armut. Was nützte es, sich davon gekränkt zu fühlen?

»Und wenn es dann an die Prüfung geht, könnt ihr was erleben!«, rief Durant in das Gelächter seiner Kumpanen hinein. »Da nämlich leiert der weibliche Student ganze Kapitel herunter, die er auswendig gelernt hat, häufig, ohne ins Stocken zu geraten, und häufig leider auch, ohne zu verstehen, was er da vorträgt.«

Die Burschen hatten ihren Spaß, doch einige Fahrgäste ärgerten sich und protestierten. »Unverschämtheit!«, hörte Marie eine Frau schimpfen, und eine andere rief: »Wie gemein! Wie überheblich!«

In diesem Moment sprang Jeanne auf, drehte sich um und rief: »Woran erkennt man einen Mann, der sich selbst für mickrig und sein Gemächt für zu klein geraten hält, Mesdames et Messieurs? Daran, dass er über Frauen lästern muss, vollkommen richtig.«

Marie sank tiefer in ihre Bank und wagte nicht, sich umzudrehen. Die Männerstimmen hinter ihr jedoch ebbten ab, dafür aber lachten und applaudierten die Frauen unter den Fahrgästen; einige schimpften auch lautstark.

»Statt zu schimpfen, Messieurs-dames«, rief Jeanne, »lassen Sie uns lieber für unsere arme Republik Frankreich beten, der mit derartigen Männern an der Spitze eine wahrhaft düstere Zukunft droht.« Jeanne senkte den Kopf, bekreuzigte sich, rutschte mit den Knien auf die Sitzbank und fing tatsächlich an zu beten.

Marie, die ihren Ohren nicht traute, spürte, wie ihr das Blut ins Gesicht schoss. Zugleich biss sie sich auf die Unterlippe und unterdrückte das Lachen.

Giftige Blicke trafen Jeanne, als sie später an Maries Seite inmitten der Burschenschaftler die Pferdebahn verließ. Marie fragte sich, warum sie selbst so anders auf die hirnlosen Scherze der Kommilitonen reagiert hatte als die Freundin. Wahrscheinlich, weil sie Erniedrigung und Ungerechtigkeit von Kindheit an gewohnt war und gelernt hatte, dergleichen wenn möglich auszublenden und ansonsten hartnäckig gegen den Strom zu schwimmen.

Jeanne hakte sich bei ihr unter, während sie auf das Gelände der Sorbonne schritten, reckte das Kinn nach oben und lächelte. »Genieße es, meine Liebe«, sagte sie. »Beachte besonders die feindselige Miene von Monsieur Durant, und lass sie uns in vollen Zügen genießen.«

Kurz darauf sammelten sich die Studenten und wenigen Studentinnen ihres Jahrgangs im Vorlesungssaal. Wie sonst auch erfüllten Stimmengewirr und Gelächter den großen Raum. Marie und Jeanne hatten sich in eine der hinteren Reihen gesetzt.

Die Professoren Lippmann und Poincaré kamen herein und gingen zum Katheder. Fast übergangslos trat gespannte Ruhe ein. Jeder wusste ja, dass nun die Stunde der Wahrheit anbrach, und jeder wusste, dass es üblich war, die Namen derjenigen, die am schlechtesten abgeschnitten hatten, ganz am Schluss zu nennen und die Namen der Besten zuerst.

Ihr noch junger Mathematikprofessor Poincaré öffnete seine Mappe, zog den Stapel mit den Prüfungsbögen heraus und reichte die obersten dem älteren Kollegen, dem Physiker Lippmann. Marie schlug das Herz bis zum Halse in diesem Moment. Der Physikprofessor räusperte sich einige Male, schaute sich suchend um und rief, als er Maries Gesicht in den Pultreihen entdeckte: »Marie Salomea Skłodowska!«

Ein Raunen ging durch die Menge der Studenten. Jeanne zog die Brauen hoch, legte den Kopf zur Seite und bedachte Marie mit einem kritischen Blick, der kein Geheimnis daraus machte, dass sie lieber ihren eigenen Namen als ersten gehört hätte.

Marie aber kümmerte sich nicht darum, sondern stand auf, stieg mit weichen Knien zum Katheder hinunter, um sich ihre Prüfungsarbeit und die verdiente Gratulation ihrer Professoren abzuholen. Auf dem Weg zurück zu ihrem Platz begegnete sie der nur halb zufriedenen Jeanne, die den zweitbesten Abschluss gemacht hatte.

Warschau, August 1893

Wie im Jahr zuvor reiste Marie auch in diesem Sommer nach Warschau, nur stand für sie fest, dass sie dieses Mal nicht nach Paris zurückkehren würde. Die Wehmut, die deswegen an ihr nagte, bekämpfte sie mehr oder weniger erfolgreich, indem sie die Planung ihrer Laufbahn als Lehrerin in Angriff nahm.

Sie schrieb Briefe an die größten Lehranstalten des Landes und knüpfte Kontakte in der Fliegenden Universität, an der sie gleich in der ersten Woche eine geheime Vorlesung besuchte. Auch richtete sie ihr Arbeitszimmer ein, denn um ihren Lebensunterhalt zu verdienen, würde sie erst einmal eine größere Anzahl von Schülerinnen und Schülern gewinnen und in der neuen Wohnung des Vaters unterrichten müssen. Zu dem Zweck entwarf sie ein Dossier, mit dem sie ihre Dienste in der Oberschicht der Stadt anbieten wollte.

Hela und Josef kamen zu Besuch und freuten sich an den Geschenken, die Marie ihnen mitgebracht hatte – ein paar wunderschöne Spitzenhandschuhe für die Schwester, die frisch verlobt war, und einen modischen Hut für den künftigen Arzt.

Der Vater war glücklicher Besitzer einer neuen Bartschere geworden, und immer noch war Maries Geschenkkoffer gut gefüllt: Auf ihrer bevorstehenden Reise in die Provinz wollte sie die Mitbringsel unter den Tanten, Onkeln, Cousins und Cousinen verteilen. Wie immer hatte sie an jeden gedacht, und diesmal noch großzügiger als im vorigen Sommer, denn sie brauchte ja nun kein Geld mehr für Studium und Miete.

Während Hela und Josef Handschuhe und Hut vor dem Garderobenspiegel anprobierten, öffnete Marie den Brief, den Josef aus dem Postkasten mit hochgebracht hatte. Der

Absender, eine Stiftung für polnische Studenten im Ausland, befremdete Marie, denn mit dieser Institution hatte sie nie zuvor zu tun gehabt. Sein Inhalt machte sie erst einmal sprachlos, trieb ihr dann die Tränen in die Augen und zwang sie schließlich, sich auf den Stuhl neben dem Schuhschrank sinken zu lassen.

Sie las den Brief ein zweites Mal, weil sie ihr Glück nicht fassen konnte, und als sie ihn das dritte Mal las, stand ihr Charles Lamotte vor Augen.

Seit er sie in der Bibliothek ohnmächtig aufgefangen und zum Lesetisch getragen hatte, schrieb er ihr Briefe, im Schnitt einen in der Woche. Marie wusste nicht genau, wie er ihre Adresse herausgefunden hatte, wahrscheinlich über Bronia. Er schrieb einen eleganten Stil, vermied Aufdringlichkeiten und verriet eine Gedankentiefe, die sie anzog. Es hatte ein paar Wochen gedauert, doch irgendwann begriff sie: Nicht auf die elegante Jeanne hatte er ein Auge geworfen, sondern auf sie, die unscheinbare Marie.

Eine Woche vor ihrer Abreise nach Warschau hatte sie ihn zu sich in die Rue Flatters eingeladen. Als junge unverheiratete Frau einen jungen unverheirateten Mann einzuladen, entsprach nicht ganz den üblichen Konventionen – um die Marie sich nicht kümmerte –, und die Gefahr, falsche Hoffnungen in Lamotte zu wecken, war ihr durchaus bewusst. Deswegen machte sie gleich zu Beginn reinen Tisch.

»Ihre Briefe ehren mich, Monsieur Lamotte, und rühren mich zugleich«, begann sie, nachdem sie ihm ihren Hocker angeboten und sich selbst auf ihr Bett gesetzt hatte. »Doch Sie müssen wissen, dass ich für die Männerwelt verloren bin. Ich werde niemals heiraten, doch davon abgesehen, kehre ich Paris nächste Woche für immer den Rücken. Ich habe Sie eingeladen, um mich von Ihnen zu verabschieden.«

Monsieur Lamotte antwortete nicht gleich, sondern betrachtete längere Zeit den Tee, den sie ihm auf die Kartoffelkiste zwischen Bett und Hocker gestellt hatte. Marie wusste inzwischen, dass er Astronomie und Philosophie studiert hatte, als Assistent am Lehrstuhl von Professor Poincaré arbeitete und an einer Doktorarbeit schrieb, die sich mit der Geistesgeschichte des Zufalls befasste.

Irgendwann brach Lamotte das Schweigen und sagte: »Ich bin ganz ehrlich: Obwohl ich von Anfang an gespürt habe, dass Sie unerreichbar sind, habe ich mir doch Hoffnungen gemacht. Ich glaubte an Fügung und wollte nicht wahrhaben, dass nur ein blinder Zufall unsere Wege sich hat kreuzen lassen. Welcher blinde Zufall sorgt nun dafür, dass Sie Paris nächste Woche für immer den Rücken kehren werden, Mademoiselle?«

»Kein Zufall, Monsieur Lamotte, sondern vernünftige Planung«, hatte sie geantwortet und ihm dasselbe erzählt wie ein paar Tage zuvor Jeanne, als sie in der Pferdebahn zur Sorbonne gefahren waren. Selbstverständlich hatte sie auch ihm gegenüber kein Wort über ihre finanzielle Situation fallen lassen.

Und nun hielt sie einen Brief mit der Zusage für ein Stipendium in der Hand, den sie dem blinden Zufall zu verdanken schien. Oder etwa doch einer höheren Fügung? In diesem Moment war sie beinahe geneigt, daran zu glauben.

»Was ist mit dir, Mania?« Hela kam zu ihr und kniete vor ihrem Stuhl nieder. »Du weinst ja! Schlechte Nachrichten?«

»Im Gegenteil – ich bekomme sechshundert Rubel.«

»Wie bitte?« Josef, noch immer vor dem Garderobenspiegel, fuhr herum und musterte sie misstrauisch. »Von wem?«

Der Vater trat aus dem offenen Arbeitszimmer und schaute ungläubig. Marie reichte ihm den Brief, und als er ihn überflogen hatte, staunte er sie an. »Jadwiga hat dich für dieses Stipendium vorgeschlagen?«

»Als ich letzte Woche aus Paris zurückkam, bin ich gleich am nächsten Tag ins Museum unseres Cousins, weil dort zufällig eine geheime Vorlesung der Fliegenden Universität abgehalten wurde«, erzählte Marie. »Dort habe ich zufällig Jadwiga getroffen und ihr beim Abschied von meinem Studium in Frankreich erzählt.« Marie schüttelte fassungslos den Kopf. »Ich habe ihr versichert, dass ich glücklich bin, wieder hier in der Heimat zu sein, doch sie muss mir angesehen haben, wie gern ich noch weiterstudieren würde.«

»Mit sechshundert Rubel kannst du gut anderthalb weitere Jahre in Paris finanzieren«, versicherte Josef, und der Vater setzte ihr auseinander, wie sehr ihre Aussichten auf eine leitende Position in einer höheren Mädchenschule stiegen, wenn sie ihre akademische Ausbildung mit einem Abschluss in Mathematik vervollständigen würde.

Marie blieb hin- und hergerissen – der Vater tat ihr leid, denn er würde nicht jünger werden und hatte sich unendlich auf das gemeinsame Leben und Arbeiten mit ihr gefreut. Und hatte sie ihm nicht versprochen, für immer in Warschau zu bleiben?

»Höre auf, Mania!« Der Vater winkte ab. »Hiermit entbinde ich dich von deinem Versprechen. Und was heißt schon ›für immer‹ – das Leben stellt seine Weichen, wie es will. Haben wir das nicht alle schon am eigenen Leib erlebt? Gehe im Herbst zurück nach Paris, und komme nächstes Jahr. Wer weiß? Vielleicht habe ich dann schon das Glück, an der Seite einer Doktorandin der Mathematik zu unterrichten?« Schmunzelnd reichte er ihr den Brief von der Studienstiftung.

Marie machte eine wegwerfende Geste. »Bitte rede nicht so einen Unsinn, Vater!«

»Was ist los mit dir, Mania?« Hela schüttelte sie. »Man schenkt dir sechshundert Rubel, damit du länger studieren und weiter an deinem Traum arbeiten kannst! Was gibt es denn da zu überlegen? Willst du sie Iwanow schenken, oder willst du endlich einen Luftsprung machen?«

So ging das eine Zeit lang hin und her, bis Marie sich am Ende der spontanen Familienkonferenz zu einer Entscheidung durchrang. »Also gut«, sagte sie. »Ich werde Ende Oktober für ein weiteres Studienjahr zurück nach Paris gehen.« Kopfschüttelnd betrachtete sie den Brief mit der unverhofften Nachricht. »Ich muss es tun, das spüre ich ja. Es kommt mir plötzlich vor, als würde ich mein Leben aufs Spiel setzen, wenn ich es nicht täte.«

19
Zufälle

Paris, Frühjahr 1894

Der April war kalt gewesen, und es hatte schier ununterbrochen geregnet, sodass die letzten Apfelbäume jetzt erst, Anfang Mai, richtig aufblühten. Vor dem Pont Saint-Michel ließ Jeanne die Droschke anhalten und bezahlte den Kutscher. Die Abenddämmerung brach bereits an.

Die energische Jeanne hatte es wieder einmal geschafft, Marie für einen Theaterbesuch von ihren Büchern loszueisen und sie mit der Droschke in ihrer neuen Mansarde am Boulevard de Port-Royal abgeholt. Weil sie bis zum Beginn der Vorstellung noch Zeit hatten und es endlich, endlich warm geworden war, wollten die jungen Frauen den Rest des Weges zu Fuß gehen.

Seite an Seite schlenderten sie bis zur Mitte der Brücke, lehnten sich dort über das Brückengeländer und schauten auf die Seine und zur Kathedrale hinüber. Unter ihnen schob sich der Kiel eines der letzten Ausflugsdampfer unter dem Brückenbogen heraus, die letzten Schwalben zogen ihre Kreise hoch über den Dächern der Île de la Cité, und entlang des Inselufers glitt ihnen ein Schwanenpaar entgegen.

Jeanne gab sich wortkarger als sonst und lachte lange nicht so viel und so laut, wie Marie es von ihr gewohnt war. Sie hatte erst kurz vor Ostern ihrem Geliebten den Laufpass gegeben, und es bedrückte sie noch immer, schon wieder vor dem Scherbenhaufen einer Liebesbeziehung zu stehen. Das geschah ihr entschieden zu oft, wie sie fand, und Marie konnte ihr nur zustimmen. »Die Männer sind mir nicht gewachsen«, pflegte Jeanne zu sagen, und selbst in dieser Einschätzung mochte Marie ihr nicht widersprechen.

Marie selbst kannte solche Art von Sorgen nicht – oder nicht mehr. Auch zweifelte sie nicht daran, sich nie wieder mit Sorgen dieser Art plagen zu müssen. Der Gedanke an eine Romanze oder gar an eine Heirat lag ihr so fern wie der Mond, dessen noch blasse Sichel gerade am Himmel über Paris aufgegangen war. Weder vermisste sie die Nähe und Zärtlichkeit eines Mannes, noch bekümmerte sie die Aussicht auf ein Leben als unverheiratete und kinderlose Frau.

Mit Charles Lamotte, der ihr noch immer Briefe schrieb und sie hin und wieder zum Essen in ein Restaurant einlud, verband sie inzwischen eine schöne Freundschaft. Anders als Monsieur Lamotte, knüpfte Marie allerdings keinerlei erotische Erwartung an ihre Begegnungen, geschweige denn Hoffnungen auf eine Ehe.

Sie lebte ganz und gar für ihr Studium. Und seit Neuestem auch für die Forschungsarbeiten, die sie in einem kleinen Labor der Sorbonne durchführen konnte. Außerdem begannen bereits die ersten Vorbereitungen für die Abschlussprüfung in Mathematik. Da würde sie den armen Lamotte noch kürzerhalten müssen, als sie es ohnehin schon tat.

Vom Schornstein des Dampfers, der sich unter ihnen aus dem Brückenbogen herausschob, stiegen inzwischen Rauchwolken zu ihnen herauf und drohten sie einzuhüllen. Marie ergriff Jeannes Arm und zog die Freundin weg vom Brückengeländer. Untergehakt schlenderten sie weiter über den Pont Saint-Michel.

Keine einzige Schwalbe sah Marie mehr am Himmel. Das Stampfen des Dampfers verlor sich stromaufwärts. Die Mondsichel leuchtete nun heller, und die blaue Stunde brach an, jene kurze Abendzeit, in der die Nacht sich anschickte, das Licht des Tages auszulöschen, und ihre Schwärze mit seiner Bläue verschmolz.

»Schau nur.« Jeanne blieb stehen und deutete zum Himmel hinauf, wo neben der Mondsichel jetzt die Venus erstrahlte. »Leuchtet sie nicht wunderschön?«

»O ja.« Marie lehnte ihren Kopf gegen die Schulter der größeren Jeanne und dachte an ihre tote Schwester, während sie sich im Anblick des Abendsterns verlor. Was wäre wohl aus der klugen und schönen Sofia geworden, wenn der Typhuserreger sie nicht dahingerafft hätte?

»Irgendwo, vielleicht gar nicht weit entfernt, blickt jetzt genau wie wir der Mann zur Venus hinauf, den das Schicksal mir bestimmt hat«, sagte Jeanne, und sie klang ungewohnt verträumt. »Und der mir gewachsen sein wird.«

»›Den das Schicksal dir bestimmt hat‹?« Erstaunt musterte Marie die sonst so vernünftige Freundin. »Seit wann glaubst du denn an Bestimmung?«

Jeanne seufzte. »Wenn ich gerade einmal zufällig nicht nachdenke, finde ich die Vorstellung einer höheren Macht schön, die alles glücklich fügen wird. Du etwa nicht, meine Liebe?«

»Nein.« Marie antwortete, ohne einen Augenblick zu zögern; es gab in ihrem Leben einfach zu viele Gründe für dieses Nein: die Mutter, Sofia, Kasimir Zorawski, Iwanows Unrechtsherrschaft in Polen. Sie blickte wieder zur Venus hinauf. »Aber die Vorstellung gefällt mir trotzdem, dass ausgerechnet der Mensch in ausgerechnet diesem Augenblick Mond und Venus betrachten könnte, der ein Labor für mich hat.«

»Ein Labor?« Jeanne, wie aus einem schönen Traum gerissen, runzelte die Brauen und schnitt eine unwillige Miene. »Wie kommst du denn darauf?« Sie hakte sich bei Marie unter und zog sie mit sich auf die Île de la Cité.

»Mein jetziges Labor ist viel zu eng für meine Arbeit. Man hat mir nur eine Ecke mit einem kleinen Labortisch zugewiesen. Für Messungen muss ich mich auf einer Warteliste anmelden, und die Messgeräte taugen nicht viel.«

»Dass du sogar an einem schönen Frühlingsabend wie diesem an deine Wissenschaft denken musst …!« Jeanne seufzte schon wieder, diesmal hörte es sich tadelnd an. »Zu was forschst du da überhaupt? Bisher hast du mir nur erzählt, dass Professor Lippmann dir den Auftrag irgendeiner staatlichen Stelle vermittelt hat.«

»Einen Auftrag der *Gesellschaft zur Förderung der Nationalin-*

dustrie. Das ist keine Behörde, doch die Gesellschaft verfügt über staatliche Gelder.«

»Und was sollst du für die erforschen?« Sie bogen in den Boulevard ein, der zur Kathedrale führte und in dem das Kellertheater lag, das Jeanne für heute Abend ausgeguckt hatte.

»Ich soll eine Studie über die magnetischen Eigenschaften unterschiedlicher Stahlsorten erarbeiten.«

»Das klingt ja wahnsinnig interessant.« Jeanne lachte laut auf. »Ungefähr so interessant wie ein Mann mit Bierbauch und Doppelkinn, der ein Sekretariat des Schatzministeriums organisiert.«

»Mir macht es Spaß«, sagte Marie und schmollte ein wenig. »Ich werde sogar dafür bezahlt, und sobald ich mein erstes Geld bekomme, werde ich dich zum Essen und danach ins Theater einladen.«

Dass Gabriel Lippmann ausgerechnet Marie Skłodowska an die *Gesellschaft zur Förderung der Nationalindustrie* vermittelt hatte, war alles andere als ein Zufall gewesen. Marie hatte sich durch ihre Leistungen ins Gespräch gebracht. Der Physikprofessor war nicht der einzige Lehrer an der Sorbonne, der auf die hellwache und hoch motivierte polnische Studentin aufmerksam geworden war.

Dass sie vor jenem Theaterabend ausgerechnet Jeanne von dem Auftrag und von ihren beengten Laborverhältnissen erzählte, war allerdings Zufall; und dieser Zufall stellte sich im Rückblick als erstes Glied in einer Kette von Zufällen heraus, an deren Ende ein Balkon lag, auf dem ein Mann Marie erwartete, der ihr Leben auf den Kopf stellen und für immer prägen sollte.

»Ich habe gestern überraschend Besuch bekommen«, erzählte Jeanne zwei Wochen später, als sie sich morgens auf dem Weg zur Sorbonne trafen. »Ein polnisches Paar.«

»Ich wusste gar nicht, dass du außer mir noch andere Polen näher kennst.«

»Ich kenne die Leute überhaupt nicht! Die wollten auch gar nicht mich besuchen, sondern dich.«

»Mich?« Marie blieb stehen und sah ihre Freundin verblüfft an. »Wie hieß dieses Paar denn?«

»Kowalski. Der Mann lehrt Physik irgendwo in der Schweiz – in Fribourg, wenn ich alles richtig verstanden habe.« Jeanne nahm Maries Arm und zog sie die Vortreppe hinauf. »Sie wollten dir einen Brief übergeben, hatten aber nur deine alte Adresse. In der Rue Flatters kannte keiner deine neue Anschrift, dafür aber meine, denn ich habe deinem ehemaligen Nachbarn letzten Herbst meine alte Blockflöte verkauft, und für dieses kleine Geschäft ist er einmal bei mir im Hotel gewesen.«

»Ich kenne keinen polnischen Professor, der Kowalski heißt und in der Schweiz lehrt.« Während sie durch das große Eingangsportal der Universität schritten, wanderte Maries Blick suchend zur Aktentasche der Freundin. »Hast du mir den Brief nicht mitgebracht?«

»Nein. Wir sind nämlich ein wenig ins Gespräch gekommen, und dabei erzählte ich von dir und deiner Suche nach einem größeren Labor. Daraufhin sagte Monsieur Kowalski, er wüsste vielleicht etwas für dich, und beschloss, dir den Brief lieber persönlich zu überbringen. Ich habe ihm dann natürlich deine neue Anschrift gegeben.«

»Warum hast du nicht einfach auf dem Brief bestanden?«, sagte Marie unwillig. »Jetzt muss ich mich auf den Besuch von Leuten gefasst machen, die ich nicht kenne!«

»Er kennt dich doch auch nicht, aber seine junge Frau sagt, sie sei dir einmal auf irgendeinem Ball in irgendeinem polnischen Dorf begegnet, dessen Namen ich mir beim besten Willen nicht einprägen konnte. Die beiden sind auf Hochzeitsreise, möglicherweise kennst du also nur ihren Mädchennamen.«

So gründlich Marie auch grübelte – ihr wollte einfach nicht einfallen, wer die besagte Frau sein könnte. Selbst als die Frischvermählte einen Abend später vor ihr stand, musste sie zweimal hinschauen, bis sie ihr Gesicht einordnen konnte: Es war eine Freundin von Bronka Zorawska, und Marie hatte sie auf einem jener lästigen Bälle in Szczuki kennengelernt, die Kasimirs Mutter so geliebt hatte.

Es war Marie ein wenig peinlich, dass sie und ihr deutlich älterer Gatte sich die sechs Stockwerke zu ihr heraufbemüht hatten, und noch peinlicher war es ihr, sie in ihre kleine mit Büchern und Hausrat vollgestopfte Mansarde führen zu müssen. Sie war ja nicht auf Besuch vorbereitet.

Doch schließlich saßen sie auf Koffer, Hocker und Bett verteilt um eine umgestülpte Bücherkiste und tranken Tee.

Die junge Frau überreichte Marie einen Brief von Bronka Zorawska.

»Bronka war natürlich bei unserer Hochzeitsfeier«, erzählte sie. »Und als sie erfuhr, dass wir nach Paris reisen, gab sie uns diesen Brief mit.«

Marie betrachtete Bronkas Handschrift auf dem Kuvert und erinnerte sich, dass Kasimir ihre alte Adresse kannte, denn er hatte ihr einmal in die Rue Flatters geschrieben, allerdings nie eine Antwort von ihr erhalten.

»Ich hörte, Sie seien auf der Suche nach Laborräumen, Mademoiselle«, begann der Professor nach der Briefübergabe. »Ich kenne da einen ...« Er fuchtelte mit der Hand, als suche er nach einem passenden Begriff. »... einen Gelehrten, der an einer Berufsschule nicht weit von der Sorbonne Chemiker und Ingenieure ausbildet. Der müsste eigentlich über die nötigen Räumlichkeiten verfügen.«

Er nannte den Namen des Mannes und den Namen seiner Schule, doch Marie hatte weder den einen noch den anderen jemals gehört. Der Professor hingegen schien jenen Gelehrten ziemlich gut zu kennen, denn er wusste, womit der Mann sich beschäftigte – mit Kristallen, Magnetismus und dem Verhältnis von Wärme und Energie – und dass er sich bei einigen europäischen Forschern Anerkennung erworben hat, weil er gemeinsam mit seinem Bruder ein paar sehr brauchbare Messinstrumente entwickelt hatte.

»Ich könnte mir vorstellen, dass Sie gut mit diesem Herrn zusammenarbeiten würden, Mademoiselle«, schloss der Professor namens Kowalski. »Wenn Sie wollen, könnte ich ein Treffen in unserem Ferienappartement arrangieren.«

Marie wunderte sich, weil sie in noch keiner Vorlesung und keinem Labor von dem genannten Mann und seinen Forschungsarbeiten gehört hatte. Doch dass er sich wie sie mit Magnetismus befasste, machte sie hellhörig. Und tatsächlich suchte sie ja händeringend nach einem größeren Labor. Also bat sie Kowalski, ihn mit seinem Kollegen bekannt zu machen.

Zwei Tage später überreichte ihr Gabriel Lippmann, ihr Physikprofessor, eine Karte von Kowalski, auf die er die genaue Adresse und die Uhrzeit für das Treffen notiert hatte. »Die *Schule für Physik und Chemie* ist nicht die schlechteste Adresse«, bemerkte Lippmann beiläufig. Er konnte als Briefbote einspringen, weil er die Sitzungen der *Physikalischen Gesellschaft* leitete, an denen Kowalski während seiner Flitterwochen in Paris teilnahm. »Dort werden Sie sicher brauchbare Laborräume finden, Mademoiselle Skłodowska. Viel Glück!«

Marie steckte in diesen Wochen mitten in den Vorbereitungen auf ihre Mathematikprüfung und wollte an dem Abend, den Kowalski für das Treffen mit jenem unbekannten Wissenschaftler geplant hatte, eigentlich ein für die Prüfung unverzichtbares Seminar besuchen. Doch weil ihr die Studie ebenfalls unter den Nägeln brannte – die *Gesellschaft zur Förderung der Nationalindustrie* setzte sie unter Termindruck –, verzichtete sie darauf, dem Professor einen anderen Zeitpunkt für das Treffen vorzuschlagen, und machte sich am folgenden Abend auf den Weg zur angegebenen Adresse.

Nach einem langen Fußmarsch gelangte sie kurz vor Einbruch der Dämmerung zu einer kleinen Pension am

Nordrand des Fünften Arrondissements, gar nicht weit vom Ufer der Seine entfernt. Von der Straße aus verdeckten Linden und Kastanien den Blick auf das alte Haus, am Gartenzaun blühte duftender Flieder, und an der Hauswand strotzten die Hortensien. Auf dem Balkon über dem Eingang stand ein Mann.

Eine weißhaarige Dame in elegantem schwarzem Kleid öffnete die Haustür, und ihre sowieso schon abschätzige Miene wurde noch herablassender, als sie in einem einzigen Augenblick Marie in ihrem schlichten dunklen Kostüm und ihrem altmodischen Hut taxierte. Dass sie vor der Pensionsdirektorin stand, erfuhr Marie erst ein paar Minuten später.

»Was wünschen Sie, Mademoiselle?«, fragte Madame mit näselnder Stimme, und beim tonlosen Klang ihrer Stimme fiel Marie schlagartig ein, an wen die Frau sie erinnerte: an die Anwaltsgattin ihrer ersten Gouvernantenstelle, auf der sie so grandios gescheitert war.

»Ich bin mit Herrn Professor Kowalski und seiner Gattin verabredet, Madame.« Wieder der taxierende Blick von den Schuhschnallen aufwärts bis zum Hutband – die aufgemalten Brauenbögen der Frau zuckten nach oben, das faltige Kinn folgte ruckartig, und ein spitzlippiges Lächeln schlich sich in die kühlen Züge. Mit keinem Wort, keiner Geste, nur mit einem flüchtigen Nicken bedeutete die Frau Marie, ihr zu folgen.

Die Kerzenflammen des Kronleuchters im kleinen Foyer, der Strauß aus weißen Rosen auf dem Tresen der Rezeption, die warmen Farben der Landschaftsgemälde an den Wänden, der mit blank polierten Messingstangen in den Stufenwinkeln befestigte Läufer und sein rot-schwarzes Laubmuster – an jede Einzelheit, die ihre Sinne aufnahmen, während sie hinter der Pensionatsdirektorin die Treppe hinaufstieg, sollte Marie sich ihr Leben lang erinnern. Auch an den Duft nach Bergamotte und schwarzer Johannisbeere, der von der Frau ausging.

»Besuch für Sie, Monsieur Kowalski!«, rief sie zur Treppe hinauf.

»Da sind Sie ja, Mademoiselle Skłodowska!« Kowalski, der bereits auf der Schwelle zu einem kleinen Salon stand, breitete die Arme aus, als wollte er Marie an seine Brust ziehen, doch dann küsste er ihr nur die Hand, das allerdings sehr galant.

Er bedankte sich bei der Pensionsdirektorin, die sich daraufhin zurückzog, und versicherte Marie, wie er sich freute, dass sie gekommen war. Marie fand seine Art ein wenig übertrieben.

Im Salon, in dem es nach Kräutertee duftete, arrangierte seine junge Frau gerade ein Blumengesteck auf einem mit Teetassen und Gebäcktellern gedeckten Tisch. Ihr Lächeln war entwaffnend offen, und sie umarmte Marie und küsste sie auf die Wangen. Obwohl sie die Frau kaum kannte, empfand Marie diese Begrüßung als angenehm.

Die Tür zum Balkon stand offen, und auf der Schwelle ragte die hochgewachsene Gestalt eines Mannes auf. Sein Bart und sein Haar waren dunkel und kurz geschoren, seine Haltung war lässig, wie von jemandem, der keinen Gedanken daran verschwendete, wie er auf andere wirkte. So jungenhaft wie das Lächeln, mit dem er Marie bedachte, erschien ihr auch das Gesicht des Fremden. Ein Ausdruck beinahe kindlichen Staunens lag in seinen Zügen.

»Ich habe Ihnen ja bereits voneinander erzählt, Mademoiselle et Monsieur!« Jetzt erst, als hätte er diesen stillen Moment des ersten Aufeinandertreffens nicht stören wollen, ergriff Professor Kowalski wieder das Wort. »Das also ist er, der gelehrte Forscher, mit dem ich Sie bekannt machen wollte, Mademoiselle Skłodowska.«

Da war Marie schon bei dem Fremden an der Balkontür und ergriff seine ausgestreckte Hand. Sie war warm, sein Griff behutsam und fest zugleich. »Curie«, sagte der Fremde, »Pierre Curie. Ich freue mich, Sie kennenzulernen, Mademoiselle.«

»Marie Skłodowska, ganz meinerseits, Monsieur Curie.« Marie fühlte sich befangen und konnte zunächst nichts dagegen ausrichten.

»Haben Sie den Duft dieses Frühlingsabends wahrgenommen, Mademoiselle Skłodowska?« Der Mann namens Curie wandte sich um, und eine winzige Geste von ihm, einladend und wie auf ein Geheimnis hinweisend, reichte aus, um Marie zu bewegen, ihm hinaus auf den Balkon zu folgen. »Es könnte einem schwindlig werden, wenn der Fliederduft sich mit dem der Kastanie mischt, nicht wahr?« Tief sog er die Abendluft ein. »Fragen Sie sich nicht auch manchmal, wie Pflanzenduft an unsere Nasenschleimhäute gelangt? Mit der Luft, sicher, doch er muss ja auf spezifischen physisch nachweisbaren Trägern transportiert werden.«

Seine Sprechweise kam Marie bedächtig und ungewöhnlich langsam vor, ganz so, als würde er zweimal über seine Worte nachdenken, bevor er sie aussprach. Das gefiel ihr.

»Molekulare Verbindungen, vermute ich«, sagte Marie. »Sehr flüchtige Verbindungen wahrscheinlich. Hat sie denn noch niemand nachgewiesen?«

»Das muss ich einmal meinen Bruder fragen«, sagte Pierre Curie.

Seine Stimme und der klare Blick seiner Augen beruhigten Marie, sodass alle Befangenheit nach und nach von ihr abfiel. Sie spürte, wenn sie ihn anschaute und reden hörte, wie sich etwas in ihr diesem Mann zuwandte, ein Vertrauen, das sie einem Wildfremden gewöhnlich nicht so schnell entgegenbrachte.

»Eigentlich müsste man Düfte auch messen können, nicht wahr?« Als wäre sie eine Expertin für Duftmoleküle, sah er sie an, doch sie wusste nichts zu antworten.

So standen sie, während die Nacht heraufdämmerte, ein paar Atemzüge lang schweigend auf dem Balkon und sahen zu, wie die Silhouetten der Bäume und der Fliederbüsche allmählich ihre Farben verloren. Wenn ihre Blicke sich trafen, lächelten sie einander an.

Ein Vogel pfiff irgendwo unten im Fliederbusch. Oder in den Hortensien? »Ich habe ihn vorhin schon einmal gehört«, sagte Curie. »Zuerst dachte ich an eine Nachtigall, doch jetzt zweifele ich.«

»Es ist ein Nachtfink«, erklärte Marie, deren Kindheitsspaziergänge mit dem Vater gründliche Unterrichtsstunden in Zoologie und Botanik gewesen waren.

»Das könnte tatsächlich sein«, sagte Pierre Curie nachdenklich und lauschte eine Zeit lang dem durchdringenden Gezwitscher. »Wissen Sie, was ich schön fände? Einen Stadtplan von Paris anzufertigen, auf dem die Stellen farblich markiert sind, an denen Nachtfinken und Nachtigallen singen.«

»Und an denen man Leuchtkäfer beobachten kann«, ergänzte Marie und hätte sich im nächsten Moment am liebsten auf die Zunge gebissen.

»Leuchtkäfer?« Curie lachte leise und bedachte sie mit einem warmen Blick aus seinen dunklen Augen, der ihr direkt ins Herz zu gehen schien. »Sie mögen Leuchtkäfer, Mademoiselle?«

»Ja.« Es war ihr einfach so herausgerutscht, sie wusste selbst nicht, warum. »Sie leuchten, weil ihr Leben auf dem Spiel steht.«

Übergangslos wurde seine Miene ernst, und er blickte nachdenklich in die dunklen Kronen der Kastanien. »Das habe ich noch nie so gesehen, doch es stimmt.«

Später bei Tee und Gebäck sprachen sie über die politische Situation im russisch besetzten Teil Polens. Die Kowalskis, gezwungenermaßen im Schweizer Exil lebend und wie Marie glühende Patrioten, berichteten von der Arbeit der Fliegenden Universität im Großraum Warschau. Pierre Curie, der noch nie davon gehört hatte, hakte voller Bewunderung nach, und Marie, der sein Interesse gefiel, berichtete von ihren eigenen Erfahrungen mit den Untergrundvorlesungen.

Kowalski brachte das Gespräch auf einen Deutschen namens Lilienthal, der eine Art Fluggestell gebaut hatte und damit wie ein Vogel zu fliegen versuchte. »Ein Verrückter«, sagte der Professor kopfschüttelnd. »Springt in eine Sandgrube, segelt dreißig Meter weit und bezeichnet das als Flugversuch. Ich bezeichne das als halsbrecherischen Unsinn!«

»Ich bitte Sie, Herr Professor!« Pierre Curie beurteilte die Experimente des Deutschen entschieden anders. »Die Gebrüder Lilienthal sind seriöse Männer. Sie haben ein wirklich lesenswertes Buch über den ›Vogelflug als Grundlage der Fliegekunst‹ veröffentlicht und bauen brauchbare Dampfmaschinen. Meines Wissens hat Otto Lilienthal inzwischen einen Hügel in Berlin aufschütten lassen, von dem aus er mit seinem Luftgleiter bereits achtzig Meter und mehr zurücklegt.«

»Was sind schon achtzig Meter!« Kowalski winkte ab. »Davon abgesehen: Was haben wir Menschen in der Luft verloren? Als ob es auf der Erde nicht genug Probleme für uns zu lösen gäbe!«

»Mag sein, dass Sie recht haben«, entgegnete Curie. »Doch sind es nicht andererseits seit jeher die vermeintlich Verrückten, die unsere Welt verändern? Ich jedenfalls bewundere jeden, der an seinen Träumen festhält.«

Seine Worte gefielen Marie nicht nur, sie berührten sie tief. Saß sie nicht genau deswegen hier? Saß sie nicht zu dieser Stunde in dieser Stadt, in diesem Haus und an diesem Tisch, weil sie an ihrem Traum festgehalten hatte? Pierre Curie, der ihre Zustimmung offenbar spürte, nickte ihr lächelnd zu.

Schließlich kamen sie auf Maries Studie zum Magnetismus von Stahlsorten zu sprechen und auf Curies Forschungsarbeiten zu Kristallen, die er mit seinem Bruder Jacques betrieb. Pierre Curie schwärmte von der Schönheit und Komplexität kristalliner Strukturen.

Einer seiner Lehrer habe entdeckt, dass bestimmte Kristalle sich bei Erwärmung elektrisch aufladen, berichtete Professor Kowalski, und er fügte hinzu: »Monsieur Curie hat nun herausgefunden, dass gewisse Kristalle elektrische Ladungen abgeben, wenn man sie einem bestimmten Druck aussetzt.«

»Nicht ich allein«, korrigierte Pierre Curie lächelnd, »mein Bruder Jacques und ich haben das gemeinsam entdeckt.«

Als irgendwann die Rede auf Maries eigentliches Anliegen kam, auf größere Laborräume, die sie dringend brauchte, wechselte Curie einen unsicheren Blick mit dem Professor; fast wirkte es, als hätte er noch nie von Maries viel zu engem Labor gehört. Man verabredete sich für das Wochenende in der Berufsschule, an der er lehrte. Dort wollte er ihr sein Laboratorium vorstellen.

Später fragte Marie sich oft, ob die Kowalskis dieses Treffen gar nicht wegen ihrer Laborsuche, sondern aus ganz anderen Gründen arrangiert haben mochten; zumal der Mann, den sie auf dem Balkon kennengelernt hatte, ihr ad hoc gar kein Labor anbieten konnte. Auf eine Weise, die Marie sich nicht erklären konnte, hatte Professor Kowalski sogar dafür gesorgt, dass am späten Abend eine Droschke vor der Pension stand, die sie nach Hause bringen sollte.

Beim Abschied hielt Pierre Curie Maries Hand einen

oder zwei Wimpernschläge länger fest, als es die Konvention gebot. Marie merkte es sofort; und es war ihr nicht unangenehm.

Kowalski nannte dem Kutscher Maries Adresse und bezahlte ihn gleich. Beim Einsteigen fiel ihr Blick über die Fliederbüsche am Gartenzaun hinweg zurück zum Haus und auf den Balkon. Dort stand er, stützte sich auf die Brüstung und winkte – Pierre Curie. Sie winkte zurück.

Während die Droschke sie zum Boulevard de Port-Royal schaukelte, stand ihr sein jungenhaftes, staunendes Gesicht vor Augen, und im Geist hörte sie seine nachdenkliche, seltsam schleppende Stimme.

Er ist anders, dachte sie. Er ist anders als die Männer, die ich kenne. Anders als mein Cousin Jósef, anders als meine Professoren, anders als Monsieur Lamotte, anders auch als mein Bruder Josef und anders als Kasimir Zorawski sowieso. Monsieur Pierre Curie ist einfach anders.

Bei diesem Gedanken spürte Marie es: ein warmes, angenehmes Fließen in Bauch und Brust – ein Gefühl, das sie schon sehr lange nicht mehr gespürt hatte.

20
Ehrgeiz

Paris, Frühjahr 1894

Die *École de physique et de chimie industrielles* – die Schule für industrielle Physik und Chemie – lag an der Rue Lhomond in einem uralten Gebäude. Um das Fahrgeld für die Pferdebahn zu sparen, ging Marie am folgenden Wochenende zu Fuß dorthin. Die Schule selbst gab es erst seit zwölf Jahren, wie Marie inzwischen wusste, und seit ihrer Gründung lehrte Pierre Curie an ihr.

In einer Eingangshalle, zwischen Vitrinen mit Mineralien, historischen Apparaten und alten Laborinstrumenten empfing sie ein gut aussehender junger Mann, der sich als Monsieur Curies Assistent vorstellte. Er hieß Paul Langevin und mochte Anfang zwanzig sein. »Der Herr Professor arbeitet oben.« Er wies zur Treppe und blieb an ihrer Seite, während sie hinaufgingen.

Auf dem Weg die zwei Stockwerke hinauf zum Privatlabor des Schulleiters plauderte er munter darauflos. Langevin schwärmte von seiner Schule, lobte das Wetter, stellte Mutmaßungen über eine verschollene Nordpolexpedition an und erzählte von einem Franzosen, der einen Apparat erfunden haben wollte, mit dem man angeblich sich bewegende Bilder herstellen konnte.

Marie verstand zwar nicht genau, was Curies Assistent mit *sich bewegenden Bildern* meinte, doch seine freundliche und unkomplizierte Art nahm ihr auch den letzten Rest von Scheu. Sie mochte ihn auf Anhieb.

Ihre Hoffnungen auf ein Labor jedoch schwanden sofort, als sie vor seinem Chef Curie stand und den Raum sah, in dem der seine Privatforschung betrieb: eine kleine Kammer unter der Treppe zwischen Lehrsälen und Studentenlaboren, fast ein Verschlag. Würde er freiwillig hier arbeiten, wenn er in einem anderen Raum seiner Schule mehr Platz gefunden hätte?

»Hier haben Jacques und ich ein Gerät entwickelt, das ich Ihnen gern zeigen würde, Mademoiselle Skłodowska«, sagte Pierre Curie nach der Begrüßung und führte sie in eines der angrenzenden Laboratorien. Etwa ein halbes Dutzend junger Männer machte sich darin an Bunsenbrennern, Mikroskopen, Waagen und anderen Instrumenten zu schaffen. Keiner staunte, den Schulleiter an der Seite einer Frau hereinkommen zu sehen, alle nickten ihr freundlich zu. Offenbar hatte Pierre Curie ihren Besuch angekündigt.

»Das also ist Mademoiselle Skłodowska«, stellte Curie sie vor. »Sie kommt aus der polnischen Hauptstadt, studiert seit drei Jahren an der Sorbonne und erforscht den Magnetismus von Stahlsorten. Professor Lippmann ist voll des Lobes über sie.« Er nickte Marie anerkennend zu und wandte sich dann wieder an seine Studenten. »Mademoiselle Skłodowska scheint mir die Vorbotin einer neuen Zeit zu sein. Oder wie viele Frauen kennen Sie, meine Herren, die ein naturwissenschaftliches Studium absolviert haben?« Die Blicke der jungen Chemiker und Ingenieure schwankten nun zwischen Befremden und Bewunderung. »Mir jedenfalls ist noch nie eine begegnet, bevor ich Mademoiselle Skłodowska kennengelernt habe.« Marie hielt sich an seinem ehrlichen Lächeln fest, denn die kleine Vorstellungsrede war ihr unangenehm.

Curie führte sie an einen Labortisch, an dem sein Assistent gerade damit beschäftigt war, eine emaillierte Hülle aus Leichtmetall von etwas zu lüpfen, das Marie im ersten Moment an ein stehendes Windspiel erinnerte. »Voilà!«, rief Paul Langevin. »Das Quarz-Elektrometer von Monsieur le Professeur!«

Das Gerät, das Langevin präsentierte, war ungefähr so hoch wie ein Eimer und bestand im Wesentlichen aus einer großen runden Metallscheibe als Basis und einer kleineren Scheibe mit zylindrischer Ausstülpung als Deckel. Beide Scheiben waren durch vier vertikale Röhren verbunden, zwischen denen vier metallene Quadratflächen hingen. Auf diesen entdeckte Marie eine Nadel und unter ihnen einen Spiegel. Schläuche und Kabel führten von der Basisplattform zu einem zweiten Gestell aus Griffen, Rahmen und weiteren Metallscheiben und waren zum Teil mit einem mineralischen Körper verbunden, einem Stück Quarz, wie Marie vermutete.

»Wegen der quadratischen Platten hier nennen wir das Instrument auch Quadranten-Elektrometer«, erklärte Curie,

»und weil es die elektrischen Ladungen von Kristallen wie Quarz messen kann, auch Quarz-Elektrometer. Das Prinzip ist seit Längerem bekannt, Jacques und ich haben es lediglich weiterentwickelt.«

»Die Wahrheit ist, Pierre – ihr habt es derart verfeinert und verbessert, dass die Fachwelt sich inzwischen die Finger danach leckt«, sagte Paul Langevin, und lächelnd an Marie gewandt, fügte er hinzu: »Entschuldigen Sie, dass ich mich einmische, Mademoiselle, doch Monsieur le Professeur neigt dazu, sein Licht unter den Scheffel zu stellen.«

»Und du neigst mitunter zu übermäßig vielen Worten, Paul«, sagte Curie mit gespielter Strenge, »damit läufst du jedes Mal Gefahr, Unsinn zu reden, so wie gerade eben. Hier gibt es nämlich nichts auf oder unter den Scheffel zu stellen, hier gibt es nur ein hilfreiches Instrument vorzustellen.«

Marie wusste nicht, worüber sie mehr staunen sollte – über den freundschaftlichen Umgangston, der hier herrschte, oder darüber, dass sie dieses Messgerät noch in keinem Labor zu sehen bekommen hatte. Welch entscheidende Rolle es in ihrem künftigen Leben spielen würde, konnte sie zu diesem Zeitpunkt noch nicht einmal ahnen.

»Das Gerät ist erst seit wenigen Wochen einsatzbereit«, sagte Pierre Curie, als hätte er ihre Gedanken gelesen. »Wir haben es patentieren lassen und hoffen, dass es ein wenig Geld für unsere Forschungsarbeit in die Kasse spülen wird.«

Er erklärte ihr Aufbau und Funktion seines Elektrometers und wie er damit selbst winzigste Mengen elektrischer Ladungen messen könne, die Kristalle freisetzen – etwa Quarzkristalle –, wenn er sie unter Druck setze. »Die dabei entstehende Ladung haben wir *Piezoelektrizität* genannt«, schloss er. »Vielleicht ahnen Sie, warum, Mademoiselle.«

»Sie haben den Namen vom griechischen *piezein* für ›drücken‹ abgeleitet«, parierte Marie die kleine Prüfungsfrage, »ich dachte es mir gleich.«

»Ganz richtig, Mademoiselle.« Wieder nickte er anerkennend. »Und dieses Gerät kann ich Ihnen für Ihre Stahlstudie zur Verfügung stellen, denn wenn ich Sie richtig verstanden habe, werden Sie mit Wärme und elektrischen Spannungen experimentieren müssen, um den Magnetismus von Stahl messen zu können.« In einer Geste des Bedauerns breitete der große Mann die Arme aus und hob die Achseln. »Einen geeigneten Laborraum dagegen kann ich Ihnen leider erst in ein paar Wochen anbieten.«

Die Aussicht, sein Elektrometer benutzen zu dürfen, tröstete Marie über die Enttäuschung hinweg, und das fast zweistündige Gespräch, das sie miteinander führten, während er ihr seine Schule zeigte, stimmte sie regelrecht euphorisch: Zum ersten Mal erlebte sie, dass ein Forscher sie, die Studentin, wie eine Kollegin behandelte und ein Fachgespräch auf Augenhöhe mit ihr führte. Und nicht nur ein Fachgespräch: Zu Maries Erstaunen legte Pierre Curie keinerlei Bedenken an den Tag, durchaus private Dinge in die Unterhaltung mit einfließen zu lassen.

Zurück in ihrer Mansarde am Boulevard de Port-Royal, schrieb sie am frühen Abend endlich den seit Tagen geplanten Glückwunschbrief an ihren Bruder Josef, der im April erfolgreich seine medizinische Doktorarbeit verteidigt hatte.

Sie beendete den Brief mit einer Schilderung ihrer Begegnung mit Pierre Curie.

Er hat mit mir geredet wie mit seinesgleichen, schrieb sie. *Kannst du verstehen, dass ich mich geehrt fühlte? Zum ersten Mal in meinem Leben bin ich mir vorgekommen wie eine Wissenschaftlerin unter Wissenschaftlern.*

Unser Gespräch wurde übrigens bald persönlich: Monsieur Curie erzählte von seinem Bruder, mit dem er ungewöhnlich eng verbunden ist, und von seinen Eltern. Und er erkundigte sich nach meiner Heimat und euch, meiner Familie. Unsere Art, die Welt zu sehen, scheint sich nicht sehr zu unterscheiden, und im Rückblick habe ich das Gefühl, einem Menschen begegnet zu sein, der ähnliche Wurzeln hat wie ich. Ich schätze mich wirklich glücklich, Monsieur Curie kennengelernt zu haben.

Doch bevor du nun auf dumme Gedanken kommst, mein lieber Bruder, und womöglich Gerüchte in die Welt setzt: Nein, ich bin keineswegs verliebt. Eine solche Dummheit wird mir kein zweites Mal passieren.

Zwei Wochen vor ihrer Prüfung begegnete sie Pierre Curie während einer Sitzung der *Physikalischen Gesellschaft*. Professor Kowalski, noch immer in den Flitterwochen und noch immer in Paris, hatte dafür gesorgt, dass Professor Lippmann Marie dazu einlud. Sie war die einzige Frau unter Dutzenden Männern.

Curie saß in der ersten Reihe und entdeckte sie kurz vor

der offiziellen Eröffnung der Sitzung. Sofort erhob er sich, kam zu ihr und begrüßte sie mit Handschlag. Kein anderer außer Kowalski hatte das getan.

»Wie schön, Sie wiederzusehen«, sagte Curie und lächelte glücklich wie ein Junge, dem man ein überraschendes Geschenk gemacht hatte. »Wie kommen Sie mit meinem Elektrometer zurecht?«

»Sehr gut«, versicherte Marie und hoffte, nicht rot geworden zu sein.

»Das erleichtert mich, denn manch einer empfindet die Arbeit damit als nervtötend.« Er lächelte bedauernd. »Man braucht viel Geduld und eine wirklich ruhige Hand, um damit umzugehen.«

»Beides liegt zum Glück in meiner Natur«, antwortete Marie, und was sie schon schriftlich getan hatte, wiederholte sie nun mündlich: »Danke, dass Sie mir das teure Gerät zugeschickt haben, Monsieur. Und seien Sie sicher: Ich gehe sehr sorgsam damit um.«

Professor Lippmann eröffnete die Sitzung, begrüßte den polnischen Kollegen Kowalski aus der Schweiz und den Gastredner, einen englischen Physiker aus Edinburgh. In seinem Vortrag stellte dieser die neusten Forschungsergebnisse des berühmten Schotten Lord Kelvin vor. Dieser hatte in jüngster Zeit zur Wechselbeziehung zwischen Wärme und Energie geforscht, einem Thema, das Marie wegen ihrer Studie brennend interessierte. Zu ihrer Überraschung erwähnte der Engländer mit lobenden Worten Pierre Curies Quarz-Elektrometer, dem Lord Kelvin, so der Redner, seine präzisen Ergebnisse zu verdanken habe.

Marie merkte, wie die Blicke der Männer ringsum zur ersten Reihe flogen, wo Pierre Curie über eine Kladde gebeugt Notizen machte. Vor allem ein eleganter kahlköpfiger Herr mit sorgfältig gestutztem Bart fiel ihr auf, weil sie einen gewissen Missmut in seiner nahezu reglosen Miene zu beobachten glaubte.

»Das freut mich für Curie«, flüsterte ihr Kowalski, der neben ihr saß, auf Polnisch zu, und später, während der Fragerunde, sagte er leise: »Die wenigsten an der Sorbonne wissen, was Curie leistet, denn kaum einer nimmt Notiz von seiner Arbeit. Und was macht der große Kelvin? Er besucht ihn in seiner unbekannten Berufsschule, lässt sich seine Forschungsergebnisse zeigen und bedankt sich persönlich für die Zusendung des Elektrometers.«

Nach der Sitzung standen viele Teilnehmer noch in kleinen Gruppen im Foyer des Sitzungsgebäudes beieinander. Marie, mit Kowalski von lauter neugierigen Physikern umgeben, war die einzige Frau. Ins Gespräch mit einem Kollegen vertieft, wollte ihr Professor an ihr vorüberschlendern, blieb aber stehen, als er sie wahrnahm, und zog seinen Begleiter zu ihr und den Männern hin.

»Darf ich Ihnen Polens wissenschaftliche Zukunft vorstellen, Herr Kollege?« Er wies auf die vor Verlegenheit ganz starr gewordene Marie. »Mademoiselle Skłodowska schließt zurzeit bei Poincaré ihr naturwissenschaftliches Studium ab und forscht in meinem Labor über den Magnetismus von Stahl.« Und auf seinen Begleiter weisend, sagte Lippmann: »Das ist Herr Doktor Henri Becquerel, Mademoiselle, er forscht und lehrt an der polytechnischen Hochschule.«

Der, den er ihr da vorstellte, war jener elegant gekleidete Mann, der Marie schon während der Sitzung aufgefallen war, weil er Pierre Curie ungnädig taxiert hatte, wie sie fand. Sie erkannte ihn erst auf den zweiten Blick wieder, denn inzwischen bedeckte ein Zylinder seinen Kahlkopf. Mit einer eckigen Bewegung deutete er eine Verneigung in Richtung Marie an, murmelte eine Höflichkeitsfloskel und entfernte sich an Professor Lippmanns Seite.

Pierre Curie gesellte sich zu ihrer Gruppe, quittierte ein paar Komplimente wegen seines Elektrometers mit freundlichem Lächeln und nahm Marie ein Stück beiseite. »Würden Sie mir eventuell gestatten, Ihnen meine neuste Veröffentlichung zuzusenden, Mademoiselle? Ich würde wirklich gern erfahren, wie Sie darüber denken.«

Im ersten Moment verschlug es Marie die Sprache, so sehr überraschte sie die Bitte. »Es wird mir eine Ehre sein, Monsieur Curie«, brachte sie schließlich heraus und bemühte sich dabei erfolgreich um eine feste Stimme. Pierre Curie wirkte so erfreut, während er sich verabschiedete, dass sie sich halb verwirrt, halb beglückt fragte, ob er sie womöglich mit jemandem verwechselte. Oder – noch schlimmer – sie maßlos überschätzte.

»Schauen Sie nur, Mademoiselle!«, rief Kowalski auf Polnisch, während er neben Marie die Vortreppe hinabstieg. »Unser guter Curie fährt mit dem Zweirad statt mit der Droschke!« Der Professor deutete zum Universitätstor, durch das Pierre Curie auf einem dieser modernen Fahrradgestelle aus dem Gelände fuhr, die man in letzter Zeit immer häufiger sah. »Gar nicht einfach, so ein Ding unfallfrei zu lenken. Haben Sie es mal probiert?« Marie verneinte. »Seit man die Räder mit luftgefüllten Schläuchen polstert, gehe es angeblich leichter.«

Marie sah Pierre Curie in den Boulevard Saint Michel abbiegen. Sie hatte deutlich gespürt, dass dieser Mann ihre Nähe nicht nur suchte, sondern auch genoss; und sie musste sich eingestehen: Das schmeichelte ihr.

Weiter nichts?, fragte sie sich und gab sich im Stillen selbst die Antwort: Nein, weiter nichts. Oder sollte etwa doch die verhängnisvolle Krankheit namens Liebe sie erneut bedrohen? Marie lauschte aufmerksam in sich hinein: Nein, keine Bauchschmerzen, keine fiebrige Erregung, keine Tagträume, nichts. Nichts, was auch nur im Geringsten an den unwürdigen Zustand erinnerte, in den die Begegnung mit Kasimir Zorawski sie gestürzt hatte.

Sie war nur einem liebenswürdigen Menschen begegnet und freute sich darüber, weiter nichts. Sie hatte nur einen außergewöhnlichen Mann kennengelernt, einen klugen Forscher, der sich nicht in den Vordergrund drängte und der ihr ganz selbstverständlich das Gespräch von Kollege zu Kollegin gegönnt hatte, obwohl er erfahrener und älter war als sie; acht Jahre älter, wie sie inzwischen wusste. Das tat ihr gut und beflügelte sie – weiter nichts.

»Es ist ein Jammer mit Curie«, sagte Kowalski auf Polnisch, während sie Seite an Seite dem Tor entgegenschlenderten. »Er könnte längst Professor sein.« Seufzend schüttelte er den Kopf.

»Woher wissen Sie das?«

»Das ist die Einschätzung Ihres Lehrers, des verehrten

Monsieur Lippmann, Mademoiselle.« Er hatte ins Französische gewechselt. »Curie hält es ja noch nicht einmal für nötig, den Ertrag seiner Forschung in einer Doktorarbeit zusammenzufassen. Vor Jahren hat er es sogar abgelehnt, von seinem Professor für die Auszeichnung mit dem *Ordre des Palmes Académiques* vorgeschlagen zu werden.«

»Ist das nicht die höchste Auszeichnung, die man im Bildungswesen der Franzosen erlangen kann?« Was Kowalski da erzählte, befremdete Marie. »Aber warum tut ein Mann so etwas?«

»Ein Orden sei lächerlich, hat er seinerzeit geschrieben. Er wolle weiter nichts, als ungestört arbeiten, und nehme aus Prinzip keine Orden an.« In Kowalskis Lächeln mischte sich ein spöttischer Zug. »Ich weiß es so genau, weil ich Curies Ablehnungsbrief habe lesen können, wissen Sie? Er kann schon ein seltsamer Kauz sein, der gute Curie. ›Aus Prinzip keinen Orden‹ …« Fassungslos schüttelte er den Kopf. »In seinen Anfangsjahren als Lehrer erschien er aus Prinzip nur in blauen Arbeiterhemden zum Unterricht. Dem Mann fehlt jede Spur von Ehrgeiz.«

»Mir kommt er aber vor, als würde er seine Forschungen sehr hartnäckig und mit großer Leidenschaft betreiben.« Marie dachte an das Elektrometer. »Sagt man nicht, er bringe halbe Nächte im Labor zu?«

»Ich spreche nicht vom Ehrgeiz eines Forschers, immer mehr und Gründlicheres über seinen Forschungsgegenstand zu erfahren, Mademoiselle. Ich spreche vom ehrgeizigen Streben eines Forschers, in der ersten Reihe des wissenschaftlichen Adels zu stehen und von aller Welt bewundert zu werden.« Er wies auf die Universitätsgebäude. »Sehen Sie sich doch um in der Sorbonne. Kaum einer, der nicht nach akademischen Ehren giert und nach dem Wohlwollen der altehrwürdigen und allmächtigen Académie Française.«

Die Académie Française war die höchste wissenschaftliche Instanz in Frankreich, und unwillkürlich musste Marie an den eleganten Becquerel und seinen taxierenden Blick denken. Womöglich herrschten in den akademischen Kreisen mehr Neid und Eifersucht, als sie bisher für möglich gehalten hatte.

»Haben Sie nie gelesen, was der große Louis Pasteur geschrieben hat?«, fragte Kowalski. »›Ich bekenne mich schuldig‹, hat er geschrieben, ›schuldig, zwanzig Jahre nur dafür gelebt zu haben, die Anerkennung der Académie Française zu erringen.‹« Kowalski lachte, doch es klang nicht sehr vergnügt. »Von einer derartigen Schuld scheint mir unser guter Curie weit entfernt zu sein. Und darum wird er es, fürchte ich, auch niemals zu Ruhm und Ehre bringen.«

Auf dem Heimweg kreisten ihre Gedanken um Kowalskis Worte. Curie, ein Mann ohne Ehrgeiz? Das allerdings unterscheidet uns, dachte sie, denn dass ihr Wissensdrang und ihr Forschungseifer – ihre *Besessenheit*, wie Jeanne das nannte – auch von Ehrgeiz getragen war, das war ihr durchaus bewusst. Marie wollte gut sein, unbedingt; und besser zu sein als die Besten, erfüllte sie mit tiefer Befriedigung.

Als sie merkte, dass sie sich gedanklich schon wieder mit Curie beschäftigte, ärgerte sie sich. »Hör endlich auf damit«, ermahnte sie sich. »Was geht es dich an, ob er ehrgeizig ist oder nicht? Er hat dich nur als Forscher zu interessieren, und nicht als Mensch oder gar als Mann.« Plötzlich wurde ihr bewusst, dass sie mit sich selbst sprach, und ihr Ärger steigerte sich zur Wut.

Gegen Ende der folgenden Woche fand Marie ein großes und nicht ganz dünnes Kuvert in ihrem Postkasten. Sie zog ein sorgfältig gebundenes Druckwerk heraus. *Die Symmetrie elektrischer und magnetischer Felder* stand als Titel auf dem Deckblatt, *von Pierre Curie*.

Auf der ersten Seite fand sie eine Widmung in einer auffällig linkischen Handschrift: *Für Mademoiselle Marie Skłodowska in respektvoller Freundschaft, P. Curie*. Und auf einer beiliegenden Karte schrieb er ihr einen Gruß und brachte die Bitte zum Ausdruck, sie einmal zu einem kollegialen Austausch treffen zu dürfen. Marie musste die Zeilen dreimal lesen, bevor sie es glauben konnte.

In ihrer Mansarde oben blätterte sie in seiner Arbeit und las sich fest. Spät in der Nacht betrachtete sie noch einmal die Widmung und spürte Freude und Stolz in ihrer Brust aufsteigen. In den Zeilen auf der Karte fand sie drei orthografische Fehler. Zwei Tage später traf sie Curie in Professor Lippmanns Labor und lud ihn kurzerhand zu sich nach Hause ein.

21
Hartnäckig

Paris, Frühsommer 1894

Die Prüfung war vorüber, das Studium abgeschlossen – Marie atmete tief durch, als sie den Vorlesungssaal zum letzten Mal verließ. Was für eine rauschhafte Erleichterung, was für ein Hochgefühl! Jeanne winkte und lachte nach allen Seiten auf dem Weg durch die Aula zum Portal und zur Außentreppe hinunter. Sogar Robert Durant bekam ein Lächeln geschenkt. Und das Wetter war wie für diesen Tag bestellt: blauer Himmel, warme Böen, Sonnenschein.

Mit wiegenden Hüften stolzierte Jeanne über den Vorplatz der Sorbonne, hakte sich bei Marie unter und zog sie mit sich unter den Torbogen und hinaus auf den Boulevard Saint Michel. »Du glaubst ja nicht, was ich jetzt für einen Hunger habe«, sagte sie und winkte einer Gruppe junger Männer vor einem Straßencafé zu, die sofort ihre Zylinder und Melonen zogen und sich höflich verbeugten.

Glückliche Erleichterung und ein unglaubliches Triumphgefühl beflügelten auch Marie, allerdings war ihr nicht ganz so ausgelassen zumute wie Jeanne. Zum einen entsprach das nicht ihrem Wesen, und zum anderen hatte sie in der Mathematikprüfung nur als Zweitbeste abgeschnitten. Das trübte Triumph und Freude mehr, als sie sich eingestehen wollte.

Zum Glück war es Jeanne gewesen, die den besten Abschluss hingelegt hatte, und nicht einer der blasierten Snobs aus der Entourage von Monsieur Durant.

Zwei schneeweiße Pferde zogen ein kleines dunkelrotes Cabriolet vorüber. Der Kutscher trug eine altertümliche Livree und eine Jagdkappe, beides dunkelrot. Hinter ihm, im schwarzen Lederpolster der Sitzbank, thronte ein Mann in Frack und weißem Hemd. Als er Jeanne sah, lüftete er seinen Zylinder, lächelte äußerst charmant und neigte den Kahlkopf. Marie beachtete er nicht, doch sie erkannte ihn sofort.

Jeanne, die sein Lächeln eher kühl erwiderte, rümpfte die Nase, als das Cabriolet vorbeigerollt war. »Becquerel, du hast sicher schon von ihm gehört. Er stammt aus altem akademischem Adel, ist Physiker in vierter Generation und sitzt in der Akademie der Wissenschaften. Ziemlich einflussreich. Und ziemlich attraktiv, wie er findet. Wechselt angeblich zweimal am Tag sein Leinenhemd. Man sagt ihm nach, dass er gerne Frauen unter seinem Katheder sitzen sieht – falls sie hübsch sind.«

Obwohl Jeannes herablassender Ton sie dazu einlud, fragte Marie nicht nach. Sie mochte keinen Tratsch.

Wenig später betraten sie eines der kleinen Restaurants unweit der Sorbonne und ließen sich von einem silberhaarigen Kellner zu dem Fenstertisch führen, den Marie bestellt hatte. Die *Gesellschaft zur Förderung der Nationalindustrie* hatte ihr das erste Honorar ausgezahlt, und nun löste sie ihr Versprechen ein und führte die Freundin zum Essen aus. Billetts für den abendlichen Besuch eines Varietétheaters am Montmartre steckten auch schon in ihrer Handtasche.

Sie bestellten einen Aperitif, wählten ein Menü aus und stießen mit Champagner an – Maries erstem, seit sie in Paris lebte. »Ich gratuliere dir, Jeanne.« Maries Lächeln war ehrlich, wenn auch nicht ohne eine winzige Spur von Bedauern. »Du warst großartig.«

»Ich gratuliere dir, Marie – du bist die Beste.« Sie tranken. »Und ich frage jetzt lieber nicht, was du mit deinem Leben vorhast, jetzt, da du akademisch beglaubigte Naturwissenschaftlerin bist«, sagte Jeanne, als sie die Schale absetzte.

»Das brauchst du auch nicht zu fragen, denn du weißt, was ich vorhabe.« Marie setzte eine gleichmütige Miene auf und ließ ihren Blick durch das voll besetzte Restaurant wandern, um Jeanne zu signalisieren, wie wenig Lust sie hatte, über die Zeit nach Paris zu sprechen.

»Ja, ja – ich weiß schon: zurück nach Warschau, der polnischen Nation dienen, Patrioten heranziehen, Revolution im Kleinen und dem Vater die alten Tage erleichtern. Aber …« Jeanne beugte sich über den Tisch und senkte die Stimme. »Aber ändert seine Existenz denn gar nichts an deinen Plänen?«

»›Seine Existenz‹?« Marie mimte die Begriffsstutzige. »Wessen Existenz denn?«

»Tu nicht so madonnenhaft, meine Liebe!« Jeanne

schlug ihr zärtlich auf die Hand. »Ich spreche ganz bestimmt nicht von Monsieur Lamotte.«

»Meinst du etwa Monsieur Curie?«

Jeanne nickte und lächelte spöttisch. »Stell dir vor, den meine ich.«

»Warum sollte denn seine Existenz etwas an meinen Zukunftsplänen ändern?« Marie runzelte unwillig die Stirn.

»Warum sollte denn die Straße nach einem Platzregen voller Pfützen sein?« Jeanne ahmte Maries erstaunte Miene und trockene Sprechweise nach.

»Ich weiß wirklich nicht, worauf du hinauswillst, Jeanne.« Musste die Freundin jetzt wirklich von diesen Dingen anfangen?!

»Vielleicht darauf, dass verliebte Frauen zuweilen ihre Pläne ändern?«

»Ich bin nicht verliebt!« Marie schnitt eine trotzige Miene und strich sich eine blonde Strähne ihres störrischen Haars aus dem Gesicht.

»Das ist nicht dein Ernst!«

»Doch!«

»Kein bisschen?« Marie schüttelte energisch den Kopf. »Auch nicht ein klitzekleines bisschen?« Jeanne hob die Rechte und formte einen Millimeterspalt zwischen Daumen und Zeigefinger. Marie verneinte wieder und noch entschlossener. »Ihr seid euch also überhaupt nicht nähergekommen?«

»O doch! Monsieur Curie hat mich sogar in meiner Mansarde besucht, und wir haben stundenlang geredet.« Die Erinnerung war so angenehm, dass Marie lächeln musste. »Es war wunderbar!«

Jeanne zog die Brauen hoch. »Was du nicht sagst, und über was habt ihr geredet, wenn ich fragen darf?«

»Über Symmetrie, Magnetismus und kristalline Strukturen.«

Jeanne warf sich gegen ihre Stuhllehne, hob die Hände über den Kopf und guckte flehend zur Decke. »›Über Symmetrie, Magnetismus und kristalline Strukturen‹! Meine Güte, Marie ...« Ihre Arme sanken wie kraftlos nach unten. »Und dann?«

»Wie ›und dann‹?« Eine steile Falte grub sich zwischen Maries Brauen ein.

»Na, was habt ihr dann gemacht? Nachdem ihr über Symmetrie, Magnetismus und kristalline Strukturen gesprochen habt.«

»Dann haben wir eine Formel entwickelt, mit der man möglichst elegant die Stärke der elektrischen Ladung eines Quarzkristalls darstellen kann, die er proportional zu einem bestimmten Druck abgibt.« Jeanne schloss die Augen und ließ das Kinn auf die Brust sinken. »Und vorige Woche hat er mich zu seinen Eltern nach Sceaux mitgenommen. Er wohnt nämlich noch bei ihnen, obwohl er schon auf die vierzig zugeht.«

»Mich wundert nichts mehr«, seufzte Jeanne.

»Die Curies sind wunderbare Menschen, und wie herzlich sie mich aufgenommen haben! Ich habe mich richtig wohlgefühlt.«

»Sie werden Hoffnung geschöpft haben, ihren Sohn endlich loszuwerden.«

»Du bist gemein, Jeanne!« Marie beugte sich vor und ballte die Fäuste vor sich auf dem Tisch. Die Hartnäckigkeit, mit der die Freundin das Thema verfolgte, ging ihr auf die Nerven. »Wir haben wirklich ein rein kameradschaftliches und fachliches Verhältnis.«

»Also gut«, seufzte Jeanne, »dann erzähle mir eben davon.« Sie zog ihren Stuhl an den Tisch, stützte wie ermattet ihren Ellenbogen auf den Tisch und ihren Kopf in die Hand. »Ich höre.«

»Endlich habe ich Monsieur Curies Bruder kennengelernt – die beiden sind ein Herz und eine Seele, weißt du? Sie haben bis vor Kurzem auch zusammen geforscht. Und ihr Vater, Eugène Curie, ist Arzt und Kommunist. Während der Revolution 1848 hat er mit auf den Barrikaden gestanden. Man hat ihm den Unterkiefer zerschossen, wofür ihm die Republikaner einen Orden verliehen haben. Während der Pariser Cholera-Epidemie ist er bewusst in den Stadtteil gezogen, in dem die Seuche am heftigsten tobte.«

»Na, Glückwunsch, und jetzt zu seinem Sohn, deinem Verehrer.«

»Er ist nicht mein Verehrer!«, erklärte Marie trotzig. »Unser Kontakt ist rein freundschaftlicher Natur.«

»Dafür erzählst du aber ganz schön viel von ihm.«

»Weil ich mich über die Freundschaft mit einem Wissenschaftler freue, verstehst du das nicht? Doch stell dir vor, Jeanne: Monsieur Curie hat niemals eine Schule von innen gesehen. Seine Eltern haben ihn unterrichtet.«

»Vergiss ihn.« Jeanne winkte ab. »Wie soll er Karriere machen können, wenn er keine der großen Schulen besucht hat?«

»Ab dem vierzehnten Lebensjahr hat ihn Bazille unter seine Fittiche genommen.«

»Wer ist das denn?«

»Na, der berühmte Mathematiker. Monsieur Curie sagt, sein eher langsamer Geist habe sich unter Bazille auf eine Weise entfalten können, wie es in einer normalen Schule niemals hätte geschehen können.« Marie kicherte. »Vielleicht macht ihm ja deswegen die französische Orthografie ein wenig zu schaffen, weil er sich zu viel mit Mathematik beschäftigt hat.«

Marie erzählte, wie Pierre Curie von Kindheit an zusammen mit seinem Bruder Jacques versucht hatte, die Wunder der Natur zu ergründen, wie sie sich gemeinsam für die Schönheit der Kristalle begeistert hatten und in späteren Jahren die Piezoelektrizität entdeckt und das Elektrometer weiterentwickelt hatten.

Je länger sie erzählte, desto ernster und nachdenklicher wurde Jeannes Miene. Oder langweilte sie sich einfach nur? Marie wurde plötzlich unsicher, und das Gefühl beschlich sie, tatsächlich viel zu viel über Pierre Curie geredet zu haben. Das ärgerte sie, und sie kam zum Ende.

»Und nun sag mir noch eines«, forderte die Freundin Marie auf. »Hat er um deine Hand angehalten?«

»Was redest du denn da!?« Marie blitzte Jeanne verärgert an. »Natürlich nicht!«

»Entschuldigen Sie, Mademoiselle Skłodowska, ich

wollte Ihnen nicht zu nahe treten!« Jeanne hob abwehrend die Hände und tat schuldbewusst. »Doch ein gewisses Interesse an dir würdest du nicht grundsätzlich ausschließen wollen, oder?«

Marie senkte den Blick. »Darüber denke ich gar nicht nach.« Sie griff zu ihrer Champagnerschale und nippte daran. »Was spielt das auch für eine Rolle? Es interessiert mich einfach nicht.«

»Natürlich nicht.« Jeanne hob ihre Schale, stieß mit Marie an und trank ihren Champagner zur Hälfte aus. »Wie findest du eigentlich das Wetter heute?«

Die Vorspeise wurde serviert, und die jungen Frauen widmeten sich dem Essen und sprachen über andere Dinge: Kochrezepte, Romane, Theateraufführungen und Themen, die zurzeit sowieso in aller Munde waren, wie Nansens Polarexpedition, die Choleraepidemie in Hamburg oder Lilienthals Flugversuche.

Viel später, auf dem Weg zum Montmartre, kam Marie sich ein wenig beschwipst vor, doch das fühlte sich angemessen und gut an. Sie freute sich auf das Theater.

»Hör mir zu, meine Liebe«, sagte Jeanne und hakte sich gewohnheitsmäßig bei ihr unter. »Ein letztes Wort noch zu deinen Zukunftsplänen: Möglicherweise wirst du ja tatsächlich nach Warschau zurückkehren, um dort als gelehrte und vertrocknete Jungfer zu enden – dir traue ich alles zu. Doch dann werde ich dich für verrückt erklären, hast du das verstanden? So, und jetzt lass uns nie mehr darüber reden.«

Wieder einmal lag der Duft des Sommers über dem Boulevard Saint Michel. Marie und Monsieur Lamotte ließen das Menschengetümmel hinter sich, bogen in den Jardin du Luxembourg ein und flanierten schweigend über die Kastanienallee, die zum Schloss führte. Marie legte sich die Worte zurecht und las in Charles Lamottes Miene, dass er längst wusste, was die Stunde geschlagen hatte.

Die Farbenpracht der Sommerblumen bedeckte die Wiesen, Pfauenaugen und Zitronenfalter umtanzten die Blütendolden der Ziersträucher, und einige Apfelbäume blühten noch rötlich und weiß. Hunde hetzten kläffend durch das Gras und jagten Bällen oder Holzstücken hinterher, die ihre Besitzer auf die Wiese geschleudert hatten. Nicht weit entfernt spielte eine Gruppe Halbwüchsiger Fußball.

»Heute ist mein vorletzter Tag in Paris, Monsieur Lamotte«, sagte Marie.

Am Wochenende hatte sie ihre Mansarde am Boulevard de Port-Royal aufgelöst und ihre Koffer und Kisten gepackt. Für ihre letzten Tage im geliebten Paris hatte sie sich bei Bronia und Kasimir einquartiert – und bei deren Töchterchen Helena. Allein ihrer kleinen Nichte wegen würde Marie ein paar Tränen vergießen, wenn sie morgen in den Zug nach Warschau stieg. Die Abschiedsstimmung nagte schon seit der letzten Begegnung mit Pierre Curie an ihr.

»Ich habe Sie um dieses Treffen gebeten, um mich von

Ihnen zu verabschieden, Monsieur Lamotte.« Wieder antwortete er nicht. »Vermutlich haben Sie damit gerechnet.«

»Mein Verstand hat damit gerechnet«, brach Charles Lamotte endlich sein Schweigen. Den Kopf gesenkt und die Hände mit dem Stock auf dem Rücken verschränkt, schlenderte er neben Marie her. »Mein Herz hat gehofft, sie könnten heute meine Liebe doch noch erwidern.« Er schaute sie an, und sein hübsches Gesicht verzog sich zu einem schmerzlichen Lächeln. »Die Hoffnung stirbt ja bekanntlich zuletzt.«

»Zum Glück muss ich mir nicht vorwerfen, Ihnen jemals Hoffnungen gemacht zu haben. Ich habe von Anfang an erklärt, dass ich Ihre Freundin sein kann, niemals jedoch ihre Geliebte oder gar mehr als das.«

»Das stimmt, Mademoiselle Skłodowska. Sie waren immer ehrlich, schmerzhaft ehrlich. Dafür danke ich Ihnen.« Ein Ball rollte von der Wiese auf den Weg. Lamotte stoppte ihn mit dem Absatz und trat ihn zurück zu den halbwüchsigen Fußballspielern. »Dann werden Sie also morgen nach Warschau fahren«, sagte er gedehnt, als müsste er einen Seufzer unterdrücken. »Und wenn Sie im Oktober zurückkehren, werden Sie sich mit Monsieur Curie verloben.«

Marie lachte herzhaft. »Wie kommen Sie nur darauf?« Mit Pierre Curie hatte sie am Tag zuvor eine ausgedehnte Wanderung an der Seine entlang gemacht, um sich von dem geliebten Fluss zu verabschieden. Und von ihm. Das war nicht ganz leicht gewesen, doch Marie hatte sich keine Sentimentalität gestattet. »Ich werde nicht zurückkehren, Monsieur Lamotte. Das habe ich übrigens auch Monsieur Curie gesagt.«

In der vorigen Woche hatte Pierre Curie ihr einen Heiratsantrag gemacht – sehr indirekt zwar und hinter Dutzenden blumiger Worte und vorsichtiger Wendungen versteckt, aber eben doch einen Heiratsantrag. Gestern hatte sie ihm geantwortet – und nur ein Wort dafür gebraucht: Nein.

Natürlich hatte Pierre Curie versucht, sie von ihrer Entscheidung abzubringen, und zwar hartnäckig. Er kannte sie eben noch nicht wirklich, weder ihre Gradlinigkeit noch ihren Eigensinn. Er sei Franzose und sie Polin, hatte sie ihm erklärt, seine Zukunft liege in Paris und in der Forschung und ihre in Warschau und in der Arbeit für ein republikanisches Polen.

»Und wie hat Monsieur Curie reagiert auf die Aussicht, Sie nicht mehr wiederzusehen?«, wollte Lamotte wissen, als Marie unter einer uralten Linde stehen blieb und einen Grünspecht beobachtete, der eben in der Krone gelandet war.

Lamottes Indiskretion ärgerte Marie. »Ich denke, das geht nur ihn und mich etwas an.« Scheinbar gleichmütig sah sie zu, wie der Grünspecht durchs Geäst hüpfte und schließlich in die Rinde des Stammes zu hämmern begann.

»Verzeihen Sie, doch glauben Sie mir: Sie werden zurückkehren und sich mit ihm verloben, aber ...«

»Genug jetzt!« Marie fuhr herum und runzelte streng die Stirn. »Von einem Freund erwarte ich, dass er mich ernst nimmt, Monsieur Lamotte.«

»... aber ich warne Sie vor Curie«, fuhr Lamotte unbeirrt fort. »Er könnte Ihnen gefährlich werden.«

»Was reden Sie da für einen Unsinn!?« Marie stemmte die Fäuste in die Hüften. »Ich verbiete Ihnen das!« Ein vorübergehendes Paar drehte sich um, weil Marie laut wurde.

»Ich glaube einfach, Ihnen diese Warnung schuldig zu sein, Mademoiselle Skłodowska. Curie hat eine jahrelange Liebschaft zu einer Jugendfreundin gepflegt, die äußerst tragisch endete.«

»Das geht mich nichts an, Monsieur!«

»Ich habe Erkundigungen eingezogen – das arme Mädchen hat sich das Leben genommen.«

Einen Wimpernschlag lang durchfuhr es Marie wie ein Schmerz, denn sie dachte an Kasimir Zorawski. Weil eine Familie mit Fahrrädern unter der Linde haltmachte und anfing, Decken und Picknickkörbe von den Gepäckträgern zu nehmen, wandte sie sich ab und ging weiter. »So manche Liebe endet tragisch«, sagte sie nach längerem Schweigen. »Das liegt wohl in ihrer Natur. Deswegen halte ich mich auch fern von ihr. Und das sehr erfolgreich, Monsieur Lamotte, ob Sie es mir glauben oder nicht.« Wieder blieb sie stehen, verschränkte die Arme vor der Brust und schaute ihm in die bleiche Miene. »Es ist schade, dass Sie diese bittere Note in unsere Abschiedsstunde hineintragen müssen. Doch Sie können wohl nicht anders.«

»Meine freundschaftliche Verbundenheit mit Ihnen hat mir geboten, diese Warnung auszusprechen«, sagte Lamotte schmallippig und mit versteinerter Miene.

»Wie dem auch sei, Monsieur Lamotte, ich werde mich

jetzt von Ihnen verabschieden. Sie haben meine Anschrift und dürfen davon ausgehen, dass ich Ihre Briefe beantworten werde. Und sollte Ihr Weg Sie jemals nach Warschau führen, würde ich mich sehr freuen, Sie zu Hause bei mir und meinem Vater willkommen heißen zu können.«

»Sie werden nichts von mir hören, Mademoiselle.« Er schluckte, sein Blick brannte. »Und wir werden uns niemals wiedersehen.«

»Was sind das für harsche Worte?« Marie trat einen halben Schritt zurück und runzelte die Stirn. »Ich mag Sie, Monsieur Lamotte, und wir beide verstehen uns gut. Ich wüsste nicht, warum wir unsere freundschaftliche Beziehung beenden sollten.«

»Ich kann nicht einfach nur Ihr Freund sein, Mademoiselle, schon gar nicht Ihr Brieffreund.« Lamotte schmunzelte halb spöttisch, halb wehmütig. Er sah aus wie ein Mann, der sich selbst bemitleidete. »Dazu sind meine Gefühle für Sie einfach zu leidenschaftlich.« Er zog seinen Zylinder und küsste ihr die Hand. »Adieu, Mademoiselle Skłodowska.« Mit diesen Worten wandte er sich ab und ging.

Verblüfft schaute Marie ihm hinterher. Was war in Charles Lamotte gefahren, ihren langjährigen Freund? Nein, mit einem solchen Abschied hatte sie weiß Gott nicht gerechnet.

Sie ahnte in diesem Moment nicht, dass sie einander tatsächlich nie wiedersehen würden.

Die ersten drei Augustwochen verbrachte Marie in Zwola bei ihrem Onkel Henryk und ihrer Tante Ludwika. Anfangs war es ungewohnt leer und still in dem großen Gutshaus, denn die Cousins und Cousinen waren zur Ausbildung oder zum Studium in andere Städte oder ins Ausland gezogen oder hatten eigene Familien gegründet. Einerseits genoss Marie die Ruhe sehr, andererseits verschaffte sie ihr viel zu viel Zeit zum Grübeln.

Pierre Curie ging ihr nicht aus dem Sinn. Gewiss – die Tränen, die sie an der Gare du Nord an Bronias Schulter geweint hatte, galten vor allem der Schwester, der kleinen Nichte und dem geliebten Paris. Doch möglicherweise waren auch ein paar darunter, die sie dem neu gewonnenen Freund nachweinen musste. Vielleicht sogar mehr als nur ein paar.

Wie auch immer: Der Abschied von Paris und Pierre Curie war Marie schwerer gefallen, als sie es erwartet hatte.

Mit der Ruhe in Zwola war es glücklicherweise bald vorbei: Zuerst stießen Tante Maria Rogowska und ihre Tochter Henriette aus Skalbmierz dazu, zwei Tage später reiste dann ihr Cousin Jósef samt seiner Familie an und zuletzt Hela und Maries Bruder Josef mit seiner Frau. So dauerte es nicht lange, bis Geigen, Flöten und Akkordeon ertönten und die erste feuchtfröhliche Feier auch die Nachbarn wieder auf die Veranda und ins Haus lockte.

Gegen Mitternacht, als Marie vom Tanz mit ihrem Cousin Jósef erschöpft in einen Stuhl auf der Veranda sank, hörte sie, wie Hela ihren Bruder fragte, ob er denn die Briefe an Mania schon übergeben habe. Von einem Augenblick auf den anderen saß Marie kerzengerade auf der Kante ihres Stuhls.

Ihr Bruder Josef schlug sich an die Stirn, denn jetzt erst schien ihm einzufallen, dass er ja Post für Marie aus Warschau mitgebracht hatte. Er lief hoch ins Gästezimmer, kehrte mit zwei Briefen zurück und schob sie über den Verandatisch neben die Petroleumlampe, wobei er eine Entschuldigung murmelte.

Maries Hand zitterte ein bisschen, als sie die Kuverts in den Schein der Lampe hielt. Beide Briefe trugen dieselbe Handschrift und den Absender Pierre Curies. Seit drei Tagen hatte sie einigermaßen erfolgreich versucht, nicht an ihn zu denken, doch nun, da sie zwei Briefe von ihm in der Hand hielt und spürte, wie ihr Herz schneller schlug, nun gestand sie sich ein, dass sie auf Nachricht von ihm gewartet hatte.

Sie öffnete die Kuverts, verglich die Daten im Briefkopf miteinander und las zuerst den älteren Brief; den hatte er gleich einen Tag nach ihrer Abreise geschrieben.

Er hoffe, sie könne sich gründlich erholen im Warschauer Sommer, schrieb er, und später in der ländlichen Luft bei den Verwandten, und er bitte sie dringend, ihre Zukunftspläne zu überdenken. Denn es sei ein Fehler, Paris für immer den Rücken zu kehren, und allein die Aussicht, auch nur zwei Monate verbringen zu müssen, ohne mit ihr sprechen zu können, bereite ihm großen Kummer.

Natürlich spielte er auf seinen dringenden Rat an, im Oktober – also zwei Monate nach Maries Abreise – unbedingt nach Paris zurückzukehren. Er formulierte seine Sätze so, als würde er genau davon ausgehen, und das ärgerte Marie ein wenig; zugleich aber rührte es sie. *Ich jedenfalls vermisse unsere Begegnungen und Gespräche bereits jetzt*, schrieb Curie wortwörtlich, und Marie musste tief seufzen.

»Schlechte Nachrichten?«, fragte ihr Bruder Josef, der auf der anderen Seite des Tisches saß.

»Wie kommst du darauf?« Marie hob den Blick und begriff, dass er sie beobachtet hatte. Im Türrahmen stand Tante Maria, blies lächelnd den Rauch ihrer Zigarette in die Nacht hinaus, und aus dem Küchenfenster lehnten Onkel Henryk und Maries Cousine Henriette und schauten zu ihr her.

Marie vertiefte sich wieder in den Brief. Pierre Curie berichtete von seiner Arbeit und dass er seine Notizbücher und Aufzeichnungen der letzten Jahre zusammengesucht habe, um seine Forschungsergebnisse endlich für eine Doktorarbeit zu ordnen, denn er sei im Begriff, sich an der Sorbonne für ein Doktorat zu bewerben. Außerdem wisse er von guten Freunden, dass an der naturwissenschaftlichen Fakultät im nächsten Jahr eine Professorenstelle frei werde.

Sieh einer an, dachte Marie, entwickelt er auf einmal doch noch Ehrgeiz? Er tut das doch nicht etwa meinetwegen?

Sie dachte an seinen ersten Besuch in ihrer Mansarde, bei dem sie über die Arbeit gesprochen hatten, die er ihr gewidmet hatte. Die gefiel ihr so gut, dass sie ihm am Ende jenes Abends rundheraus ins Gesicht sagte, er dürfe sein Licht nicht noch zehn weitere Jahre unter den Scheffel stellen. Und jetzt also plante er seine Promotion.

Sein Brief war gespickt von Rechtschreibfehlern, doch

Marie, die durchaus zum Perfektionismus neigte, störte sich merkwürdigerweise nicht daran. Sie hob den Kopf, während sie den Briefbogen zusammenfaltete und zum zweiten Kuvert griff – und merkte auf einmal, dass alle sie gespannt beobachteten, die Tanten, Josef, Hela, der Onkel, Henriette, der Cousin. Wussten sie etwa Bescheid?

Eine steile Falte grub sich zwischen Maries Brauen. Sie nahm die Briefe und ging wortlos ins Haus. Sollte etwa Bronia ihnen von ihrer Bekanntschaft mit Pierre Curie erzählt haben? Vom Esstisch griff sie sich eine Lampe und ging hinauf in das Gästezimmer, das sie bewohnte, um den zweiten Brief ungestört von neugierigen Blicken lesen zu können.

Sie glauben ja nicht, wie sehr ich mich freuen würde, endlich ein kleines Lebenszeichen von Ihnen zu erhalten, begann Curie ohne große Vorrede, *Sie zwei Monate lang nicht sehen und sprechen zu können, ist schon schwer genug, doch in dieser Zeit nicht ein einziges Wort von Ihnen lesen zu dürfen, wäre eine entschieden zu große Entbehrung.*

Marie ließ den Brief sinken. Schon wieder die Anspielung auf die zwei Monate! Er tat, als hätte sie die Möglichkeit in Aussicht gestellt, im Oktober zurückzukehren. Was fiel diesem Mann ein!? Sie hatte ihm doch unmissverständlich erklärt, dass sie nie mehr nach Paris zurückkehren würde! Verärgert las sie weiter.

Natürlich haben wir einander nichts versprochen, und jeder von uns ist vollkommen frei, den Weg zu gehen, den er für den richtigen hält. Doch durch unsere schönen Begegnungen, intensiven Gespräche und gemeinsamen Betrachtungen der wissenschaftlichen Rätsel, die uns so beide faszinieren, scheint mir eine neue Wirklichkeit entstanden zu sein, eine Welt, die nur uns gehört, die nur wir beide betreten können und die ich sehr vermissen würde, wenn sie verloren ginge. Und das wäre unwiderruflich der Fall, wenn Sie nicht zurückkehren. Doch ich weigere mich, daran zu glauben.

Fänden Sie es nicht auch viel schöner, möglichst nah beieinander zu leben, um diese gemeinsame Welt so oft wie möglich zu betreten? Wie denken Sie darüber? Bitte schreiben Sie es mir.

Wieder ließ Marie den Brief sinken. Was für ein hartnäckiger Mensch! Sie hatte seinen indirekten Heiratsantrag abgelehnt, also wusste er doch, wie sie darüber dachte. War ihr Nein nicht deutlich genug gewesen? Oder wollte er es nicht wahrhaben? Die Antwort fand sie in seinem Brief, als sie weiterlas:

Ich für meinen Teil bin überzeugt davon, dass unsere Begegnung ein seltener Glücksfall ist, schrieb er, *oder haben Sie schon einmal einen Menschen getroffen, mit dem Sie von der ersten Minute an so viel Freundlichkeit, Harmonie und Verständnis erlebt haben? Und – was nicht weniger wichtig ist – der mit Ihnen auf Anhieb Ihre Neugier auf die Geheimnisse der Natur in gleicher Weise geteilt hat wie Ihre Leidenschaft, sie zu erforschen? Wenn Sie nicht zurückkommen, werden wir dieses Geschenk des Schicksals einbüßen.*

Marie ließ sich auf ihr Bett fallen, blies seufzend die Backen auf und schloss die Augen. Curie hatte ihr Nein sehr genau gehört, verschloss auch keineswegs die Augen davor, wie ernst sie es gemeint hatte – doch er hielt es schlicht für einen Fehler. Und weil er ihr Nein für einen Fehler hielt, gab er nicht auf. So einfach verhielt sich das, so einfach, dass Marie sich schlicht überwältigt fühlte.

Vom nächsten Tag an gingen Briefe hin und her. Erst zwischen Paris und Zwola, dann zwischen Paris und Warschau, schließlich zwischen Paris und Fribourg, wo Marie im September zusammen mit Hela und dem Vater Urlaub bei den Kowalskis machte. Von Anfang an waren es lange Briefe, und sie wurden nicht kürzer.

Sie mussten wohl so lang ausfallen, denn Marie baute uneinnehmbare Festungen aus steilen und sorgfältig gebauten Sätzen, mit denen sie zu erklären und begründen suchte, warum sie nur beim Vater in Warschau leben wollte und was es ihr bedeutete, polnische Kinder unterrichten und zu Bürgern eines freien Polens erziehen zu können. Und Curie, in seiner unnachahmlichen Geduld und Hartnäckigkeit, bot Heerscharen von Argumenten und Herzensgründen auf, um wieder und wieder gegen diese Festungen anzurennen.

Das erforderte unzählige Briefbögen und große Mengen Tinte.

In einem Brief nach Zwola schaffte es Curie, mit seinen Worten ein Lächeln auf Maries Züge zu locken. Da inzwischen sowieso alle wussten, mit wem sie so eifrig korrespondierte, las sie Hela und Tante Maria den Satz vor, dem das gelang: »›Ich habe meinem Bruder das Foto gezeigt, das Sie mir zum Abschied geschenkt haben. Jacques glaubt, in Ihrem Gesicht lesen zu können, dass Sie eine Frau sind, die genau weiß, was sie will, eine eigensinnige, beinahe sture Persönlichkeit. Und er riet mir, Sie in Ruhe zu lassen, denn es habe keinen Sinn, eine Frau mit derartigen Charakterzügen von einem Weg abbringen zu wollen, den sie sich in den Kopf gesetzt hat. Und wissen Sie was, Mademoiselle? Das hat mich erst recht angespornt, Ihnen weiterhin zu schreiben, und so erneuere ich hiermit meinen Vorschlag: Bitte kehren sie im Oktober nach Paris zurück. Ihr treu ergebener Pierre Curie.‹«

Marie ließ den Brief sinken. »Was sagt ihr dazu?«

»Ich würde ihn gerne kennenlernen«, antwortete Hela.

»Am liebsten auf eurer Hochzeit«, sagte Tante Maria. »Doch ich fürchte, dazu musst du nach Paris zurückkehren.«

In einem Brief nach Warschau machte Curie ihr den nächsten Heiratsantrag und wieder einen indirekten. *Damit Sie Ihren Traum von einem republikanischen Polen weiterträumen können*, schrieb er in seiner ungelenken Handschrift, *und wir unseren Traum von der Erforschung der Naturgeheimnisse trotzdem gemeinsam träumen können, werde ich hier in Paris alles stehen und liegen lassen und zu Ihnen nach Warschau übersiedeln.*

»Unglaublich!«, entfuhr es Marie in einer Mischung aus Heiterkeit und Empörung, und weil ihr Vater das hörte – auch er war inzwischen auf dem Laufenden –, wollte er wissen, was sie denn so unglaublich fand. Marie las ihm die Sätze vor.

»Guter Mann«, sagte der Vater, »gib deinen Widerstand auf, und lass ihn kommen. Du wirst ihn sowieso nicht mehr los.« In ihrem Antwortbrief befahl Marie ihrem hartnäckigen Verehrer gegen den väterlichen Rat, sich seine Auswanderungspläne gefälligst aus dem Kopf zu schlagen.

Polen werden Sie in diesem Leben nicht mehr befreien, antwortete ihr Pierre Curie in einem Brief nach Fribourg, *doch werden wir beide hoffentlich lange genug existieren, um gemeinsam der Natur noch das eine oder andere Geheimnis abzutrotzen und auf diese Weise der ganzen Menschheit zu dienen und nicht nur einer einzelnen Nation. Ihr ergebener Freund Pierre Curie.*

Versteckt im Postskriptum berichtete er, dass er im Quartier Latin eine große Wohnung mit Blick auf einen schönen Garten gefunden habe, die in zwei gleich große Bereiche aufgeteilt sei und in der sie, Marie, selbstständig leben und arbeiten und dennoch in seiner Nähe sein könne. Und dann fügte er hinzu: *Als Französin und nach kurzer Ausbildung könnten Sie anfangs auf einem Pariser Gymnasium unterrichten. Was halten Sie davon?*

»Schon wieder ein Antrag!« Hela lachte, als Marie ihr den Brief während einer Bergwanderung vorlas. »Eine Französin kannst du ja nur werden, wenn du ihn heiratest.«

»Der Mann macht mich fassungslos«, seufzte Marie. »Seine getarnten Liebeserklärungen könnte er sich ruhig sparen, dass er allerdings meiner Liebe zur Naturwissenschaft und meinem heimlichen Wunsch zu forschen so viel Respekt entgegenbringt, könnte mich doch noch schwachmachen.«

Es kam, wie alle außer Marie es kommen gesehen hatten: Sie wurde schwach.

Der letzte Stoß, der ihre Festungsmauer zum Einsturz brachte, war ein Brief Curies, der sie im September in Warschau erreichte. Darin erzählte er von einer Jugendliebe, die er unter entsetzlichen Umständen verloren habe, als er zwanzig Jahre alt war. *Nach diesem Unglück*, so schrieb er, *schwor ich mir, künftig wie ein Priester zu leben, mich nie mehr mit Menschen zu befassen, sondern mich ganz und gar an die Welt der Dinge zu verlieren. Ich nahm mir damals das Recht, mich selbst zu vergessen. Nun aber sind Sie in mein Leben getreten, Marie, und nie zuvor habe ich etwas so gewiss gewusst wie dieses eine: Ich will mein Leben an Ihrer Seite verbringen. Wollen Sie meine Frau werden?*

Zwei Tage lang wanderte Marie mit diesem Brief in ihrer Handtasche durch die Straßen und Parks von Warschau, las ihn wieder und wieder – und kapitulierte schließlich. *Ja*, schrieb sie an Pierre Curie, *ich will*.

Im Oktober stieg sie in den Zug, der sie nach Paris zurückbrachte. Sie schlief kaum während der vierzigstündigen Fahrt. Je weiter Polen zurückblieb und je näher Paris rückte, desto gewisser spürte sie, dass sie ihr altes Leben ein für alle Mal hinter sich ließ und im Begriff war, in ein völlig neues einzutreten. Und diese Gewissheit fühlte sich gut an und hielt sie hellwach.

Vom Waggonfenster des einrollenden Zuges aus sah sie einen großen, bärigen Mann in altmodischem Jackett am Bahnsteig der Gare du Nord stehen, der in leicht nach vorn gebeugter Haltung und mit angespannten Zügen die langsam an ihm vorbeigleitenden Wagen beobachtete – Pierre Curie. Er entdeckte sie sofort, als sie aus dem Zug stieg, und strahlte, während er auf sie zukam – strahlte über das ganze Gesicht wie ein Junge, der jeden Moment vor Glück platzen würde.

»Da sind Sie ja endlich, meine teure Freundin!« Er nahm ihr den Koffer ab und küsste ihr die Hand.

Marie fühlte eine wohlige Wärme – in ihrer Brust, in ihrem Bauch, in ihrem Gesicht – und dachte: Ja, das ist er, das ist mein Mann. Wie konnte ich nur jemals daran zweifeln, dass er es nicht ist, dass er und ich zusammengehören?

Im Frühjahr des folgenden Jahres, nicht lange nach Pierre Curies erfolgreicher Verteidigung seiner Doktorarbeit, verlobte sich das Paar, und im Sommer heiratete es auf dem Standesamt von Sceaux.

Ein Jahr später, am 12. September 1897, brachte Marie ihre Tochter Irène zur Welt.

22
X-Strahlen

Paris, Februar 1898

Statt von der Schule direkt in ihr Labor zu fahren, radelte Marie nach Hause. Ein vages sorgenvolles Gefühl trieb sie dorthin, das stark genug war, um Maries Vorfreude auf die Laborarbeit zu verdrängen, die für den Nachmittag eigentlich auf ihrem Arbeitsplan stand. Sie dachte an ihr Kind – das Kindermädchen würde doch wohl gewissenhaft achtgeben auf Irène? Immer schneller trat Marie in die Pedale. Es war dem Kind doch hoffentlich nichts zugestoßen? Bald bog sie in den Boulevard Kellermann ein.

Hier, am südlichen Stadtrand von Paris, bewohnten sie seit letztem Herbst das kleine Haus mit der Hausnummer 108, seit Pierres Mutter gestorben und sein Vater Eugène aus Sceaux zu ihnen gezogen war. Es hatte sich schnell als ein Segen entpuppt, diesen wunderbaren Menschen im Haus zu haben – Eugène war Handwerker, Gärtner, liebevoller Großvater und Arzt in einer Person. Obwohl er mit einer abgöttischen Liebe an Irène hing, stellten Marie und Pierre das Kindermädchen ein, denn Irène war einfach noch zu klein, um ihre Betreuung ausschließlich Eugène aufzubürden.

Schon während sie vor dem Gatter des Vorgartens vom Fahrrad stieg, sah Marie, dass der Kinderwagen nicht an Ort und Stelle stand. Ihre Sorge verstärkte sich. Sie stellte das Fahrrad ab und eilte ins Haus. »Monique?« So hieß das Kindermädchen. »Monique, sind Sie da?« Das Herz schlug ihr bis zum Hals, als sie im Kinderzimmer vor dem leeren Laufstall stand.

»Sie ist mit Irène in den Park gegangen!«, rief eine Stimme aus der Küche. »Du musst doch gesehen haben, dass der Kinderwagen nicht unter dem Vordach steht!«

Marie atmete tief durch und ging in die Küche. Die Klinke der Hintertür in der Hand, lehnte Pierres Vater Eugène im Türrahmen – ein hagerer Mann in Gummistiefeln und Arbeitskleidung und mit grauem Schnauzer, Spitzbart und lachenden Augen unter den buschigen Brauen. Allerdings musterte der Blick dieser meist fröhlichen Augen sie in diesem Moment sorgenvoll.

»Ich bin doch dumm!« Marie schlug sich an die Stirn. »Aber natürlich habe ich es gesehen – und scheinbar doch nicht gesehen.« Sie zwang sich zu einem Lächeln. »Alles in Ordnung mit dem Kind?«

»Irène könnte nicht munterer sein.«

»Gott sei Dank!« Sie schluckte, und ihr Herzschlag beruhigte sich. »Du hast schon im Garten zu tun?«, fragte sie, um zu einem unverfänglichen Thema auszuweichen.

»Ich will die Frühbeete anlegen, es wird ja von Tag zu Tag

wärmer.« Wieder warf er ihr einen beunruhigten Blick zu. »Du wirkst ein bisschen außer Atem, Marie.«

Sie zuckte mit den Schultern. »Ich bin sehr schnell gefahren, ich wollte zum Kind.«

»Und nicht ins Labor?« Eugène runzelte die Stirn und betrachtete sie mit jenem forschenden Arztblick, unter dem Marie sich meist unwohl fühlte, weil ihm fast gar nichts entging. »Muss ich mir Sorgen machen?«

Sie schüttelte vehement den Kopf. »Aber nein, Eugène! Nur habe ich heute im Arbeitszimmer zu tun.« Sie wandte sich ab, um die Küche zu verlassen. »Mein Artikel über die Stahlstudie, weißt du?«

»Wie war es in der Schule?«

»Ein bisschen langweilig, wie immer.« Über die Schulter hinweg lächelte sie ihm noch einmal zu, dann huschte sie über den Flur und ging in ihr kleines Arbeitszimmer, wo sie sich an ihrem Sekretär niederließ.

Bereits im Frühling letzten Jahres, seit die Schwangerschaft immer unerträglicher wurde, hatte Marie sich von Eugène Curie behandeln lassen. Sie hatte zugenommen und ausgesehen wie das blühende Leben, doch es hatte kaum einen Tag gegeben, an dem ihr nicht übel gewesen war und Kreislaufprobleme sie ins Bett gezwungen hatten. Und wie oft hatte sie sich übergeben müssen! Ohne Eugène hätte sie die Lehramtsprüfung im letzten Sommer niemals bewältigt.

Ihr Blick fiel auf ein Zeitungsfoto, das die Knochen einer Hand abbildete. Seit Wochen lag es hier auf dem Stapel mit den Unterlagen für Maries erste Veröffentlichung – wie eine Mahnung, über dem Lehrerdasein ja nicht ihren wahren Beruf zu vergessen: den der Forscherin. Schon viel zu lange schob sie den Gedanken an eine Doktorarbeit in Physik vor sich her.

Sie langte an Papierstapel und Foto vorbei, zog eines der Notizbücher aus dem Regal des Sekretärs, schlug es auf, blätterte und überflog dabei die Einträge der vergangenen Wochen und Monate. *Irène greift nach meinem Finger*, hieß es da etwa, *Irène dreht sich zum ersten Mal in der Wiege um*, *Irène reagiert auf Pierres Stimme*. Jeden Entwicklungsschritt hatte Marie hier notiert, anfangs jede Bewegung und beinahe jeden Laut. Dazu regelmäßige Notizen zu den aktuellsten Gewichts- und Größenmaßen.

Auf der neuen Seite des Monats Februar trug sie ein, was sie heute Morgen beobachtet und was zu notieren sie keine Zeit mehr gefunden hatte, weil sie zur Schule musste. *Irène hat gejauchzt, als Pierre an den Frühstückstisch kam*, schrieb sie, *und ist dabei in ihrem Stühlchen auf und ab gehüpft*.

Eugène hatte sie von ihrem Töchterchen entbunden – und sich danach gewundert, weil Marie während der langen Geburt auch nicht einen einzigen Klagelaut von sich gegeben hatte. »Das lag an dir«, hatte sie ihm daraufhin erklärt. »Du bist mein Fels in der Brandung gewesen.«

Vielleicht hatte es aber auch daran gelegen, dass sie geübt darin war, Leiden und Schmerzen zu ertragen.

In den Wochen nach Irènes Geburt überfiel Marie eine entsetzliche Schwäche. Sie hatte sich kaum von einem Zimmer ins andere bewegen können, so hinfällig fühlte sie sich. Tagelang verließ sie nicht einmal mehr ihr Bett. Es war wie damals gewesen, nach dem Tod ihrer Mutter. Und hatte sie nach dem Schulabschluss und während des Liebesdramas mit Kasimir Zorawski nicht ähnliche Tage lähmender Erschöpfung erlebt?

Zu ihrem und Pierres großem Schrecken äußerte ein befreundeter Arzt den Verdacht auf Tuberkulose. Eugène jedoch hatte nur den Kopf geschüttelt. *Melancholia* – so lautete seine Diagnose. Er behandelte Marie mit liebevoller Zuwendung, kalten Güssen und Kräutertees. Und mit Musik, die er ihr und dem Kind am Klavier vorspielte.

So ging es allmählich aufwärts, und seit Anfang Januar unterrichtete sie wieder. Ins Labor allerdings hatte es Marie schon vor Weihnachten wieder gezogen. Sie suchte nach einem Thema für ihre Doktorarbeit.

Als sie das Notizbuch zurück ins Fach stellte, um ein anderes herauszuziehen, berührte sie den Unterlagenstapel mit dem Zeitungsfoto darauf. Sie nahm es hoch und betrachtete die Knochenhand. Die gehörte Bertha Röntgen, der Ehefrau eines deutschen Physikers, den kaum einer gekannt hatte, bevor er diese spezielle Teilansicht seiner Frau veröffentlichte. Seitdem jedoch war Wilhelm Conrad Röntgen weltberühmt.

Im Verlauf eines nicht besonders spektakulären Experiments hatte er in einer Vakuumröhre Kathodenstrahlen erzeugt und eher zufällig entdeckt, dass diese Strahlen weiches und dünnes Material durchdringen, dabei aber Umrisse von festeren, für sie undurchdringlichen Körpern erzeugen können, wenn sie auf solche treffen. Seine Frau hat ihm den Gefallen getan und ihre Hand fünfzehn Minuten lang in seine ominösen Strahlen gehalten – widerwillig und mit ungutem Gefühl, wie die Zeitungen schrieben.

Bisher hatte niemand das Wesen und die genaue Quelle dieser Strahlen herausgefunden, weswegen man sie schlicht *X-Strahlen* nannte; dabei hatten sich Heerscharen von Physikern ihrer Erforschung verschrieben, seit dieses Bild von Bertha Röntgens Hand in der Welt war. Auch Marie spielte mit dem Gedanken, diese Strahlen für ihre Doktorarbeit zu untersuchen.

Schon während der letzten Tage ihrer Flitterwochen, in denen sie auf den Fahrrädern die Bretagne durchstreift hatten, war sie ungeduldig geworden, wollte sich endlich als Forscherin beweisen. Mit wachem Blick hielt sie im Labor und in der aktuellen wissenschaftlichen Literatur nach dem einen Geheimnis Ausschau, das noch niemand lüften konnte und das darauf wartete, von ihr ergründet zu werden – und nur von ihr: Marie Curie-Skłodowska. Kein Tag verging seit ihrer Hochzeit, an dem sie nicht spürte, dass sie genau dafür auf der Welt war.

Doch zuerst musste dieser lästige Unterlagenstapel hier gesichtet und zu einem aussagekräftigen Artikel für die Zeitschrift der *Gesellschaft zur Förderung der Nationalindustrie* verarbeitet werden. Der Stapel enthielt nämlich die Ergebnisse von Maries Studie zu magnetischen Eigenschaften unterschiedlicher Stahlsorten: Tabellen, Fotos, Berechnungen und Beschreibungen von Versuchsanordnungen. Die Veröffentlichung des Artikels würde fünfzehnhundert Franc auf einmal in die klamme Haushaltskasse spülen.

Doch noch stand die Summe nicht auf der Habenseite

des nächsten Notizbuches, das sie jetzt aufschlug, ihres Haushaltsbuches. Wie immer trug Marie mit ihrer kleinen und akkuraten Handschrift ein, was sie an diesem Tag ausgegeben hatte. Danach blätterte sie zurück und überflog die Posten der vergangenen Woche – nur, um einmal mehr festzustellen, dass die Ausgaben gewachsen waren. Um vierzig Francs, seit sie im Spätherbst, als sie wegen ihres Zustandes nicht mehr stillen konnte, eine Amme nehmen musste, und noch einmal um hundert Francs, seit sie wieder unterrichtete und das Kindermädchen nötig geworden war.

Die leidige Schule! Seufzend schlug sie das Haushaltsbuch zu, und wieder fiel ihr Blick auf das Foto von Berthas Hand. Wie viel Zeit fraß doch der Physikunterricht, den sie – übrigens als einzige Frau im Kollegium – in einer Akademie für hochbegabte Töchter aus wohlhabenden Bürgerhäusern gab, für junge Mädchen, die selbst einmal Lehrerinnen, vielleicht sogar Wissenschaftlerinnen werden wollten. Allein die Fahrt dorthin kostete sie Tag für Tag beinahe zwei Stunden.

Doch was nützte alles Jammern? Sie brauchten das Geld, denn mit den monatlichen fünfhundert Francs, die Pierre verdiente, kamen sie nicht aus. Noch nicht, doch das würde sich im Laufe der nächsten Monate ändern, dann nämlich, wenn die Sorbonne ihm endlich den Lehrstuhl geben würde, auf den er sich gleich nach der erfolgreichen Promotion beworben hatte.

Ja, Monsieur Curie hatte sich verändert, seit Marie seine Gefährtin geworden war und ihren Einfluss geltend machte. Nach ihrem Geschmack waren Geld, Rang und Ehre ihrem geliebten Pierre noch immer viel zu gleichgültig, doch wenigstens ging er inzwischen mit seiner so wichtigen Forschungsarbeit an die Öffentlichkeit und hielt es nicht mehr für überflüssig, zu zeigen, was er konnte und herausgefunden hatte.

Seine Doktorarbeit über *Magnetische Eigenschaften von Körpern bei unterschiedlichen Temperaturen* war ein wichtiger Schritt in diese Richtung gewesen. Sie hatte einiges Aufsehen erregt in wissenschaftlichen Kreisen, und Marie, die mächtig stolz auf Pierre war, lobte ihn dafür, wann immer sich die Gelegenheit dazu bot.

Sie zog den Stapel mit den Unterlagen für den Artikel heran. Warum kamen eigentlich das Kindermädchen und Irène nicht zurück? Sie schaute zum Fenster hin, und auf einmal stieg wieder dieses unbestimmte Gefühl in ihr hoch, das sie schon gezwungen hatte, von der Schule nach Hause zu radeln statt ins Labor. Hoffentlich hatte Monique die Kleine warm genug angezogen.

Marie versuchte, sich auf ihre Aufzeichnungen, Fotos und Tabellen zu konzentrieren, doch ihre Gedanken schweiften ständig ab zu ihrer Tochter. Es wird Irène doch nichts zugestoßen sein?, schoss es ihr plötzlich durch den Kopf und durchs Herz, und aus der vagen Sorge wurde blitzschnell eine konkrete Angst: Der Kinderwagen ist umgestürzt! Und eine Kutsche hat die aus dem Wagen gestürzte Irène überrollt! Oder einer der großen Hunde, die im Kellermann-Park frei herumspringen dürfen, hat sie gepackt!

Sie sah die schrecklichen Szenen vor sich, und das Herz schlug ihr bis zum Hals, so sicher glaubte sie zu wissen, dass etwas Derartiges geschehen sein musste. In heller Aufregung stürzte Marie aus Arbeitszimmer und Haus, schon trat ihr kalter Schweiß auf die Stirn. Sie kletterte aufs Fahrrad und fuhr los. Dass Eugène hinter ihr herrief, hörte sie kaum.

Marie raste in den Kellermann-Park, radelte sämtliche Wege ab, umkreiste die Zierteiche und den See und entdeckte das Kindermädchen und den Wagen mit Irène endlich auf einer Bank am Bootssteg. Schon von Weitem sah sie, dass ihr Töchterchen im Wagen saß und fröhlich krähte, während das Kindermädchen den Enten Brotbrocken in die Uferböschung warf.

Marie stieg ab, stützte sich auf die Lenkstange und atmete tief durch, und das wieder und wieder. Das Herz hämmerte ihr in den Schläfen. Schließlich richtete sie sich auf und zog ein Taschentuch aus dem Kleiderärmel – erst einmal beruhigen, erst einmal den Schweiß abwischen, denn in diesem Zustand konnte sie sich dem Kindermädchen unmöglich zeigen.

Plötzlich quietschte es blechern, und ein Radfahrer hielt neben ihr – Pierre. Er stellte sein Rad auf den Ständer, kam zu ihr und schloss sie in die Arme. »Mein liebes Kleines.« Er küsste sie auf die Stirn, flüsterte ihr all die Kosenamen ins Ohr, die er für sie erfunden hatte.

»Du bist ja ganz nass geschwitzt!« Er drückte sie ein Stück weg von sich. »Nicht einmal eine Jacke hast du angezogen.« Hastig schälte er sich aus seinem Jackett und half ihr hinein. Dann küsste er sie auf die Augen, auf die Nase, auf die Wangen. »Mein armes Mädchen. Papa hat erzählt, dass du plötzlich aus dem Haus gestürzt bist und er dich nicht aufhalten konnte. Wieder die schlimme Angst?« Marie nickte. »Und wieder aus heiterem Himmel?«

Sie drückte ihr nasses Gesicht in die warme Kuhle zwischen Pierres Hals und seiner Schulter. »Bist du da, mein starker Bär?«, flüsterte sie. »Bist du wirklich da?«

»Ich bin bei dir, geliebtes Mädchen.« Er streichelte und drückte sie so lange, bis ihr Herzschlag und Atem sich beruhigten. *Melancholia mit Angstattacken* nannte Eugène es, wenn solche Zustände sie erfassten. Zum Glück kam es immer seltener vor.

»Geht es wieder?« Pierre küsste sie, und Marie nickte. Sie stiegen auf die Fahrräder und fuhren zu ihrem Töchterchen und seinem Kindermädchen.

Am Abend, nachdem sie das Kind ins Bett gebracht hatten, zogen sie sich in Maries Arbeitszimmer zurück. Marie tat etwas für das leidige Geld und sondierte ihre Unterlagen für den Artikel, den sie bis Anfang März für die *Gesellschaft zur Förderung der Nationalindustrie* schreiben musste, wenn sie im April fünfzehnhundert Francs auf der Habenseite ihres Haushaltsbuches eintragen wollte. Pierre saß im Lesesessel zwischen den beiden Bücherregalen, schlürfte einen Pfefferminztee und erzählte von der Sitzung der *Physikalischen Gesellschaft*, an der er heute teilgenommen hatte.

»Sie sind alle auf der Jagd nach den X-Strahlen«, sagte

er, »es scheint kein anderes Thema mehr zu geben. Inzwischen ist es in den letzten Winkeln der Gesellschaft angekommen: An Karneval zum Beispiel soll es einen Umzugswagen zu den Röntgenstrahlen geben, in Amerika arbeiten religiöse Senatoren an einem Gesetz, das die Strahlen aus Gründen des sittlichen Anstands verbieten will, und irgendein Schlitzohr in Paris bietet einen X-Strahlen-Apparat an, mit dem man angeblich seine Ehefrau im Hinblick auf Untreue durchleuchten kann.«

»Und Professor Becquerel?« Marie verfolgte die Arbeit dieses Physikers aufmerksam, seit er herausgefunden hatte, dass auch Uran strahlte.

»Den scheint das Thema nicht mehr zu interessieren.« Pierre zuckte gleichgültig mit den Schultern; er mochte Becquerel nicht besonders. »Es reicht ihm offensichtlich, bewiesen zu haben, dass die Strahlung von Uransalzen nichts mit Conrad Röntgens Strahlen zu tun hat – außer eben, dass beide Strahlungsarten imstande sind, Phosphoreszenzen aufleuchten zu lassen.«

Marie war wie elektrisiert. Es gab also tatsächlich mehrere Arten von Strahlung? Lag hier ein Geheimnis, das darauf wartete, es mit ihrem Forscherdrang aufzunehmen?

Henri Becquerel war auf das Thema aufmerksam geworden, weil Röntgen die X-Strahlen dadurch entdeckte, dass sie zufällig einen phosphoreszierenden Lampenschirm zum Leuchten gebracht hatten, also eine Fläche, die mit einer Substanz bestrichen war, die nach Lichteinfall noch länger nachleuchtet. Da Becquerels Vater Edmond ein Gerät erfunden hatte, mit dem man Phosphoreszenzen aufspüren konnte – den sogenannten Phosphoroskopen –, betrachtete sein Sohn Henri es gewissermaßen als familiäre Pflicht, dem Zusammenhang zwischen X-Strahlen und Phosphoreszenz auf den Grund zu gehen.

Das Ergebnis seiner Untersuchung war eindeutig: Es gab diesen Zusammenhang nicht. Allerdings hatte Becquerel während seiner Arbeit mit verschiedensten Substanzen experimentiert und so herausgefunden, dass Uran Strahlen absondert – und zwar ganz ohne Kathode, Anode und Vakuumröhre.

»Er will gar nicht wissen, wie die Strahlung aus den Uransalzen zustande kommt?« Es fiel Marie schwer, das zu glauben.

»Scheinbar nicht.« Pierre zuckte mit den Schultern. »Wahrscheinlich hält er es für Zeitverschwendung, denn es haben sich ja schon allzu viele an dem Thema die Zähne ausgebissen. Die Strahlen gelten inzwischen als nahezu unmessbar.«

Unmessbar?, dachte Marie. Die Zähne ausgebissen? Das hörte sich nach *unmöglich* an, und das reizte sie. »Becquerel hat für seine Messungen dein Quarz-Elektrometer verwendet, doch das scheint ihm nicht wirklich weitergeholfen zu haben.«

»Ich fürchte, er konnte nicht richtig damit umgehen. Doch wer kann das schon? Den meisten Kollegen fehlt einfach die Geduld, die unser Elektrometer von jedem verlangt, der es korrekt benutzen will, und einem wie Becquerel, der auf schnelle Ergebnisse aus ist, sowieso.« Pierre blies in seinen noch heißen Tee. »Du weißt ja selbst, Marie, wie kräftezehrend es ist, Messungen mit dem Elektrometer durchzuführen.«

Marie übte sich seit Wochen darin, mit Pierres neuster Version des Gerätes umzugehen. Vor ein paar Tagen war es ihr zum ersten Mal gelungen, Becquerels Versuch nachzustellen und die Strahlung von Uransalz zu erfassen.

»In Becquerels letztem Bericht an die Akademie der Wissenschaften habe ich gelesen, dass er die Uranstrahlung ›Becquerel-Strahlen‹ nennt«, erinnerte sich Marie. »Nach seiner Theorie sondern Uransalze sie nur dann ab, wenn sie durch eine äußere Lichtquelle dazu angeregt werden.«

»Etwa durch Sonnenlicht, richtig.« Pierre schlürfte seinen Tee. »Von dieser Idee will er im Grunde auch nicht ablassen und hält das Problem deswegen wahrscheinlich für gelöst.«

Marie ließ ihre Unterlagen sinken, lehnte sich in ihren Stuhl und schaute zu ihrem Mann. Ihr Geist arbeitete fieberhaft. Schließlich stand sie auf und ging zu ihm. »Wie viele Veröffentlichungen hat es zu den X-Strahlen gegeben, seit das Bild mit Berthas Hand durch die Welt ging?«

Pierre winkte ab. »Tausende.«

Marie setzte sich auf Pierres Sessellehne. »Und wie viele zu Becquerels Uranstrahlen?«

»Eine Handvoll Aufsätze in den letzten sechs Monaten, abstruse Theorien zum Teil.« Pierre setzte die Teetasse im Regal ab und nahm Maries Hand. »Die Kollegen halten die Strahlen für nicht ausreichend messbar, wie gesagt, weder qualitativ noch quantitativ.« In einer Geste der Resignation hob er die Linke und ließ sie fallen. »Sie scheinen dem Uran sein Geheimnis lassen zu wollen.«

Da war es, das Stichwort, das ihren Geist magisch anzog: *Geheimnis*. Ihr Forscherdrang war entflammt, sie spürte den Mut zum Wagnis in ihr wachsen. Dem Uran das Geheimnis seiner Strahlen lassen? Das kam für sie nicht infrage. »Und Becquerel?«

»Der hält das Phänomen der Strahlen für hinreichend aufgeklärt. Er ist nicht der Typ, der sich gern die Zähne ausbeißt, weißt du?« Pierre küsste Maries Hand. »Warum fragst du, geliebtes Mädchen?« Seine Lippen tasteten sich von ihrem Handrücken über ihren Unterarm.

»Weil ich mit dem Gedanken spiele, dieses Geheimnis zum Thema meiner Doktorarbeit zu machen.« Marie drückte sich zurückhaltend aus – in Wahrheit hatte sie soeben beschlossen, ihre Doktorarbeit der rätselhaften Strahlung zu widmen.

»Willst du dir etwa auch die Zähne daran ausbeißen?« Pierre hob den Blick.

Marie überhörte die Frage einfach. »Wie viele Forscher arbeiten zurzeit noch an diesem Problem, weißt du das?«

»Der alte Lord Kelvin in Glasgow befasst sich noch mit dem Thema, wie man liest.« Pierre zuckte mit den Schultern. »Außerdem ein Italiener, dessen Namen mir entfallen ist. Und in einem englischen Labor ein junger Australier namens Rutherford. Sohn eines Bauern und ein ziemlich heller Kopf, wie man hört. So hell, dass der Kollege Thomson in Cambridge ihn eingestellt hat. Die beiden wollen nicht mehr glauben, dass Atome die kleinsten Teilchen der Materie sind. Sie schwadronieren von Elektronen und dergleichen.«

»Strahlen laden also die Luft elektrisch auf«, sagte Marie, nun noch nachdenklicher. »Uranstrahlen genauso wie Röntgens X-Strahlen.«

»Sie ionisieren die Luft in ihrer direkten Umgebung, genau. Lord Kelvin hat das nachgewiesen. Worauf willst du hinaus, Geliebte?« Pierres Lippen beschäftigten sich wieder mit der Haut ihres Unterarmes.

»Das tun deine Kristalle auch, wenn sie unter Druck elektrische Ladungen freisetzen, und das haben auch die Magnetfelder meiner Stahlsorten getan. Und wie haben wir sie gemessen?«

Wieder hob Pierre den Kopf, diesmal abrupt. »Du meinst, wir sollten unser Quarz-Elektrometer einsetzen, um den Becquerel-Strahlen noch gründlicher auf die Spur zu kommen?«

»*Dein* Quarz-Elektrometer, liebster Bär.«

»Becquerel hat nachgewiesen, dass Uransalz aus sich selbst heraus strahlt, und Kelvin hat mit dem Elektrometer die elektrische Ladung bestimmt, mit der die Strahlung die umgebende Luft ionisiert. Was willst du darüber hinaus noch erreichen, Marie? Was schwebt dir vor?«

»Ich will das Rätsel dieser Strahlen lösen, und ich will die Erste sein, der das gelingt. Also werde ich dort weitermachen, wo Lord Kelvin aufgehört hat. Er hat zugegeben, dass er das Phänomen dieser Strahlen nicht erklären kann. Ich würde es gern erklären. Außerdem: Wenn Uran diese Strahlen absondert, wer weiß denn, welche Substanzen das noch tun? Falls sie existieren, wird man sie nur finden, wenn man danach sucht, und das will ich versuchen. Es gibt kaum Literatur darüber, hast du das nicht selbst gesagt? Demnach hätte ich gute Aussichten, etwas Neues zu entdecken.«

Pierre stemmte sich aus dem Sessel und begann im Arbeitszimmer hin und her zu laufen, wobei seine Miene immer grüblerischer wurde. »Um mit dem Elektrometer ein breites Spektrum von Substanzen gezielt nach Becquerel-Strahlen zu untersuchen, müsste ich noch weitere Veränderungen daran vornehmen. Ich müsste das Gerät verfeinern.«

Er blieb vor Marie stehen und breitete die Arme aus. »Leider fordern mich mein Unterricht und meine Kristallstudien im Moment dermaßen, dass mir dafür einfach keine Zeit bleibt. Du weißt doch, dass ich noch ein zusätzliches Seminar gebe, damit wir im Sommer wieder in die Auvergne fahren können.«

In den Bergen der Auvergne hatten sie ihren letzten Sommerurlaub verbracht, bevor Irène zur Welt gekommen war. Trotz Maries Schwangerschaft waren sie dort Tag für Tag mit den Fahrrädern unterwegs gewesen, die Pierres Familie ihnen zur Hochzeit geschenkt hatte.

»Probiere es wenigstens, bitte.« Marie stand auf und umarmte ihn. »Tue es mir zuliebe, ja?« Sie stellte sich auf die Zehenspitzen und küsste ihn auf den Mund. »Dafür koche ich dir nächste Woche auch jeden Tag ein schönes Essen. Du darfst dir aus Bronias Rezepten aussuchen, was du willst.«

Pierre lachte und gab ihr ebenfalls einen Kuss. »Soso. Bestechen willst du mich. Dabei weißt du doch, dass ich dir ohnehin keinen Wunsch abschlagen kann.«

23
Tasten im Dunkeln

Paris, März 1898

Am Morgen schrieb sie in ihr Babytagebuch: *Irène ist heute Nacht zweimal weinend aufgewacht. Ich taste zwar noch nichts auf ihrem Kiefer, doch Eugène glaubt, dass sich die ersten Zähnchen ankündigen.* Als sie die Kleine zum Abschied küsste, klammerte sich das Kind an ihr fest und weinte. Marie musste sie dem Kindermädchen in die Arme drücken, denn die Zeit drängte.

Sie verließ das Haus mit blutendem Herzen und eilte im Laufschritt zur Haltestelle. Seit gestern regnete es, und sie musste mit der Pferdebahn zur Schule fahren. Dort setzte dann die alltägliche Routine ein: vier Stunden Physikunterricht, Schülerinnen, die ihre Hausaufgaben nicht erledigt hatten, die herablassenden Blicke mancher Kollegen, die sich noch immer nicht an den Anblick einer Frau im Lehrerzimmer gewöhnt hatten.

Um die Mittagszeit kehrte sie nach Hause zurück, obwohl sie sich für den Nachmittag eine Menge Arbeit im Labor vorgenommen hatte, auf die sie sich freute. Doch sie konnte Irènes Tränen vom Morgen nicht vergessen, und die Sehnsucht nach dem Kind plagte sie. Der Regen hatte nachgelassen, es nieselte nur noch ein wenig.

Auf dem Weg von der Haltestelle zum Haus Nummer 108 kam ihr Eugène entgegen. Im ersten Moment stockte ihr der Atem, weil die viel zu vertrauten Angstfantasien sie wieder zu überfallen drohten.

Ihr Schwiegervater schien ihr den Schrecken anzusehen, dabei war er noch fünfzig Schritte entfernt. »Alles in Ordnung zu Hause«, rief er und wedelte mit einem Brief. »Den wollte ich in Pierres Schule bringen, ich dachte, der ist sicher wichtig.«

»Ist er auch«, sagte Marie, als sie den Absender sah. »Die lang erwartete gute Nachricht!« Natürlich öffnete sie den Brief nicht, er war ja an Pierre adressiert, doch sie glaubte zu wissen, was in ihm stand. »Pierres Lehrstuhl an der Sorbonne rückt näher«, jubelte Marie. »Endlich!«

Professor Charles Friedel stand unter dem Schriftzug, der die Sorbonne als Absender des Briefes verriet. Monsieur Friedel war der Chemiker, in dessen Labor Pierre und sein Bruder Jacques in jungen Jahren ihre frühesten Forschungen betrieben hatten. Unter den Professoren, die Pierres Bewerbung unterstützten, galten er und Lippmann als die einflussreichsten Gelehrten.

Erfüllt von freudiger Zuversicht, lief Marie an Eugènes Seite nach Hause. Sie gönnte ihrem viel zu bescheidenen Mann den Lehrstuhl von ganzem Herzen. Und sich selbst auch – zwar wurde man nicht reich vom Gehalt eines Professors, doch Pierres künftiges Einkommen würde sich nahezu verdoppeln und auf jährliche zwölftausend Francs steigen, und das würde es ihr möglich machen, die Schule aufzugeben und sich intensiver den Forschungen zu ihrer Doktorarbeit zu widmen.

Sie aß mit Eugène und dem Kindermädchen zu Mittag, hütete Irène eine knappe Stunde lang und spielte mit ihr, bis der Schlaf das Kind überwältigte und Monique sie ins Bettchen bringen konnte. Mit der Pferdebahn fuhr Marie danach ins Quartier Latin hinauf und bis zu Pierres Schule an der Rue Lhomond.

Gleich nach der Prüfung für das Lehramt – Marie hatte als Beste abgeschlossen, was nicht alle Kollegen ihr verzeihen konnten – hatte Pierre ein kleines Labor im Erdgeschoss seiner *École de physique et de chimie industrielles* für sie eingerichtet. Bevor sie sich dorthin zurückzog, stürmte sie aber erst einmal die Treppe hinauf, um ihm den Brief von der Universität ins Büro zu bringen.

Das war nicht abgeschlossen, doch Pierre saß auch nicht an seinem schweren Schreibtisch – wahrscheinlich unterrichtete er oder hielt sich in einem der Studentenlabors im Obergeschoss auf. Also platzierte Marie den wichtigen Brief mitten auf dem Schreibtisch, indem sie ein paar Bücher übereinanderstapelte, den würfelförmigen Briefbeschwerer aus Quarz darauflegte und zuoberst den Brief. Auf einen Zettel schrieb sie ihrem Mann einen Liebesgruß und krönte den Turm damit.

Zurück im Erdgeschoss, ging sie in ihr beengtes Labor, zog einen alten Lodenmantel über und trat an den Labortisch. Neben dem Kasten mit der Ionisierungskammer und inmitten eines Wirrwarrs aus Kabeln und Röhren ragte dort das Elektrometer auf. In langen Abendstunden war es Pierre gelungen, es auf den neusten Stand der Technik zu bringen.

In den ersten Wochen des Jahres hatte Marie weiter nichts getan, als die günstigste Versuchsanordnung für ihre Zwecke herauszufinden, um dann den Umgang mit dem verbesserten Elektrometer zu üben. Dessen Bedienung erforderte eine ruhige Hand, viel Geduld, ein scharfes Auge und ein hohes Maß an Konzentrationsfähigkeit. Der Physiker Thomson aus Cambridge, der ebenfalls ein Gerät von Pierre benutzte, hatte ihm geschrieben, dass die Arbeit damit ihn manchmal an den Rand eines Nervenzusammenbruchs brachte.

Marie zog die Hülle von dem empfindlichen Instrument und stellte die Gläser mit den verschiedenen Substanzen bereit, die sie sich an der Sorbonne besorgt hatte, um sie auf Strahlungsaktivität zu untersuchen. Ihr ehemaliger Lehrer und jetziger Doktorvater Professor Lippmann hatte ihr alles zur Verfügung gestellt, worum sie ihn gebeten hatte: Metalle, Salze, Kristalle, Erden.

Anfangs hatte sie ausschließlich mit dem strahlenden Uransalz experimentiert, um so das Gerät gewissermaßen zu eichen. Danach begann sie Dutzende andere Substanzen zu untersuchen – Gold, Zink, Kupfer, verschiedene Mineralien. Es war wie ein Tasten im Dunkeln gewesen, denn nichts davon produzierte auch nur die Spur einer messbaren Strahlung. Bis sie vor einigen Tagen mit einer Erde namens Pechblende zu arbeiten begann – die führte Marie auf eine heiße Spur, wie ein Kriminologe gesagt hätte.

Sie öffnete Pierres zerlesenes Labortagebuch, das zur Hälfte mit seinen alten, schwer leserlichen Notizen zu seinen Kristallstudien gefüllt war. In ihm pflegte auch Marie ihre Experimente und Messergebnisse zu protokollieren. Neben der fahrigen Handschrift ihres Mannes wirkte ihre akkurate Schrift wie gedruckt.

Eine Fensterfront trennte Maries Labor vom Schulfoyer, die anderen drei Wände bestanden aus unverputzten Ziegelmauern, in denen an vielen Stellen der Mörtel aus den Fugen zwischen den Steinen bröckelte. Der Raum war so klein, dass nur ein Tisch, zwei Stühle und ein Regal hineinpassten. Zu allem Überfluss war er auch noch vollgestopft mit staubigen Kisten voller Bücher, Reagenzgläser und altem Instrumentarium. Paul Langevin, inzwischen Pierres Stellvertreter, hatte es als »Rumpelkammer« bezeichnet, als er Marie vor drei Tagen hier bei der Arbeit besuchte.

All das störte sie nicht besonders – sie vergaß es einfach, während sie in ihrer Arbeit versank. Diese erstaunliche Fähigkeit, sich absolut und bis zur Selbstvergessenheit auf eine Arbeit oder eine Lektüre konzentrieren und alles andere ausblenden zu können, hatte sie sich durch ihre gesamte Kindheit, Schulzeit, Gouvernanten- und Studienjahre hindurch bewahrt, bis heute.

Nur eine Sache störte sie – die ständige Kälte im Labor, die es ihr vor allem in den Wintermonaten immer wieder schwer gemacht hatte, sich mit voller Aufmerksamkeit ihrer Arbeit zu widmen. Der Raum hatte keinen Ofen, und mit zitternden Händen ließ sich auch ein noch so empfindliches Messgerät nicht befriedigend bedienen.

Jetzt, in der Übergangszeit, behalf Marie sich mit alten Mänteln, mehreren Wollstrümpfen und Decken. Und im nächsten Winter würde es hier unten hoffentlich wärmer sein, denn Pierre hatte bei der Schulbehörde einen Ofen beantragt.

Einerseits sehnte sie sich manchmal in eines der modernen und großzügigen Laboratorien zurück, in denen sie an der Sorbonne gearbeitet hatte. Anderseits genoss sie die Freiheit, die sie hier in der »Rumpelkammer« hatte – kein Professor sagte ihr, was sie zu tun oder zu lassen hatte, niemand redete ihr in ihre Arbeit hinein.

Sie öffnete die Ionisierungskammer, die sie mit Pierres Hilfe aus einer Gemüsekiste gebaut und mit dem Elektrometer verkabelt hatte. Aus einem der Gläser mit ihren gesammelten Versuchsstoffen löffelte sie ein wenig von einer schwarzen, geröllartigen Substanz auf die untere der beiden mit Kabeln und Drähten verbundenen Metallscheiben, die in einem Abstand von drei Zentimetern innerhalb der Kiste installiert waren.

Jene erdige Substanz sah nicht nur aus wie Dreck, es war im Grunde auch nichts anderes, allerdings enthielt dieser *Pechblende* genannter Dreck Uran. Pechblende entstand nämlich als Abfallprodukt in der tschechischen Bergstadt Sankt Joachimsthal, wo man Uran benutzte, um kräftigere Farben für die dort hergestellte Keramik zu gewinnen.

Marie verschloss die Ionisierungskammer und verband eines der Kabel, die aus ihr heraushingen, mit einer Hochspannungsbatterie. Die untere Platte in der Kammer, die mit der Pechblende, stand nun unter Strom, und weil die Pechblende strahlendes Uran enthielt, lud sich die Luft zwischen den Platten auf und mit ihr auch die obere Platte. Die war per Kabel mit dem Quarz-Elektrometer verbunden, damit man die Stärke der entstandenen Stromladung mit ihm messen konnte.

Das tat Marie nun – sie setzte sich auf den Stuhl, nahm eine Stoppuhr in die linke und ein Gewicht in die rechte Hand und begann, wie schon an vielen Tagen zuvor, mit ihren Messversuchen. Ihr beinahe lauernder Blick richtete sich auf das Innere des Elektrometers, auf die vier Quadranten und die Nadel vor allem. Über einen Kupferdraht floss die winzige Ladung der durch die Strahlung ionisierten Luft aus der Kammer ins Messgerät und brachte die Nadel zum Schwingen und den Spiegel darunter zum Rotieren.

Mit dem Gewicht in der Rechten setzte sie einen Quarzkristall unter Druck, bis der eine schwache Ladung produzierte, deren Stärke jener in der Kammer entsprach und sie ausglich. Mit der Stoppuhr bestimmte sie die Zeit, die verstrich, bis die Luft zwischen den beiden Platten in der Kammer mit Elektrizität gesättigt war. Ein auf den Spiegel gerichteter Lichtstrahl wanderte nun über eine Skala, an der Marie die Stärke der elektrischen Ladung ablesen konnte, die sich danach entlud. Sie war minimal, aber dank Pierres empfindlichem Instrument deutlich messbar.

Dieses Experiment führte Marie seit Tagen durch, wieder und wieder – mal mit Pechblende, mal mit Uransalz, mal mit Pechblende, aus dem sie das Uransalz gelöst hatte. Die ständige Wiederholung derselben Versuche langweilte sie keineswegs, im Gegenteil: Sie genoss die freudige Erregung sogar, die sie bei jeder neuen Messung ergriff, es war schon beinahe eine Art Jagdfieber. Und die Messergebnisse bescherten Marie allen Grund zur Freude, doch sie wollte ganz sichergehen, dass sie keinen Fehler gemacht hatte.

In einer Art Arbeitsrausch, in dem sie jeden Stoff auf Strahlungsaktivität untersuchte, der ihr unter die Finger geriet, hatte Marie zwei Wochen zuvor auch zur Pechblende gegriffen. Zwar wusste sie, dass diese Erde Uranverbindungen enthielt und folglich strahlen würde, doch sie wollte wissen, wie stark.

Und dann die Überraschung: Pechblende strahlte weitaus stärker als reines Uransalz! Und die nächste Überraschung: Pechblende, aus der sie das Uran gelöst hatte, strahlte dennoch und immer noch stärker als Uran!

Marie hatte das zunächst für einen Messfehler gehalten, woraufhin sie sämtliche Instrumente gründlich überprüfte und neu eichte. Doch es blieb dabei: Pechblende strahlte, auch wenn man das Uran daraus entfernte, und es strahlte dreimal stärker als Uran. Um jeden Irrtum auszuschließen, wiederholte Marie die Messung bis zu dieser Stunde – mal mit Pechblende im Urzustand, mal mit Pechblende ohne Uran. Und auch heute bestätigte sich das Ergebnis, das sie schon kannte: Der vermeintliche Dreck strahlte stärker als Uran selbst.

Nun gab es keinen Zweifel mehr: Die Pechblende enthielt außer den Uranverbindungen noch eine weitere strahlende Substanz. Vielleicht ein bisher unbekanntes Element? Der Gedanke ließ ihr Herz höherschlagen.

Marie trennte die Ionisierungskammer mit der Pechblende von der Starkstrombatterie. Sorgfältig und in gestochener Handschrift trug sie das Ergebnis der Messung ins Laborbuch ein. Schritte im Treppenhaus ließen sie aufblicken – Pierre stieg die Stufen aus dem Obergeschoss herab. Sein Schritt war langsam, sein Kopf gesenkt, seine Miene nachdenklich. Er klopfte an die Tür neben der Fensterwand und trat ein.

Nach dem Begrüßungskuss ignorierte er Maries gespannte Miene zunächst und beugte sich erst einmal über das Laborbuch. »Bleibt es also tatsächlich dabei«, sagte er langsam und mit seiner typisch schleppenden Stimme. »Pechblende enthält außer Uran noch eine weitere strahlende Substanz.«

Marie kannte ihn gut genug, um zu spüren, dass etwas nicht so war, wie es sein sollte. »Sie enthält eine Substanz, die wir noch nicht kennen und die dreimal so stark strahlt wie das Uran selbst.« Sie zog die Brauen hoch und schaute Pierre ins Gesicht: Ein glücklicher Mann sah anders aus. Sollte ihre Freude über den Lehrstuhl etwa verfrüht gewesen sein? Das Herz rutschte ihr in den Bauch. »Und was hat Friedels Brief enthalten?« Selbst in ihren eigenen Ohren klang ihre Stimme plötzlich ängstlich und zweifelnd.

»Schlechte Nachrichten.« Pierre schob den Wirrwarr aus Kabeln und Drähten auf dem Labortisch ein wenig zur Seite und setzte sich auf die Tischkante. »Sie haben Jean Perrin den Lehrstuhl gegeben.« Marie biss sich auf die Unterlippe, griff nach Pierres Hand und kämpfte mit den Tränen.

Jean Perrin und seine Familie wohnten in der Nachbarschaft. Der gesellige Eugène hatte schon im Herbst die ersten Kontakte über den Gartenzaun hinweg geknüpft, und inzwischen lud man sich gegenseitig zum Essen oder zu einer Flasche Wein ein.

»Becquerel und einige andere haben sich daran gestoßen, dass ich nicht wie Jean eine der renommierten Schulen besucht habe.« Pierre zog den Brief aus der Innentasche seines abgewetzten Jacketts, entfaltete ihn und las vor, was Professor Friedel ihm geschrieben hatte: »Wir haben verloren, Curie, und mir bleibt nichts übrig, als zu bereuen, Sie zu dieser wenig aussichtsreichen Kandidatur aufgefordert zu haben.«

Im Gremium sei die Diskussion über seine Bewerbung hoffnungsvoller gewesen als am Schluss die eigentliche Abstimmung, schrieb Friedel, doch selbst Lippmann habe die Mehrheit letztlich nicht überzeugen können, für ihn, Pierre Curie, zu stimmen.

»Sie wollten nicht glauben«, schloss Friedels Brief, »dass man im Alter von vierzig Jahren, also in Ihrem Alter, noch genug geistige Geschmeidigkeit besitzt, sich einer neuen Aufgabe zu stellen. Ich kann Sie nur ermutigen, verehrter Curie, diesen Leuten durch weiterhin gute Arbeit zu beweisen, wie sehr sie sich täuschen.«

Er faltete den Brief zusammen und steckte ihn weg. »Das geht vor allem auf Becquerels Konto. Er mag mich nicht, kann mit meiner Arbeitsweise nichts anfangen, mit meiner Art noch viel weniger.«

»Mit deinem Elektrometer konnte er offenbar schon etwas anfangen.« Pierres Blick kam Marie ein wenig resigniert vor, doch sonst las sie weder Ärger noch Enttäuschung oder

Trauer in seiner Miene. »Becquerel hat großen Einfluss an der Fakultät, nicht wahr?«

»An der Fakultät und in der Akademie der Wissenschaften.« Pierre nickte. »Jean Perrin ist ein guter Mann«, sagte er und atmete hörbar tief. »Ich gönne ihm die Professur. Und nun lass uns nicht mehr darüber reden.«

Bronia breitete eine Decke vor dem Kanapee aus, und Marie legte ihr Baby darauf. Die inzwischen fünfjährige Helena schleppte alles Mögliche herbei, um Irène zum Spielen zu bewegen – Bauklötze, eine Stoffpuppe, Bälle. Die Kleine griff fröhlich quäkend ins bunte Vielerlei und versuchte in den Mund zu stecken, was hineinging.

Ihre Mütter besprachen zunächst ausführlich die familiären Neuigkeiten, die sie durch Briefe aus Warschau erfahren hatten. Dem Vater ging es nicht besonders gut, denn Altersgebrechen wie Gelenkschmerzen plagten ihn. Zur Erleichterung der beiden Schwestern kümmerte sich Josefs Frau sehr liebevoll um ihn. Manchmal schrieb der Vater so zärtlich und lobend über sie, dass Marie direkt ein wenig eifersüchtig wurde.

»Janinas Tod hat ihn genauso hart getroffen wie Josef und seine Frau«, sagte sie. Janina, die ältere der beiden Töchter Josefs, war vor zwei Jahren gestorben, und die Eltern und der Großvater trugen schwer daran. »Ob er sich jemals wieder davon erholt?«

»Ihr Tod hat alte Wunden in seinem Herzen aufgebrochen«, sagte Bronia. »Denke doch, wie schwer er an Sofias Tod getragen hat. Hoffentlich wird er den Verlust überwinden können.«

Über Helena gab es zum Glück nur Gutes zu besprechen. Sie hatte einen Warschauer Fotografen geheiratet, lebte in einer harmonischen Ehe und war schwanger. Ihre Briefe klangen entsprechend glücklich.

»Du siehst müde aus, Mania«, sagte Bronia, nachdem sie anschließend lange genug über Mutterschaft und Kinder geplaudert hatten. »Und wirkst trotzdem ziemlich aufgekratzt – schläfst du schlecht?«

»Schlecht nicht, doch zu wenig.« Marie winkte ab. »Nicht schlimm, in Zeiten wie diesen gibt es Wichtigeres als den Schlaf.«

»Mit anderen Worten: Du arbeitest mal wieder zu viel.« Bronia musterte die Schwester mit ernstem Blick. »Wann kann ich jemals aufhören, mir um deine Gesundheit Sorgen zu machen, Schwesterchen?«

»Mir geht es gut, Bronia, sehr gut sogar.« Sie rückte näher an die große Schwester heran und senkte die Stimme, als wolle sie ein Geheimnis verraten, das nicht einmal die kleinen Kinder hören durften. »Stell dir vor, Bronia – wir haben es fast geschafft.«

»Wieso ›wir‹?« Bronia runzelte die Stirn. »Hilft Pierre dir bei deiner Doktorarbeit?«

»Seit vor zwei Wochen der Ablehnungsbrief kam, verbringt er seine unterrichtsfreie Zeit ausschließlich bei mir im Büro. Ich glaube, er hat sich seitdem keine Stunde mehr um seine Kristalle gekümmert. Ich habe dir doch von meiner Arbeit mit der Pechblende erzählt, und stell dir vor: Gemeinsam sind wir auf weitere Substanzen gestoßen, die Strahlen aussenden!«

Während zu ihren Füßen ihre fünfjährige Nichte versuchte, Irène dazu zu bewegen, ihr zugespielte Bälle zurückzurollen, erzählte Marie der Schwester von den strahlenden Substanzen und von der Suche nach dem neuen Element, das sie und Pierre in der Pechblende vermuteten.

»Wir haben es noch nicht nachweisen können, doch ich bin ganz sicher, dass es existiert. Pierre hat die Messgeräte noch weiter verfeinert, und das hat sich gelohnt. Wir haben tatsächlich noch zwei weitere Stoffe gefunden, die Strahlen aussenden – Thorium und Kalzit. Weißt du, was das bedeutet?«

»Dass du dich nicht getäuscht hast, Mania.«

»Das meine ich nicht.« Marie winkte ab. »Denke nach!« Bronia stützte das Kinn in die Hand und schaute zu den spielenden Kindern hinunter. »Ich gebe dir einen Hinweis: Becquerel hat seine Strahlen auch Uranstrahlen genannt.«

»Ich verstehe!« Bronia hob den Blick. »Nicht nur Uran strahlt. Insofern hat er sich getäuscht, denn andere Stoffe strahlen auch, wie ihr gerade herausgefunden habt.«

»Richtig.« Marie lächelte. »Diese Strahlung scheint ein Naturphänomen zu sein, das weiter verbreitet ist, als wir ahnen. Kalzit ist eine mineralische Verbindung, und da es strahlungsaktiv ist, muss es, wie die Pechblende, ein strahlendes Element enthalten.«

»Das ist ja wirklich spannend.« Bronia schüttelte staunend den Kopf. »Und wie viele Wissenschaftler haben dir nicht abgeraten von dieser Forschungsarbeit!«

»Es wird noch schwer genug werden, die Fachwelt zu überzeugen.« Marie winkte resigniert ab. »Pierre hat vorletzte Woche einen ersten Bericht an die Akademie der Wissenschaften geschrieben, doch Lippmann und Friedel glauben an einen Messfehler. Wir haben unsere Messungen inzwischen unzählige Male wiederholt – sie sind korrekt bis auf die letzte Dezimalstelle. Morgen will ich ein Thesenpapier aufsetzen, das werden wir der Akademie nächste Woche vorstellen.«

»Du bist großartig, Mania! Ich wusste es immer.« Bronia nahm Maries Kopf zwischen die Hände und küsste sie auf die Stirn. »Der Vater wird so stolz auf dich sein!«

»Langsam, langsam.« Mit abwehrenden Gesten versuchte Marie die Begeisterung ihrer Schwester zu dämpfen. »Wir stehen noch ganz am Anfang mit unserer Arbeit.«

»Du stehst am Anfang einer großartigen Laufbahn als Wissenschaftlerin!«

»Unsinn, Bronia!« Marie lachte und wand sich aus den Armen der Schwester. »Sag doch nicht so etwas! Du machst mich ganz verlegen!«

»Warte.« Bronia stand auf und verließ die gute Stube. Marie hörte, wie sie nebenan im Schlafzimmer Schubladen aufzog.

Ihr Blick fiel auf die Kinder: Irène hatte sich auf den Bauch gedreht, und Helena versuchte gerade, sie zu überreden, sich den roten Ball zu holen, den sie vier Schritte vor ihrem Gesichtchen platziert hatte. Die Kleine strampelte, streckte die Ärmchen aus und quäkte unwillig. Bronias Tochter zog das Baby ein Stück näher an den Ball heran.

Marie beobachtete die beiden Mädchen und lächelte glücklich. Was für ein Geschenk, diese kleinen Menschenkinder groß werden zu sehen!, dachte sie. Was wird wohl einmal aus ihnen werden?

Wehmut mischte sich in ihr Glück, denn durchaus traurige Bilder drängten sich plötzlich in ihr Bewusstsein: Sie sah sich selbst als Siebenjährige eine Kerze für die kranke und abwesende Mutter anzünden, sie sah sich weinend in Tupcias Arme fallen, nachdem Iwanow den Unterricht inspiziert hatte, und sie sah die tote Sofia auf ihrem Sterbebett liegen, bleich und schön.

Irènes Quäken wurde lauter und drängender, und plötzlich robbte sie auf den Ball zu, schob sich bäuchlings immer näher an ihn heran, richtete sich schließlich auf Knien und Händchen auf und legte den letzten Meter krabbelnd zurück. Jauchzend griff sie nach dem Ball und ließ sich auf die Seite fallen.

»Sie krabbelt!«, rief Marie, als Bronia zurück in den Salon kam. »Es war das erste Mal!« Sie stürzte neben ihr Töchterchen, liebkoste und küsste das lachende Kind. Helena klatschte in die Hände, bevor sie Irène den Ball wieder wegnahm und ihn wieder fünf Schritte entfernt von ihr auf den Teppich legte. »Noch einmal«, verlangte das Mädchen. »Los, Irène! Mach's noch mal.«

»Ich wollte dir etwas vorlesen, Mania«, sagte Bronia, als Marie wieder bei ihr auf dem Kanapee saß. »Einige Zeilen aus einem Brief, den du mir aus Szczuki geschrieben hast, nachdem Helas erste Verlobung zerbrochen ist.«

Sie entfaltete den Briefbogen und las: »Es sieht ganz so aus, als würde das Leben es keinem von uns Skłodowskas leicht machen wollen. Doch hat es einen Sinn, sich darüber zu beklagen? Wir sollten lieber weiterhin mit Ausdauer und Selbstvertrauen an unsere Begabungen glauben. Unser Leben steht doch auf dem Spiel, lass uns also um jeden Preis versuchen, das zu erreichen, wofür uns das Leben begabt hat.«

Bronia ließ den Brief sinken und schaute ihrer Schwester eine Zeit lang schweigend in die grauen Augen. »Hätten wir gedacht, dass ich einmal eine Ärztin werden kann und du eine erfolgreiche Forscherin?«

»Das bin ich doch überhaupt nicht!« Marie hob die Hand, um abzuwinken.

Ihre Schwester schloss sie in die Arme und zog sie an sich. »Wie oft muss ich an jene Stunde in der Nowolipkistraße denken, als ich nach Hause und ins Arbeitszimmer des Vaters gekommen bin. Du hast am Fenster neben dem Barometer gestanden, und Vaters Schreibtisch war mit lauter Zetteln übersät.«

»Meine Berechnungen unserer Zukunft in Paris«, erinnerte sich Marie.

»Und dann hast du mir den Pakt angeboten.« Bronia drückte Marie und küsste sie. »Das werde ich dir niemals vergessen. Danke!«

24
Erste Schritte

Paris, April 1898

Sie saßen in der letzten Reihe des voll besetzten Konferenzsaales. Ein Astronom berichtete über einen neuen Jupitermond, den er entdeckt haben wollte. Manchmal tastete Pierre nach ihrer Hand, dann drückte Marie sie und hielt sie ein Weilchen fest. An seinen feuchten Fingern merkte sie, wie nervös Pierre war. Wie sollte er auch anders können, als mit ihr mit zu fiebern?

Dabei hatte sich Maries Aufregung, zum ersten Mal an einer Sitzung der Akademie der Wissenschaften teilzunehmen, längst gelegt. Sie hatte in den zwei Stunden, in denen sie hier saßen, einfach schon zu viele Berichte über sich ergehen lassen müssen. Der Astronom war bereits der sechste Redner. Oder der siebte? So genau wusste Marie das schon nicht mehr.

Wie es aussah, hatte die Akademie den Bericht zu *Strahlenemissionen durch Uran- und Thoriumverbindungen* ganz ans Ende der Tagesordnung gesetzt. Sie richtete sich also auf eine noch längere Wartezeit ein und lauschte den Neuigkeiten über die Jupitermonde.

Einige Professoren in den Reihen vor ihrem Platz rutschten unruhig hin und her, andere flüsterten miteinander, was Marie unhöflich fand. Und manch einen sah sie mit dem Schlaf kämpfen. Auch Pierre sanken von Zeit zu Zeit Kopf und Lider hinunter. Der Ärmste kämpfte seit Tagen mit Erschöpfung, und war es ein Wunder, bei den vielen Nachtstunden, die sie während der letzten beiden Wochen im Labor verbracht hatten? Es wurde höchste Zeit, dass Pierre ein wenig Urlaub bekam.

In der ersten Reihe, unter den Koryphäen der Sorbonne, saßen auch die Herren Becquerel, Friedel und Lippmann. Henri Becquerel blätterte ungeniert in irgendwelchen Unterlagen, Charles Friedel machte sich Notizen in eine Kladde, und Professor Lippmann schien aufmerksam zu lauschen.

Weil Pierre kein Mitglied der Akademie der Wissenschaften war – und Marie als Frau sowieso nicht –, würde Maries Doktorvater ihren Bericht vorlesen. Sie fand es empörend, die Ergebnisse ihrer Arbeit nicht selbst präsentieren zu können, doch was blieb ihr anderes übrig in den heiligen Hallen dieser erlauchten Männerakademie?

Der Astronom am Rednerpult beherrschte die seltene Kunst, sich kurzzufassen, und kam erfreulich rasch zum Ende seines Arbeitsberichtes. Er erhielt höflichen Beifall, bedankte sich, und dann folgten ein paar Fragen und eine kurze Diskussion.

Anschließend trat der nächste Forscher ans Rednerpult, ein Ingenieur. Der forschte über Druck, Hydraulik und

Schmierstoffe und holte weit aus, sodass es nicht lange dauerte, bis Maries Gedanken abschweiften.

Und um Bronia und ihre Familie zu kreisen begannen.

Seit drei Tagen wusste Marie, dass Kasimir, Bronia und Helena Paris verlassen und zurück nach Polen gehen würden. In der Hohen Tatra, im österreichisch verwalteten Teil Polens, errichtete die Regierung ein Lungensanatorium, und man hatte den Dluskis angeboten, die Leitung des Hauses zu übernehmen. Bronia und ihr Mann hatten nur zwei Tage Bedenkzeit gebraucht, um zuzusagen.

Sosehr Marie sich für ihre Schwester freute – die Neuigkeit hatte sie traurig gemacht. Selbst die schöne Nachricht, dass Bronia wieder schwanger war, konnte sie nicht wirklich trösten. Spätestens zur Jahrhundertwende wollten die Dluskis in die Heimat übersiedeln. Bei der Vorstellung, in zwei Jahren hier in Paris ohne ein polnisches Familienmitglied auskommen zu müssen, wurde Marie das Herz schwer. Und wie sehr hatte sie sich darauf gefreut, Helena und Bronias ungeborenes Kind aufwachsen zu sehen!

Und ja – auch das Heimweh nach Polen flammte wieder auf, jetzt, da sie wusste, dass Bronia und Kasimir bald in der Heimat leben würden.

Beifall riss Marie aus ihren trüben Gedanken. Der Ingenieur schob seine Papiere zusammen, und da niemand eine Frage an ihn hatte, verließ er das Podium. Professor Lippmann erhob sich und trat ans Rednerpult. Pierre griff nach Maries Hand, und ihr Herz schlug plötzlich schneller.

»Ich habe das Vergnügen, Ihnen einen Bericht meiner Doktorandin Mademoiselle Marie Skłodowska-Curie zur

Kenntnis zu bringen, meine Herren«, begann Lippmann, und Marie hörte, wie ein Raunen durch das Plenum ging. War es jemals vorgekommen, dass die Herren einen weiblichen Autorennamen an dieser erlauchten Stätte gehört hatten? »Ihr Bericht trägt den Titel *Strahlenemissionen durch Uran- und Thoriumverbindungen.*«

Wieder erhob sich Raunen und diesmal auch Getuschel, denn der Titel sorgte für Staunen. Becquerel saß plötzlich sehr aufrecht auf seinem Platz, wie Marie auffiel. Pierre hatte zwar Anfang des Monats bereits einen kurzen, gemeinsam verfassten Vorbericht an die Akademie geschickt, doch wahrscheinlich hatten nur wenige ihn gelesen. Was sollte auch lesenswert sein am Bericht eines Berufschullehrers oder eines weiblichen Doktoranden?

Professor Lippmann wartete, bis die allgemeine Aufregung sich gelegt hatte, dann verlas er Maries Bericht.

Die Herren der Akademie erfuhren, dass Marie mit Pechblende experimentierte, aus der sie Uran ausgeschieden hatte, und dass die Erde dennoch strahlte – und zwar stärker strahlte als Uran selbst –, und sie vernahmen, dass sie mit Thorium und Kalzit zwei weitere Stoffe entdeckt hatte, die Strahlung verursachte.

Maries Bericht war ein systematisch aufgebautes Thesenpapier und sehr kurz. Die nicht einmal zehn Minuten, die Lippmann zu seiner Verlesung benötigte, vergingen wie im Flug. Gespannte Stille herrschte während dieser Zeit im Konferenzsaal der Akademie. Kaum einer rührte sich, niemand dachte daran, mit seinem Nachbarn zu flüstern, und Becquerel saß steif, mit hochgezogenen Schultern und leicht nach vorn gebeugt, auf seinem Stuhl und schien die Unterlagen auf seinen Knien vergessen zu haben.

»Mademoiselle Skłodowska-Curie, meine Herren, zieht im Wesentlichen zwei Folgerungen aus den Ergebnissen ihrer Arbeit«, schloss Lippmann. »Zum einen beschränkt sich die vom Kollegen Becquerel entdeckte Uranstrahlung mitnichten auf das Element Uran, zum anderen enthält Pechblende mit hoher Wahrscheinlichkeit einen noch unbekannten Stoff, der strahlungsaktiver ist als Uran. Die Strahlung selbst, hat Mademoiselle Skłodowska-Curie entschieden, künftig ›Radioaktivität‹ zu nennen. Ihre Kernthese lautet: Radioaktivität ist eine Eigenschaft von Atomen bestimmter, vielleicht sogar vieler Elemente. Ich danke Ihnen für Ihre Aufmerksamkeit.«

Lebhafter Beifall erhob sich, und kaum verebbte er, da meldeten sich schon die ersten Fragesteller zu Wort, standen auf und drehten sich um. Weil ihre Blicke sich auf Pierre richteten, statt auf Marie, versetzte die ihm einen Rippenstoß, sodass er sich erhob, um die Fragen zu beantworten. Marie war ihm dankbar, denn kaum etwas widerstrebte ihr mehr, als im Mittelpunkt der Aufmerksamkeit vieler Menschen zu stehen.

Die meisten Fragen der Herren bezogen sich auf die für alle überraschende Tatsache, dass offensichtlich chemische Stoffe existierten, die stärker strahlten als Uran. Pierre musste die Versuchsanordnung beschreiben und die Stromstärke der elektrischen Ladung angeben, mit der Thorium, Kalzit und die unbekannte Substanz in der Pechblende die Luft ionisierten. Einer wollte wissen, in welchem Verhältnis die unter Strom gesetzte Thoriummenge zur gemessenen Stärke der Ladung stehe, ein anderer, worauf Pierres Theorie fuße, dass die Strahlungsquelle im Atom eines Elementes zu suchen sei.

Pierre erklärte, dass dies nicht seine Theorie sei, sondern die seiner Frau, und antwortete ansonsten so geduldig wie sachkundig; er hatte sämtliche Messergebnisse im Kopf. Als Lippmann ihn fragte, ob er und Marie denn zuversichtlich seien, den unbekannten strahlenden Stoff in der Pechblende isolieren zu können, verkündete er laut: »Was immer die Pechblende an strahlenden Überraschungen bereithält, wir werden sie finden, meine Herren.«

Am Rednerpult stand bereits der letzte Forscher, der in dieser Akademiesitzung berichten wollte. Professor Friedel, der die Sitzungsleitung hatte, bat um Ruhe, damit der Zoologe seinen Bericht vortragen konnte.

Es ging um Froschlarven und ihre Überlebensfähigkeit bei ungewöhnlichen Temperaturschwankungen und extremen Wetterereignissen. Der Vortrag rauschte an Marie vorbei, ohne dass ihr mehr als ein paar Halbsätze im Gedächtnis haften blieben. Sie saß zusammengesunken neben Pierre, hielt seine Hand und kam gar nicht mehr heraus aus dem Staunen über die starke Resonanz, die ihr Bericht unter den Mitgliedern der Akademie der Wissenschaften hervorgerufen hatte.

Ein Augenblick kam, in dem ihr schlagartig die Absurdität der Situation bewusst wurde, ein Moment, in dem sie plötzlich glaubte, am falschen Ort zu sein, in der falschen Zeit. Sie, als einzige Frau im Kreis dieser erlauchten Herren, eine Studentin im Grunde noch, eine Ausländerin obendrein – konnte das wahr sein? Gehörte sie wirklich hierher?

Und neben ihr der Mann, den sie liebte – schon vierzig Jahre alt, noch immer kein Professor, kein Mitglied der Akademie, müde Augen, abgetragenes Sakko, keine renommierte Schule besucht. War er nicht ein Exot unter all diesen eleganten, würdigen, ehrgeizigen und so wichtigen Herren?

Der Professor am Rednerpult sagte, Froschlarven seien zäh, und schon ihre schier unendliche Zahl garantiere die Fortpflanzung der Frösche auch unter widrigsten Umständen, und Marie dachte: Wie absurd ist das alles, wie vollkommen absurd!

Später, als der Zoologe den höflichen Beifall der Akademie entgegennahm, flogen ihre Gedanken schon voraus in die kommenden Tage. Wie hatten ihre nächsten Schritte auszusehen? Was musste sie tun, um der Pechblende die strahlende Substanz abzugewinnen, deren Existenz Pierre und sie ja bisher nur vermuteten? Welche Versuchsanordnungen würden nötig sein, welche chemischen Experimente, welche Messungen?

Nach dem offiziellen Ende der Akademiesitzung kamen als Erste die Professoren Lippmann und Friedel, um Marie zu ihrem Bericht und dem Ehepaar Curie zu seinen Forschungsergebnissen zu gratulieren. Andere Gratulanten und Neugierige schlossen sich an – eine junge Frau bekam man nicht allzu oft zu sehen bei Sitzungen der Akademie der Wissenschaften.

Manche Männer sprachen ausschließlich Pierre an, gratulierten auch nur ihm, woraufhin er auf Marie als Urheberin der berichteten Entdeckungen verwies. Marie erntete dann häufig ein bemühtes Lächeln, manchmal auch nur ein flüchtiges Nicken. Ein wenig fühlte sie sich an die harten Kinder- und Jugendzeiten unter Iwanows Knute erinnert, doch sie machte gute Miene zum bösen Spiel.

Sie ihrerseits wurde nicht müde, Pierres Verdienste an den Forschungsergebnissen zu betonen. »Ohne Monsieur Curies neuste Version des Quarz-Elektrometers wären wir niemals auf die noch unbekannte Strahlungsquelle in der Pechblende aufmerksam geworden«, wiederholte sie tapfer.

Henri Becquerel gratulierte ihnen nicht. Er hatte nach Lippmanns Lesung auch keine Fragen zu Maries Bericht gehabt, stellte auch jetzt keine. Becquerel stülpte sich den Zylinder auf seinen Haarkranz und eilte aus dem Sitzungssaal, als säße ihm ein dringender Termin im Nacken.

Kurz bevor er das Portal durchschritt, dessen Flügel die Saaldiener ihm öffneten, warf er Marie einen langen Blick zu, der ihr mehr verriet, als Worte es hätten tun können.

Wer bist du schon?, sagte dieser Blick. Ein junges Ding ohne Doktortitel, eine Ausländerin, eine übermütig gewordene Gouvernante! Eine Frau!

Auvergne, Sommer 1898

Am Weg oben tauchte eine Katze auf, groß und gelb-grau getigert. Durch das frisch gemähte Gras schlich sie den

Hang herab und verharrte am Rand der Flussböschung. Eine Zeit lang beäugte sie zuerst Marie und Pierre, die hier leicht bekleidet im Gras lagen, und dann das nackte Kind, das nicht weit von ihnen mit einem Schäufelchen im sandigen Flussufer spielte. Schließlich richtete die Katze den Schwanz auf und schritt zu ihm.

Marie setzte sich auf, Pierre ließ die Zeitung sinken. »Jetzt bin ich aber gespannt, wie Irène reagiert.« Zu Hause in Paris hatte ihre Tochter Katzen bisher nur von fern gesehen, denn alle Nachbarn hielten Hunde, sodass kaum eine Katze sich in die Nähe ihres Grundstückes traute.

»Was für eine edle Katze«, staunte Marie, »schau nur, wie sie sich bewegt – sie schreitet wie eine Königin.«

»Wahrscheinlich ist sie eine Königin.« Pierre legte den Arm um sie und zog sie an sich. »Genau wie du, meine Königin.« Er küsste sie auf den Mund.

Die zweite Woche ihres Sommerurlaubs brach an. Wie schon im vergangenen Jahr – im Sommer vor Irènes Geburt – verbrachten sie die arbeitsfreie Zeit in der Auvergne, auf einem idyllisch gelegenen Bauernhof in Auroux. Doch anders als im letzten Jahr waren sie diesmal zu viert.

Pierre hatte darauf bestanden, Monique mitzunehmen, um Marie so viel Erholungszeit wie nur irgend möglich zu verschaffen. Heute allerdings hatte das Kindermädchen seinen freien Tag, den es vermutlich mit dem gleichaltrigen Sohn des Bauern verbrachte.

Dessen Hof lag zehn Wegminuten entfernt oberhalb des Hangs und war nur durch eine große Schafskoppel von dem Flüsschen getrennt, in dessen Ufersand Irène spielte. Der

Flusslauf war an dieser Stelle so flach, dass ein Kleinkind gefahrlos bis in seine Mitte krabbeln konnte.

Irène hatte sich auf die Fersen gesetzt und schaute der Katze entgegen. Das Tier war inzwischen so nahe, dass Marie es schnurren hörte. Bei Irène angekommen, strich es um sie herum, rieb seine Flanke an ihren Knien und ihrem Po und den Kopf an dem Schäufelchen in ihrer Rechten. Irène drehte den Kopf, um die Katze mit dem Blick verfolgen zu können, ansonsten hielt sie ganz still und schien fasziniert zu sein von dem unbekannten pelzigen Wesen.

Marie sog das Bild in sich auf, wie schon so viele andere Bilder der ersten Urlaubswoche, von denen sie für den Rest des Jahres zehren würde: Pierre vor ihr auf dem Fahrrad, die weiten Ebenen, die alten Vulkankegel an ihren Rändern, die idyllischen Flusstäler, die romanischen Kirchen, sie und Pierre in zärtlicher Umarmung und im hohen Gras versteckt. Die ersten beiden Urlaubstage hatte es geregnet, doch die hatten sie sowieso fast ununterbrochen im Bett verbracht, schlafend oder sich liebend. Seit gestern erst fiel die Erschöpfung nach und nach von ihnen ab.

Die Katze stellte sich mit den Vorderpfoten auf Irènes Schenkel, um ihren Kopf an der Wange des Kindes zu reiben. Doch das behagte dem kleinen Mädchen nicht, sodass es aufschrie und das Tier von sich stieß. Als die Katze wieder um Irène strich, griff sie nach ihrem aufgerichteten Schwanz. Das wiederum konnte die Katze nicht leiden und sprang ein Stück in Richtung Fluss. Irène krabbelte hinterher.

»Hast du Sehnsucht nach dem Labor, meine süße Königin?«, fragte Pierre und streichelte Maries Arm.

»Im Moment noch nicht.«

»Ich habe heute Nacht geträumt, wir hätten unser neues Element isoliert – es war schwarzblau und leuchtete wie Gold.« Er umarmte Maries angezogene Knie und küsste ihre Kniescheiben. »Ich habe dir eine Krone daraus gebaut, dich gekrönt und mich vor dir niedergeworfen.« Er zog ihre Füße hoch und küsste sie. »›Es lebe Ihre Majestät Königin Radioaktivität!‹, habe ich gerufen und dir die Füße geküsst.«

»Du erzählst Märchen«, lachte Marie und drückte ihn weg von sich.

»Nein, es ist wahr, meine kleine Königin!« Er packte sie, zog sie zu sich und ins Gras hinunter und wollte sie küssen.

»Du lügst!« Marie wehrte seine Arme ab und versuchte, ihn auf den Bauch zu drehen. So rangen sie miteinander im Gras und vergaßen ein paar Atemzüge lang die Akademie, die Pechblende und die Radioaktivität.

Die harte Arbeit der letzten Monate hatte sich gelohnt: Gleich zwei radioaktive Substanzen hatten sie in der Pechblende aufgespürt. Sie konzentrierten sich zunächst auf eine, eine Wismut-Verbindung, und konnten der Akademie kurz vor ihrer Abreise Anfang Juli tatsächlich die Entdeckung eines neuen Elementes melden – zumindest seine theoretische Entdeckung. Zwar hatten sie das Element durch Messungen eindeutig von der Pechblende unterscheiden und die Wismut-Verbindung sauber bestimmen können, doch es war ihnen noch nicht gelungen, es aus dieser chemischen Verbindung zu lösen. Seine Radioaktivität war über dreihundertmal so hoch wie die des Urans.

Irène schimpfte brabbelnd und so laut, dass Marie und Pierre aus dem Gras hochfuhren und zum Flussufer schauten – die Katze schlug nach einem großen Käfer, der vor dem Kind durch den Sand krabbelte, und das kleine Mädchen schlug mit der Schaufel nach der Katze und schimpfte. Weil die nicht vom Käfer lassen wollte, schaufelte Irène ihr Sand über den Kopf.

Pierre sprang auf, rannte zu seiner Tochter und verscheuchte die Katze. Dann beugte er sich über den Käfer und nahm ihn in die hohle Hand. »Ein Hirschkäfer!«, rief er Marie über die Schulter zu.

»Meine Güte«, murmelte sie, »was bist du für ein herzensguter Mann.« Sie holte Luft und rief: »Ich liebe dich!«

Weil Marie die Hauptarbeit an der Entdeckung des neuen Elementes zukam, hatte Pierre sie aufgefordert, ihm einen Namen zu geben. Marie, die noch ganz überwältigt war von der Entdeckung und vor Rührung weinte, konnte lange kein Wort sagen.

Als sie so am Labortisch gestanden hatte, erfüllt von berührter Dankbarkeit, da hatte sie an ihren kranken Vater denken müssen, den glühenden Patrioten und Privatgelehrten, dem sie ihren Wissensdurst und die Grundlagen ihrer Bildung verdankte. Dann hatte sie an ihre Schulzeit unter den Fittichen von Tupcia und Madame Sikorska gedacht, an den verhassten Iwanow und an die herrlichen Wochen ihrer Kindheit, die sie bei den Verwandten auf dem Land in Südpolen verbracht hatte.

Schließlich hatte sie sich die Tränen abgewischt und gesagt: »Ich taufe es auf den Namen meiner Heimat – es soll Polonium heißen.«

Wieder einmal war Marie überwältigt von der Liebe zu ihrem Mann. Sie schloss die Augen, sog ein paarmal den Duft dieses herrlichen Sommertages ein, bevor sie aufstand, zu Pierre und Irène hinüberging und sich den Hirschkäfer anschaute. Das schwarze Insekt war riesig, größer als Maries Daumen. Die Gebisszangen, denen diese Käferart ihren Namen verdankte, sahen gar nicht aus wie ein Geweih, sondern erinnerten eher an die Scherenbacken eines Krebses.

»Ich bringe ihn in den Weidenbusch«, sagte Marie und hielt ihre kleine, schlanke Hand neben Pierres große und kräftige Hand, sodass der Käfer herüber zu ihr krabbeln konnte, was er nach Pierres Anschubhilfe auch tat.

Marie ging langsam durch den Sand zu den Bäumen und Büschen, die fünfzig Meter weiter das Flussufer säumten. Das große Insekt füllte beinahe ihren Handteller aus. Während sie auf dem Weg zu den Büschen seinen blauschwarz glänzenden Chininpanzer betrachtete, fiel ihr Pierres Traum vom blauschwarz leuchtenden Polonium wieder ein.

Ein langer Weg lag noch vor ihnen, bis sie das neue Element würden isolieren oder gar unter dem Mikroskop betrachten können. Allein sein Atomgewicht zu bestimmen, war eine Herkulesarbeit. Doch sie machte Marie keine Angst, im Gegenteil: Sie freute sich darauf. Darauf und auf das zweite strahlende Element, dessen Spur sie im Frühsommer entdeckt hatte. Gleich nach dem Urlaub wollten sie auch dessen Existenz beweisen.

Vor dem Weidenbusch blieb Marie stehen und warf einen letzten Blick auf den Hirschkäfer. »Du musst fliegen und dich paaren, nicht wahr?«, murmelte sie. »Auch dein Leben steht auf dem Spiel, ist es nicht so?« Sie schloss die Finger um das schöne Tier, steckte die Faust in das Gehölz des Busches und entließ es zwischen den starken, inneren Ästen wieder in die Freiheit.

Seltsamerweise musste sie an die politische Situation in Polen denken in diesem Moment; vielleicht, weil sie gestern in der Zeitung gelesen hatte, dass man in Russland eine sozialdemokratische Partei gegründet und Pierre daraufhin über die Befreiung Polens spekuliert hatte, sollte die neue Partei jemals eine russische Regierung bilden, was natürlich vollkommen utopisch war.

»Freiheit für den Hirschkäfer«, murmelte Marie, während sie das große Insekt am Hauptstamm des Busches nach oben klettern sah, »aber noch keine Freiheit für Polonia.«

»Schau nur, Maman!«, rief Pierre hinter ihr und ahmte eine kindliche Sprechweise nach. Marie drehte sich um – ihr Mann hatte seine Tochter auf die Füße gestellt, hielt sie an den Armen fest und setzte sie von einer Fußspur, die Marie im Sand hinterlassen hatte, in die nächste. Irène krähte vor Vergnügen, und Pierre rief: »Schau her, Maman, ich trete in deine Fußstapfen!«

25
Glück

Paris, Frühjahr 1899

Zwei Pferde zogen ein mit Säcken beladenes Fuhrwerk aus der Rue Lhomond in die Hofeinfahrt der *École de physique et de chimie industrielles* hinein; Marie sah es aus dem Augenwinkel und durch die Glasfront ihres Labors hindurch. Allerdings registrierte sie das Gespann nur beiläufig, denn die große farbige Tafel aus weißem Karton, die seit Weihnachten die nackte Backsteinwand neben ihrem und Pierres Labortisch schmückte, fesselte ihre Aufmerksamkeit.

O ja – es war nun auch sein, Pierres Arbeitsplatz, denn seit sie im Frühjahr letzten Jahres erste Spuren neuer, radioaktiver Elemente entdeckt hatten, kümmerte Pierre sich kaum noch um Symmetrie und Kristalle. Plötzlich wollte er nur noch eines: die neuen Elemente isolieren und wissenschaftlich exakt beschreiben; Marie hatte ihn mit ihrem Jagdfieber angesteckt.

Sein zerplatzter Traum von einem Lehrstuhl an der Sorbonne mochte ihr das leichter gemacht haben, als es ohne diese enttäuschende Absage gewesen wäre.

An jenem Frühlingstag hatte er seinen Unterricht bereits beendet, als das mit prallvollen Säcken beladene Fuhrwerk in den Schulhof rollte, und so konnten sie gemeinsam vor der Tafel mit dem Periodensystem der Elemente stehen und gemeinsam versuchen, ihre neu entdeckten Elemente darin einzuordnen.

Marie hatte ihren Mann gern um sich. Mit Pierre gemeinsam in die Geheimnisse der Radioaktivität einzudringen, liebte sie genauso, wie an seiner Seite Fahrrad zu fahren oder gemeinsam mit ihm am gedeckten Esstisch zu sitzen oder mit Irène zu spielen oder eng umschlungen mit ihm einzuschlafen. Manchmal, wenn sie über ihre Ehe nachdachte, kam es ihr vor, als würde sie all das intensiver erleben, seit Pierre und sie so eng zusammenarbeiteten.

Das Periodensystem der Elemente, vor dem sie jetzt grübelnd standen, kannte Marie schon, seit sie in Szczuki, im Hause der Zorawskis, Mendelejews *Grundlagen der Chemie* gelesen hatte. Von ihm nämlich, dem großen russischen Chemiker und Lehrer ihres Cousins Jósef, stammte das Periodensystem. Paul Langevin und zwei seiner Schüler hatten die neuste Version auf diese Tafel übertragen und die Spalten und Kästen der Ordnungsgruppen mit verschiedenen Farben grundiert.

Mendelejew gelang es seinerzeit, die Elemente der Materie grob in verschiedene Gruppen eingeteilt und nach ihren Atomgewichten geordnet in sein System einzutragen. Der Russe war der Erste gewesen, der es gewagt hatte, aufgrund dieser Anordnung vorherzusagen, an welcher Stelle seines

Periodensystems Elemente fehlten, die erst noch entdeckt werden mussten.

Bisher waren seine Vorhersagen alle eingetroffen – doch noch nicht alle von Mendelejew vorhergesagten Elemente waren entdeckt worden.

»Hier.« Marie zeigte auf einen farblosen Kasten des Periodensystems, in dem nur ein Atomgewicht mit einem Fragezeichen eingetragen war. »Hier gehört das Polonium hin.«

»Das hätte ich auch gesagt.« Pierre nickte. »Und wenn es stimmt, hätten wir sogar schon einen Richtwert für das Atomgewicht deines neuen Elements.«

»Unseres Elementes – ich teile es mit dir.« Maries Finger rutschte ein Stück weiter hinunter auf eine Leerstelle ganz außen in der Reihe der Erdalkalimetalle und neben das Kästchen, in dem das Barium eingetragen war. »Und ungefähr hierhin gehört das Radium.«

»Dann muss es ein sehr hohes Atomgewicht haben.« Pierre betrachtete die von Marie angezeigte Stelle mit der sorgenvollen Miene eines Arztes, der eine ungünstige Diagnose auf einem Krankenblatt studiert, oder eines Menschen, dem man ein unerfreuliches Horoskop präsentiert. »Es kann Monate dauern, bis wir das bestimmt haben.«

Er sollte sich täuschen: Es würde Jahre dauern.

Sie hatten ihrem neuen Element den Namen *Radium* – vom lateinischen *radius* für *Strahl* abgeleitet – gegeben, weil es hundertfach, ja tausendfach radioaktiver zu sein schien als Uran. In der Pechblende kam es nur in einer Verbindung mit Barium vor, doch Marie und Pierre hatten immerhin so viel von dieser Verbindung extrahieren können, dass ein befreundeter Chemiker sie einer Spektroskopie unterziehen konnte.

Bei einer solchen Untersuchung erhitzte man ein Element so stark, dass es sich in leuchtendes Gas verwandelte und man sein dann ausgestrahltes Licht durch ein Prisma brechen konnte. Das Regenbogenmuster, das auf diese Weise aufleuchtete, sah bei jedem Element anders aus, und noch kein bisher bekanntes Element brachte das originelle Farbmuster hervor, das Radium verursachte.

Zu Pierres Erleichterung und Maries grimmiger Genugtuung hatte das Ergebnis der Spektroskopie die Akademie endgültig überzeugt. Die Mehrzahl ihrer Mitglieder glaubten nun ebenfalls an die Existenz von Radium und Polonium.

Sogar Henri Becquerel glaubte daran. Und machte seinen Einfluss geltend, um Marie Fördergelder zu verschaffen.

Nun galt es, den endgültigen Existenzbeweis für beide neuen Elemente – für Polonium und für Radium – zu führen. Dazu musste ihr Atomgewicht bestimmt werden, und dazu wiederum war es nötig, sie zuvor in ihrer Reinform zu isolieren.

»Das wird ein hartes Stück Arbeit.« Mit beiden Händen fuhr Pierre sich durchs Haar und rieb sich anschließend den Nacken, wobei er die Zähne zusammenbiss, als hätte er Schmerzen.

»Packen wir es einfach an, mein starker Bär.« Marie stellte sich auf die Zehenspitzen und küsste ihn auf den Mund. »Jammern können wir immer noch, wenn die Arbeit erledigt ist – falls sie dann wirklich so hart gewesen sein sollte, wie du jetzt fürchtest.«

Es klopfte an der Tür, woraufhin das Ehepaar auf weitere Küsse verzichtete. »Ja?« Marie drehte sich um.

Paul Langevin öffnete die Tür und steckte den Kopf herein. »Ein Fuhrwerk hat eine Ladung Pechblende von der Gare de l'Est angeliefert. Für euch, schätze ich.«

»Danke, Paul«, sagte Pierre. Er und Langevin waren mittlerweile eng befreundet. Marie deckte das Elektrometer und die Ionisierungskammer ab, während Pierre vor dem neuen Ofen in die Hocke ging, um Kohle nachzulegen. Er wollte heute noch die Wismut-Verbindungen durchmessen, die sie vor dem Wochenende gewonnen hatten. Danach schlossen sie ihr Labor ab.

Auf dem Weg in den Schulhof begegneten sie Henri Becquerel. Seit Marie und Pierre der Akademie über die Entdeckung des Radiums berichtet hatten, verließ er mindestens zweimal die Woche sein komfortables Labor an der Polytechnischen Hochschule, um sich hier an Pierres Berufsschule in Pierres Unterrichtslabor mit Pierres Instrumenten und mit Maries Barium-Verbindungen an Pierres und Maries Forschung zu beteiligen. Marie behagte das von Woche zu Woche weniger.

»Sie entschuldigen mich«, sagte Becquerel nach förmlicher Begrüßung und ein paar Takten Konversation. »Ich werde im Kreis der Akademie erwartet, doch vielleicht noch dies: Ich konnte Ihre Ergebnisse bestätigen, verehrtester Curie. Egal, ob Uran in fester, in flüssiger oder in gasförmiger

Form vorliegt, seine Radioaktivität verändert sich nicht im Geringsten.«

»Natürlich nicht«, antwortete der angesprochene Pierre ein wenig irritiert. »Allerdings ist diese Tatsache ein Ergebnis der Forschung meiner Frau.«

Becquerel nickte Marie kurz zu, wandte sich aber sofort wieder an Pierre. »Das erhärtet natürlich meine Theorie, dass die Becquerel-Strahlung, also die sogenannte Radioaktivität, ihrem Wesen nach eine Form der Phosphoreszenz darstellt und durch äußere Einflüsse im Element erzeugt wird – und keineswegs als eigene Aktivität der Atome eines Elementes zu verstehen ist.« Er lüftete seinen Zylinder und verließ die Schule.

Marie hätte platzen können vor Zorn, während sie auf den Schulhof hinausgingen – der Seitenhieb hatte einzig ihr gegolten und ihrer Überzeugung, dass Radioaktivität im Atom des strahlenden Elements entsteht. Doch statt mit ihr sprach er mit Pierre darüber, dieser hochnäsige Schnösel! Offenbar war es unter Becquerels Würde, seine gegensätzliche Meinung einer Frau gegenüber zu vertreten.

»Ich bereue es, ihm Pechblende und Barium geliehen zu haben!«, zischte sie. »Und vor allem bereue ich, das Geld angenommen zu haben!«

Sie sprach von den beiden Stipendien der Akademie der Wissenschaften, die der einflussreiche Becquerel ihr im letzten Herbst und zu Jahresbeginn vermittelt hatte. »Er hat sich bei uns eingekauft – ist es nicht so?«

Der Brief, in dem die Akademie ihr mitteilte, dass man ihre Doktorarbeit mit Stipendien fördern wolle, war nicht etwa an sie persönlich gegangen, sondern an Pierre. Einen Forscher zu unterstützen, der eine Frau war, hatte die Herren vermutlich an die Grenzen ihrer Flexibilität geführt. Es Marie auch noch persönlich mitzuteilen, wäre wohl zu viel verlangt gewesen.

Immerhin hatte der Briefschreiber Pierre aufgetragen, Marie seine Grüße und Hochachtung ausrichten zu lassen.

Marie, durch langjährigen Widerstand gegen Iwanow gestählt, nahm solche Ungeheuerlichkeiten mit einer Mischung aus Verachtung und Gleichmut zur Kenntnis. Sicher erregten derartige Kränkungen manchmal auch ihren Zorn – so wie jetzt –, doch niemals so heftig, wie es Pierres Zorn erregen konnte, wenn man seine geliebte Frau missachtete.

»Ich bin heilfroh, dass du das Geld angenommen hast, meine Liebste.« Sie erreichten das Fuhrwerk, von dem die beiden Kutscher gerade die ersten Säcke abluden. »Wovon hätten wir denn sonst den Transport von zweitausend Kilogramm Pechblende bezahlen sollen?« Mit einer Kopfbewegung deutete Pierre auf die volle Ladefläche und wirkte recht zufrieden.

Im Grunde war auch Marie zufrieden, denn die beiden Stipendien hatten es ihr ermöglicht, ihren Unterricht an der Mädchenakademie zu reduzieren. Nun konnte sie ihrer Doktorarbeit deutlich mehr Zeit widmen als im letzten Jahr.

Die Pechblende selbst kostete nichts, denn sie war ja nur ein Abfallprodukt, das man zwischen den Bergwerken im tschechischen Sankt Joachimsthal achtlos in den Wald kippte. Diesen Abfall jedoch aus dem deutsch-tschechischen Grenzgebiet nach Paris zu schaffen, kostete viel Geld. Im letzten Jahr hatten die Curies einen ersten, kleineren Transport noch von ihren Ersparnissen bezahlen müssen.

Die Finanzierung von Maries Forschungsarbeit war ein Dauerproblem. Deswegen hatten Freunde Pierre überredet, sich um Aufnahme in die Akademie der Wissenschaften zu bewerben. Als Mitglied dieses erlauchten Kreises würde er nicht nur die Möglichkeit erhalten, regelmäßig vor einem großen Kollegenkreis über die Erforschung der Radioaktivität berichten zu können, sondern gewönne auch Einfluss auf die Verteilung der Fördergelder. Noch war über seinen Antrag nicht entschieden worden.

»Becquerel hat die gleichen Untersuchungen durchgeführt wie wir, Pierre!«, empörte sich Marie. Wie kann er aus den Ergebnissen nur schließen, dass Radioaktivität von außen erzeugt wird, so wie seine langweilige Phosphoreszenz?«

»Becquerel senior pflegte nun einmal eine besonders intensive Liebesbeziehung zur Phosphoreszenz«, sagte Pierre halb im Scherz, »und Becquerel junior glaubt vermutlich, seinem Vater noch etwas schuldig zu sein.« Er öffnete den ersten Sack und griff mit beiden Händen hinein.

»Und ich glaube, dass er ein Rechthaber ist!«, sagte Marie trotzig.

»Vergiss ihn einfach.« Pierre holte zwei hohle Hände voll Pechblende aus dem Sack und hielt sie Marie unter die Nase. »Rieche lieber hieran.«

Marie beugte sich über die braune, staubige und mit Fichtennadeln vermischte Erde und sog ihren Duft tief durch die Nase ein. »Wie kann etwas, das so gewöhnlich riecht, derart wunderbare und wertvolle Substanzen enthalten?«, staunte sie. »Ist das nicht faszinierend?«

»Ich weiß nicht, was Sie haben, Madame Curie.« Pierre hob Hände und Erde an seine Nase. »Ich kann das Polonium schon riechen.« Er schnitt eine Miene, als würde er an einem exzellenten Parfüm schnuppern. »Und den Duft des Radiums sowieso – es riecht nach Zukunft.«

»Was glaubst du, wie viel Radium du jetzt in Händen hältst, Pierre?«

»Etwa die Menge des Steines, der da ganz oben aus der Erde ragt«, sagte er, und Marie pulte den kirschkerngroßen Stein aus der Pechblende, auf den Pierre seinen Blick richtete. »So stark, wie es strahlt, eher noch mehr.«

Marie hielt den kleinen Stein zwischen Daumen und Fingerkuppen. »Das wäre etwa ein Hundertstel der Menge in deinen Händen.« Sie schüttelte den Kopf. »Ich glaube, dass auf ein Kilogramm Pechblende allerhöchstens ein Gramm Radium kommt.«

Wenn sie an diesem Tag gewusst hätten, wie gründlich sich beide täuschten, hätten sie ihre Forschungsarbeit womöglich sofort abgebrochen. Doch sie wussten es zum Glück nicht, und so sagte Pierre nur: »Ein guter Wissenschaftler kann gar nicht anders, als auch ein guter Pessimist zu sein.«

»Das gilt auch für jede gute Wissenschaftlerin, schätze ich, oder was meinen Sie, Monsieur Curie?« Marie winkte die Fuhrleute hinter sich her und ging entlang der Baracke, die den Hof gegenüber dem Schulgebäude begrenzte, bis zu einem angebauten Verschlag.

Mit Hinweis auf ihre Forschungs- und Doktorarbeit hatte Marie über Professor Lippmann genügend große Laborräumlichkeiten bei der Universitätsleitung beantragt, doch die Sorbonne hatte ihr das glatt abgeschlagen. Daraufhin hatte ihr Pierres Schule diese alte Baracke zur Verfügung gestellt, in der noch vor Kurzem Medizinstudenten Leichen sezierten.

Marie zeigte den Männern den Verschlag, in den sie die Säcke mit der Pechblende gestellt haben wollte. Pierre rief einige seiner Schüler zusammen, damit sie beim Abladen halfen.

Als das leere Fuhrwerk eine halbe Stunde später wieder aus dem Hof rollte, um die nächste Tonne Pechblende vom Bahnhof zu holen, standen Marie und Pierre vor den zwanzig zu einem Haufen gestapelten Zentnersäcken und betrachteten ihren Schatz. »Wann fangen wir an?«, fragte Pierre.

Marie zog ihren Labormantel aus und nahm einen schmutzigen Arbeitskittel vom Wandhaken. »Jetzt.«

Am Tag nach der großen Lieferung aus der Tschechei stellte Marie einen Kupferkübel voller Pechblende auf den Schmelzofen, goss Wasser hinein und legte Kohle nach. Am zweiten Ofen rührte sie mit einem Eisenstab in der bereits dampfenden Pechblende. Sie packte einen Kübel, in dem sie die Masse schon zum Sieden gebracht hatte und der so weit abgekühlt war, dass man ihn anfassen konnte, und trug ihn auf den Hof hinaus.

Dort standen mehrere Töpfe, Eimer und Kübel voller erkaltender Pechblende. Aus ihnen holte sie die Brocken, die sich beim ersten Durchgang nicht im siedenden Wasser gelöst hatten, und legte sie in einen leeren Topf. Den schleppte sie zurück zur Baracke, um ihn mit Wasser aufzufüllen und auf den Ofen zu setzen.

Ein paar Schritte weiter, vor dem Verschlag, bückte sich Pierre über einen Sack und schaufelte Pechblende in einen Kübel. Aus der Staubwolke heraus, die ihn halb verhüllte, lächelte er Marie zu, als sie vorbeiging. Er trug auch seinen Kübel hinter ihr her in die Baracke, setzte ihn neben ihren Topf auf den Schmelzofen und füllte beide mit Wasser auf. Während Marie Salzsäure und Alkalisalz dazukippte, küsste er ihr den Staub von der Schläfe.

Den größten Teil des Tages arbeitete Marie allein hier, denn Pierre musste unterrichten und seinen sonstigen Verpflichtungen drüben an der Schule nachkommen. Doch sobald er seinen Unterricht beendet und seine Aufgaben erledigt hatte, tauchte er im Hof und in der Baracke auf und packte mit an. Der Arbeitsablauf war klar, den hatten sie seit dem Herbst gründlich eingeübt, wenn auch mit weitaus weniger Pechblende als jetzt.

Marie trug den nächsten Topf mit noch ungelöster und verklumpter Pechblende zurück in die Baracke, setzte ihn auf den Schmelzofen, goss Wasser hinein und gab wieder eine genau bemessene Portion Alkalisalz und Salzsäure dazu. Sie packte die mit Topflappen geschützten Griffe eines noch warmen Kübels, in dem sie einige solcher Brocken bereits vor einer Stunde in siedendem Wasser gerührt hatten, trug das Gefäß auf den Hof und stellte es dort zur Kühlung ab.

Aus einem Topf mit verklumpter Pechblende, die schon zwei Waschungen hinter sich hatte, leerte Pierre das schmutzige Wasser in eine Abflussrinne, trug den Topf in die Baracke, setzte ihn auf den Schmelzofen, goss Wasser und streute Alkalisalz und gab Säure hinein. Als Marie den nächsten Topf mit Pechblende zum gleichen Ofen schleppte und ihn dort absetzte, füllte er ihn mit Wasser auf. Sie strahlte ihn an, und er strich ihr zärtlich über das Haar.

So ging das Waschung um Waschung, so ging das Tag für Tag, Woche für Woche, Monat für Monat. So ging das, bis nach vielen Waschgängen nur noch kleine kristallisierte Strukturen übrig blieben, denen Pierre und Marie mit weiteren Chemikalien zu Leibe rückten, um erste sichtbare Barium- und Wismut-Verbindungen zu gewinnen. Von reinem Radium und reinem Polonium waren sie da noch weit entfernt.

Eine monotone Arbeit, eine mühsame Arbeit, doch Marie und Pierre liebten sie. Sie konnten zusammen sein – manchmal ganze Tage lang –, sie strebten nach einem gemeinsamen Ziel und waren in den ersten Monaten beide zuversichtlich, dieses Ziel zu erreichen. Die gemeinsame Arbeit fühlte sich an wie ein intensiver Traum, an manchen Tagen gar wie ein gemeinsamer Rausch, der Kräfte freisetzte, von denen weder Marie noch Pierre geahnt hatten, dass sie in ihnen steckten. Dieser Arbeitsrausch sollte annähernd drei Jahre lang anhalten.

Was diese glücklichen Arbeitsstunden ein wenig trübte, waren Pierres zunehmende Gelenkschmerzen. Rheuma, hatte Eugène diagnostiziert. Pierre führte es auf die zugige Baracke zurück und auf den ständigen Wechsel zwischen Hitze und Kälte, dem er sich im Winter und auch jetzt in der Übergangszeit aussetzen musste, wenn er die Kübel vom Schmelzofen in den Hof schleppte und umgekehrt.

Marie plagte seit Jahresbeginn eine zunehmende Erschöpfung, sodass Eugène ihr sogar schon empfohlen hatte, sich auf Tuberkulose hin untersuchen zu lassen. Doch davon wollte sie nichts wissen. Sie stürzte sich in die Arbeit, und das half.

Das half auch gegen den Abschiedsschmerz, als Bronia und ihre Familie doch schon früher als geplant Paris den Rücken kehrten und in die südpolnischen Berge zogen, um ihr Sanatorium zu eröffnen. In der ersten Zeit gingen wöchentlich Briefe hin und her. In einem bedankte sich Marie für neue Kochrezepte und für Ratschläge zur Kinderernährung und schrieb am Schluss des Briefes: *Wenn ich heute daran denke, wie zögernd ich die Ehe mit Pierre eingegangen bin, kann ich nur den Kopf schütteln. Wie dumm bin ich damals gewesen! Doch wie hätte ich auch ahnen sollen, dass Liebe derart intensiv, ruhig und tragend sein kann? Ich bin mit dem wunderbarsten Mann der Welt verheiratet. Pierre und ich verstehen uns wortlos.*

Die Wochen vergingen, es wurde Frühsommer, und als mit den Tagen auch die Arbeitszeit lang zu werden versprach, begann Marie ihnen auf dem Schmelzofen Mittagessen zu kochen – Eintöpfe, Fischsuppen oder auch Bigos. Jeanne und Bronia hatten ihr genügend Rezepte aufgeschrieben, und von der älteren Schwester hatte sie die Grundlagen des Kochens gelernt.

Oft musste Marie an ihre Studentenmansarden im Quartier Latin denken, wenn sie während des Kochens Pierre mit den Kübeln und Töpfen hinausgehen oder hereinkommen sah und ein Glücksgefühl sie durchströmte. War sie nicht damals, über ihren Büchern und Mitschriften, ähnlich zufrieden, ja glücklich gewesen wie jetzt?

Wobei ihre Mansarden im Vergleich zu der alten Baracke wahre Luxusunterkünfte gewesen waren. Die Baracke – Marie nannte sie *Hangar* – hatte ein Glasdach, durch das es an manchen Stellen hereinregnete. Als die Tage wärmer wurden, kamen Marie und Pierre sich vor wie in einem beheizten Gewächshaus, doch die Öfen mussten ja weiterhin befeuert werden. Die Tische lagen voller kristallisierter Mineralbrocken mit hochkonzentrierten Barium- und Wismut-Verbindungen, denn es gab keine Schränke, in die man sie hätte einschließen können. Bei Einbruch der Dunkelheit fingen manche an zu leuchten.

Zum Glück musste ein Großteil der Arbeit draußen im

Hof verrichtet werden, doch an kalten oder verregneten Tagen war auch das kein Spaß.

»Ich korrigiere meine Schätzung«, sagte Pierre irgendwann im Juni, als sie auf einer Bank im Hof saßen und Tee schlürften. »Und deine gleich mit, meine kleine Königin.« Er deutete auf ein Körbchen vor der Barackentür, in dem ein paar kristallisierte Splitter und Brocken lagen. »Eine halbe Handvoll Barium und eine halbe Handvoll Wismut – ausgekocht und kristallisiert aus wie vielen Säcken Pechblende?«

»Ich habe sie nicht gezählt, liebster Bär. Fünfzehn? Zwanzig?«

»Ich fürchte, unsere Elemente kommen im Verhältnis von nur eins zu zehntausend in der Pechblende vor.«

»Vielleicht sogar in einem noch geringeren Anteil.« Marie schüttelte staunend den Kopf. »Es ist nicht zu fassen, wie stark ihre Strahlungen dennoch sind.«

»Morgen kommt die nächste Ladung Pechblende aus Sankt Joachimsthal, wieder zwei Tonnen.« Pierres Stimme klang resigniert. »Fragst du dich nicht auch manchmal, ob wir Radium und Polonium wirklich in Reinform gewinnen müssen?«

Marie schüttelte den Kopf. »Nein, nie. Ich will die reinen Elemente. Und ich will das Atomgewicht bestimmen. Vorher höre ich nicht auf.«

»Die Antwort hätte ich mir denken können.« Pierre seufzte tief. »Ich mache mir aber Sorgen um dich, geliebte Königin, denn du wirst immer dünner.«

»Das ist nicht wahr«, widersprach Marie und spürte im

selben Moment, wie sie rot wurde, weil sie wusste, dass Pierre recht hatte.

»Und ob das wahr ist.« Pierre zog das beinahe sechs Jahre alte Foto von ihr aus der Tasche, das er immer bei sich trug, das Bild von der *guten kleinen Studentin*, wie er es nannte. »Hier, Königin, solche hübschen Rundungen hast du mal gehabt. Und jetzt gehe, schaue dich im Spiegel an, und vergleiche.«

Marie schob seine Hand mit dem Foto weg. »Ich habe Wichtigeres zu tun.«

»Die Arbeit ist zu schwer für dich«, beharrte Pierre, »glaube mir bitte: Du kannst nicht noch weitere Wochen all die Töpfe und Kübel schleppen. Ich werde ein paar Arbeiter und einen Laborassistenten einstellen.«

Marie zog die Brauen hoch. »Und wovon willst du die bezahlen?« Obwohl die Akademie der Wissenschaften auch für das laufende Jahr wieder ein schönes Stipendium in Aussicht gestellt hatte, würde niemals genug Geld in der Haushaltskasse sein, um Gehälter zu bezahlen.

»Lass mich nur machen«, sagte Pierre.

Er musste schon länger mit dem Gedanken gespielt haben, jemanden einzustellen, denn schon am nächsten Tag, nach seinem Unterricht, stellte Pierre ihr zwei junge Männer vor, ehemalige Schüler von ihm, die jetzt an der Sorbonne studierten und sich ein paar Francs dazuverdienen wollten. Worum es ging, hatte er ihnen wohl schon erklärt, denn er wies sie gleich in die Arbeitsabläufe ein.

In der Woche darauf, nicht lange vor dem Sommerurlaub, stellte er ihr einen jungen Chemiker namens André

Debierne vor, den er als ihren Assistenten einstellen wollte. Der Mann gefiel Marie auf Anhieb. Zu ihrer Überraschung hatte Pierre ihn schon vor Wochen gebeten, sich wissenschaftlich mit Radioaktivität zu beschäftigen, um sich auf die Arbeit in Maries Hangar vorzubereiten.

Obwohl sie anfangs wegen des Geldes schimpfte und behauptete, keine Hilfe zu brauchen, spürte sie doch, wie viel Fürsorge und Liebe hinter Pierres Maßnahmen steckten, und das rührte sie sehr.

Von diesem Tag an übernahmen Debierne und die Hilfskräfte die ersten Arbeitsgänge – das Abfüllen der Pechblende in Kübel und die zahllosen Waschungen in siedendem Wasser, Säure und Alkalisalzen. Das entlastete Marie entscheidend, denn sie konnte sich jetzt sofort mit den extrahierten Barium- und Wismut-Verbindungen befassen, auch mehr Zeit damit im Labor verbringen und sich so in kleinen Schritten an die Isolierung der rätselhaften Elemente herantasten.

Etwa um diese Zeit kam ein Brief von der Akademie der Wissenschaften. Pierres Antrag auf Aufnahme wurde abgelehnt. »Das habe ich Becquerel zu verdanken!«, schimpfte Pierre. »Der spielt falsch!«

»Bist du sicher?« Auch wenn ihr Becquerel auf die Nerven ging, mochte Marie so weit nicht gehen. »Hat er denn wirklich so viel Einfluss?«

»Verlass dich drauf.« Pierre zerriss den Brief. »Merkst du nicht, wie ihn die Angst umtreibt, dass unsere Arbeit seinen Ruhm schmälern könnte? Ich sehe ihn vor mir, wie er jetzt eine Flasche Champagner aufmacht und mit seiner Frau auf meine Ablehnung anstößt!« Er warf den zerrissenen Brief in den Papierkorb. »Lass uns nicht mehr davon sprechen.«

Und wirklich – Pierre verlor kein Wort mehr über die Ablehnung der Akademie und Becquerels vermeintliche Verantwortung dafür. Marie bewunderte ihren Mann für die Fähigkeit, Niederlagen einzustecken. Auch diese schüttelte er ab wie Wasser nach einem überraschenden Regenguss und ging seinen Weg weiter – beharrlich und ohne sein Ziel aus den Augen zu verlieren.

»Wovon bezahlst du André und die Helfer?«, wollte sie zwei Tage später wissen, nachdem sie Irène ins Bett gebracht hatten und mit Eugène beim abendlichen Glas Wein in der guten Stube saßen.

»Hast du schon einmal von der Zentralgesellschaft gehört, geliebte Königin?«

»Meinst du die Französische Zentralgesellschaft Chemischer Produkte? Ja, habe ich.«

»Die liefern dir alles, was du für deine Laborarbeit brauchst«, wusste Eugène, der auch schon bei dieser Gesellschaft eingekauft hatte.

»Aber nur, falls sie es vorrätig haben«, sagte Pierre, »und dreimal dürft ihr raten, was sie zurzeit höchst selten vorrätig haben.«

Marie zuckte mit den Schultern, und Eugène sagte: »Pechblende, Barium-Verbindungen und Salze, die Wismut enthalten. Denn alle Welt hat von eurer Arbeit gehört, und von überallher kommen nun Bestellungen von Wissenschaftlern, die zur Radioaktivität forschen wollen.« Pierre schaute seinen Vater verblüfft an. Der zuckte mit den Schultern und erklärte: »Ich habe es in der Zeitung gelesen.«

»Jetzt weißt du es auch, geliebte Königin.« Pierre legte den Arm um Marie. »Und weil ich mich verpflichtet habe, der chemischen Gesellschaft eine gewisse Menge dieser Stoffe zum Verkauf zur Verfügung zu stellen, hat sie das Gehalt von André übernommen.«

»Damit schaffst du beste Voraussetzungen, dass ein Forscher vor uns das Radium isoliert«, sagte Marie nicht ohne einen vorwurfsvollen Unterton.

»Je schneller sein Atomgewicht bestimmt wird, desto besser.«

Abrupt machte sie sich von ihm los. »Was redest du da, Chéri!« Marie wurde laut, schlug sogar mit der flachen Hand auf den Esstisch. »Wir müssen die Ersten sein!«

Pierre guckte ein wenig betreten, und sein Vater grinste. »Recht hat sie«, sagte er. »Nach all der Herkulesarbeit, die ihr beide in eure Suche nach diesem ominösen Zeug gesteckt habt, müsst ihr um jeden Preis die Ersten sein. Außerdem geht es um Maries Doktorarbeit.«

»Danke, Papa.« Marie nickte und spürte, wie ihr Zorn verrauchte. Manchmal, nur ganz selten, brachte sie Pierres Verhalten zur Weißglut. Doch so schnell, wie sie kam, war sie dann auch schon wieder verloschen.

»Ist ja gut, ist ja gut.« Pierre hob beschwichtigend die Hände. »Deine Gesundheit ist mir trotzdem wichtiger, als der Erste zu sein. Außerdem gewinnen wir ja durch André und die Helfer nun einen entscheidenden Vorsprung.« Das wiederum stimmte, und Marie gab sich besänftigt und streichelte ihrem Mann entschuldigend über den Handrücken.

Nachdem Eugène schlafen gegangen war, stiegen sie auf die Räder und fuhren durch die einsetzende Dämmerung zur Schule in die Rue Lhomond. In letzter Zeit kam es häufiger vor, dass es sie am Abend noch in ihren Hangar zog.

Als sie die Baracke betraten, war es bereits dunkel. Über den kristallisierten Barium- und Wismutbrocken, die sich auf den Tischen in Glasschalen häuften, lag ein überirdischer Schimmer, ein schwaches, bläuliches Leuchten. Auch von den Wandregalen, die einer der Helfer inzwischen gebaut hatte und wo nun viele Phiolen und Gläser mit den gewonnenen radioaktiven Verbindungen standen, strahlte es märchenhaft schön.

Ganz ergriffen von diesem atemberaubenden Schauspiel standen sie still und staunten. Lange sprach keiner von ihnen ein Wort. »Ist das nicht wunderbar?«, flüsterte Pierre irgendwann. »Ich komme mir vor wie im Traum.« Seine Stimme klang ehrfürchtig.

»Das ist ein Traum«, sagte Marie. »Das ist unser Traum.« Sie zog seinen Kopf zu sich herunter und küsste ihn auf den Mund.

26
Radium

Paris, März 1902

Es war silbrig-weiß. Unter der Lupe drehte Marie die kleine Vakuumphiole zwischen den Fingern. Man sah ihm nicht an, wie weich es war, auch nicht mit der Lupe; es waren ja nur ein paar Körnchen. Und es schimmerte eigenartig, sodass man sich auch jetzt, bei Tageslicht, lebhaft vorstellen konnte, wie es bei Dunkelheit leuchtete.

Radium! Vier Jahre Arbeit – doch endlich hatten sie es geschafft: nahezu vollkommen reines Radium!

Nur hundert Milligramm, ohne Lupe kaum zu sehen, und doch das Ergebnis von so viel und so langer Schufterei. Maries Radium enthielt nur noch winzige Spuren von Barium, die Untersuchung mit dem Spektroskop hatte es bewiesen. Jetzt war es nur noch eine Frage von Wochen, bis Marie das Atomgewicht würde bestimmen können.

Ein Zehntelgramm, kaum zu erkennen in dieser Phiole, und dennoch von einer Radioaktivität, welche die des Urans um ein Vielfaches übertraf. Um das Millionenfache gar! Pierre hatte es gemessen – wieder und wieder, bis er es endlich glauben konnte. Dieses Maß, diese Zahl kam Marie geradezu monströs vor, sodass sie selbst in Gedanken kaum wagte, sie bei sich selbst auszusprechen.

Ein Gramm Radium, auch das hatte Pierre berechnet, konnte ein Gramm Wasser innerhalb einer Stunde vom Gefrierpunkt bis zum Siedepunkt erhitzen. Welch ungeheure Energie steckte in diesen wenigen Körnchen! Woher stammte diese Kraft, und wie ließ ihre Natur sich beschreiben? Und wie würde eine Welt aussehen, in der Menschen gelernt hatten, diese Energie zu benutzen?

Marie wusste es nicht. Noch nicht.

Jemand rief ihren Namen, eine Kinderstimme. Sie horchte auf – Irène! Und jetzt fiel es ihr ein: Monique hatte ihren freien Tag, und sie hatte ihrer Tochter versprochen, diesen Nachmittag mit ihr in den Zoo zu gehen. Die Stimme kam aus dem Schulhof, vermutlich glaubten Irène und Eugène, sie im Hangar zu finden.

Marie legte die Phiole mit dem Radium in eine kleine Metallschachtel. Die Finger taten ihr weh, als sie den Labormantel aufknöpfte. Missmutig betrachtete sie ihre Fingerkuppen: Sie waren entzündet und seltsam rissig; Eugène hatte keine Erklärung dafür. Es ist gleichgültig, dachte Marie. Sie streifte den Labormantel ab, steckte die Metallschachtel mit dem Radium in die linke Rocktasche und verließ das Labor.

Durch die Hintertür ging sie in den Hof. Tatsächlich standen Eugène und Irène vor der offenen Barackentür, wo sie mit André plauderten. Kaum sah die Vierjährige ihre Mutter, stürzte sie ihr auch schon entgegen. »Maman!« Marie breitete die Arme aus und fing sie auf. Sie strauchelte, wäre beinahe gestürzt, konnte es jedoch vor dem Kind verbergen.

Dergleichen passierte ihr öfter in letzter Zeit – plötzlicher Schwindel und weiche Knie. Dazu diese peinigende Erschöpfung, die kam und ging, wie sie wollte. Sobald die Doktorarbeit abgeschlossen war, würde sie einen Lungenarzt aufsuchen, das hatte Marie sich fest vorgenommen.

»Schnell weg von der bösen Baracke«, verlangte Irène, wobei sie Maries Hand festhielt und die Mutter in Richtung des Schultores zu ziehen versuchte. »Schnell in den Zoo und weg von dem schlimmen Ort hier.«

Aus irgendeinem Grunde mochte Irène den Hof und die Baracke nicht, auch nicht das Labor. Schon als Kleinkind, wenn Monique mit ihr hier gewesen war, um die Eltern zu besuchen, hatte sie meistens so lange gequengelt, bis das Kindermädchen Hof und Schule mit ihr verlassen hatte.

Wahrscheinlich, weil dieser Ort ihr die Mutter wegnahm, so erklärte Marie sich das Verhalten ihrer Tochter. Und es stimmte ja – abgesehen von den Urlauben und Festtagen, hatte sie sich vier Jahre lang fast nur in den Abendstunden ihrer Tochter widmen können; morgens, wenn Marie zur Schule oder ins Labor ging, schlief die Kleine meist noch.

Vier Jahre lang waren vor allem Radium und Polonium Maries Kinder gewesen.

So war das nun einmal. Musste sie sich deswegen vorwerfen, eine schlechte Mutter zu sein? Vielleicht. Doch so hatte sie sich entschieden – für ein Leben als Wissenschaftlerin. Zu dieser Entscheidung zu stehen, war nach Maries Erfahrung der einzige Weg, um Schuldgefühle und Selbstvorwürfe zu besiegen; zu dieser Entscheidung zu stehen und zwischendurch, wenn Polonium und Radium ihr die Zeit ließen, mit umso größerer Hingabe Mutter, Köchin oder Hausfrau zu sein.

Eugène überreichte Marie die Post und lieh sich dann ihr Rad. Bevor er aufstieg, um nach Hause zu fahren, musste er Irène dreimal hochnehmen und ihr drei Abschiedsküsse geben. Großvater und Enkelin waren schier unzertrennlich. Manchmal, wenn Marie wie heute ihre gegenseitigen Liebesbezeugungen beobachtete, wurde sie direkt ein wenig eifersüchtig.

Als das kleine Mädchen und der alte Herr sich endlich trennen konnten, ging Marie mit ihrer Tochter zur Haltestelle. Dort stiegen sie in eine Straßenbahn und fuhren mit ihr zum Zoo. Diese neuartigen, elektrisch betriebenen Wagen sah man in letzter Zeit immer häufiger in Paris. Seit der Weltausstellung vor zwei Jahren verdrängten sie die gewohnten Pferdeomnibusse, die jahrzehntelang das Straßenbild von Paris geprägt hatten.

»Wie kann die Kutsche fahren ohne Pferde?«, wollte Irène wissen, während Marie die Post durchsah; ein Brief des Vaters aus Warschau und einer von Jeanne aus Australien waren darunter.

»Früher haben die Pferde die Räder bewegt, jetzt macht das eine Maschine«, erklärte sie ihrer Tochter.

Irène reckte den Hals und spähte über die Sitzreihen

hinweg nach vorn und zum Fahrerstand hinaus. »Ich sehe aber keine Maschine, die uns zieht.«

»Sie zieht den Wagen nicht von außen an wie früher die Pferde, sie treibt ihn von innen an.« Marie zeigte auf die Bodenplanken. »Dort unten irgendwo ist sie eingebaut.«

»Sie treibt den Wagen an? Wie kann das denn sein?« Irène verzog das Gesicht, als würde sie jeden Moment schimpfen wollen über so viel Unsinn. »Maschinen sind doch nicht lebendig!«

»Das nicht, doch es gibt eine Kraft, die sie antreibt, und dann bewegen sie sich, als wären sie lebendig. Dann können sie sogar einen schweren Wagen wie diesen bewegen.«

Irène machte große Augen. »Was ist das für eine Kraft, die sie antreibt, Maman?«

»Strom.«

»Was ist das, Strom? Wie sieht das aus?«

Andere Fahrgäste guckten sich um und lächelten. Ein junger Mann in der Sitzbank hinter ihnen, wahrscheinlich ein Student, wagte es und versuchte dem Kind zu erklären, was Strom war. Plötzlich stand Marie Witolds hübsches Gesicht vor Augen. Hatte sie ihm vor vielen Jahren nicht dieselbe Frage gestellt?

Marie musste an Radium denken – an die elektrische Ladung, die seine Strahlung erzeugen konnte und die den Spiegel und die Nadel in Pierres Elektrometer dazu brachte, sich zu bewegen. So unbegreiflich den meisten Menschen – nicht nur kleinen Kindern – der Strom blieb, so unbegreiflich erschien Marie die Kraft der Radioaktivität. Unwillkürlich griff sie in ihre Rocktasche. Die Metallschachtel, in der die Phiole mit dem Radium steckte, fühlte sich warm an.

Marie überließ es dem jungen Mann hinter ihnen, seine Vorstellungen von Strom, Stromfluss und Kraftübertragung in kindgerechte Bilder und Worte zu kleiden, und öffnete den Brief vom Vater.

Sie erschrak, als sie die Handschrift sah: Der klare, großzügige und gestochene Schriftzug, den sie von ihrem Vater gewohnt war, wirkte fahriger als früher, irgendwie gebremst und an manchen Stellen verwackelt, als hätte seine Hand gezittert, während er schrieb. Sie las seinen Brief mit sorgenvoll gerunzelter Stirn. Es ging ihm nicht gut, ließ der Vater durchblicken. Seit einiger Zeit machte ihm neben den Gelenken auch noch die Galle Beschwerden.

Marie nahm sich vor, noch heute an Josef zu schreiben. Wenn einer beurteilen konnte, wie es um den Vater stand, dann er. Sie steckte den Brief zurück ins Kuvert und öffnete den von Jeanne. Irène und der junge Mann auf der Sitzbank hinter ihr plauderten angeregt über Strom und Elektromotoren.

Jeannes Brief strotzte nur so von Glück und Zuversicht. Nicht lange nach ihrem Abschluss hatte sie einen zwanzig Jahre älteren Australier kennengelernt. Schon nach kurzer Zeit hatte sie ihn geheiratet und war ihm in seine Heimat gefolgt. Dort züchteten sie gemeinsam Emus und Pferde und bauten Mais an. Jeanne erwartete ihr viertes Kind. Lächelnd steckte Marie die Briefe in ihre Handtasche.

An der nächsten Haltestelle stieg der Student aus, und als sie kurz darauf am Marsfeld vorüberrollten, beobachtete

Irène den Eiffelturm, zwischen dessen mächtigen Pfeilern ein Aufzug nach oben schwebte. »Bewegt den auch eine Strommaschine?«, wollte Irène wissen.

»Ja, Kleines«, bestätigte Marie, »die Strommaschine bewegt die Rolle, deren Seile den Aufzug hinaufziehen.« Nachdenklich betrachtete Irène den Aufzug, der allmählich in den oberen Gefilden des Turmes verschwand.

Später, als sie an den Tiergehegen des Zoos vorbeispazierten, fragte Irène nach dem Brief aus Warschau. »Woher weißt du, dass er aus Warschau ist?«, wunderte sich Marie.

»Durch die Briefmarke. Außerdem kann ich Grandpères Namen schon lesen. Geht es ihm schlecht?«

»Wie kommst du darauf?«

»Du hast so traurig geguckt, als du den Brief gelesen hast.«

»Grandpère Wladislaw ist ein wenig krank, ja. «

Irène wollte wissen, was er hatte, und Marie erklärte es ihr so schonend, wie sie konnte. Dabei wuchs ihre Sorge um den Vater, und mit der Sorge wuchs ihr Heimweh. Sie nahm sich vor, mit Pierre über eine Reise nach Warschau zu sprechen. Vielleicht konnten sie ja den Sommerurlaub diesmal in Polen verbringen?

»Bist du eigentlich berühmt, Maman?« Die Kleine blickte sie aus ernsten Augen an.

Marie lachte. »Wie kommst du denn auf so etwas?«

»So viele Leute gucken dich an, als würden sie dich kennen«, sagte Irène. »Und Monique hat schon zweimal ein Foto von dir und Papa in der Zeitung gefunden. Du bist berühmt, gib's doch zu!«

»Unsinn, Kleines.«

Plötzlich stieß Irène einen Schrei des Entzückens aus, riss sich von Maries Hand los und rannte zum Affenkäfig. Den Grund ihres Entzückens konnte Marie schon von Weitem und trotz der Menschentraube erkennen, die sich vor dem Schimpansengehege gebildet hatte: Zwei sehr junge Schimpansen tollten im Kletterbaum herum.

Sie waren erst vier Wochen alt, wie der Tierwärter die schaulustige Gesellschaft wissen ließ. Und es sei äußerst selten, dass eine Schimpansenmutter Zwillinge gebiert. Irène und mit ihr eine große Schar kleiner Kinder waren nun nicht mehr fortzubewegen vom Schimpansenkäfig. Fast eine Stunde lang sahen sie den kleinen, putzigen Wesen beim Spielen und Klettern zu und machten große Augen, wenn die Schimpansenmutter sie säugte.

Auch Marie verlor sich ganz und gar in das niedliche Spektakel. Wie lange war es eigentlich her, dass sie einfach so dagestanden und geguckt hatte? Dass sie eine lange Zeit völlig sinn- und zweckfrei und dabei mit so viel Vergnügen verbracht hatte?

Das ging ihr noch durch den Kopf, als sie den Zoo verlassen hatten und an der Haltestelle auf den elektrischen Wagen warteten. »Maman?«, fragte Irène und schaute aus großen glänzenden Mädchenaugen zu ihr herauf. »Ich will ein Geschwisterchen.«

Marie lachte, ging in die Hocke und schloss ihre Tochter in die Arme. »Wer weiß?« Sie küsste Irène und drückte sie an sich. Der kleine Körper fühlte sich weich und warm an, und genauso weich und warm wurde es Marie nun ums Herz.

Gewiss – sie hatte den Gedanken an ein zweites Kind noch lange nicht aufgegeben, auch wenn die Laborarbeit sie einigermaßen gründlich von derart menschlichen Wünschen ablenkte. Eigentlich fand Marie es seltsam, dass sie nun schon seit vier Jahren nicht schwanger wurde. Pierre und sie schliefen oft miteinander, manchmal liebten sie sich sogar im Hangar oder im Verschlag hinter den Säcken mit der Pechblende.

In diesem Moment rasselte der elektrische Schienenwagen heran und riss Marie aus ihren Gedanken. »Irgendwann wird doch hoffentlich noch ein Brüderchen oder ein Schwesterchen für dich ankommen, nicht wahr, mein Kleines? Schauen wir mal.« Sie stiegen ein und fuhren nach Hause.

Viel später, als Irène längst schlief und Marie und Pierre sich im Bett liebten, ging ihr diese Szene durch den Kopf. Und auch an Jeanne musste sie denken, die bereits ihr viertes Kind erwartete. Auf einmal spürte sie, wie die Sehnsucht sie überwältigte, endlich wieder schwanger zu werden. Stürmisch wie lange nicht mehr umarmte und küsste sie ihren Geliebten.

Hinterher bedeckte Pierre, wie so oft, wenn sie sich geliebt hatten, ihren ganzen Körper mit Küssen. Als er bei ihrem linken Schenkel angekommen war, hob er den Kopf. »Was ist das denn hier? Wo hast du dich da verletzt?« Marie, schon halb in süßen Liebesschlummer gesunken, wusste nicht, wovon er sprach. Pierre aber griff sich die Kerze vom Nachttisch und hielt sie über Maries Schenkel. »Das sieht aus wie eine Brandwunde.«

Jetzt war Marie wieder wach, denn Pierres Stimme klang

seltsam dringend. Sie richtete sich auf, schob ihn beiseite und betrachtete die stark gerötete Stelle an der Außenseite ihres oberen Schenkels. »Komisch.« Sie strich mit dem Finger über den Flecken und empfand einen leichten brennenden Schmerz. »Ich weiß nicht, was das ist. Es wird schon wieder heilen.«

Kaum lag sie wieder ausgestreckt unter der Decke, fiel es ihr wie eine schwarze Binde von den Augen. Sie fuhr hoch, ging in die Knie und tastete den Boden am Bett entlang nach ihren Kleidern ab – sie hatten es eilig gehabt an diesem Abend –, bis sie unter Pierres Hemd ihren Rock fand. Mit ihm in der Hand richtete Marie sich auf den Knien auf und hielt ihn vor ihre Taille und Hüfte. »Greif in die linke Tasche«, forderte sie Pierre auf.

Der tat es und holte erst die Metallschachtel aus der Rocktasche und dann die Vakuumphiole aus der Metallschachtel. »Du hast sie den ganzen Tag am Körper getragen?«

»Wie eine Trophäe. Sie lag über der Stelle auf meinem Schenkel, an der jetzt die Brandwunde zu sehen ist.«

Sie löschten die Kerze, krochen unter die Decken und hielten einander in den Armen. Auf dem Nachttisch lag die Phiole mit dem Radium und leuchtete bläulich und schimmernd. »Wenn es Brandwunden auf meiner Haut hinterlässt«, dachte Marie laut, »was macht es dann mit all den anderen Dingen und Flächen, mit denen es in Berührung kommt? Mit unseren Labortischen, mit den Kübeln, den Stühlen, dem Elektrometer?«

»Und bei den Kollegen, denen wir es geschickt haben?«,

fuhr Pierre an ihrer Stelle fort. In ihrer Freude und ihrem Stolz hatten sie so manches Röhrchen mit Wismut- und Barium-Verbindungen verschenkt, damit die Freunde sich an dem schönen Licht freuen konnten. »Ich verstehe es nicht ganz«, sagte Pierre, »haftet die Radioaktivität denn überall dort an, wo sie hinstrahlt?«

Er erzählte vom Bericht eines deutschen Physikers, den er in den vergangenen Tagen gelesen hatte. »Der Kollege untersucht die Auswirkungen von Radioaktivität auf lebendige Organismen, denn er vermutet, dass man mit radioaktiven Strahlen Krebsgeschwüre heilen kann.«

Am nächsten Morgen kam Pierre zwischen zwei Unterrichtsstunden zu ihr ins Labor. Er zog sich das Jackett aus, krempelte seinen linken Hemdsärmel hoch und bat Marie, ihm einen Krümel Radiumsalz aus einer älteren Probe auf den Unterarm zu streuen und mit einem Verband darauf zu befestigen.

»Ich lasse es zehn Stunden auf der Haut«, sagte er, »mal sehen, was passiert.«

Warschau, Mai 1902

Marie kam zu spät; oder traf Josefs Telegramm aus Warschau zu spät bei ihr ein? Wie auch immer: Ihr Vater war bereits einen Tag tot, als sie nach langer und beschwerlicher Zugfahrt in der Nowolipkistraße sein Sterbezimmer betrat. Da lag er – in seinem Hochzeitsanzug und mit auf der Brust gefalteten Händen – und schaute so friedlich aus, wie Marie ihn lange nicht gesehen hatte.

Josef stand schweigend am Fußende des Bettes und Hela und Bronia in Lehnstühlen neben dem Bett. Josef holte den Lehnstuhl aus dem Arbeitszimmer des Vaters, auf dem er immer an seinem Schreibtisch gesessen hatte, und schob ihn für Marie neben Hela an das Sterbebett.

Da saßen sie dann, sprachen über die letzten Tage des Vaters, weinten ein wenig, sprachen über seine letzten Jahre, lächelten ein wenig, erinnerten sich an viele schöne Stunden mit dem Vater, an Momente, an die sie lange nicht mehr gedacht hatten. Und dann gab es hin und wieder sogar einen Grund zum Lachen.

Marie empfand eine tiefe Dankbarkeit dem Schicksal gegenüber, das ihr einen solchen Vater geschenkt hatte. »Ich bin froh, dass ich die letzten beiden Jahre noch so oft hier bei ihm gewesen bin und wir uns so viele Briefe haben schreiben können«, sagte sie unter Tränen.

Einen seiner Briefe hatte sie aus Paris mitgebracht – seine Antwort auf Maries Jubel darüber, dass sie das Atomgewicht des Radiums bestimmen und endlich ihre Forschungsergebnisse zu ihrer Doktorarbeit zusammenfassen konnte. Sie las den Briefschluss vor: »Nun besitzt du also reines Radium«, hatte der Vater geschrieben. »Wenn man zu dem gewaltigen Berg an Arbeit hinaufblickt, die es dich gekostet hat, muss man sicher sagen: Es ist wohl das teuerste Element der Welt. Doch wird es jemals mehr als nur einen theoretischen Wert haben?«

Später versammelten sie sich zum Essen um den großen Tisch in der guten Stube. Inzwischen waren auch Tante Maria und Onkel Zdzislaw aus Skalbmierz eingetroffen, und vorher bereits Josefs Frau mit den Kindern, Helas Mann mit Kind und der Cousin Jósef. Kasimir Dluski hielten noch ärztliche Pflichten in der Klinik fest, er würde erst morgen zur Beerdigung nach Warschau anreisen.

Familiäre Neuigkeiten wurden ausgetauscht – man sprach über Neffen und Nichten, über deren Kinder, über Onkel Zdzislaws Shakespeareübersetzung, über Tante Marias Fabrik, über Bronias Arbeit im Lungensanatorium und wer in der Verwandtschaft und im Freundeskreis inzwischen wen geheiratet hat. Die Tür zum Sterbezimmer stand die ganze Zeit weit offen.

Nach dem Essen setzte Bronia sich ans Klavier und spielte ein paar Lieblingsstücke des Vaters. Helena, ihr kleiner Bruder Jakub und die anderen Kinder tanzten dazu. »Du hast das Atomgewicht von Radium bestimmen können, Mania?«, erkundigte Tante Maria sich.

»Ja, bereits im März. Und meine Doktorarbeit habe ich zum Glück auch noch einreichen können, bevor ich zu euch nach Warschau abgereist bin.«

»Ich habe gelesen, dass man dich und deinen Mann letztes Jahr für den neuen Wissenschaftspreis nominiert hat, den dieser Schwede vor ein paar Jahren gestiftet hat«, sagte Onkel Zdzislaw. »Mir ist der Name entfallen.«

»Du meinst den Erfinder Alfred Nobel«, antwortete Marie. »Davon habe ich auch gehört.« Die Stiftung des Mitte der Neunzigerjahre verstorbenen schwedischen Chemikers war noch recht unbekannt. Marie und Pierre hatten sich nicht besonders für diesen Preis interessiert. Soweit sie wusste, waren Pierre und sie auch für den Nobelpreis des aktuellen Jahres nominiert worden.

»Hat dieser Mann nicht das verfluchte Dynamit erfunden?«, fragte Tante Maria mit äußerst ungnädiger Miene.

Marie nickte. »Es gibt wichtigere Preise«, erklärte sie. »Und dass Conrad Röntgen ihn schließlich gekriegt hat, ist mehr als gerecht. Hätte Monsieur Becquerel ohne seine X-Strahlen jemals die Uranstrahlen entdeckt?«

»Röntgen hat das Preisgeld irgendeiner mildtätigen Organisation gespendet«, wollte Hela gehört haben. »Siebzigtausend Goldfrancs!«

Marie strich sich über die Stirn. »Wenn du die Universität Würzburg so nennen willst? Auch das beweist, dass er den Preis verdient hat.«

»Stimmt es, dass man Pierre einen Lehrstuhl in der Schweiz angeboten hat?«, wollte Tante Maria wissen.

»Vor zwei Jahren, in Genf.« Und auch Marie hatten die Schweizer eine Universitätsstelle angeboten, allerdings eine weitaus geringer dotierte. Dennoch wären sie und ihr Mann alle finanziellen Sorgen los gewesen.

»Als die Regierung das hörte, bekam sie plötzlich Angst, auf einen Schlag zwei brauchbare Wissenschaftler zu verlieren«, erzählte Marie. »Da wollte man Pierre ganz schnell einen Orden der Ehrenlegion anhängen und eine Stelle als Physiklehrer in einer Filiale der Sorbonne geben. Den Orden hat er abgelehnt, die Stelle angenommen.« Seitdem verdiente Pierre ein wenig mehr, was ihrer gemeinsamen Forschungsarbeit guttat.

»Und dein Polonium, Mania?«, erkundigte sich ihr Cousin Jósef.

»Polonium bleibt ein widerspenstiger Kandidat.« Marie zuckte mit den Schultern. »Also muss es noch warten.«

»Und was sagst du zu Vaters Einwand?«, wollte ihr Bruder Josef wissen.

»Dass die Entdeckung des Radiums nur theoretischen Wert hat?« Marie musste seufzen. »Das hat mir wehgetan, sicher. Doch ich glaube, Vater täuscht sich. Wenn ihr auch nur ahnen würdet, welche ungeheure Energie in der Radioaktivität steckt! Mir wird ganz schwindlig, wenn ich daran denke. Ich weiß nicht, welchen praktischen Nutzen die Menschheit einst daraus ziehen wird, doch glaubt mir: Die Radioaktivität wird unsere Welt verändern.«

Sie erzählte ein wenig von ihrer Forschungsarbeit mit den strahlenden Elementen, und außer den tanzenden Kindern hing die gesamte Familie an ihren Lippen. »Ein Nutzen, der insbesondere euch Mediziner interessieren dürfte, zeichnet sich jetzt schon ab.« Sie guckte sich nach Bronia um, die selbstvergessen in die Tasten griff, und wandte sich dann an ihren Bruder Josef. »Möglicherweise wird man Radium eines nicht mehr fernen Tages gegen Krebs einsetzen können.«

Sie erzählte von ihrer Brandwunde und von dem Selbstversuch, den Pierre unternommen hatte. »Als ich ihm den Verband nach zehn Stunden abnahm, hatte sich die Haut seines Unterarms rund um die Radiumkrümel gerötet, und zwar auf einer Fläche von mehr als fünf Quadratzentimetern. Die Wunde sah aus wie die nach einer Verbrennung, tat aber kaum weh. Die Rötung wurde immer stärker, und nach drei Wochen hat sich eine Kruste auf dem zerstörten Hautgewebe gebildet. Nach zwei Monaten war allerdings nur noch eine kleine, graue Narbe übrig.«

»Du meinst, wenn man Radiumstrahlen gezielt auf einen Tumor richtet, könnte man ihn zerstören?« Josefs Augen hatten sich zu schmalen Schlitzen verengt, und Marie nickte stumm. »Das wäre ja ein gewaltiger Fortschritt!« Josef schüttelte fassungslos den Kopf, er war ganz aufgeregt plötzlich.

»Du machst mir Angst, Mania«, sagte Hela.

»Warum denn?«

»Das fragst du?« Hela schien ehrlich überrascht. »Dein Mann und du, ihr arbeitet seit Jahren Tag für Tag mit diesem strahlenden Zeug. Ist euch nie der Gedanke gekommen, dass es etwas in euch zerstören könnte? Dass es euch krank machen könnte?«

Das Jahr 1903 versprach, ein besonders gutes Jahr zu werden: Im Januar und Februar kamen Briefe aus aller Welt, Anfragen von Wissenschaftlern, die Maries und Pierres Veröffentlichungen gelesen hatten und mit ihnen korrespondieren wollten. Über den Jahreswechsel erholte Irène sich von einer schweren Masernerkrankung. Anfang März merkte

Marie zu ihrer großen Freude, dass sie schwanger war. Im April stellte die Sorbonne Pierre für das kommende Jahr einen Lehrstuhl für Physik in Aussicht. In Amerika und England interessierte man sich für die Forschungsarbeit der Curies, und im gleichen Monat erhielt Marie einen Termin für die Verteidigung ihrer Doktorarbeit. Sie wurde für den 25. Juni festgesetzt.

Anfang Juni reiste Bronia mit ihren beiden Kindern aus Polen an. Sie sichtete Maries nicht gerade üppige Garderobe und nötigte sie daraufhin, mit ihr zu einer Schneiderei am Montmartre zu gehen. Marie musste sich einen Stoff aussuchen – sie wählte einen schwarzen Leinenstoff – und Maß an sich anlegen lassen.

»Bitte berücksichtigen Sie den wachsenden Bauch meiner Schwester«, ermahnte Bronia die Schneiderin.

Die Fertigstellung des Kleides und der kurzen dunkelroten Jacke, zu der Bronia ihre jüngere Schwester überredete, dauerte einschließlich aller Anproben zwölf Tage. Ein Hundertfünfzigstel jener Zeit, die Marie gebraucht hatte, um das Radium zu isolieren und sein Atomgewicht zu bestimmen. Das rechnete sie aus, während sie sich selbst in der neuen Garderobe vor dem Spiegel drehte.

Kleid und Jacke gefielen ihr gut, und Bronia schenkte ihr noch einen modernen Hut dazu, einen runden mit flachem Kopf, schwarz und mit dunkelrotem Band und dezentem Federbusch.

So schritt sie am 25. Juni 1903 in den *Saal der Studenten*, wie der Raum an der Sorbonne hieß, in dem Promotionen vorgenommen wurden. Unter den Blicken vieler Freunde und Familienmitglieder, die der denkwürdigen Stunde beiwohnten, wurde Marie von ihren Professoren weniger als Prüfling empfangen, sondern eher als Fachkollegin, mit der sie ein anregendes Gespräch über ihre Forschungsarbeit zur Radioaktivität und den neu entdeckten Elementen führten.

Die Herren – allen voran ihr Doktorvater Professor Lippmann – hatten ja aus Maries Berichten, Aufsätzen, Thesenpapieren und zuletzt aus ihrer Doktorarbeit selbst zum ersten Mal von den rätselhaften Phänomenen gelesen, die sie erforschte und die an diesem Tag diskutiert wurden. Pierre und sein Vater konnten ihren Stolz kaum verbergen, und Bronia und Hela ihre Tränen sowieso nicht.

Marie bestand ihre Promotion mit Auszeichnung und durfte fortan den Titel eines Doktors der Physik führen. Ihre Doktorarbeit wurde noch im selben Jahr in renommierten englischen und französischen Fachblättern veröffentlicht.

Am Abend dieses festlichen Tages lud Paul Langevin die Curies, ihre Familien und einige ihrer Freunde zum Essen in seine Villa am Park Montsouris ein. An der Tafel sahen Marie und Pierre sich plötzlich einem jungen Neuseeländer und seiner Braut gegenüber, einem Freund von Langevin. Der Mann hieß Ernest Rutherford und richtete Grüße von Pierres Freund Lord Kelvin aus.

Während des Essens entzündete sich ein Streitgespräch zwischen ihm und Pierre, und Marie merkte, dass Rutherford zu dem kleinen Kreis von Wissenschaftlern gehörte, denen ihr Mann Barium und Wismut geschickt hatte, damit sie auf ihre Weise versuchen konnten, der Radioaktivität auf den Grund zu gehen.

Pierre neigte inzwischen zu Becquerels Theorie, nach der äußere Kräfte die radioaktive Strahlung eines Elementes verursachten, Marie dagegen hielt die Radioaktivität noch immer für eine Eigenschaft des Atoms.

»Ich kann Ihnen nur raten, auf dieser Fährte weiterzudenken, Madame Curie«, sagte der junge Rutherford. »Atome sind mitnichten die kleinsten Teile der Materie, sie bestehen aus vielen noch kleineren Teilen, und deren Abstrahlung wiederum bewirkt nach meinen Erkenntnissen die Radioaktivität.«

Er stellte Marie und den anderen seine sogenannte Umwandlungstheorie vor, redete von Elektronen und Protonen, von Alpha-, Beta- und Gammastrahlen und vom Zerfall eines Elementes in ein anderes mit niedrigerer Ordnungszahl, und während Pierre, Paul Langevin und Jean Perrin ihm heftig widersprachen, hörte Marie ihm sehr aufmerksam zu. Sie ahnte, dass sie einem großen Geist gegenübersaß, und tatsächlich sollte der junge Neuseeländer nur fünf Jahre später den Nobelpreis für Chemie erhalten.

Nach dem Essen und einigen weiteren Flaschen Champagner wechselte die Festgesellschaft vom Salon der Langevins in den Garten hinaus, um den Sternenhimmel zu bewundern. Rutherford bat darum, Radium sehen zu dürfen, und nach und nach schloss sich die gesamte Festgesellschaft diesem Wunsch an.

Statt nun ein paar Motordroschken oder gar einen elektrischen Omnibus zu bestellen, mit dem alle zum Labor in der Rue Lhomond hätten transportiert werden können, bewies Pierre, dass er auf diesen Augenblick vorbereitet war:

Er griff in die Innentasche seines Fracks, holte ein Röhrchen mit einer großen Menge Radiumbromid heraus und hielt es über Maries Kopf. »Es lebe die Königin der Radioaktivität«, flüsterte er ihr ins Ohr.

Ein vielfaches Oh! und Ah! ging durch die Menge der Feiernden, als das überirdische bläuliche Licht aufstrahlte. Es beleuchtete Maries lächelnde Züge und Pierres rissige und verbrannte Finger.

Zwei Monate später, im August, erlitt Marie nach einer Fahrradtour eine Frühgeburt. Sie war im fünften Monat schwanger, und ihr Kind konnte nicht gerettet werden. Große Trauer hielt Einzug im Hause Curie.

In Großbritannien sorgte wenig später Pierres Freund Lord Kelvin dafür, dass die Royal Society den Curies die Goldene Davy-Medaille verlieh, einen der wichtigsten englischen Forschungspreise. Marie hörte die Nachricht wohl, doch ihr Herz erreichte sie nicht. Sie war untröstlich und verkroch sich erst wochenlang in ihr Arbeitszimmer, bis in den letzten Herbsttagen schließlich maßlose Erschöpfung sie ins Bett zwang.

Dr. Eugène Curie musste wieder einmal die böse alte *Melancholia* diagnostizieren.

Im November wurde der Nobelpreis vergeben, der unter Wissenschaftlern inzwischen als begehrtester Preis der Welt galt. Jean Perrin überbrachte Pierre und Marie die Namen der Preisträger. Sie hießen Henri Becquerel, Pierre Curie und Marie Curie-Skłodowska.

27
Der Preis

Paris, Januar 1904

Irène malte gerade ein Bild, als Pierre die Zeitungsleute ins Haus ließ, und Marie las schon wieder diesen bitterbösen Brief. Der war ein Schlag ins Gesicht – Männer, die es besser wissen mussten, schwiegen Maries Verdienste um die Entdeckung der Radioaktivität tot! Sie war fassungslos. Rasch stopfte sie den kränkenden Brief in die Tasche ihrer Strickjacke, dann betraten auch schon die Journalisten die gute Stube. Während des nun folgenden Interviews musste Marie wieder und wieder an ihn denken.

Nach einer quälend langen halben Stunde packten die Männer endlich Stift, Notizbuch und Fotoapparat zusammen und verabschiedeten sich mit ausgesuchter Höflichkeit von Marie und mit witzig gemeinten Bemerkungen von Irène. Die Kleine jedoch blieb in ihr Bild versunken und verzog keine Miene. Pierre führte die Männer aus der guten Stube in den Flur und zur Haustür. Er hinkte heute wieder besonders heftig, und das sehen zu müssen, schnürte Marie das Herz zusammen.

Sie zog den Brief wieder aus der Westentasche, las ihn wohl zum vierten Mal und konnte immer noch nicht wirklich glauben, was sie da las. Sogar die Professoren Lippmann und Poincaré hatten ihn unterschrieben. Unglaublich! Sie musste mit Pierre darüber sprechen, unbedingt und so schnell wie möglich.

Kaum fiel die Stubentür zu, kroch Didi, der Kater, unter dem Ofen hervor, schritt zu Marie und sprang ihr auf den Schoß. Irène blieb ungerührt über ihr Bild gebeugt, an dem sie auch die ganze Zeit während des Interviews gemalt und nur aufgeblickt hatte, um hin und wieder die Farbstifte zu wechseln.

Die Journalisten, die Pierre gerade an der Haustür verabschiedete – bereits der fünfte Pressetross in dieser Woche –, arbeiteten für ein Magazin namens *Familia*. Marie hatte es noch nie gelesen, wusste aber, dass es im Ruf stand, besonders konservativ zu sein. Wahrscheinlich hatte die Chefredaktion die beiden Männer geschickt, um sich davon zu überzeugen, dass die berühmte Physikerin Marie Curie auch als Mutter, Hausfrau und Gattin eine gute Figur machte.

Sie waren zum richtigen Zeitpunkt gekommen, denn Marie verließ das Haus schon seit Wochen nicht mehr. Sie probierte Kochrezepte aus, hatte für neue Tapeten und für ein neues Badezimmer gesorgt und spielte und lernte mit Irène. Nichts zog sie ins Labor, gar nichts, und das sehr zu Pierres Verdruss, denn das Polonium war noch immer nicht isoliert.

Die Stimmen draußen an der Haustür klangen nicht mehr nach denen der *Familia*-Journalisten. Und wirklich –

nach kurzer Zeit streckte Pierre den Kopf in die gute Stube und sagte: »Schon wieder Reporter.« Seine Miene verriet, wie genervt er war. »*Les Dimanches* will heute ein Interview mit uns beiden führen. Sie seien angemeldet. Weißt du davon?«

Obwohl sie sich dunkel an einen entsprechenden Brief erinnerte, schüttelte Marie den Kopf. »Sag ihnen, dass ich krank bin. Sie sollen verschwinden. Und dann setze dich bitte zu mir, ich muss mit dir sprechen.« Pierre nickte und schloss die Tür.

Zunächst hörte sie ihn mit den Journalisten an der Haustür palavern. Die fiel kurz darauf zu, doch die Stimmen verstummten nicht, sondern folgten Pierres Stimme in dessen Arbeitszimmer. Erst als dessen Tür zufiel, war Ruhe. Marie ärgerte sich – warum fiel es Pierre manchmal so schwer, einfach Nein zu sagen?

Sie zog die Goldmedaille wieder unter dem Sofakissen heraus, wo sie seit dem Eintreten der Reporter von *Familia* versteckt lag. Nicht, um sie vor etwaigen Begehrlichkeiten der Zeitungsleute in Sicherheit zu bringen, sondern damit der Kater nicht während des Interviews damit spielte. Irène hatte nämlich großen Spaß daran, Didi auf die Jagd nach der Davy-Medaille der Royal Society zu schicken und sie zu diesem Zweck von einem Ende der Stube zum anderen rollen zu lassen. Wenn Presse im Haus war, verbot Marie ihrer Tochter, dem Kater die Münze hinzuwerfen. Irgendein Dummkopf würde darüber berichten und Lord Kelvin es früher oder später lesen. Und um keinen Preis wollte Marie den guten Freund kränken, der ihnen diese Auszeichnung verschafft hatte.

Sie war versucht, erneut den unglaublichen Brief aus der Jackentasche zu ziehen, ließ es dann aber bleiben, weil sie den Inhalt ja inzwischen auswendig kannte. Sobald Pierre Zeit hatte, würde sie ihn damit konfrontieren.

Also griff sie nach dem Briefstapel, mit dem sie sich beschäftigt hatte, bevor sie auf die bösen Zeilen gestoßen war. Lauter Gratulantenbriefe, auch Jeanne aus Australien hatte geschrieben. Marie warf einen Blick auf Irènes Gemälde, bevor sie sich in die Lektüre von Jeannes Brief vertiefte.

Das Mädchen malte ihr Haus am Boulevard Kellermann – recht groß die Hausnummer 108, davor noch größer sie, Irène, mit Grandpère, Papa und Maman, und am größten und in Gelb die Plaketten, die beide Eltern um den Hals trugen: die Nobelpreismedaillen der Königlich Schwedischen Akademie der Wissenschaften. Und die Männer und Frauen mit den Stiften, Blöcken und Kästen – Fotoapparate wahrscheinlich – mussten wohl Presseleute sein.

Die Presse war verrückt nach den Curies und ließ ihnen keine Ruhe mehr, seit sie mit dem Nobelpreis für Physik ausgezeichnet worden waren, an manchen Tagen belagerte sie buchstäblich das Haus. War der Nobelpreis bis Anfang Dezember nur Wissenschaftlern und Literaten ein Begriff gewesen, so kannte ihn nun die ganze Welt – wegen des Ehepaars Curie. Oder nein: wegen Marie Curie.

Sicher, die Presse interessierte sich auch für das Radium, vor allem aber stürzte sie sich auf Marie.

Eine Frau wurde mit einem Wissenschaftspreis ausgezeichnet? Eine Frau, die neben Haushalt und Kindererziehung auch noch Zeit findet zu forschen? Eine Frau mit Doktortitel gar? Ein Ehepaar ergründete Seite an Seite die Radioaktivität? Ein Forschungslabor als Ort ehelicher Gemeinschaft? Und die Frau, nicht der Mann, hatte die Radioaktivität, das Polonium und das Radium entdeckt?

Damit kamen Presse und Öffentlichkeit nur schwer zurecht. Und Marie und Pierre kamen nur schwer mit Presse und Öffentlichkeit zurecht.

Seufzend las Marie Jeannes Brief. Die Freundin, die ihr fünftes Kind erwartete und nebenbei eine Dorfschule leitete, gratulierte ihr zum Nobelpreis. Jeanne schrieb voller Pathos und überschlug sich in Superlativen. *Habe ich nicht immer gesagt, du bist die Beste?*, schrieb sie. *Und jetzt lese ich es in der Zeitung: meine Kommilitonin, meine Marie – die erste Frau der Wissenschaft! Meine Marie, die allerbeste, die größte Frau aller Zeiten!* Trotz des bösen Briefes in ihrer Jackentasche musste Marie lächeln.

Jeanne wäre allerdings nicht die Jeanne gewesen, die Marie kannte, wenn sie in ihrem Brief nicht auch über die Männer gelästert hätte. Leider hatte sie einen Anlass zum Lästern, und der lag ihrem Brief bei: Auszüge aus der Rede des Präsidenten der Königlich Schwedischen Akademie der Wissenschaften, die dieser im vorigen Monat anlässlich der Preisverleihung gehalten hatte. Marie kannte die Rede – ihr Tonfall ähnelte dem des Briefes in ihrer Jackentasche und hatte sie genauso vor den Kopf gestoßen.

Anders als Henri Becquerel waren weder Pierre noch sie selbst zur Preisverleihung nach Stockholm gefahren. Marie war nach ihrer Fehlgeburt krank gewesen, bettlägerig sogar. Und Pierre? Auch er hatte sich in der Absage seiner Teilnahme auf Krankheit berufen – und auf Lehrverpflichtungen. Das hatte für viele Irritationen gesorgt. Denn man sagte der Königlich Schwedischen Akademie nicht einfach ab, weil man Arbeit hatte!

Es war ein Fehler von Pierre gewesen, nicht nach Stockholm zu fahren und Becquerel das Feld dort zu überlassen. Die Rede des Präsidenten der Königlich Schwedischen Akademie hätte vielleicht anders gelautet, wenn Pierre anwesend gewesen wäre. So aber lobte der Redner Becquerel als alleinigen Entdecker der Radioaktivität.

Und Becquerel? Der trat unter den Augen des schwedischen Königs im Ornat der französischen Akademie der Wissenschaften auf: in goldbesticktem grünem Brokatgewand, mit Schwert und Federhut und mit der Brust voller Orden. Und natürlich widersprach er dem Redner nicht.

Marie las die Zitate aus der Rede in Jeannes Brief, die sie bereits aus den Zeitungen kannte, und aus den empörten Briefen ihrer Geschwister und von Tante Maria: Pierre und sie, so der Redner, hätten umfassende und systematische Forschungsarbeit zum Thema Radioaktivität betrieben, und ihr Erfolg, so der Redner, bestätige wieder einmal die Bibel, genauer: Genesis Kapitel eins, wo Gott bekanntlich laut über Adam nachdenkt: *Es ist nicht gut, dass der Mensch allein sei, ich will ihm eine Hilfe machen, die ihm entspricht.* Genau diesen Satz geißelte auch Jeannes Brief mit ätzender Kritik.

Marie hatte aufgeschrien, als sie die Rede zum ersten Mal gelesen hatte. Für weiter nichts als für die Selbstverständlichkeit systematischer Forschungsarbeit hatte man sie ausgezeichnet? Weiter nichts als nur eine Hilfe für Pierre sollte sie gewesen sein? Sie tobte.

Ihr zweiter Impuls war es gewesen, das Preisgeld zurückzuschicken. Das hatte Pierre glücklicherweise verhindert, denn die siebzigtausend Goldfrancs waren für ihn der einzige Grund gewesen, den Preis anzunehmen.

Für Marie dagegen ein Anlass zum Zorn – siebzigtausend für Pierre und sie und siebzigtausend für Becquerel allein? Als hätte Becquerel mehr geleistet als sie! Als hätte nur einer von ihnen den Preis verdient, Pierre oder sie!

Draußen ging eine Tür, Stimmen wurden lauter, dann knarrte die Haustür, und die Stimmen verstummten. Die Journalisten waren gegangen, und Pierre kam hinkend in die gute Stube. Er blies prustend die Backen auf, als er sich erschöpft neben Marie auf das Sofa sinken ließ.

Marie ließ ihn erst einmal ein wenig von dem Interview erzählen. »Die meisten ihrer Fragen habe ich nur mit Ja oder Nein beantwortet«, berichtete er. »Ich glaube, das hat sie geärgert, deswegen sind sie auch so schnell wieder gegangen.«

Marie nahm die Goldmedaille vom Tisch und warf sie aufs Parkett, woraufhin der Kater von ihrem Schoß sprang und sich auf sie stürzte. Irène ließ ihre Stifte fallen, nahm dem Kater die Medaille weg und ließ sie über das Parkett rollen, damit Didi ihr nachjagte.

Marie aber zog den Brief aus der Tasche ihrer Wolljacke und begann ihn laut vorzulesen. Er stammte vom Sommer letzten Jahres, war an die Königlich Schwedische Akademie der Wissenschaften in Stockholm gerichtet und schlug ihr

Forscher vor, die nach Meinung der Briefschreiber den Physik-Nobelpreis des Jahres 1903 verdient hatten. Ein übliches, ja notwendiges Procedere, denn nur wer von anerkannten Wissenschaftlern vorgeschlagen wurde, kam als Kandidat für den Preis überhaupt infrage.

Monsieur Pierre Curie habe das Uran und das Thorium erforscht, hieß es in dem Brief, er habe die radioaktiven Elemente Polonium und Radium isoliert, und er habe gemeinsam mit Monsieur Henri Becquerel und in erfolgreichem Wettkampf mit ausländischen Forschern einige Dezigramm des wertvollen Radium beschafft, um teils gemeinsam, teils getrennt daran weiterforschen zu können.

Marie wurde in dem gesamten Vorschlagsschreiben mit keinem einzigen Wort erwähnt. Sie kämpfte mit den Tränen, atmete tief durch und las dann den Schluss des Briefes. »Es erscheint uns unmöglich, die Namen der beiden Physiker voneinander zu trennen, und so zögern wir nicht, Ihnen vorzuschlagen, den Nobelpreis an Monsieur Becquerel und Monsieur Curie gemeinsam zu vergeben.«

Marie ließ den Brief sinken, atmete tief ein und biss sich auf die Unterlippe. Pierre starrte seine gefalteten Hände an. Eine Zeit lang blieben sie stumm, und nur Irène, der Kater und die übers Parkett klappernde Goldmedaille waren in der Stube zu hören.

»Du hast ihn also gefunden«, brach Pierre irgendwann das Schweigen.

»Zufällig, Pierre, ich habe ihn nicht gesucht. Du hast den Brief versehentlich mit dem Stapel der Gratulantenbriefe aus deinem Arbeitszimmer hierher in die Stube gebracht. Warum hast du mir nie davon erzählt?«

»Es war einfach zu ungeheuerlich.« Pierre zog die Schultern hoch und schüttelte sich. »Ich wollte dir diese Niedertracht ersparen.«

»Und warum bin ich dennoch nominiert worden?«

»Ein Mitglied der Nobelpreis-Kommission, der Mathematiker Mittag-Leffler, hat mich gleich im August informiert und mir diese Abschrift geschickt.« Pierre deutete auf den Brief in Maries zitternder Hand. »Er verfolgt deine Arbeit seit Langem und mit großem Interesse. Und er schätzt dich sehr.« Pierre legte den Arm um Marie und zog sie an sich. »Ich habe ihm geschrieben, dass ich nur gemeinsam mit dir als Kandidat für den Nobelpreis in Betracht komme.«

»Aber ohne vorgeschlagen zu werden, wird niemand für den Nobelpreis nominiert.« Marie musterte das Gesicht ihres Mannes von der Seite – selten erlebte sie Pierre so bedrückt. »Hat mich denn doch noch jemand vorgeschlagen?«

»Nein, Marie. Doch in den beiden Jahren zuvor hat der französische Pathologe Charles Bouchard dich und mich für den Preis vorgeschlagen, wie du weißt. Er ist Mitglied der ausländischen Preiskommission und hat gemeinsam mit Mittag-Leffler dafür gesorgt, dass die Statuten der Kommission etwas großzügiger ausgelegt werden und Bouchards Vorschlag vom letzten Jahr als Grundlage für deine Nominierung gelten konnte.«

»Dann haben sie mich also aus Rücksicht auf dich sozusagen noch nachnominiert?« Wütend knüllte Marie die Abschrift des kränkenden Briefes zusammen und schleuderte sie aufs Parkett. Sofort stürzte sich der Kater darauf.

»Aber nein, meine geliebte Königin.« Pierre küsste ihre Hand und hielt sie fest. »Bouchard und Mittag-Leffler waren bei Weitem nicht die Einzigen in der Kommission, die dich von Anfang an für eine würdige Preisträgerin hielten.« Er nahm ihren Kopf zwischen seine großen rissigen Hände. »Wir beide gehören doch zusammen«, sagte er, während er ihr die Tränen der Wut aus den Augen küsste. »Unsere Arbeit und unsere Herzen. Niemand kann uns trennen, auch die verachtenswerten Schreiber dieses Briefes haben das nicht geschafft.«

Marie ließ sich gegen seine Schulter fallen und umschlang seinen Arm. Traurig schaute sie zu, wie Irène den Brief zu einem kleinen Papierball formte und zur Tür warf. Der Kater sprang hinterher und schlug mit den Tatzen danach. Aus irgendeinem Grund musste sie in diesem Moment an den russischen Inspektor Iwanow denken, der ihrem Vater die Lehrerstelle und die Dienstwohnung weggenommen hatte. Und sofort stand ihr auch jener andere Inspektor vor Augen, der sie, das kleine Schulmädchen, gezwungen hatte, das Vaterunser auf Russisch zu beten.

Verfluchter Iwanow!, dachte Marie, unsterblicher Iwanow – sogar in der französischen Akademie der Wissenschaften ist er allgegenwärtig.

Und gleich ihr nächster Gedanke: Diesmal aber hat er nicht triumphieren dürfen, diesmal hat er sein böses Spiel verloren. Pierres Liebe und Treue haben ihn besiegt.

»Warum haben sie das getan?«, fragte sie mit brüchiger

Stimme. »Lippmann hat meine Arbeit doch vier Jahre lang begleitet, er hat bei meiner Promotion mit mir über meine Arbeit diskutiert. Er wusste, dass ich Thorium erforscht und Polonium und Radium entdeckt habe! Er wusste, dass ich die Erste war, die von ›Radioaktivität‹ gesprochen hat.« Sie löste sich aus Pierres Armen und schaute ihn mit brennendem Blick an. »Warum, Pierre, warum nur?«

»Die anderen, die den Brief unterzeichnet haben, wussten es auch.« Pierre zuckte mit den Schultern. »Jeder weiß es, der uns kennt. Eine bewusste Absicht steckt hinter diesem Brief, eine böse, perfide Absicht. Wir werden wohl nie erfahren, welche. Lass uns den Brief vergessen und nicht mehr darüber sprechen.«

Heute Abend sage ich es ihnen, nahm Marie sich vor, während sie in den Sommermorgen hinaustrat, nicht jetzt schon, erst heute Abend beim Essen. Irène ergriff ihre Hand, und Pierre schlurfte hinter ihnen her.

Er bückte sich in den Schuppen und holte sein Fahrrad heraus. Hinkend schob er es auf die Straße. Meine Güte, dachte Marie und spürte einen Stich im Herzen, hat er gestern auch schon so stark gehinkt?

Eine warme Brise wehte vom Strand her. Auf der anderen Straßenseite hockte eine Möwe auf dem Kruzifix, das dort vor der alten weißen Kapelle aufragte. Hoch über dem Dorf schossen Schwalben unter dem sommerblauen Himmel hin und her. Marie schloss die Tür des Schuppens und sog tief die Luft ein: Sie roch nach Meer. Irène, an ihrer Hand, sprang voll freudiger Erwartung auf und ab.

Während Pierre das Fahrrad festhielt, setzte Marie ihre Tochter auf den Gepäckträger, den Pierre mit einer Decke gepolstert hatte. Der Schmied des Dorfes hatte ihnen Fußstützen gemacht, und Pierre hatte gestern den halben Vormittag damit zugebracht, sie für Irène unterhalb des Gepäckträgers an das Radgestell zu schrauben.

Marie küsste Irène und Pierre und musste es sich verkneifen, ihren Mann noch einmal zu fragen, ob er es sich wirklich zutraute, mit dem Kind auf dem Gepäckträger bis zum Fahrradhändler ins fünf Kilometer entfernte Städtchen zu fahren, in dessen Werkstatt sie Irènes Kinderrad zur Reparatur gegeben hatten. Er stieg in den Sattel, trat in die Pedale und fuhr davon. Marie winkte ihnen hinterher, obwohl weder ihre Tochter noch ihr Mann sich noch einmal umdrehten.

In Gedanken versunken, schlenderte sie zur Kapelle hinüber, lehnte gegen einen der Menhire, die dort hinter dem Kreuz aufragten, und blickte in den Sommerhimmel. Ganz bestimmt hinkte Pierre heute mehr als gestern. Vielleicht weil er so schlecht geschlafen hatte? Die Knochen täten ihm weh, hatte er ihr beim Aufstehen gesagt, und zwar alle Knochen. Darüber klagte er schon seit Monaten. Sein Vater war ratlos; die Symptome seien untypisch für Rheuma.

Die Anspannung des letzten halben Jahres setzte Pierre mächtig zu, viel mehr noch als Marie. Seit Stockholm die Nobelpreisträger für Physik bekannt gegeben hatte, war ihr

Leben aus dem Gleichgewicht geraten: Kollegen aus der ganzen Welt wollten mit ihnen korrespondieren, Vortragsreisen wurden von ihnen verlangt, Unternehmer suchten ihren Rat bei der Vermarktung von Radium, aus der Pariser Oberschicht hagelte es auf einmal Einladungen zu Banketten, Preise fielen ihnen plötzlich in den Schoß, an der Sorbonne musste Pierres Lehrstuhl und vor allem die Einrichtung der dazugehörigen Laboratorien organisiert werden, und ständig stand die Presse vor der Tür.

Es war kaum auszuhalten, denn ihre Kräfte waren ja noch von den anstrengenden Arbeitsjahren zuvor erschöpft. Von Maries Fehlgeburt ganz zu schweigen.

»Genug!«, hatte sie Mitte Juni verfügt. »Wir brauchen Urlaub.« Und so hatten sie sich pünktlich zum Sommeranfang in dieses kleine Dorf in der Bretagne zurückgezogen. Nur Eugène wusste, wo sie sich versteckten.

Über die gepflasterte Straße und den sandigen Hof schlenderte Marie zurück zu ihrem Ferienhaus. Sie freute sich auf das Festessen heute Abend. Sie würde den Champagner kalt stellen, den die Nachbarin ihr heimlich aus der Stadt mitgebracht hatte. Die gute Nachricht würde Pierres Schmerzen vertreiben.

Aus einem Vorgarten ein paar Häuser weiter trat ein Mann, öffnete das Gatter des nächsten Hofes und klopfte ans nächste Haus. Er bewegte sich zielstrebiger, als die Bretonen dieser Gegend es gemeinhin taten, und eleganter gekleidet als die war er auch. Marie stutzte. Ein Ausländer?

Sie setzte sich auf die kleine Vortreppe vor dem Hauseingang und öffnete die Schnallen ihrer Sandalen. Die Wunden auf ihren Fingerkuppen heilten ab, seit sie kaum noch mit Radium- und Poloniumverbindungen hantierte. Als sie die Sandalen von den Füßen streifte, kam der Fremde mit dem zielstrebigen Gang auch an ihr Gartengatter.

»Verzeihen Sie, Madame, ich suche jemanden.« Ohne dass Marie ihn dazu aufforderte, kam er in den Hof und zu ihr ans Haus. »Vielleicht können Sie mir helfen.« Er sprach mit amerikanischem Akzent.

»Tut mir leid, Monsieur, ich bin selber fremd hier.« Marie leerte den Sand aus ihren Sandalen.

»Das macht nichts, Madame. Die Frau, die ich suche, kennen Sie bestimmt. Sie heißt Marie Curie und muss zurzeit irgendwo hier an der Küste wohnen. Sie haben sie nicht zufällig gesehen? Beim Einkaufen, am Strand oder am Hafen?«

»Tut mir leid, Monsieur, nein. Ich kenne diese Frau nicht.«

»Schade.« In einer Geste des Bedauerns ließ er die Hände gegen die Schenkel fallen. »Dann adieu, Madame.« Endlich wandte er sich ab und schickte sich an zu gehen. Kurz vor dem Gatter jedoch blieb er plötzlich stehen und drehte sich langsam wieder um. Er schaute zurück zu Marie, neigte den Kopf zur Schulter und grinste. »Sie sind es, ich erkenne Sie!« Er deutete auf sie und kam zurück. »Sie sind Madame Curie, ich kenn doch die Fotos von Ihnen!«

Verflucht, dachte Marie, und laut sagte sie: »Was wollen Sie von mir, Monsieur?«

»Ich möchte Ihnen gern ein paar Fragen stellen, Madame Curie.« Ohne um Erlaubnis zu bitten, setzte er sich auf die von blauen Hortensien eingerahmte Steinbank neben der Tür.

»Ich habe Urlaub, ich beantworte keine Fragen.«

»Ich bitte Sie, Madame Curie! Ich bin mit dem Dampfer extra aus New York nach Calais gekommen, um mit Ihnen zu sprechen!«

»Sie schreiben für den *New York Herald?*« Marie ging innerlich in Habachtstellung, denn über diese Zeitung hatte sie sich maßlos geärgert. Das Blatt hatte ausführlich über Henri Becquerel berichtet, Pierre immerhin einen Absatz gewidmet und über sie, Marie, gedichtet, sie sei »eine treue Assistentin ihres Gatten«, so wörtlich, »die ihren Namen mit seinen Entdeckungen verknüpft hat«.

»Nein, ich schreibe für den *New York Tribune*«, beteuerte der Mann und flehte und bettelte so lange, bis Marie weich wurde. Unter der Bedingung, dass er beim Leben seiner Mutter schwor, niemandem zu verraten, wo sie und Pierre sich aufhielten, erklärte sie sich bereit, ihm zehn Fragen zu beantworten. Er schwor es, zückte Notizbuch und Stift und stellte seine Fragen.

Die ersten sieben kreisten um den Nobelpreis und die Entdeckung der Radioaktivität und des Radiums. Danach wollte er wissen, wie Marie über die Radiumhysterie dachte, die alle Welt ergriffen hatte. »Was halten Sie zum Beispiel von diesen teuren Lippenstiften, Badesalzen und Gesichtscremes, die im Dunkeln leuchten, weil sie Radium enthalten.«

»Gefährlicher Leichtsinn!«, entfuhr es Marie. »Das verursacht Verbrennungen! Schreiben Sie, Ihre Leser sollen um Himmels willen die Finger von derartigem Zeug lassen! «

»Und was ist mit diesem Getränk, diesem ›Radithor‹, Madame Curie? Stimmt es, dass es Magenkrebs und Geisteskrankheiten heilen kann, wenn man täglich davon trinkt?«

Marie schlug die Hände über dem Kopf zusammen. »Lieber Himmel! Was für ein Unsinn!« Sie hatte davon gelesen – das Getränk enthielt Zehntausende Teile Zinksulfit auf einen Teil Radiumsalz. »Man sollte die Leute verklagen, die so etwas anpreisen.«

»Aber es stärkt doch die Liebeskraft des Mannes, oder etwa auch nicht?« Der Reporter guckte so entsetzt, als würde er selbst täglich von der Radiumbrause trinken.

»Unsinn! Tödlicher Unsinn!« Marie geriet schier außer sich. »Wer lange genug davon trinkt, wird sterben! Schreiben Sie das, Monsieur! Das sind Sie Ihren Lesern schuldig.«

Der Amerikaner war bleich geworden, doch er notierte eifrig. Und sagte dann: »Die französische Zeitung *Les Dimanches* titelte Anfang des Jahres: ›Eine Liebesidylle im Physiklabor, das hat die Welt noch nicht gesehen‹. Kann ich meinen Lesern mitteilen, Madame Curie, dass es die Liebe zwischen Ihnen und Ihrem Mann war, die ...«

»Das ist bereits die elfte Frage!« Marie stand auf. »Außerdem geht es in der Wissenschaft nicht um Menschen und Allzumenschliches, sondern allein um die Sache. Adieu, Monsieur.« Sie ging ins Haus und verriegelte vorsichtshalber die Tür.

Der Mann umkreiste das Ferienhaus zweimal und

klopfte an Türen und Fenstern, doch Marie erinnerte ihn an seinen Schwur und schickte ihn weg.

Am Abend stellte Marie eine riesige Schüssel auf den Terrassentisch, aus der in Knoblauch gesottene Langusten dampften. Und daneben eine kleine Schüssel mit gepresstem Kaviar, auf den sie in den letzten Wochen einen regelrechten Heißhunger entwickelt hatte. Während Pierre das Baguette aufschnitt, öffnete Marie den Champagner und füllte zwei Kelche damit.

»Du hattest recht, geliebte Königin«, sagte Pierre, als sie die Gläser hoben. »Es wurde allerhöchste Zeit für diesen Urlaub. Auf was trinken wir?«

»Nicht schon wieder auf euern doofen Preis«, mäkelte Irène und griff nach ihrem Saftglas.

»Nein, heute Abend trinken wir ...« Marie schluckte die Tränen herunter und fuhr mit brechender Stimme fort: »... auf unser viertes Familienmitglied. Irène bekommt ein Geschwisterchen.«

Irène stieß einen Jubelschrei aus. Pierre stellte seinen Champagnerkelch ab und riss Marie in seine Arme.

28
Ganz und gar

Stockholm, April 1905

Konzentrierte Stille herrschte im Auditorium des großen Festsaals der Königlich Schwedischen Akademie der Wissenschaften, Hunderte Frauen und Männer hingen an Pierres Lippen. Er sprach über Radium und über die Bedeutung der Radioaktivität für die Physik, die Chemie und die Medizin. Gerade berichtete er von Maries Brandwunde und seinem Selbstversuch.

Es war nicht leicht auszuhalten für Marie, dass Pierre dort oben einen Vortrag über ihre gemeinsame Arbeit hielt und sie hier unten bei den Zuhörern sitzen musste. Ein unverzeihlicher Protokollfehler der Königlich Schwedischen Akademie der Wissenschaften. Sie biss die Zähne zusammen und ließ es geschehen. Was hätte sie auch tun sollen? Dem König von Schweden eine Szene machen?

Marie, in jenes Kostüm gehüllt, in dem sie ihre Doktorarbeit verteidigt hatte, war umgeben von Damen in Abendgarderobe und Herren in Fräcken. Überall glänzten Perlenketten auf runzliger und manchmal auch glatter Haut und funkelten Juwelen in mehr oder weniger ansehnlichen Dekolletés. Den Gesichtern links und rechts von ihr und in der Reihe vor ihr sah sie die atemlose Spannung an, die das Publikum ergriff, als es Pierres hoffnungsvolle Prognose vernahm, mit dem Radium werde sich künftig Krebs bekämpfen lassen.

Üblich, sogar zwingend notwendig war, dass ein Preisträger spätestens innerhalb eines halben Jahres seine Dankrede hält – wenn er es nicht, wie Henri Becquerel, bereits bei der Preisverleihung im Dezember getan hatte. Schon zu diesem Termin nicht persönlich erschienen zu sein, sondern den französischen Botschafter geschickt zu haben, war den Curies von manchen Zeitungen als Affront ausgelegt worden. Jetzt auch noch die Rede erst ein Jahr nach der üblichen Frist nachzureichen, empfanden einige als unverschämt.

Der schwedische König und die Akademie selbst allerdings hatten, wie übrigens auch die meisten schwedischen Blätter, das Verständnis für das Preisträgerpaar gezeigt, um das Pierre wiederholt in Briefen gebeten hatte. Freunde, Kollegen und Gönner von Marie und Pierre hatten außerdem regelmäßig über den schlechten Gesundheitszustand der Curies nach Stockholm berichtet.

Auf dem Podium zog Pierre nun schwarze Hüllen von einem Elektrometer und einer Ionisationskammer. In knappen und klaren Worten erklärte er die Versuchsanordnung auf Englisch, während ein Dolmetscher unter dem Rednerpult seinen Vortrag ins Schwedische übersetzte.

Jede seiner Gesten und Handgriffe beobachtete Marie mit einer gewissen Sorge. Sicher, es ging Pierre ein wenig besser – aber wirklich gesund war er nicht: Er hinkte nach wie vor und konnte wegen seiner Knochenschmerzen nicht einmal mehr Fahrrad fahren. Die Vorlesungen am neuen Lehrstuhl für allgemeine Physik, den die Regierung für ihn eingerichtet hatte, forderten seine ganze Kraft.

Auch sie selbst war noch immer angeschlagen, obwohl sie sich von der Entbindung ihres zweiten Kindes schneller erholte als von Irènes Geburt. Schwindelanfälle, diffuse Schmerzen und Erschöpfung suchten sie in unregelmäßigen Abständen heim.

Die Reise nach Stockholm hatte Pierre und sie mächtig strapaziert – vierzig Stunden waren sie unterwegs gewesen, so lange, wie Marie vor vierzehn Jahren gebraucht hatte, um von Warschau nach Paris zu fahren. Jetzt, wo er auf dem Podium demonstrierte, wie man die elektrische Ladung maß, die von der Radioaktivität eines Gramms Radium erzeugt wurde, merkte man Pierre nichts an von den Strapazen. Er wirkte sogar frisch, und geistesgegenwärtig sowieso. Weil sein Thema ihn fesselte, fiel es ihm leicht, auch seine Zuhörer zu fesseln. Marie bewunderte ihn. So war er, ihr Pierre – was immer er tat, er tat es ganz und gar. Dafür liebte sie ihn.

Die Sehnsucht nach ihrem Kind setzte Marie zu, doch sie hatte dem Säugling diese beschwerliche Reise nicht zumuten wollen. Die vier Monate alte Eve war in der Obhut Eugènes und der Amme zurückgeblieben, die Marie einstellen musste, weil sie selbst diesmal nicht stillen konnte.

Oben auf dem Podium beendete Pierre seine Demonstration. Marie fiel auf, wie wenig er über sich selbst sprach und wie oft er andere Forscher zitierte oder erwähnte. Ernest Rutherford zum Beispiel, oder auch Becquerel. Was für ein uneitler, selbstloser Charakter – zu selbstlos zuweilen. Doch auch dafür liebte Marie ihn.

Staunend hörte sie, wie ihr geliebter Mann die Forschung des jungen Ernest Rutherford nicht nur würdigte, sondern sogar eine Lanze für dessen Umwandlungstheorie brach. Er nannte sie »kühn« und stellte sie neben seine und Becquerels Phosphoreszenz-These, nach der die Einwirkung noch unbekannter äußerer Kräfte die Radioaktivität mancher Elemente verursachte. Wer genau hinhörte, konnte sogar feststellen, dass Pierre die Umwandlungstheorie des Neuseeländers, also den Zerfall von Atomen schwerer Elemente in Atome leichterer Elemente, neuerdings für wahrscheinlich hielt. Freimütiger und offener als in früheren Vorlesungen benutzte er die Begriffe *Elektronen*, *Protonen*, *Alphawellen* und *Gammawellen*.

Marie musste an den scharfsinnigen Rutherford denken, während sie Pierre zuhörte. Seit ihrer Promotion standen sie und Pierre in reger Korrespondenz mit ihm. Als Pierre zum Ende seines Vortrags überging – das Marie kannte, denn sie hatte das Manuskript der Rede natürlich gelesen –, als er also zu seinem Schlusswort ansetzte, ging ihr ein Satz Rutherfords durch den Kopf, den sie einfach nicht vergessen konnte: *Wir ahnen ja kaum, wie gewaltig die Kräfte der Radioaktivität sind*, hatte der junge Forscher geschrieben. *Irgendwann wird irgendein Narr in irgendeinem Labor mit ihnen das Universum in die Luft sprengen.*

Einen ähnlichen Ton schlug nun Pierre mit den letzten Sätzen seiner Dankesrede an. Er warnte vor der Gefahr, die von radioaktiven Strahlen ausging, berichtete von Maries Verbrennung, seinem Selbstversuch und von Becquerel, dem ein Röhrchen mit Radiumsalz durch Westentasche und Hemd hindurch eine Brandwunde zugefügt hatte. Eine radioaktive Verstrahlung könne lähmende, ja tödliche Folgen haben, sagte er. »Man muss leider annehmen, dass Radium, wenn es in verbrecherische Hände gelangt, überaus gefährlich werden kann«, erklärte er zum Schluss und stellte die Frage, ob es für die Menschheit wirklich von Vorteil sei, der Natur ihre Geheimnisse zu entreißen. »Ist die Menschheit reif dafür, die neuen Erkenntnisse zu ihrem Nutzen zu gebrauchen, oder wird sie sich mit ihnen Schaden zufügen?«

Er erinnerte an den Stifter des Nobelpreises, Alfred Nobel, und seine Entwicklung des Dynamits und daran, wie nützlich der Sprengstoff für große Bauvorhaben sei. »Doch in den Händen einflussreicher Verbrecher, die keine Skrupel haben, Völker gegeneinander in Kriege zu hetzen, ist das Dynamit auch ein entsetzliches Instrument der Vernichtung.«

Es sollten nur noch neun Jahre vergehen, bis Marie einen Lastwagen mit einem Röntgengerät durch französische Wälder und Wiesen steuern würde, die Nobels Vernichtungswaffe in wüste, brennende Leichenfelder verwandelt haben würde.

Pierre schob sein Redemanuskript zusammen und bedankte sich bei der Königlich Schwedischen Akademie und bei seiner Zuhörerschaft. Man applaudierte ihm lange und begeistert. Seine Rede war nach Maries Einschätzung sehr gut gewesen; dazu noch unterhaltsam und erfreulich kurz –

nur sieben Druckseiten füllte ihr Text. Henri Becquerels Rede im Dezember dagegen hatte einen Umfang von fünfzehn Druckseiten gehabt.

Später, beim Festbankett, wies Pierre die für das Protokoll verantwortlichen Akademiemitglieder darauf hin, dass seine Frau, die Nobelpreisträgerin Marie Curie, bei ihm auf dem Podium hätte stehen müssen und keinesfalls unter ihm bei den Zuhörern hätte sitzen dürfen. Er erntete betretenes Schweigen.

Als Marie am nächsten Tag in der Zeitung las, dass der preisgekrönte Professor Pierre Curie während seiner Rede sich selbst nur fünfmal erwähnt habe, seine preisgekrönte Frau Marie Curie-Skłodowska dagegen zehnmal, war Marie ein wenig versöhnt mit dem peinlichen Ausrutscher der Akademie. Wahrscheinlich hätte Pierre nicht so oft von ihr gesprochen, wenn sie ebenfalls am Rednerpult zu Wort gekommen wäre.

Sechs Jahre später, als sie an eben diesem Rednerpult stand, um sich für ihren zweiten Nobelpreis zu bedanken, dachte sie oft an diese Stunde zurück. Und erwähnte ihren Mann, sooft sie nur konnte.

Der Sommer kam, die Großstadt leerte sich. Auch die Curies verließen Paris und zogen sich in ein Ferienhaus in der Normandie zurück, und zwar zu sechst – Marie und Pierre hatten Hela und ihre zweijährige Tochter eingeladen, den Sommer mit ihnen zu verbringen. Hela hatte Erholung noch nötiger als Marie – im russisch besetzten Teil Polens herrschten bürgerkriegsähnliche Zustände.

In Asien hatte Japan der russischen Armee und der russischen Marine vernichtende Niederlagen beigebracht. Seitdem herrschten Hunger und Chaos in Russland und seinen besetzten Gebieten. Ende Januar waren mehr als hunderttausend russische Bauern und Arbeiter mit ihren hungernden Frauen und Kindern vor den Palast in St. Petersburg gezogen, um dem Zaren eine Botschaft zu überreichen, die ihm ihre Lage verdeutlichen sollte. Nikolaus II. hatte sein Volk zusammenschießen lassen. Tausende starben oder wurden verwundet.

Die Folge: Massendemonstrationen, Barrikaden und Aufrufe zum Generalstreik in vielen großen Städten, auch in Warschau. Allen saß die Angst im Nacken, auch den Skłodowskis. Helena atmete auf, als sie satt und gefahrlos am Strand sitzen und der Brandung zuschauen konnte, während ihre Kleine mit Irène im Sand spielte.

Marie war glücklich, ihre Schwester eine so lange Zeit bei sich zu haben. Stundenlang wanderten sie durch die Brandung und sprachen über alte Zeiten. Es war herrlich!

Sie spürte bald, wie die alte Kraft sie wieder zu beflügeln begann und die Erschöpfung nach und nach von ihr abfiel. Seit sie aus Stockholm zurückgekehrt waren, unterrichtete Marie zwar wieder in der Mädchenakademie, doch ins Labor ging sie nur noch stundenweise, um ihre Forschung weiter voranzutreiben; das musste sie, denn die Konkurrenz deutscher Wissenschaftler setzte sie unter Druck, endlich das Atomgewicht des Poloniums nachzuliefern.

Dennoch achtete sie alles in allem viel mehr auf sich als noch vor zwei Jahren, denn sie hatte schreckliche Angst vor einem ähnlichen Zusammenbruch, wie sie ihn nach der Fehlgeburt und nach Irènes Geburt erlebt hatte. Pierre jedoch litt darunter, dass er nun öfter allein im Labor arbeiten musste, und beklagte sich darüber.

Am Ende der zweiten Ferienwoche sammelten die Schwestern und ihre Kinder Muscheln am Strand. Hela blickte zurück zu Pierre, der reglos in der Sonne lag und das Krabbelkind Eve hütete. »Was ist los mit deinem Mann?«, fragte sie. »Er bewegt sich wie einer, der Schmerzen hat. Und warum ist er so gereizt?«

»Eben weil er ständig Schmerzen hat«, antwortete Marie. »Manchmal tun ihm die Beine derart weh, dass er kaum noch gehen kann. Auf sein geliebtes Fahrrad ist er zuletzt im vergangenen Sommer gestiegen. Ich könnte jedes Mal heulen, wenn ich sein Rad, das Hochzeitsgeschenk seines Neffen, ungenutzt und verstaubt im Schuppen stehen sehe.«

»Ist es wirklich so schlimm?« Hela war erschrocken, denn in ihren Briefen klagte Marie nie so offen.

»Leider. Seit der Stockholmreise leidet er auch noch unter zunehmenden Rückenschmerzen – ich mache mir wirklich große Sorgen um ihn.« Marie wandte sich zum Meer hin um, damit Irène ihre Tränen nicht sehen konnte. »Worunter er fast noch mehr leidet, sind die ständigen Schwächeanfälle. Die rauben ihm die Arbeitskraft, und die Schmerzen rauben ihm den Schlaf.«

»Und was sagt dein Schwiegervater dazu?« Hela hakte sich bei Marie unter.

»Der ist schon lange am Ende mit seinem Latein. Ständig schickt er Pierre zu irgendwelchen Spezialisten. Doch keiner kann ihm helfen.« Marie wischte sich die Tränen aus den Augen. »Ich habe solche Angst, dass Pierre eine schlimme Krankheit hat. Und dass die Ärzte sie übersehen könnten.«

»Aber Marie!« Hela blickte zu den Kindern, doch die waren zwei Dutzend Meter entfernt mit einem toten Krebs beschäftigt. »Kann es sein, dass *du* etwas übersiehst?« Sie nahm die rechte Hand der Schwester und strich über die vernarbten Fingerkuppen. »Schau dir doch seine rissigen Hände an, denk doch an seinen Selbstversuch. Mach doch die Augen auf, Marie!«

Die Ferien über versuchte Pierre, sich seine Schmerzen und seine Schwäche so wenig wie möglich anmerken zu lassen. Vor den Kindern nicht, und schon gar nicht vor Maries Schwester, und als sie im Spätherbst nach Paris zurückkehrten, auch nicht vor seinen Studenten, Mitarbeitern und Geschäftspartnern. Er stürzte sich in die Arbeit, als verfügte er über die Kräfte eines jungen Gottes.

Gemeinsam mit befreundeten Medizinern und einem findigen Unternehmer erforschte er seit einiger Zeit das therapeutische Potenzial, das er und Marie dem Radium zuschrieben. Marie bremste ihn nicht, denn sie merkte, wie die geliebte Arbeit ihm immer wieder neuen Schwung verlieh und seine chronischen Schmerzen zumindest tagsüber betäubte.

Allerdings versuchte sie nach den Ferien öfter, ihn an ihrer neuen Erkenntnis teilhaben zu lassen: dass es nämlich jenseits der Arbeit noch andere schöne Dinge zu genießen gab. So überredete sie ihn etwa, mit ihr hin und wieder den Eiffelturm hinaufzufahren, oder kaufte Theaterkarten, ohne ihn zu fragen, und einmal nahm sie ihn mit zu einem Besuch im Atelier des berühmten Bildhauers Auguste Rodin.

Lange standen sie Seite an Seite vor der Skulptur *Der Kuss*, hielten sich an den Händen und lächelten einander an.

Die Eingebung, die Marie aus dieser schönen Stunde mit nach Hause nahm, führte sie ein paar Tage später erst in ein Modegeschäft und dann zu einem Juwelier. Am Abend empfing sie Pierre dann in einem modernen, tief ausgeschnittenen neuen Kleid und einer feinen Kette aus goldenen Blumenblüten und -blättern um den Hals.

Pierre, dem es bei ihrem Anblick die Sprache verschlagen hatte, schüttelte staunend den Kopf. »Ich wusste ja gar nicht mehr ...« Er konnte nur stammeln. »... ich hatte ja vergessen, wie schön du bist ... wir sollten uns viel mehr Zeit füreinander nehmen.«

Marie nahm ihn bei der Hand, führte ihn zum gedeckten Tisch, schenkte ihm Champagner ein und servierte ihm den Seewolf, den sie für ihn zubereitet hatte. Nach dem Essen nahm sie wieder seine Hand und führte ihn ins Schlafzimmer.

In diesen Wochen nach den Ferien dachte sie oft an die Worte ihrer Schwester. Doch es fiel ihr schwer, die Möglichkeit zu akzeptieren, dass ihr gemeinsamer Lebensinhalt – das Radium und die Radioaktivität – zugleich auch der

Grund für Pierres körperliche und nervliche Zerrüttung sein könnte. Und für ihre eigenen Beschwerden. Im Grunde wollte sie nichts davon wissen.

Sooft sie konnte, sorgte sie nun für angenehme Abwechslung und schöne Zerstreuung im Leben ihres Mannes. Am Tag vor den Osterferien des folgenden Jahres wies sie das Hausmädchen an, Lendensteaks zuzubereiten, und zwar auf die Weise, die Pierre am meisten schätzte: in einer Pfeffer-Cognacsoße und mit dem ersten grünen Spargel als Gemüsebeilage.

Nach dem Essen schaute das Hausmädchen Pierre erwartungsvoll an, und weil er ihr Gericht nicht von sich aus lobte, hakte es schließlich nach. »Nun, Monsieur? Wie hat Ihnen mein Steak geschmeckt?«

»Steak?« Pierre zog überrascht die Brauen hoch. »Habe ich gerade ein Steak gegessen?« Das Mädchen sprang auf und eilte in die Küche, während Eugène und Irène in schallendes Gelächter ausbrachen.

Marie jedoch konnte diese komische Szene nicht viel mehr als ein Lächeln entlocken – aus irgendeinem Grund zweifelte sie nämlich daran, dass Pierre bewusst einen Scherz gemacht hatte. Sie erhob sich und ging in die Küche, um das Hausmädchen zu trösten.

Die Osterferien dieses unvergesslichen Aprils 1906 verbrachten die Curies in St.-Rémy-lès-Chevreuse. Dort, im idyllischen Yvette-Tal, hatte Marie ein Häuschen ausfindig gemacht, in das sie und Pierre sich in letzter Zeit hin und wieder einmieteten. Lange Reisen nämlich waren Pierre in seinem Zustand nicht mehr zuzumuten, und der kleine Ort lag weniger als fünfzig Kilometer südlich von Paris.

Schon im Vorfeld gab es Spannungen, weil Pierre seine Forschung an mit Radium versetztem Thermalwasser für den Urlaub nicht unterbrechen wollte. »Fahrt ihr schon einmal«, sagte er gönnerhaft, »ich werde später nachkommen.«

Marie bekümmerte das sehr; sie bat ihn dringend, der Familie den Vorzug vor der Arbeit zu geben und gleich mit ihnen nach St.-Rémy-lès-Chevreuse zu reisen. Pierre, den ständige Schmerzen und massive Schlafstörungen äußerst dünnhäutig hatten werden lassen, reagierte gereizt. Er lehnte barsch ab und ging ins Labor, ohne Marie schöne Tage zu wünschen oder überhaupt nur *Adieu* zu sagen.

Marie bestellte eine dieser modernen Kraftdroschken, packte die Kinder ein und fuhr ohne Pierre zum Bahnhof und ins Yvette-Tal. Erst eine ganze Woche später stieß auch Pierre zur Familie. Marie versöhnte sich mit ihm, denn sie wusste ja, wie schlecht es um seine Nervenkraft bestellt war.

Sie verlebten einige harmonische Tage miteinander, wanderten mit den Kindern am Fluss entlang und freuten sich an den vielen Schafen, die auf den Koppeln dieser Gegend weideten. Als Pierre zu Beginn der letzten Ferienwoche ankündigte, vorzeitig abreisen zu wollen, fühlte Marie die Enttäuschung in ihrer Brust auflodern wie einen brennenden Schmerz. »Bedeutet es dir denn gar nichts mehr, mit uns zusammen zu sein?«, fragte sie leise und unter Tränen.

Ihre Traurigkeit ging Pierre zu Herzen, und er gab sofort nach. »Was sollte mir die Arbeit bringen, wenn ich dich und die Kinder nicht hätte?« Er schloss sie in die Arme und küsste sie. »Ich wäre allerdings froh, wenn du nach den Ferien wieder öfter zu mir ins Labor kommen könntest. Ich vermisse dich sehr dort.« Marie versprach es, und Pierre blieb noch zwei Tage länger.

Gegen Ende der Ferien und zurück in Paris, fiel es Marie schwer, mit den Kindern wieder im Alltag anzukommen. Dennoch begleitete sie ihren Mann am Abend zu einem Essen mit anderen Wissenschaftlern. Es wurde spät, Pierre schlief schlecht, und so gerieten sie am Morgen wegen einer Lappalie aneinander – es ging um eine Gehaltserhöhung für das Dienstmädchen.

»Es ist Irènes letzter Ferientag«, rief Marie vom Obergeschoss aus, während sich Pierre unten im Flur den Mantel überzog und den Hut aufsetzte. »Wenn das Kindermädchen kommt und Eve übernimmt, werde ich mit Irène noch einmal einen Ausflug machen.«

»Bei dem Regenwetter?«, tönte von unten Pierres gereizte Stimme. »Lass das bleiben. Außerdem hast du versprochen, ins Labor zu kommen.«

»Bedränge mich bitte nicht, Pierre. Ich weiß noch nicht, ob ich das heute schaffe.«

»Ich erwarte dich im Labor!«, rief Pierre wütend, riss seinen Regenschirm aus dem Ständer und verließ das Haus ohne Abschiedsgruß.

Eine halbe Stunde später übergab Marie die vierzehn Monate alte Eve dem Kindermädchen, nahm eine Kraftdroschke und ließ sich mit Irène in die nur wenige Kilometer von Paris entfernte kleine Stadt Fontenay-aux-Roses chauffieren. Diesen einen Tag noch wollte sie Paris den Rücken kehren, Paris und dem Streit mit ihrem dünnhäutigen Gatten.

Mutter und Tochter besichtigten das alte Schloss des Städtchens, aßen gemeinsam in einem hübschen Restaurant zu Mittag und machten sich einen schönen letzten Ferientag; Marie verdrängte den morgendlichen Ehestreit, so gut es ging.

Am frühen Nachmittag fuhren sie zurück nach Paris – und auf den Eiffelturm hinauf. Irène wollte unbedingt sehen, wie die wolkenverhangene und verregnete Stadt von oben aussah. Marie fand, dass sie traurig aussah, und ihr war schwindlig, als sie unten wieder aus dem Aufzug stieg.

Am frühen Abend kehrten sie in ihr Zuhause am Boulevard Kellermann zurück. Kaum hatte Marie die Tür hinter sich geschlossen, sah sie, dass zwei nasse Hüte und zwei nasse Mäntel an der Garderobe hingen. Im Haus aber hörte sie keinen Menschen sprechen – und da kroch es ihr wie ein Fieberschauer durch den Kopf: Irgendetwas war geschehen.

Irène rannte die Treppe hinauf und rief nach Didi, Eve und dem Kindermädchen. Die Stubentür öffnete sich, und ein Mann stand auf der Schwelle, der noch nie bei ihnen zu Gast gewesen war – Paul Appell, der Dekan der Sorbonne. Weil er nur schluckte, statt sie zu begrüßen und seine Anwesenheit zu erklären, ging Marie auf ihn zu, langsam wie eine Schlafwandlerin.

Hinter Appell, in seinem Lehnstuhl, saß Eugène. Seine

Arme hingen ihm schlaff von den Schultern, und er sah um zwanzig Jahre gealtert aus. Hinter ihm, die Hände auf der Rückenlehne, stand Jean Perrin, der Nachbar und Freund. Er war aschfahl, und sein Blick war leer.

Fragend runzelte Marie die Stirn und neigte den Kopf auf die Schulter. »Ein schrecklicher Unfall ist geschehen, Madame Curie«, sagte der Dekan sehr leise, doch jedes Wort dröhnte wie ein Paukenschlag durch Maries Kopf und Brust. »Professor Curie ist tot.«

Marie stand wie festgenagelt. Sie spürte, wie eine eisige Faust sich um ihr Herz schloss. »Dieser zerstreute Junge«, krächzte Eugène in seinem Lehnstuhl und hielt sich die knochige Hand vor die Augen. »Wo mag dieser zerstreute Junge in Gedanken nur wieder gewesen sein?«

Jean Perrin, der wohl Maries ungläubigen Blick nicht länger ertrug, kam zur Tür und drängte sich an Appell vorbei. »Es ist schrecklich, Marie«, sagte er und schaute zur Treppe und zum Obergeschoss hinauf, wo Irène erzählte und Eve krähte. »Doch es ist leider wahr«, flüsterte Jean. »Pierre ist tot.«

Marie versuchte gegen die Eiseskälte, die ihr bis in die Kehle gestiegen war, anzuatmen. »Pierre ist tot?« Sie erschrak vor ihrer eigenen schrillen Stimme. »Ganz und gar tot?«

29
Hochzeitstag

Paris, 9. Oktober 1926

»Das habe ich Jean gefragt, *ganz und gar tot*? Ich höre meine eigene Stimme noch, ich sehe ihn noch nicken.« Madame Curies Augen glänzen feucht. Ihr Blick geht ins Leere. »Und Eugène hat immer nur den Kopf geschüttelt und gefragt: ›Wo mag er nur wieder mit seinen Gedanken gewesen sein, der zerstreute Junge?‹ Irène ist heruntergekommen, wollte wissen, ob alles in Ordnung sei, und Jean sagte: ›Was denkst du denn?‹, und ob sie nicht Lust auf Crêpes mit Erdbeerkonfitüre habe und mit rüberkommen wolle. Natürlich hatte Irène Lust auf Crêpes mit Erdbeerkonfitüre, und das Kindermädchen auch. Also hat Jean euch Kinder mit nach nebenan zu sich und seiner Familie ins Haus genommen und das Kindermädchen und den Kater gleich mit. Das hat Jean gut gemacht damals, das ist genau richtig gewesen.«

Es raschelt im Rhododendron vor dem Familiengrab der Curies, und Madame Curie verstummt. Zwei Amseln erheben sich aus dem Buschwerk, fliegen zu den Zypressen, und eine landet auf dem mittleren Wipfel. Sofort beginnt sie, ihr Abendlied zu singen – da schaut Madame Curie in den Himmel und wundert sich, dass es bereits dämmert. Hat sie denn wirklich so lange bei den jungen Frauen hier auf der Bank gesessen und erzählt? Und was hat sie nicht alles erzählt! Sie legt die Rechte auf die Brust, denn da drinnen fühlt es sich an wie die Brandung und Sturm.

»Und dann, Mé?«, fragt Eve vorsichtig. »Was ist dann passiert?« Das fragt sie wahrscheinlich, damit ihre Freundin Katharina erfährt, was weiter geschehen ist, denn sie selbst hat es schon hundertmal gehört – von Irène, von Jean Perrin und von Madame Curie selbst.

»Dann habe ich mich irgendwann im Garten wiedergefunden.« Sie atmet tief und wie gegen einen Widerstand. »Es hat geregnet, die Bank unter dem Haselnussstrauch ist nass gewesen.« Sie glaubt, die nasse Erde zu riechen, das feuchte Holz der Gartenbank, das nasse Gras. »Ich weiß nicht mehr, wie ich dorthin gekommen bin. Die Feuchtigkeit der Bank ist in meine Kleider gekrochen, Regenwasser ist vom Strauch auf mich herabgetropft. Ich bin nass geworden, doch ich habe nicht gefroren, jedenfalls äußerlich nicht. Ich habe dagesessen, meine Ellenbogen auf die Knie gestützt, meinen Kopf in die Hände gestützt, und habe gewartet.«

»Dass Papa zurückkommt.«

»Ja. Dass er endlich nach Hause kommt, mein geliebter Pierre.«

Eine Zeit lang schweigen sie, und Madame Curie muss schon wieder tief atmen, um das aufgewühlte Innere ihrer Brust zu bändigen. »Was genau ist passiert damals?«, fragt

Katharina behutsam. »Ich meine – welche Art von Unfall genau hat Ihren Mann das Leben gekostet? Wenn ich danach fragen darf.«

Madame Curie schaut sie an, will es erzählen, kann es aber nicht. »Wisst ihr«, sagt sie stattdessen, »ich sitze jetzt hier mit euch auf dieser Bank, auf diesem Friedhof, und erzähle euch von diesem neunzehnten April vor zwanzig Jahren, doch in Wahrheit stehe ich noch immer im Flur unseres Hauses am Boulevard Kellermann 108 und höre Jean sagen: ›Pierre ist tot‹.« Sie macht eine kurze Pause. »Ich habe heute im Standesamt gesessen und gehört, wie Irène und Monsieur Joliot Ja zueinander gesagt haben, doch ich habe zur gleichen Zeit auch Jean gefragt: ›Ganz und gar tot?‹ Versteht ihr, was ich sagen will?« Sie schaut nach links zu ihrer Tochter, sie schaut nach rechts zu Katharina Antonowa. »Gewiss, die Zeit ist weitergangen, sie ist zugleich aber auch stehen geblieben seitdem. Ich sitze hier, ich sitze aber auch noch im Garten des Hauses am Boulevard Kellermann 108 auf der feuchten Bank. Ich habe gestern Abend in meinem Salon mit einem Glas Champagner in einem Sessel gesessen und euch beim Tanzen zugeschaut, zugleich aber habe ich auf meiner Bank in meinem Garten gesessen, habe den Regen auf mich herabtropfen gespürt und habe gewartet, dass Pierre endlich nach Hause kommt. Versteht ihr, was ich sagen will?«

Die jungen Frauen antworten ihr nicht. Sie sind ganz blass, die Armen. Eves Unterlippe zittert ein wenig, und Mademoiselle Antonowa hat sehr schmale Lippen plötzlich, und ihre Kaumuskeln beben.

»Was habe ich nicht alles erlebt seit diesem neunzehnten April vor zwanzig Jahren!« Madame Curie richtet sich auf und klatscht wie fassungslos in die Hände. »Was habe ich nicht alles getan!« Sie schüttelt den Kopf und lacht jetzt sogar. »Ich habe als Witwe zwei Kinder großgezogen, ich habe das Atomgewicht von Polonium bestimmt, ich habe das Radiuminstitut der Sorbonne gegründet – und immer habe ich auf dieser Bank gesessen und gewartet. Ich bin mit Albert Einstein durch das Engadin gewandert, ich habe mir vom schwedischen König die Hand küssen und eine goldene Medaille um den Hals hängen lassen, als man mir den zweiten Nobelpreis verliehen hat, den für Chemie – und immer habe ich auf dieser Bank gesessen und Pierre gefragt, wann er endlich nach Hause kommt. Ich habe versucht, mit Paul Langevin eine neue Ehe zu beginnen, ich habe den Führerschein für Lastkraftwagen gemacht und Röntgengeräte auf die Schlachtfelder des Krieges gegen die Deutschen gesteuert, ich habe nach Polens Befreiung ein Radiuminstitut in Warschau gegründet, das meine Schwester Bronia bis heute leitet, ich habe in Amerika Geld für Radium gesammelt und mit dem amerikanischen Präsidenten gefrühstückt – und immer, immer habe ich zugleich auf dieser Bank in unserem Garten gesessen, habe den Regen fallen hören und Pierre gefragt, wann er endlich nach Hause kommt ...« Sie winkt ab, weil ihre Stimme bricht, und lehnt sich zurück. Tränen kullern ihr über die Wangen, und Madame Curie tupft sie sich mit einem weißen bestickten Taschentuch ab, das ihr Eve gereicht hat.

Lange Zeit sagt niemand mehr etwas. Die Amsel singt,

die Schatten werden länger, das Tageslicht erlischt. Ringsum zirpen die Grillen, und überall singen nun die Vögel. Es ist schön, hier bei den jungen Frauen zu sitzen, denkt Madame Curie, es ist gut so.

»Mein Vater ist an jenem Morgen erst ins Labor und danach zu einem Frühstück mit Forscherkollegen gegangen«, bricht Eve irgendwann das Schweigen. »Seine Freunde Jean Perrin und Paul Langevin waren auch dabei. Die Männer haben bei solchen Gelegenheiten immer sehr lange gesessen und gefachsimpelt. Papa hat das geliebt. Erst am frühen Nachmittag ist er aufgestanden und hat alle zum Abendessen zu uns nach Hause eingeladen und Jean und Paul zum Abschied die Hand gedrückt. Er sei gut gelaunt gewesen. Danach hat er noch seinen Verleger besuchen wollen, doch bei dem hat er vor verschlossener Tür gestanden, weil die Setzer und Drucker an dem Tag gestreikt haben. An der Seine entlang hat er sich dann auf den Weg zum Pont Neuf gemacht. Wir glauben, dass er zurück in sein Labor an der Sorbonne gehen wollte. Es hat geregnet, und Papa hat seinen großen Schirm aufgespannt.«

»Woher wisst ihr diese Einzelheiten?«, erkundigt sich Katharina. »Hat ihn jemand begleitet?«

»Das nicht, doch viele Leute haben ihn an diesem Nachmittag gesehen. Papa war bekannt, weißt du? An seinem Humpeln und seinem leicht vornübergebeugten Gang hat man ihn leicht schon von Weitem erkennen können. Am Pont Neuf herrscht an den Nachmittagen oft ein großes Gedränge und viel Verkehr, und das ist auch an jenem Tag so gewesen: Die Kreuzung vom Pont Neuf und der Rue Dauphine ist voller Droschken, Kraftwagen, Fuhrwerken und Reitern gewesen, und auf den schmalen Trottoirs haben sich die Passanten gedrängt. Jemand hat gesehen, wie Papa sich den Weg durch das Gedränge bahnte und dabei manchmal vom Bordstein gestiegen ist, um am Straßenrand schneller voranzukommen.«

»Das hat man beobachtet?«, staunt Katharina.

»Aber ja!«, sagt Eve. »Die Leute, die ihn kannten, haben ihn ja gegrüßt, und manche hat er zurückgegrüßt. Manche aber auch nicht, und einer von denen hat erzählt, Papa habe stark gehumpelt und die Miene eines Mannes gehabt, der angestrengt über etwas nachdenkt. Und dann ist es passiert, direkt an der Kreuzung, es sei sehr schnell gegangen.« Eve seufzt und schluckt. »Zwei Pferde haben ein Fuhrwerk von der Brücke her auf die Kreuzung gezogen. Vielleicht hat Papa sie wegen des Regenschirms nicht gleich gesehen, als er zwischen zwei Wagen die Straße überqueren wollte, vielleicht hat er sie auch nicht gehört, denn durch den Verkehr, die Quais und die elektrischen Bahnen sei es sehr laut gewesen, haben die Leute uns erzählt. Papa ist zwischen den beiden Wagen herausgetreten und gegen eines der vorbeitrabenden Pferde geprallt, haben sie erzählt. Er ist ins Straucheln geraten, hat sich in seinem Schrecken am Brustgurt des dampfenden Tieres festgehalten, doch das bäumte sich auf, und Papa stürzte aufs Pflaster, und das Fuhrwerk rollte über ihn hinweg. Er ist unter das Hinterrad gekommen, das hat seinen Kopf vollkommen ...«

»Genug jetzt.« Madame Curie schüttelt sich. »Das reicht.« Sie steht auf und deutet zum Familiengrab der Curies. »Ich habe noch eine Verabredung, wie gesagt. Fahrt ohne mich zurück.« Und an Eve gewandt, fügt sie hinzu: »Sei so lieb, und schick mir eine Kraftdroschke, ja? So in einer Stunde. Gute Nacht, Katharina.«

Sie geht zum Grab, ohne sich noch einmal umzudrehen. Dass die beiden jungen Frauen wenig später aufstehen und Arm in Arm zwischen den Büschen auf dem Pfad zum Hauptweg verschwinden, scheint sie gar nicht wahrzunehmen.

»Meine Güte, Pierre«, sagt sie und lächelt seinen Namen auf dem Grabstein an. »Jetzt habe ich den jungen Damen mein halbes Leben erzählt! Kannst du dir das vorstellen?« Sie seufzt tief. »Ich fürchte fast, ich habe sie überfordert. Sie sind so jung. Vielleicht zu jung, um zu verstehen. Sie glauben noch an Vergangenheit, sie wissen noch nicht, dass manche Dinge einfach nicht enden können und niemals vergehen.«

Madame Curie hebt den Blick, weil es auf einmal so still geworden ist. Die Vögel singen nicht mehr, die Amsel auf der Zypresse ist weggeflogen. Nur eine Grille zirpt noch irgendwo zwischen den Gräbern. Aber der Mond! Voll und leuchtend steht er am nachtblauen Himmel. Ob auch der Abendstern schon aufgegangen ist? Madame Curie blickt sich um, kann ihn aber nirgends entdecken.

Sie wendet sich wieder dem Grabstein zu. Die gelben Blüten des Rosenstocks unter den Namen leuchten wunderschön, jetzt, in der blauen Stunde. »Vielleicht hätte ich noch erzählen sollen, dass ich gern auf unserer Gartenbank am Boulevard Kellermann sitzen geblieben bin, um auf dich zu warten, mein geliebter Pierre. Es macht mir nichts aus.« Sie tritt ans Grab, weil sie eine frisch aufgeblühte Rose am Stock entdeckt hat. »Jedes Leben hat seinen eigenen Gipfel, Pierre. Der Gipfel unseres gemeinsamen Lebens begann, als wir uns damals in jener Pension auf dem Balkon getroffen haben, erinnerst du dich? Natürlich tust du das!«

Sie bricht die Rose direkt am Stock ab und stellt sich vor, wie sie am Abend in einer Vase vor ihr auf dem Schreibtisch stehen wird. Vielleicht wird sie sich ihrem Mann dann noch näher fühlen als jetzt. Doch geht das überhaupt – noch näher?

»Was für ein Glück hatten wir, dass wir einander begegnet sind, mein geliebter Pierre. Du bist der Gipfel meines Lebens gewesen, und ich der deine. Kann man mehr verlangen?« Madame Curie lächelt, und wieder stehen ihr Tränen in den Augen.

Nein, denkt sie, kann man nicht.

Madame Curie spürt, dass sie alles genau so wieder tun würde. Denn all ihre Träume haben sich erfüllt.

Epilog
Pierre

Paris, 12. März 1932

Es klopft, und das Hausmädchen schaut ins Arbeitszimmer herein. »Es ist so weit, Madame Curie. Ihre Tochter wartet unten.«

»Danke, Mademoiselle.« Madame Curie schiebt die Papiere auf ihrem Schreibtisch zusammen – eine Studie über den Beschuss verschiedener Elemente mit den Alphastrahlen des Polonium. Die Autoren, Frédéric und Irène, haben sie gebeten, die Arbeit vor der Veröffentlichung auf sachliche Fehler hin zu lesen.

Sie steht auf, dreht sich um und verharrt ein paar Atemzüge lang vor Pierres Porträt. »Es ist so weit, geliebter Bär, ich freue mich.« Sie lächelt. »Und ich werde die beiden von dir grüßen.«

Sie verlässt ihr Arbeitszimmer. Das Hausmädchen folgt ihr durch die vielen Gänge und Türen bis in den Flur. Dort hilft es ihr in den neuen schwarzen Mantel, reicht ihr den schwarzen Hut und schließlich den in blaues Seidenpapier gewickelten Blumenstrauß. »Den haben Sie sehr schön eingepackt, Mademoiselle«, sagt Madame Curie voller Wohlwollen.

Das Mädchen bedankt sich mit einem Knicks für die Anerkennung. »Soll ich Ihnen den Strauß nicht besser hinuntertragen, Madame Curie?«

»Nein, das wenigstens sollte ich doch noch selbst schaffen, oder was meinen Sie, Mademoiselle?« Sie gibt noch ein paar Anweisungen für den Abendempfang, zu dem sie Jean Perrin, Paul Langevin und die Joliots eingeladen hat, verabschiedet sich dann und verlässt ihre Wohnung.

Die linke Hand immer am Treppengeländer, tastet sie sich Stufe für Stufe die Stockwerke hinunter. Ihre Sehkraft hat nachgelassen seit ihrer zweiten Amerikareise vor drei Jahren. Und dann die Schwäche in den Gliedern – Madame Curie hofft, dass ihre Kraft sie nicht ausgerechnet an einem Tag wie heute verlassen wird.

Doch sie erreicht sicher das Erdgeschoss und tritt hinaus auf den Quai de Béthune. Suchend blickt sie sich um. Weil sie Eves Kraftwagen nicht gleich entdeckt, beginnt sie leise auf den Augenarzt zu schimpfen, der sie vor zwei Jahren operiert hat. Zum vierten Mal innerhalb von zehn Jahren, und was hat es genützt? Gar nichts.

Eine Hupe ertönt, und endlich entdeckt sie Eves kleinen Wagen – er steht kaum zwanzig Schritte entfernt am Straßenrand. Madame Curie geht zu ihm – bewusst aufrecht und so schnell sie kann – und steigt auf den Beifahrersitz.

»Da bist du ja endlich, Mé!« Eve umarmt und küsst sie. »Du glaubst gar nicht, wie gespannt ich bin. Du auch?« Sie startet den Motor und fährt an.

»O ja.« Madame Curie legt den Blumenstrauß auf ihren Schoß und schaut zur Seine hinüber, wo ein Frachtkahn voller Kohle vorüberdampft. »Ist alles gut gegangen?«

»Alles bestens, Mé.« Eve steuert ihren Wagen über den Pont Sully und dann in den Boulevard Saint Germain hinein. Es sind nur zwei Kilometer bis zur Klinik, vor ihrer letzten Amerikareise hat sie solche Wege noch zu Fuß zurückgelegt.

»Wann genau ist er gekommen?«

»Fünf Minuten nach Mitternacht. Es ging ganz schnell.«

»Was für ein Glück«, seufzt Madame Curie.

»Katharina hat geschrieben, Mé«, erzählt Eve, »ich soll dich grüßen.«

»Danke. Wie geht es Mademoiselle Antonowa? Lebt sie immer noch in San Francisco?«

»Nein, sie ist nach New York gezogen. Am Broadway wird bereits das zweite Theaterstück von ihr aufgeführt.«

»Wirklich?« Madame Curie staunt ihre Tochter an. »Das freut mich sehr!«

»Ich habe mir letzte Woche zwei New Yorker Zeitungen gekauft und in jeder einen langen Artikel über Katharina gefunden. In Amerika scheint sie eine kleine Berühmtheit geworden zu sein. Sie will künftig in Manhattan wohnen und schreiben.«

»Sehr gut.« Madame Curie nickt zufrieden. »Und ihr Literat?«

»René?« Eve fährt in den Besucherhof der Klinik hinein, parkt ihren Wagen und stellt den Motor ab. »Hat der nicht vor zwei Jahren eine Malerin geheiratet? Katharina hat keinen Kontakt mehr zu ihm.«

Auch das hört Madame Curie mit einer gewissen Zufriedenheit, äußert sie jedoch nicht. Sie steigen aus, betreten die Klinik und erkundigen sich an der Pforte nach der Geburtsabteilung und Irènes Zimmer dort. Der Pförtner weist ihnen den Weg, und Madame Curie beißt innerlich die Zähne zusammen, als sie hört, dass es im fünften Obergeschoss liegt. Doch zum Glück gibt es mehrere Paternoster.

Während einer von ihnen Mutter und Tochter hinaufbefördert, spürt Madame Curie wieder die Schwäche in den Beinen und denkt mit Grausen an die Warschaureise, die sie für den Mai geplant hat. Ob ihre Kräfte bis dahin noch reichen werden?

Bei der Einweihung des Warschauer Radium-Instituts, das sie ihrer Heimat nach deren Wiedervereinigung gestiftet hat, will sie um jeden Preis dabei sein. Vor allem aber freut sie sich, die Direktorin des Instituts wiederzusehen, ihre arme Schwester Bronia. Wer weiß denn, wie oft man noch die Gelegenheit haben wird, einander in die Augen zu schauen?

Es geht ihr wirklich nicht gut, der armen Bronia. Vor dreißig Jahren haben sie und Kasimir schon ihren kleinen Jakub zu Grabe tragen müssen und lange Zeit gebraucht, bis sie diesen Verlust verkraften konnten. Doch seit ihre Tochter Helena sich in New York das Leben genommen hat, kommt die arme Bronia gar nicht mehr richtig auf die Beine. Madame Curie hofft sehr, dass die neue Aufgabe Bronia auch neuen Lebensmut geben wird.

Der Paternoster hält, sie steigen aus, blicken sich um und folgen dem Wegweiser zur Geburtsstation. Während sie dort an den weißen Türen vorübergehen, horchen sie aufmerksam nach Babygeschrei – und hören erst welches, als sie vor Irènes Zimmertür stehen bleiben. Sie neigen die Köpfe der Tür zu, lauschen aufmerksamer und lächeln beide so froh, als würden sie wunderschöne Musik hören.

Und das ist es ja auch, was sie hören – Zukunftsmusik.

Das Säuglingsgeschrei verstummt, Eve klopft, und sie treten ein. Irène sitzt aufrecht im Bett und hat ihr Kind angelegt. Wie sie strahlt – das macht Madame Curie glücklich. Nach Küssen und Umarmungen bestaunen Tante und Großmutter das Neugeborene. »Gesund?«, fragt Madame Curie.

»Alles dran«, sagt Irène. Es ist bereits ihr zweites Kind, ein Junge diesmal.

Madame Curie wickelt den Blumenstrauß aus, gelbe Rosen. »Wie schön!«, entfährt es Irène. Sie weiß natürlich, wo diese Blumen gewachsen sind.

»Mit einem liebevollen Gruß von Papa.« Madame Curie beugt sich wieder über das Bett und küsst erst Irène und dann den Säugling. Eve holt eine Vase mit Wasser und stellt die Rosen auf den Tisch vor Irènes Bett. Danach schiebt sie Stühle ans Bett, sodass sie und ihre Mutter Platz nehmen können. Da sind sie dann, betrachten den Säugling an Irènes Brust und schauen andächtig zu, wie er sich satt trinkt, und sind ganz stumm vor Glück.

»Habt ihr euch endlich geeinigt, wie er heißen soll?«, will Madame Curie wissen. Frédéric hat sich einen Sohn gewünscht und darauf gedrungen, dass er wie sein Großvater heißen soll. Irène hat lange zu diesem Thema geschwiegen.

»Pierre natürlich«, sagt sie jetzt mit einer Selbstverständlichkeit, als hätte sie niemals einen anderen Namen in Betracht gezogen. Der Säugling spuckt ihre Brustwarze aus, und seine Mutter reicht seiner Großmutter Spucktuch und Kinderdecke, damit das Baby an ihrer Schulter sein Bäuerchen machen kann. »Ich habe es so bestimmt«, sagt Irène noch, »und Frédéric hat sich meiner Entscheidung gebeugt.«

»Pierre ...« Madame Curie kann nur noch flüstern, so gerührt ist sie. Sie küsst das Kind, legt es auf ihre Schulter, deckt es zu und lächelt, wie sie lange nicht mehr gelächelt hat. »Mein kleiner Pierre.«

ENDE

Nachwort

Madame Curie starb am Morgen des 4. Juli 1934 während eines Sanatoriumsaufenthaltes in der französischen Schweiz. Als offizielle Todesursache nannte der behandelnde Arzt eine »perniziöse Anämie« mit besonders schwerem Verlauf. Ihr strahlengeschädigtes Knochenmark war nicht mehr in der Lage, rote Blutkörperchen zu bilden. Nach der Einschätzung jenes Arztes grenzte es an ein Wunder, dass Madame Curie das Alter von 67 Jahren überhaupt erreicht hatte.

An ein Wunder grenzt allerdings auch, mit welcher Hartnäckigkeit Madame Curie die Gefahr ignorierte, die für sie vom Radium ausging. Oder sollte man sagen: mit welcher Liebe zu ihrem Element sie diese Gefahr ausblendete? Selbstverständlich zweifelte niemand daran, dass es die Radioaktivität gewesen ist, die ihre tödliche Krankheit verursacht hatte. Und nicht nur diese, sondern ebenso viele andere Beschwerden, die das Ehepaar Curie quälten, seit sie mit radioaktiven Substanzen arbeiteten.

Dass Madame Curie die Gefahr nicht kannte, darf man getrost ausschließen: Sie erlebte den Selbstversuch ihres Mannes, sie wusste von Henri Becquerels Verbrennungen durch Bariumsalze, sie selbst erlitt eine Verbrennung durch Radium, und sie hatte täglich ihre Hände und die ihres Mannes vor Augen: schrundig, rissig und hart von abgeheilten oder akuten Fissuren; beide litten unter Taubheit in den Fingern.

Außerdem hatte sie die Nobelpreisrede ihres Mannes gelesen und gehört, in der Pierre Curie vor der möglicherweise tödlichen Wirkung der Radioaktivität warnte und empfahl, Elemente wie Radium in bleiernen Behältern aufzubewahren und zu transportieren. Dennoch hat Madame Curie niemals Vorsichtsmaßnahmen wie diese ergriffen.

Sie vertrat die Überzeugung, dass für wissenschaftliche Entdeckungen nun einmal Opfer gebracht werden mussten. Diese heroische Haltung mag Madame Curies Bereitschaft teilweise erklären, sich selbst der gefährlichen Strahlung auszusetzen. Sich selbst – aber auch die Angestellten ihres Labors? Auch ihre Tochter Irène und ihren Schwiegersohn Frédéric?

Die Frage muss offenbleiben, denn gewiss ist nur, dass Madame Curie die Gefahr kannte – in Vorträgen sogar selbst davor warnte –, zugleich aber die Augen davor verschloss. Es bleibt uns wohl nichts anderes übrig, als neben ihrer Hartnäckigkeit auch die Liebe – die laut Volksmund ja blind macht – für eine Erklärung zu bemühen: Madame Curies Liebe zu ihrer wissenschaftlichen Arbeit und zu dem von ihr unter so vielen Mühen entdeckten Radium. Tatsächlich sprach sie einmal von diesem Element als »ihrem Kind«. Und in ihrem Schlafzimmer lag ein Röhrchen mit Radiumsalz, damit sein schöner Glanz ihr beim Einschlafen leuchten konnte.

Zahllose Bücher sind über die Curies und ihre Entdeckungen geschrieben worden. Ich habe mich vor allem durch vier dieser Werke mit Madame Curies Leben vertraut gemacht und zu dem vorliegenden Roman inspirieren lassen: »Madame Curie – eine Biographie« von Eve Curie; »Marie Curie – die erste Frau der Wissenschaft« von Barbara Goldsmith; »Marie & Pierre Curie – Leben in Extremen« von Brigitte Röthlein; und »Marie Curie – eine Biographie« von Susan Quinn.

Ich danke dem Ullstein Verlag und meiner wunderbaren Lektorin Judith Mandt, dass sie mir die Arbeit an *Madame Curie und die Kraft zu träumen* ermöglicht haben, und ich wünsche mir und hoffe, dass mein Roman Ihnen, liebe LeserInnen, ähnlich schöne und berührende Leseerlebnisse verschaffen wird, wie die genannten Autorinnen sie mir geschenkt haben.

Vor allem Susan Quinn schildert detailreich auch das Leben der Forscherin nach dem Tod ihres Mannes. Etwa ihre Romanze mit Paul Langevin in den Jahren 1910 und 1911 und die harten Anfeindungen, die ihr diese Beziehung in Presse und Öffentlichkeit einbrachte. Oder die Verleihung des Nobelpreises für Chemie 1911, bei der sie selbst auf dem Podium stand, ihre Arbeit vorstellte und ihren verstorbenen Mann würdigte. Oder Madame Curies Fronteinsätze im Ersten Weltkrieg, als sie fast fünfzigjährig die Führerscheinprüfung ablegte, um einen Lastwagen mit einem Röntgengerät auf das Schlachtfeld zu den Schwerverwundeten steuern zu können. Oder ihre beiden Amerikareisen, bei denen sie die amerikanische Öffentlichkeit so sehr für sich und ihr geliebtes, aber sündhaft teures Radium einnahm – ein Gramm kostete damals 100 000 Dollar –, dass man ihr genügend Geldmittel und neues Radium für ihre Radiuminstitute in Paris und Warschau verschaffte.

1935, anderthalb Jahre nach Madame Curies Tod, erhielt ihre Tochter Irène Curie-Joliot gemeinsam mit ihrem Mann Frédéric Joliot den Chemie-Nobelpreis für die Herstellung künstlicher radioaktiver Elemente.

Am 6. Juli 1934 wurde Marie Curie in Sceaux, im Familiengrab der Curies, bei ihrem geliebten Mann beigesetzt. Ihre Geschwister Bronia Dluski und Josef Skłodowski hatten zur Bestattung polnische Erde aus Warschau mitgebracht und streuten sie auf ihren Sarg.

1995 beschloss der französische Präsident François Mitterrand am Ende seiner Amtszeit, die Curies mit einer Umbettung ins Pariser Pantheon zu ehren. Auch der damalige polnische Staatspräsident Lech Walesa war zu der festlichen Zeremonie angereist. Mit diesem Staatsakt, so der französische Präsident damals, verbeuge sich das Pantheon – er meinte wohl die Toten, die dort bereits ruhten – vor der wichtigsten Frau der französischen Geschichte.

In diesem Ehrentempel der französischen Geschichte sind neben vielen berühmten Männern Frankreichs auch Jean Perrin und Paul Langevin, die engsten Freunde der Curies, bestattet. Zwischen seinen hohen Eingangssäulen wurden die sterblichen Überreste des Ehepaars unter den großen goldfarbenen Lettern hindurchgetragen, die im Fries zwischen Architrav und Tympanon prangen. Der Satz, den sie bilden, lautet: *Aux Grands Hommes La Patrie Reconnaissante* – zu Deutsch etwa: *Das Vaterland dankt seinen großen Männern.*

Angesichts dieser Zeile hätte Madame Curie die ironische Note jenes Augenblicks möglicherweise im Stillen genossen, wenn sie noch gekonnt hätte; ihr Mann Pierre dagegen hätte wohl im Namen seiner Frau protestiert.

Susanna Leonard, Straßburg im Mai 2020